A Destruidora de Casamentos

MIA SOSA

Tradução
Carolina Candido

2023

Título original: The Wedding Crasher
Copyright © 2022 by Mia Sosa

Todos os direitos desta publicação são reservados à Editora HR Ltda. Nenhuma parte desta obra pode ser apropriada e estocada em sistema de banco de dados ou processo similar, em qualquer forma ou meio, seja eletrônico, de fotocópia, gravação etc., sem a permissão dos detentores do copyright.

Todos os personagens neste livro são fictícios. Qualquer semelhança com pessoas vivas ou mortas é mera coincidência.

Edição: *Julia Barreto*
Assistência editorial: *Marcela Sayuri*
Copidesque: *Gabriela Araújo*
Revisão: *Natália Mori e Ingrid Romão*
Design e ilustração de capa: *Nathan Burton*
Adaptação de capa: *Beatriz Cardeal*
Diagramação: *Abreu's System*

Publisher: *Samuel Coto*
Editora-executiva: *Alice Mello*

Contatos: Rua da Quitanda, 86, sala 218 — Centro — 20091-005
Rio de Janeiro — RJ
Tel.: (21) 3175-1030

CIP-Brasil. Catalogação na Publicação
Sindicato Nacional dos Editores de Livros, RJ

S693d

Sosa, Mia
  A destruidora de casamentos / Mia Sosa ; tradução Carolina Candido. – 1. ed. – Rio de Janeiro : Harlequin, 2023.
  352 p. ; 23 cm.

  Tradução de: The wedding crasher
  ISBN 978-65-5970-266-4

  1. Romance americano. I. Candido, Carolina. II. Título.

23-83573
CDD: 813
CDU: 82-31(73)

Gabriela Faray Ferreira Lopes – Bibliotecária – CRB-7/6643

*Dedico este livro aos meus leitores.
Agradeço cada mensagem carinhosa, cada menção,
cada resenha cheia de emojis.
Obrigada por escolherem passar seu tempo nos mundos
que criei; me sinto honrada.*

Nota da editora

Nas próximas páginas, você vai conhecer a história de Solange, que, apesar de ter nascido e morar nos Estados Unidos, vem de uma família — muito animada, diga-se — de brasileiros. Mesmo escrevendo em inglês, a autora, ela própria de ascendência brasileira, fez questão de adicionar elementos culturais de nosso país no livro, além de termos e expressões que usamos no Brasil.

Com o livro traduzido para o nosso idioma, no entanto, corríamos o risco de perder esses elementos, já que quem lê não teria como saber o que já aparecia em português originalmente. Por causa disso, optamos por destacar *com esta fonte* as palavras que aparecem em português na edição em língua inglesa, para que todos possam aproveitar melhor as nuances (e piadas internas) da história.

Esperamos que você ame este livro tanto quanto nós!

Capítulo Um

Hotel Cartwright
Washington, D.C.

SOLANGE

Só existe uma explicação racional para o que está acontecendo nestas escadas: fui amaldiçoada.

Sim, estou sendo dramática. Sim, o drama só tende a aumentar daqui em diante.

Estou nesta enrascada porque minha prima Natália, que trabalha como esteticista, me ligou de última hora e implorou minha ajuda para, nas palavras dela, "fornecer serviços de entrega de maquiagem de primeira" para um casamento no Cartwright. Eu nem sei o que isso quer *dizer*.

Minha outra prima, Lina, a coordenadora de casamentos deste pretensioso hotel exclusivo, me instruiu a ser discreta. Ela nunca admitiria, mas posso apostar que está preocupada com a possibilidade de que meus feromônios "homens são um lixo", para lá de eficientes, possam mudar o desfecho desse tão aguardado evento.

Beleza, então. Fico feliz em entregar pincéis de maquiagem, lencinhos ou seja lá o que for para Natália e ficar na minha. Mas ela me incumbiu de uma tarefa extra — pedir uma vassoura e uma pá de lixo — e vi a oportunidade de pegar algumas amostras grátis de hidratante para passar nas minhas mãos secas se descesse até a área de serviços sozinha.

Maldita seja minha sovinice.

Devia ter comprado o creme no spa do hotel e seguido meu caminho sem saber de nada. Em vez disso, estou presa entre o segundo e o terceiro andar da escada, entreouvindo uma conversa secreta entre a noiva e um homem que *não é* o noivo.

— Você não ama ele — diz o homem.

Ele tem olhos azuis muito brilhantes e está com a gravata torta. Ele tenta fazer carinho no rosto dela.

A noiva, uma visão digna de qualquer revista de casamento, dá um passo para trás, desviando com facilidade da tentativa de tocá-la.

— Eu nunca disse que amava.

Meu Deus. Ela nem ao menos negou a acusação? Se minha mãe estivesse aqui, arfaria, bateria na testa com a mão e diria "Que escândalo!". E com toda razão. Porque isso aqui? Isso é um escândalo *épico*.

— Então não faça isso — insiste o homem —, você vai se arrepender para o resto da vida.

— Me dê outro motivo para não fazer isso. Um motivo de verdade.

Ele gesticula à volta deles.

— De onde diabo está vindo isso, Ella?

Ela anda de um lado para o outro pelo espaço pequeno, torcendo as mãos com unhas perfeitas e resmungando de forma incoerente, o rosto franzido em aflição. Instantes depois, para no lugar e inspira fundo para se acalmar.

— Estou apaixonada por você, Tyler. A questão é: você finalmente está pronto para admitir o que sente por mim?

Puta merda. É sério isso?

O não noivo fecha os olhos e não diz nada, dando a resposta que ela não queria.

A parte mais fofoqueira de mim quer ver o que vai acontecer depois; a parte mais sensata sabe que não posso ficar aqui para sempre. *Pense, Solange. Pense.* Ok, ok, pode ser que eu consiga fingir que não sei o que está acontecendo e simplesmente me esgueirar por eles. Como a noiva já estava com a maquiagem pronta quando cheguei, não nos encontramos. Posso muito bem desaparecer quando ela voltar para a suíte matrimonial e ela nunca vai saber que seu segredo foi descoberto. Ou eu poderia voltar na ponta dos pés até a porta do terceiro andar. Eles estão tão envolvidos na conversa que eu talvez consiga passar despercebida.

Olho para a escada, então viro a cabeça para olhar a porta. Decisões, decisões. *Mas espera aí um minuto.* Eu não fiz nada de errado. Essa confusão toda é da noiva, não minha. E eu quero o maldito creme. O negócio é maravilhoso. Além disso, preciso de tempo para planejar o que vou fazer a seguir.

Porque o noivo aparentemente azarado não é um desconhecido. Não exatamente. Dean e eu não nos conhecemos ainda, mas ele é o melhor amigo do namorado da Lina, e a lealdade à minha prima (além de o mínimo de decência) dita que devo refletir sobre revelar o que estou testemunhando.

Alguém arfa alto, demonstrando que a opção de fugir da situação já não é válida, e, quando volto a olhar para os dois, vejo dois pares de olhos desconfiados me encarando.

Felizmente, consigo me virar muito rápido.

— Desculpa interromper, pessoal — digo, acenando com toda confiança. — Entendo bem a necessidade de dar uma fugidinha antes de dizer "sim". Meu marido e eu transamos literalmente dez minutos antes de juntar as escovas de dente.

Não sou casada, mas *consigo* mentir na cara dura quando necessário.

Para meu alívio, a noiva visivelmente relaxa, como se tivesse decidido que não sou uma amiga possivelmente hostil do noivo. Enquanto isso, a paixão não correspondida dela esfrega a nuca e solta uma risada.

— É tão difícil ficar longe dele, sabe? — diz ela. — Só mais uma hora e estaremos nos braços um do outro para a primeira dança.

Fazendo o papel de "noiva flertando com seu prometido", ela dá um sorriso dissimulado para ele e agarra a lapela do terno para puxá-lo para mais perto. *Caramba, ele é um convidado do casamento?* Então, dá uma piscadinha para ele e um leve rubor surge em suas bochechas maquiadas. tornando a atuação convenientemente mais convincente.

Uau, ela é uma atriz tão talentosa quanto eu.

Dispenso suas desculpas com um gesto de mão e me arrasto pela parede até atingir o primeiro degrau que me levará para a liberdade.

— Não se preocupem. Aproveitem e parabéns. — Após descer três degraus, acrescento: — Desejo tudo de melhor pra vocês.

Por quê? Porque não é do interesse meu nem do noivo revelar o que de fato acho dessa situação. Ao menos não ainda. Vou pegar a vassoura e a pá, e, é claro, o creme para mãos gratuito, e encontrar Lina. Ela vai saber como lidar com isso.

Mas quando retorno para a suíte matrimonial (sem a porcaria do creme, porque o hotel guarda tudo em um armário trancado), não consigo encontrar Lina em lugar nenhum e ela não responde minhas mensagens pedindo ajuda. Pior ainda, a cerimônia deve começar em alguns minutos.

— Onde você estava? — pergunta Natália enquanto aplica o pó no queixo e testa de uma mulher de meia-idade. — Faz quinze minutos que pedi a vassoura.

Ela olha para meu reflexo no espelho e ergue uma sobrancelha.

Estou agitada. Ela percebe.

Natália vira o tronco na minha direção — um feito considerável, visto que está grávida de oito meses — e se inclina para que só eu consiga ouvir o que vai dizer a seguir.

— Está tudo bem? Você está com cara de quem viu um fantasma pelado com um negócio enorme no meio das pernas.

Reviro os olhos e suspiro baixinho. Natália quase sempre fala a língua de sua terra ancestral: a república da faculdade.

— Hum, não tenho certeza. É só que eu vi a noiva quando estava descendo e...

A mulher na cadeira pula, desviando da mão de Natália quando minha prima tenta secar o rosto dela.

— Ella está lá embaixo? Por quê? Ela deveria estar fazendo os retoques finais da maquiagem.

Na verdade, pelo que pude perceber, Ella estava tentando a sorte com outro homem. Para a mulher que acredito ser parente dela, digo:

— Não tenho certeza, na verdade. Talvez você possa ir ver como ela está?

Olho para Natália e falo sem emitir som: *Preciso falar com você. Lá fora.*

Ela assente, mas então Ella surge na suíte e para entre minha prima e eu, mechas de seu cabelo louro escapando do coque elaborado que escolheu como penteado para o casamento.

— Minha pele está brilhando um pouco, mas não temos muito tempo — diz a noiva para Natália —, será que você pode retocar rapidinho?

Natália ativa seu modo profissional.

— Claro.

Antes de sentar na cadeira, Ella olha na minha direção, parecendo perturbada.

— E quem é essa?

— Essa é a Solange, minha prima. Ela está *fingindo* me ajudar hoje.

Olho irritada para Natália, e acrescento, para que Ella saiba:

— Também sou convidada do lado do noivo.

Ella engole em seco.

— Entendi — diz ela, e começa a abanar o rosto. — Será que alguém pode pegar água para mim? Estou me sentindo um pouco sedenta.

Aponto para a mesa com uma bela quantidade de petiscos — e *garrafinhas de água* — a alguns metros de distância.

— Tem água bem ali.

— Eu prefiro com gás, na verdade — diz Ella, abrindo um sorrisinho sem graça. — Ajuda a acalmar meu estômago, que, por motivos óbvios, está aprontando comigo hoje.

Natália sorri para mim, constrangida.

— Você se importaria, Solange? Talvez pedir serviço de quarto?

— Tentei ligar para a recepção — acrescenta Ella rapidamente —, mas ninguém atendeu.

— O café no andar do mezanino, então? — pergunta Natália.

Ah, já entendi o que está acontecendo. Ella quer se livrar de mim. É provável que eu seja a única coisa entre ela e o casamento que espera que aconteça.

Agarrando-se nos braços da cadeira, Ella se inclina e me olha fixamente, com um olhar febril.

— Sei que você não tem nada a ver com isso, mas a água com gás é a única coisa capaz de acalmar meus nervos. É meu grande dia e estou surtando. — Ela balança a cabeça como se quisesse afastar os pensamentos. — Não consigo raciocinar direito nessas circunstâncias. Será que você consegue encontrar no seu coração a vontade de me fazer esse pequeno favor?

Não tenho nada a ver com isso? Surtando? Não consegue raciocinar direito? Essa mulher é mesmo uma figura. Usando algumas poucas palavras selecionadas com cuidado, está me dizendo para não me meter e não contar para ninguém o que vi. E talvez fosse melhor fazer isso mesmo.

Ainda assim, não consigo deixar de fazer um apelo para que ela faça o que é obviamente melhor para todos os envolvidos: desistir do casamento.

— Tem *certeza* de que é isso que você quer? — pergunto.

— É… é isso sim — confirma ela, a voz falhando.

— Não é tarde demais para mudar de ideia, sabe como é.

— Meus pais diriam que é sim. Além do mais, já fiz minha escolha.

Nos encaramos por um longo tempo. Então, encho as bochechas de ar e exalo.

— Tudo bem — respondo. — Toda noiva merece ter o que quer em seu grande dia. Mesmo quando essa coisa não está ao alcance da mão. Vou ver o que consigo encontrar.

Ela me dá um sorriso fraco, então se vira e relaxa, recostando-se na cadeira. Minha Nossa Senhora, estou oficialmente exausta. Só mais meia hora e Natália vai me liberar dos meus afazeres.

Vai buscar a porcaria da água e deixa isso pra lá, Solange. Com a intenção de fazer exatamente isso, caminho pomposa até a porta da suíte, e, com um último olhar para minha prima, que me observa desconfiada, saio do recinto e resisto à constante vontade de me meter na vida dos outros.

Meu celular vibra no bolso com uma mensagem de Lina.

Lina: Desculpa. A violoncelista se perdeu no caminho. Precisava me certificar de que estava tudo certo. O que houve?

Escrevo uma resposta rápida enquanto vou até os elevadores.

Eu: deixa pra lá, tá tudo certo
Lina: Tá, que bom. A cerimônia vai começar já já. O noivo deve estar a caminho, e Jaslene vai buscar a noiva. Tá todo mundo pronto aí?
Eu: acho que sim. melhor ver com a Natália pra ter certeza

Ela responde com um emoji de joinha.

Antes que eu possa responder com outro emoji, alguém se choca contra mim, e caio no chão como se tivesse sido nocauteada em uma luta de boxe. Como sempre. Se tem uma coisa em que sou boa, é em cair de bunda que nem um saco de batatas.

— Puta merda, desculpa — diz uma voz rouca acima da minha cabeça.

Pisco algumas vezes e abro os olhos. Uau. O homem branco parado ali não é um tipo qualquer. Não há nada de qualquer nele. Muito pelo contrário, é tão bonito que dói. Tanto que consigo imaginar cada um dos traços de seu rosto competindo todos os dias pelo título de melhor parte do corpo.

"Você não é páreo para mim", dizem os lábios grossos para a mandíbula afiada.

"Você que pensa", retruca a mandíbula. "Todo mundo sabe que sou irresistível pra caralho quando o grandão aí me acaricia."

"Calem a boca, vocês dois", protestam os olhos cor de mel. "Quando olhamos para uma mulher por mais de três segundos, ela já era. Tentem superar isso."

Há uma pequena cicatriz na pele acima de sua sobrancelha esquerda. Ela chega duro (como no futebol, quero dizer) para dar uma pitada de mistério à sua aparência impecável.

"Mas as pessoas gostam mais de mim", acrescenta a cicatriz em um tom sedutor. "Porque dou a entender que ele passa os dias debruçado sobre planilhas e as noites dando porrada em uma academia de boxe sombria."

— Vocês são todos ótimos — digo.

Em. Voz. Alta.

As maçãs levemente coradas do cara me informam que ele notou minha análise descarada e minuciosa.

— Você está bem?

— Estou bem. Você está bem. Estamos todos bem.

Não Sou Um Tipo Qualquer abafa uma risada e pigarreia, depois estende a mão.

— Vem, deixa eu ajudar você.

Eu seguro a mão dele e permito que me puxe para ficar de pé. Jesus, ele é alto. O homem me eclipsa em pelo menos doze centímetros, e olha que eu sou mais alta do que a média das mulheres. Um pouco menos desorientada, noto o smoking preto e o cabelo louro-escuro: foi para ele que Lina apontou quando pedi que me mostrasse o noivo.

— Desculpa — diz ele, o rubor nas bochechas ficando um tom mais profundo. — Estou um pouco distraído hoje.

— Você é o noivo — afirmo.

— Sou — confirma ele.

— Dean.

Meu domínio dos fatos óbvios é de tirar o fôlego. Sério.

— Acertou de novo — diz ele, e balança a cabeça de leve. — Eu deveria conhecer você?

— Solange. Prima da Lina.

Ele sorri e seus olhos se iluminam, simpáticos, ao me reconhecer.

— Ah, sim, sim. A mais nova.

— Só dois anos mais nova — retruco, um pouco defensiva. — Mas para elas é como se se eu ainda usasse fraldas.

Ai meu Deus, cala a boca, Solange.

O sorriso dele se alarga (e espero que não seja por estar me imaginando de Pampers).

— Se serve de consolo, Lina acha você genial.

Tento não me remexer; genial é um padrão muito alto.

— Prefiro me considerar uma pessoa engenhosa e de bom coração.

— O que não significa que você não possa ser genial também, certo?

Levo a mão ao queixo, fingindo considerar sua pergunta.

— Pensando bem, acho que você está certíssimo. Eu sou genial pra caralho, de fato.

Ele faz que sim em encorajamento, as linhas de expressão ao redor de seus olhos aparecendo apenas para me afetar.

— É assim que se fala.

Sorrimos e, de repente, as imagens do encontro que presenciei na escada passam pela minha mente e me forçam a tomar consciência de que este homem está indo para sua cerimônia de casamento.

Honestamente, nunca reclamei da ideia de que todos os homens bons estavam comprometidos — e muitos dos ruins também —, mas que falta de sorte ter conhecido esse cara só hoje. Caso você esteja se perguntando, Destino: Você. É. Um. *Merda*. Porque, se esse homem fosse solteiro, ele definitivamente estaria no topo da minha lista de tarefas. Meu único consolo é presumir que ele é ruim de cama. Uma gracinha na rua, mas um horror entre quatro paredes. Nada mais justo do que isso.

O olhar de Dean percorre meu rosto, então ele franze a testa e sacode a cabeça como se seu cérebro precisasse reiniciar.

— Bem, seja como for, obrigado por ajudar hoje.

— O prazer é todo meu.

Por fora sou toda sorrisos e gentilezas, mas por dentro meu peito está murchando como um pneu furado que vai perdendo o ar pouco a pouco. A verdade é que esse corredor estreito não é grande o suficiente para conter o segredo que estou guardando e meus lábios não são disciplinados o suficiente para ficarem fechados. Está *bem aqui*, na ponta da língua: *sua noiva está apaixonada por outra pessoa. Dá o fora!*

Mas então o celular de Dean toca e ele atende sem hesitar, uma voz estridente entrando em nossa conversa. A ligação é um lembrete oportuno de que sei muito pouco sobre a vida desse homem e que não devo causar estragos a menos que tenha certeza de que é a coisa certa a ser feita.

— Dean, querido, o maldito colocou uma notificação de despejo na minha porta — diz a pessoa irada do outro lado da linha, alto o suficiente para eu ouvir. — O juiz disse que ele não podia fazer isso, certo? E agora?

— Calma, sra. Budros — diz ele, e então pressiona o celular contra o peito para que a sra. Budros não possa ouvi-lo. — Cliente — explica —, preciso atender.

— Deixa eu adivinhar: você é advogado.

— Culpado — responde ele com um sorriso. — Só um minuto. Oi, oi. Estou aqui — diz à cliente.

Segundos depois, o elevador chega ao andar e Jaslene, melhor amiga e assistente de Lina, sai dele correndo com uma prancheta embaixo do braço, o olhar fixo em Dean.

— Encontrei ele — declara em seu fone de ouvido de polícia espacial. — Vou mandar ele descer agora mesmo.

Jaslene se aproxima e puxa Dean pela manga.

— Vamos, bonitão. Não temos tempo pra isso. Você precisa estar lá embaixo para que eu possa ir buscar a noiva.

Dean se deixa levar para dentro do elevador, sem interromper a conversa com a sra. Budros. Sem dizer mais nada, Jaslene aperta um botão no painel, saindo cuidadosamente antes que as portas se fechem. E, simples assim, ele se foi.

Quando percebe que estou de pé ao lado dela, Jaslene para.

— Você é a monitora desse corredor?

Considero Jaslene parte da família, então ela pode dar uma de espertinha.

— Fofinha. — Fazendo um sotaque britânico elegante, explico por que estou demorando: — A noiva pediu água com gás e recebi a tarefa nada invejável de obtê-la.

Hum, acho que soei mais com um Conde Drácula da Shopee.

Jaslene revira os olhos.

— Nem perca seu tempo. Você não vai conseguir entregar pra ela. Vou pedir para que mandem para a sala de espera.

Dou de ombros.

— Então vou voltar lá e ajudar Natália a arrumar tudo.

Jaslene faz beicinho.

— Você não vai assistir ao casamento? É o primeiro que planejei do começo ao fim. Não quero me gabar, mas acho que finalmente subi para outro nível.

Assistir esse desastre *não* está nos meus planos, o que significa que preciso de uma desculpa. Jaslene está vestindo um conjunto de terno e saia azul-claros que combina com o tema do casamento; minhas roupas casuais estragariam a vibe. Ou ao menos é isso que direi para ela. Aponto com timidez para minha calça jeans skinny e sapatilhas.

— Eu não estou vestida para isso.

— É só ficar parada lá atrás — retruca ela, ignorando minhas preocupações. — Perto da treliça com as rosas. De lá dá pra ver direitinho.

De novo, não é esse meu objetivo, mas, se eu falar a verdade, Jaslene vai ficar magoada. Essa conquista é importante para ela, o que a torna importante para mim.

— Beleza. Ansiosa para ver o resultado!

Que maravilha. Agora serei forçada a assistir Dean se casar com uma mulher cujas intenções não são claras. A cada segundo que passa, me pergunto se deveria ter revelado o que sei. Como disse, sou amaldiçoada.

Capítulo Dois

DEAN

Hoje é o grande dia, e não poderia ser mais perfeito.

O clima está cooperando — o que não é pouca coisa, considerando que é julho e estamos em Washington, D.C. —, e nossos amigos mais próximos e familiares (a maior parte de Ella) estão todos nos jardins do hotel para celebrar essa ocasião importante com a gente.

Max, meu colega de quarto da época da faculdade e melhor amigo, está ao meu lado, pronto para entregar as alianças quando o celebrante pedir. Bom, pronto, pronto de verdade ele não está. Na verdade, se muito, vai fazer de má vontade.

Confesso que não deveria ter usado o termo "casamento por conveniência dos tempos modernos" para descrever o evento. Fez com que ele se irritasse no mesmo instante. Mas foi o termo que Ella usou quando me apresentou a ideia, então, quando chegou a hora de compartilhar a notícia com Max, as palavras acabaram saindo antes que eu tivesse tempo de pensar em como ele reagiria. Max é um romântico incurável; um relacionamento baseado em respeito mútuo e objetivos compatíveis nunca ganharia sua bênção, a não ser que amor também estivesse envolvido.

Ele se inclina e me cutuca com o ombro.

Abaixo a cabeça para ouvir.

— Que é?

— Ainda dá tempo de mudar de ideia — diz ele, falando com o canto da boca. — É só dizer, e eu crio uma distração para você fugir pelos arbustos à direita. O caminho até o estacionamento está livre. Posso te dar as chaves do meu carro agora.

Levo a mão fechada à boca para encobrir a risada.

— Para com isso, seu babaca. Você é o pior padrinho do mundo. E esse casamento vai acontecer, quer você queira ou não.

— Não gosto disso — diz ele, prático. — Só para deixar claro.

— Eu sei.

Max sempre foi um amigo para todas as horas, mas isso não significa que vai se ater a falar um monte se discordar das minhas decisões. É assim que nossa amizade funciona, e eu não mudaria isso por nada no mundo. Assim como não mudaria de ideia sobre me casar com Ella.

Enquanto espero a cerimônia começar, reviso mentalmente meus planos para a vida, verdadeiramente feliz com os progressos que fiz.

Primeiro passo: quitar meus débitos estudantis.

Status: Feito. Até que enfim.

Segundo passo: comprar uma casa.

Status: Feito ano passado. Não foi à vista, mas já é um começo.

Terceiro passo: encontrar uma parceira que combine comigo e formar um *power couple*.

Ella é analista de segurança da informação e quer abrir a própria empresa. Quase tão ambiciosa quanto eu.

Status: Em via de acontecer. Questão de minutos.

Quarto passo: ser sócio da Olney & Henderson PL antes dos 30 anos.

Status: Em andamento. Mas já que faço 30 em novembro, não tenho muito tempo.

Quinto passo: começar uma família.

Status: A definir.

Se eu conseguisse fazer minha mãe se fixar em um único lugar, seria a cereja do bolo. Mas já que não estipulo metas inalcançáveis, essa entra na categoria de doce ilusão no meu cérebro. Ela está aqui hoje, com um namorado novo que conheci durante o jantar pré-casamento. Levando em conta que eu sequer tinha certeza se ela viria ao casamento, estou considerando sua presença uma pequena vitória.

Um quarteto de cordas começa a tocar "Canon in D" de Pachelbel (escolha de Ella) e o restante dos padrinhos e madrinhas se juntam a mim e Max nos degraus do gazebo enfeitado com flores. A irmã mais velha de Ella, Sarah, é uma mulher meiga que me acolheu na família sem hesitar. Já Tyler, amigo de infância, é outra história. O cara exibe um sorriso pretensioso com orgulho e, por sua postura em todos os eventos pré-casamento, parecia que ele não dava a mínima. Eu também não faço a menor questão de entender por que Ella me pediu para chamá-lo para ser um dos padrinhos.

Os convidados se levantam, e a mulher que surgiu em minha vida apenas seis meses atrás surge com o pai na entrada do gazebo cheio de flores, dando um passo delicado para o tapete branco. Enquanto se aproxima, olha rapidamente para o pai, um homem estoico e difícil de ser interpretado. Ele não sorri para a filha, mas estão de braços dados, e sua mão cobre a dela.

Ella desliza à minha frente e inspira fundo para reunir coragem. Faço que sim para tranquilizá-la; digo sem som "você está linda" e assumo meu lugar ao lado dela. Nosso celebrante, um amigo do pai de Ella, dá as boas-vindas aos convidados enquanto recito meus votos mentalmente; nós mesmos escrevemos, e quero ter certeza de que não vou dizer coisa de mais ou de menos.

Como combinado, Ella começa.

— Obrigada — diz, olhando nos meus olhos — por aparecer em minha vida quando eu mais precisava. Por fazer com que eu tivesse esperanças no futuro. Por me ajudar a desapegar do passado. Por ressaltar aquilo que eu tenho de melhor.

Ela parece muito sincera e me sinto ainda mais babaca por notar a frequência com que usa a palavra *eu*. Por mais que não estejamos apaixonados, ainda quero que isso seja uma parceria sólida. *É um problema pequeno, Dean. Nem todo mundo é bom com as palavras. Foque no que importa: finalmente você encontrou alguém que concorda com você em quase tudo, desde a importância da carreira de cada um até o momento de se mudar para um bairro mais residencial. Ela não espera que você a ame, e não quer que você minta a respeito disso. Essa mulher é um maldito unicórnio, então não estrague tudo, ok?*

— Prometo que, de hoje em diante, serei sua esposa. Apoiarei seus sonhos. Crescerei *com* você e ao *seu* lado.

Bom, isso... é melhor. E agora é a minha vez.

— Ella, desde o dia em que compartilhamos o banco de trás de um Toyota Camry qualquer de aplicativo, eu sabia que você causaria um impacto na minha vida. E assim que descobri que você me humilhava no basquete, decidi que fomos feitos um para o outro. — Essa parte arranca algumas risadas, quase exclusivamente dos meus convidados. — Mas, falando sério, tudo entre nós é tão *fácil*, e isso diz muito. Gosto da forma como você pede por espaço e também sabe respeitar o meu. Gosto de ver que você sabe quem é, aonde quer chegar e como. Você me impressiona de muitas maneiras. Sua ambição estimula a minha. Mas, mais do que tudo isso, gosto das possibilidades que podemos alcançar juntos. A promessa do nosso futuro. Só quero fazer isso uma vez, e prometo fazer tudo que eu puder para que você nunca tenha que questionar a escolha que fez hoje.

Os olhos de Ella estão reluzentes, e ela parece emocionada com as minhas palavras. Inspira devagar e inclina a cabeça, o olhar vasculhando a área atrás de mim. Após alguns segundos, sua expressão fica sombria; então, volta a me olhar nos olhos.

Ela está nervosa, é claro. Este é um marco definitivo do nosso relacionamento. Talvez todo o trabalho de ajudar a planejar o casamento esteja cobrando seu preço. Fiz minha parte e achei que as coisas estavam bem divididas, mas vai saber se eu deveria ter feito mais?

O celebrante se vira para nossos convidados.

— Dean e Ella gostariam que seus amigos e familiares fizessem parte desse dia especial ao responder esta pergunta: vocês apoiam este casal que está prestes a embarcar na próxima etapa de sua jornada?

Os convidados respondem com entusiasmo, ainda que desajeitados, alguns apenas dizendo "sim" e outros proclamando "nós aceitamos". Risadas gostosas e sinceras se seguem, então uma voz solitária interrompe os risos e falatório e diz "não".

Alguns convidados arfam. Outros se endireitam em seus assentos como se a cerimônia tivesse *enfim* ficado interessante. Procuro pela causa da comoção, meu olhar por fim parando na mulher que conheci no corredor quinze minutos atrás: Solange, a prima de Lina.

Ela sai do seu esconderijo, próxima a uma sebe alta que cerca o jardim, e me olha cheia de arrependimento.

Resmungo algumas palavras, o que por si só é um milagre, considerando que estou totalmente abismado:

— Que diabo está acontecendo?

Ela ignora minha pergunta e se dirige para a noiva:

— Ella, essa é uma das decisões mais importantes da sua vida. Não tem a ver só com você. Isso também afeta o Dean. Tem *certeza* de que quer seguir em frente?

Calma aí. Essa mulher que conheci há menos de uma hora está tentando interromper meu casamento?

Que. Merda. É. Essa?

Capítulo Três

SOLANGE

Merda, merda, merda. Eu falei mesmo em voz alta?

Meu corpo está pegando fogo, e a pressão do momento é tão forte em meu peito que parece que alguém está tentando fechar um espartilho e sendo bastante cruel ao fazê-lo. Isso está acontecendo? Estou mesmo fazendo isso? Meu Deus, todos os convidados estão olhando para mim. *Por que, por que, por que você não ficou de boca fechada, Solange?*

Porque esse casamento é o "antes", e sei exatamente o que acontece no "depois". Minha mãe não fazia ideia de que meu pai estava apaixonado por outra mulher quando se casou com ela. O preço dessa traição foi alto: nem o casamento nem os sonhos dela sobreviveram. Dean merece mais do que isso. E, droga, essa noiva também merece mais. Um fato que ela reconheceria se não estivesse tão determinada a se casar sem pensar nas consequências.

Qual é a porcaria do problema dessas pessoas? Se você não consegue se comprometer com um relacionamento, então não esteja em um relacionamento. Simples. No entanto, Ella está disposta a se casar com Dean apesar de seu coração pertencer a alguém que obviamente ainda faz parte de sua vida.

— Ella, *por favor*, pense direito — digo quando enfim crio coragem para falar de novo. — Você *sabe* que não é isso que você quer.

Seus olhos se enchem de lágrimas, a maquiagem que minha prima fez com tanta habilidade para um casamento diurno arruinada em segundos, então a noiva se vira para Dean.

— Ah, meu Deus, ela está certa. Eu... eu não posso fazer isso, Dean. Me desculpe.

Ella ergue a barra do vestido e dispara pelo corredor, a mãe cambaleando atrás dela. Tyler ergue as mãos como se buscasse sinalizar que não quer fazer parte dessa novela, então desce do gazebo e corre para o estacionamento. E Dean? Bem, Dean fica parado no mesmo lugar, o olhar enevoado enquanto passa a mão na nuca.

Com uma expressão séria, Max para atrás do melhor amigo e coloca as mãos no ombro de Dean. Há uma determinação inflexível em seus olhos enquanto fala alguma coisa no ouvido dele. A enxurrada de palavras se enrola em Dean como uma armadura, endireitando sua postura e relaxando o vinco em sua testa. O homem que está ali parado não sente vergonha do que acabou de acontecer, e está desafiando qualquer um a dizer que ele deveria.

Eu com certeza não faria isso. Na verdade, agora estou totalmente convencida de que fiz a coisa certa, e é só por esse motivo que não saí correndo depois de falar. A pessoa que Ella ama não é um ex-namorado de muito tempo atrás que surgiu no último minuto para relembrar sentimentos há muito esquecidos. Não. *Ele faz parte do casamento.* O que significa que ele estaria por perto do casal nos anos que se seguiriam. Assim como a amiga da minha mãe (e *atual* esposa do meu pai) que ficou o tempo todo à espreita até entrar em cena e roubar o lugar da minha mãe. Gostaria que alguém tivesse feito isso no dia do casamento dela. Talvez a vida da minha mãe fosse completamente diferente. Mas não, ela teve que descobrir a verdade sozinha, anos depois, quando já estava presa a ele... por minha causa.

É uma pena que ninguém tenha como saber dessa linha de raciocínio ocorrida em um momento tão inoportuno. O pai da noiva, cujas sobrancelhas grossas franzidas em desgosto combinam perfeitamente com os lábios pressionados, parece particularmente irado enquanto marcha pelo corredor na minha direção.

Quando se aproxima de mim, dou um passo para trás e ergo meus punhos, meu corpo instintivamente preparado para desviar de qualquer contato físico. Sei que sou a destruidora de casamentos aqui, mas, se for preciso, vou meter a porrada nesse cara.

— Mocinha, não sei quem você é, mas isso foi extremamente inapropriado. O que isso significa? Você não tem o direito de...

— Espera aí, Jim — protesta Lina, surgindo do nada como uma feiticeira e parando na minha frente —, Jaslene vai dizer aos convidados que vamos fazer um breve intervalo. — Ela vira a cabeça para me encarar. — Enquanto *nós* resolvemos isso.

Lina fala no fone de ouvido enquanto nos apressa para dentro do hotel, gesticulando para que o restante dos envolvidos no casamento nos siga. Seu rosto não demonstra nada, mas conheço minha prima: ela está controlando as próprias emoções em silêncio e prevendo como lidar com as emoções dos outros.

Esperamos até que Dean e Max se juntem a nós em uma pequena sala de jantar. Sem conseguir olhar nos olhos de ninguém, mexo nas mangas da minha blusa e faço tudo que posso para melhorar minha aparência. O que eu tinha na minha cabeça ao colocar uma blusa branca para trabalhar como assistente de maquiagem? Agora estou toda manchada e borrada e pareço desalinhada. *Odeio* não estar preparada para a batalha. E não estou brincando. A coisa vai ficar séria.

Assim que Dean e Max chegam, o pai da noiva começa a me acusar:

— Isso é um ultraje e não vou tolerar que uma mulher vingativa mexa com a cabeça da minha filha em uma tentativa patética de roubar o noivo — diz ele, apontando o dedo para mim. — Você vai lá fora agora mesmo e dizer aos convidados exatamente o que está acontecendo, ou eu...

— Ou você *o quê?* — digo, levantando a voz para combinar com o rugido do meu sangue fervendo. — Senhor, eu não conheço a sua filha. Nem sequer conheço o noivo, para falar a verdade. Mas eu sei o que ouvi e...

— Parem com isso, vocês dois — interrompe Lina, a voz exasperada. — Essa discussão não vai ajudar em nada — diz, e então se vira para o pai de Ella. — Jim, essa mulher é minha prima, e posso assegurar que seja lá o que você esteja pensando, está errado.

— Quero falar com Solange — diz Dean de repente. — Sozinho.

O tom autoritário surpreende a todos, todas as cabeças se virando em sua direção como se ele estivesse usando o poder da mente para nos forçar a obedecer. O tom amigável que chamou minha atenção nos corredores lá em cima desapareceu completamente. Ele deve estar devastado. No lugar dele, eu estaria também arrasada. Chegar ao estágio de querer compartilhar o resto da sua vida com alguém e no último momento descobrir que a pessoa não está tão empenhada na relação quanto você? É de despedaçar a alma, e pode ser que Dean nunca se recupere disso.

Lina olha para nós dois e faz que sim.

— Tudo bem. Vamos dar um minuto para eles.

Dean e eu ficamos parados. Todos os outros saem do quarto devagar. Todos menos o bom e velho Jim, é claro. Em vez de sair em silêncio como os outros, ele sai em um rompante, vociferando ao celular para formar a imagem completa de pai da noiva puto da vida.

Quando as portas se fecham, eu respiro fundo.

— Sinto muito, Dean. Eu sei o que ouvi, e achei que você deveria saber.

Ele olha para mim, a expressão desconfiada.

— O que você ouviu? E quando você ouviu? Antes ou depois de a gente se encontrar no corredor?

Engulo em seco, absorvendo a insinuação em sua pergunta: se foi antes, eu poderia tê-lo poupado da vergonha de ser abandonado no altar em frente aos convidados. Como posso explicar de um jeito que ele vá entender? *Seja honesta, Solange.*

— Antes. Mas não achei que cabia a mim dizer alguma coisa. Pensei que existisse a possibilidade de você não se importar. — Dean arregala os olhos, mas continuo falando: — Então, ouvi seus votos. Você disse que só queria fazer isso uma vez, e a primeira reação dela foi olhar atrás de você. Para alguém que obviamente ainda está na vida dela. *Ela* queria que *aquele* homem interrompesse o casamento. Quando ficou óbvio que o cara não faria isso, ela simplesmente aceitou se casar com a segunda escolha. Que era você. Você acha que eu errei? Teria sido melhor ficar quieta?

Assim que faço essas perguntas, tenho vontade de retirá-las. Dean não tem a obrigação de me absolver da culpa que sinto. Fiz o que pensei ser a escolha certa, e preciso lidar com as consequências, independentemente de como ele reagir.

— Temos um relacionamento aberto — diz ele, seco. — Isso explica por que não teria importado.

Meu estômago se revira. *Putaquepariu.* Devia ter mantido minha boca enorme fechada. Criei uma megaconfusão sem motivo nenhum.

— Ah, Dean, me desculpa — digo, e meus olhos se enchem de lágrimas. — Então devo um milhão de desculpas para você e para Ella.

— Solange, relaxa. Eu estou só brincando.

Meus joelhos cedem, e o aperto em meu peito se afrouxa. Coloco as mãos nos ombros de Dean e o empurro para trás com suavidade.

— Nossa, qual é o seu problema? Não tem graça.

Ele me puxa a centímetros de distância de seu corpo e passa o dedão embaixo do meu olho a tempo de secar uma lágrima.

— Não, não tem, mesmo. Mas você está fazendo o maior drama por causa disso, e é a *minha* vez de ser dramático. Para de roubar o meu momento, caramba.

Eu o encaro, incerta do que pensar da reação dele diante do caos que acabou de viver. Um homem, agindo dessa forma? Será que ele foi condicionado a pensar que os homens devem parecer imperturbáveis mesmo em situações catastróficas como essa?

— Calma aí. Você não está bravo?

— Estou decepcionado, mas vou sobreviver. É complicado, ok? Agora, antes que isso vá longe demais, me diga exatamente o que você ouviu.

Ai meu Deus, por quê? Talvez, se eu fingir que não estou aqui, ele vá embora. Fecho os olhos e congelo no lugar. Quando não sinto mais nenhum movimento à minha volta, abro um olho.

— Solange, eu consigo ver você.

— Não, não consegue.

— *Sim,* eu consigo — diz ele, parecendo se divertir com a situação.

Isso está mesmo acontecendo? Ele não se importou nem um pouco com tudo o que acabou de acontecer?

— Solange, eu preciso saber. Você provavelmente é a única pessoa que me diria a verdade sem dourar a pílula.

Bom, colocando as coisas dessa forma, como posso me negar a contar? Talvez, se for fiel aos fatos, eu consiga me livrar disso. Olhando nos olhos de Dean, repasso os principais pontos do ocorrido.

— Ella estava parada nas escadas, entre um andar e outro. Ele...

— Tyler.

— Sim, Tyler. Estava dizendo para ela não fazer alguma coisa. Casar com você, acho. Disse que ela se arrependeria. — Eu torço as mãos e continuo: — Então ela disse que o amava e perguntou se ele finalmente estava pronto para admitir o que sentia por ela. Ele não respondeu e depois disso não ouvi muito mais. É o suficiente para você entender? — Minha voz está tensa; basta um puxão para eu me desenrolar como um novelo. — Não estou mentindo, Dean.

— Eu acredito em você. Não tenho motivos para não acreditar — diz ele, passando as mãos pelo cabelo já não tão arrumado, depois abaixa os braços, derrotado. — Nossa, que confusão.

Querendo confortá-lo, dou um passo à frente e gentilmente acaricio seu braço. Ele olha para o lugar onde nossos corpos se conectam, seus olhos se estreitando naquele ponto como se a resposta para o enigma matrimonial pudesse ser encontrada ali. Percebendo que não tenho o direito de tocá-lo, afasto a mão.

— Desculpa. Passei dos limites.

Estou me desculpando por muito mais do que invadir o espaço pessoal dele. Espero que saiba disso.

— Não se preocupe. Agradeço sua preocupação com a coisa toda.

Dean endireita os ombros, fazendo sumir qualquer vestígio da postura abatida de momentos atrás.

— Bem, acho que eu preciso procurar a Ella. — Dando um longo suspiro, ele desamarra a gravata e a deixa pendurada no pescoço. — Tenho que ir. — Ele caminha até a porta e a abre. Antes de sair, se vira e inclina a cabeça enquanto me analisa. — Você vai ficar bem?

Se *eu* vou ficar bem? Meu Deus, que pergunta estranha. Eu deveria ser a menor das preocupações nesse momento. Dando um sorriso sem graça, sinalizo para ele continuar.

— Vou, sim. Vai lá fazer o que você precisa fazer. E, Dean…

— Oi?

— Se tiver algo que eu possa fazer para ajudar, Lina sabe onde me encontrar.

— Acho que você já fez o suficiente — brinca ele, os lábios curvados em um sorriso divertido.

Resmungando, finjo enfiar uma adaga no peito.

— É brincadeira — diz ele, fazendo uma leve reverência enquanto sai da sala. — Daqui pra frente é comigo.

Ele está certo: eu fui só o gatilho; o resto da confusão é com ele.

Assim que ele sai, abaixo a cabeça e inspiro pesado.

Isso. Foi. Horrível.

Quando olho para cima de novo, Jaslene está de pé no limiar da sala, olhos estreitos, prancheta abaixada, como se estivesse se preparando para o momento do duelo no Velho Oeste.

Jaslene pode ser meiga, mas ela não é fracote. Tem uma vibe que é uma mistura deliciosamente aterrorizante da energia de "gentileza gera gentileza" e "vou acabar com essa vaca".

Ela entra e fecha a porta, o olhar fixo em mim o tempo todo.

Meu Deus. Não tenho um segundo de paz.

DEAN

Encontro Ella andando de um lado para o outro na suíte de núpcias. Está descalça, de cabelo solto e a área próxima aos olhos é um caleidoscópio de maquiagem borrada. Assim que a porta se fecha atrás de mim, ela para no lugar.

— Por essa eu não esperava — digo, enfiando as mãos nos bolsos da calça.

Ela soluça antes de me responder.

— Ai meu Deus, Dean. Me desculpa. Eu estraguei tudo e fiz você de bode expiatório. Por favor, acredite em mim: eu nunca quis que as coisas acabassem desse jeito.

Atravesso a sala e sento no sofá, fazendo sinal para que ela se junte a mim. Ela encara o gesto com desconfiança, como se minha educação pudesse ser apenas um truque. Mas Ella deveria me conhecer melhor do que isso. Se bem que, ao que tudo indica, não nos conhecemos tão bem assim.

— Ella, não estou chateado. Só quero entender.

Ela sobe o vestido e se aproxima, então arruma um monte de tecido como se estivesse brigando com um paraquedas antes de finalmente se acomodar ao meu lado.

— Então, me fale sobre o Tyler.

Ela se inclina para a frente e apoia os cotovelos no colo, o rosto franzindo.

— Somos amigos desde sempre.

— *Só* amigos?

Ela assente.

— Juro que sim. Mas eu sou apaixonada por ele... bom, desde sempre. Eu juro que pensei que tinha superado. Pensei que podia me casar com você e esquecer dele. Mas quando ele me confrontou hoje, pensei que a gente finalmente estivesse de acordo, e tive *certeza* de que ele estava pronto para confessar que me amava. Spoiler: não estamos de acordo e ele não estava pronto.

Eu suspiro. Não tem por que fazer Ella se sentir pior do que já se sente. Mas, verdade seja dita, tinha algo bom acontecendo na vida dela e, mesmo assim, ela decidiu virar seu mundo do avesso por alguém que não retribuiria seus sentimentos. Não estou com raiva. É claro que ela é livre para fazer e pensar o que quiser. Ainda assim, pensei que tínhamos chegado a um acordo — que o que eu estava oferecendo era o suficiente — e estou decepcionado com a súbita mudança de opinião. Ela não poderia ter descoberto isso antes de fazermos aquela porcaria de registro na Crate & Barrel? A lembrança de como aquela vendedora dirigia todos os comentários a Ella ainda me irrita. Eu posso muito bem apreciar um ambiente elegante tanto quanto qualquer outra pessoa.

— Mas se você estava se sentindo assim, por que decidiu seguir em frente com o casamento? — pergunto.

Ela olha para o chão. Como se o que tivesse a dizer — ou o que não pudesse dizer — fosse terrível demais para encarar.

Puta merda, é pior do que eu pensava.

— Você estava blefando, e ele pagou para ver.

Ela levanta o queixo, enxugando as bochechas manchadas de lágrimas.

— Sim. Não — diz, erguendo as mãos e balançando a cabeça. — Não sei.

— Uma pequena parte de você esperava que ele se levantasse e impedisse o casamento. É isso?

Antes que ela pudesse responder, alguém bate à porta da suíte. Do corredor, Lina grita:

— Ella. Dean. Posso falar com vocês um instante?

Ah, certo. Estamos no meio de um maldito casamento e os convidados devem estar se perguntando o que está acontecendo. Eu me levanto do sofá e abro a porta. Lina enfia a cabeça para dentro. Ela olha de mim para Ella e faz uma careta de desculpas.

— Preciso saber o que dizer aos convidados. Se vocês querem que eu enrole...

Enrolar seria útil se houvesse qualquer chance de seguirmos em frente com isso, mas não há. Quando concordamos em nos casar, nós dois também prometemos ser honestos, sempre atenciosos e respeitosos um com o outro. Mas Ella estava escondendo coisas de mim. E mesmo que esteja disposta a reprimir o que sente por Tyler agora, pode não conseguir depois. Aonde isso me levaria? Prefiro não descobrir. O objetivo da coisa toda era construir uma base sólida desde o primeiro dia, não começar um casamento em terreno instável.

— Acho justo dizer que o casamento foi cancelado — respondo para Lina —, você não concorda, Ella?

Ella cobre o rosto com as mãos e faz que sim.

Lina entra.

— Eu sinto muito. Jaslene e eu vamos informar os convidados. Não se preocupem com mais nada. Minha equipe vai lidar com os fornecedores e falarei separadamente com cada um de vocês no início da próxima semana, ok?

Com um último olhar preocupado em minha direção, ela se retira. Eu e minha ex-noiva ficamos sozinhos de novo.

— Vou deixar você se trocar — digo.

— O que você vai fazer agora? — pergunta ela.

É uma pergunta absurda. Isso me lembra aqueles comerciais de televisão de antigamente, quando o quarterback do time vencedor do Super Bowl respondia que estava indo para a Disney.

— Ora. Não importa o que vou fazer daqui pra frente, né?

Ela sufoca um soluço e diz:

— Espero que possamos continuar amigos.

— Não tenho tanta certeza de que seja uma boa ideia, mas desejo muitas felicidades para você, Ella. E espero que consiga aquilo que tanto quer.

— Por favor, Dean. Saiba que eu nunca quis te machucar.

— Eu sou bem grandinho, Ella. Vou ficar bem. — E é verdade. Eu me importo com Ella. Imaginava um futuro juntos. Mas se ela não tem intenção de fazer parte da minha vida, não posso fazer nada para mudar isso. — Se cuida.

Saio da suíte, a cabeça ainda girando. No espaço de uma hora, o dia foi de cem a zero. Porra.

Na verdade, eu *sei* o que vem a seguir.

Terceiro passo revisado: ficar bêbado.

Status: Providenciando agora.

— Beber não vai ajudar você a se sentir melhor, Dean.

Estou largado no canto do bar do hotel, bebericando um uísque Macallan com gelo, e alguém apareceu para cortar meu barato. Levanto os olhos e vejo minha mãe, os lábios contraídos e a expressão desconfiada.

— Mãe?

— Posso?

— À vontade — respondo, apontando para o banco ao meu lado.

Ela se senta e levanta um dedo para chamar a atenção do barman. Após fazer seu pedido — um refrigerante, nada característico dela —, se vira para me encarar.

— Lamento que este dia não tenha saído do jeito que você esperava.

— Não é culpa sua.

— Não tenho tanta certeza.

— Como assim?

Ela suspira.

— É só que… não me entenda mal, filho, mas Ella não é o tipo de pessoa que imaginei para você.

Me afasto para olhá-la nos olhos, jogando a ponta da gravata para trás.

— Por que não? Ella é uma mulher inteligente, ambiciosa, bonita, charmosa.

— Isso não me diz muito — diz ela, mal contendo a careta. — Parece um checklist.

— Checklists são excelentes para lidar com pessoas. Não descarte antes de tentar.

— Passo — diz, rindo. — Prefiro deixar o coração me guiar.

Como sempre, evito apontar o óbvio: o coração dela tem sido um guia nada confiável por anos. Mas tendo em vista que minha mãe não conseguiu aceitar esse fato até hoje, acho que é um caso perdido. Ela pode apagar seu passado o quanto quiser, mas eu também estava lá.

Para minha surpresa, ela faz algo que não fazia há anos: passa os dedos pela frente do meu cabelo como se estivesse tentando arrumá-lo com cuidado, depois o despenteia.

— Sei que você acha importante estar sempre no caminho certo, mas isso não significa que você não pode se dar espaço para se apaixonar por alguém também. Eu acho que você merece ter a experiência completa, Dean. Aquele momento em que a pessoa que você ama entra em um ambiente e um calorzinho gostoso vai se alastrando pelo peito, e tudo que você quer fazer é correr até ela e abraçar bem apertado? Não descarte *isso* até você tentar.

— Esse calorzinho gostoso que se alastra pelo peito é instável e afeta nosso poder de decisão. Faz a gente ignorar coisas que deveriam ser um alerta vermelho. Convence a gente de que isso, e só isso, importa, mas, se usarmos a razão, sabemos que nunca vai ser assim. É por isso que Barnett se casou com Amber apesar da preocupação com as dívidas que ela tinha no cartão de crédito por comprar maquiagens e dos débitos estudantis que nunca pagava.

Ela me olha com perplexidade.

— Quem são Barnett e Amber?

— Eles são de um reality show da Netflix chamado *Casamento às cegas*. O experimento era fazer pessoas ficarem noivas antes de se conhecerem cara a cara. Eles tinham encontros em salas individuais e...

As sobrancelhas da minha mãe se unem.

Gesticulo como se não valesse a pena continuar falando.

— Enfim, algumas pessoas estavam falando desse programa no trabalho porque foi renovado para a segunda temporada, então fiquei curioso. Enfim, você entendeu o que quis dizer.

— Mais ou menos, mas, como sempre, você já decidiu tudo na sua cabeça, não é?

Alguma coisa em seu tom de voz me faz pensar que isso não é um elogio.

— E se eu bem conheço você — acrescenta ela —, vai se recompor e voltar para o mesmo caminho de sempre rapidinho. Enfim, eu só queria avisar que Harvey e eu vamos fazer uma viagem de trailer. Escalar na Península Olímpica, depois uma visitinha ao Lake Crescent. Estamos indo amanhã de manhã.

— Com o que o Harvey trabalha mesmo?

Ela revira os olhos, obviamente querendo que eu perceba que a pergunta a irritou.

— Piloto de avião aposentado. Ele é uma boa pessoa. Me trata bem.

Já ouvi essa frase tantas vezes sobre tantos antigos namorados que em algum momento se tornaram ex-namorados que estou começando a me questionar se ela sabe o que de fato é ser bem tratada. Todas as decepções, as lágrimas, a prontidão com que ela virava as costas para a gente só para depois descobrir que o cara não estava tão a fim dela. Ela não se lembra de nada disso, mas eu me lembro. E não vou ser condenado a repetir os erros dela.

Há certa vantagem em ser guiado pelo pragmatismo. Por exemplo: Ella e eu não nos contorcemos para cabermos na vida um do outro; só nos encaixamos. E agora que não estamos mais juntos, podemos nos desencaixar sem grandes confusões. Mas não é assim que Melissa Chapman funciona. Nunca foi, nem nunca vai ser.

A verdade é que quero que minha mãe seja feliz, mas consigo ver com nitidez que ela está procurando pela felicidade nos lugares errados; Harvey e Lake Crescent são apenas os destinos mais recentes. Quem sabe, talvez dessa vez dê certo. Pelo bem dela, espero que sim. Mas não tenho grandes esperanças. Nem mesmo médias.

— Divirta-se — digo, porque, conhecendo-a como conheço, sei que ela espera pela minha aprovação. — E se cuide. Tente evitar aparecer em um documentário do *National Geographic* como uma história de alerta. Sem selfies com ursos-negros, beleza?

Ela sorri e envolve meus ombros com um braço, apertando de leve antes de se levantar.

— Se cuide, querido.

— Como sempre — digo, forçando um sorriso.

Não é a minha intenção provocá-la, mas ela fica pálida mesmo assim. Acredito que um coração cheio de remorso assuma a culpa mesmo quando ela não é justificada.

Capítulo Quatro

SOLANGE

Ontem eu destruí um casamento e lidei com uma montanha-russa de emoções como consequência. Então hoje estou desesperada por um colo de mãe — e por lanchinhos. O melhor lugar para conseguir as duas coisas é o Rio de Trigueiro, a mercearia e café brasileiro que minha mãe e suas duas irmãs comandam em um centrinho comercial em Maryland. Recentemente, isto se tornou uma espécie de ritual também: eu devoro a comida grátis e absorvo toda a atenção delas, depois minha mãe e eu fazemos trabalho voluntário juntas no jardim comunitário do bairro.

Quando abro a porta da loja no domingo à tarde, vejo minha mãe murmurando sozinha, as sobrancelhas erguidas em preocupação enquanto limpa a parte de cima da vitrine de **salgadinho**.

— **Mãe**, qual o problema?

Ela se endireita na mesma hora, a expressão relaxando.

— Está tudo bem. Muita coisa para pensar, é só isso.

— **Filha, fecha a porta** — diz **tia** Viviane enquanto passa depressa, sem parar. — Desse jeito as moscas vão entrar.

Entro depressa e fecho a porta.

— Desculpa! Eu nem prestei atenção.

Se minha mãe e as irmãs fossem os Sete Anões, a mãe de Natália, Viviane, seria o Zangado; minha mãe seria o Dengoso; e a mãe dos meus primos Lina e Rey, **tia** Mariana, seria o Feliz.

Com travessura em seus enormes olhos castanhos, **tia** Mariana fala com os clientes regulares brasileiros ociosos na cafeteria.

— Se estiverem pensando em se casar, não convidem essa aqui, ok? — brinca ela, rindo ao dizer as próximas palavras. — **Ela dá azar.**

Putz...

É, mas não tenho nem como argumentar contra isso. Ontem mesmo eu estava pensando a mesma coisa. Mas saber que você é um ímã de má sorte e ouvir sua tia dizer isso na frente de todo mundo causa dois tipos de irritação completamente diferentes. Balançando a cabeça, finjo bater nela com uma varinha mágica.

— Vai dormir, Anão sem coração.

— O que isso quer dizer? — diz **tia Mariana**, me olhando desconfiada.

Ignoro a pergunta e dou a volta nela para poder cumprimentar minha mãe — e pegar os lanchinhos.

Por saber a filha que tem, minha mãe já abriu a vitrine e me aguarda com a pinça nas mãos.

— **O que você quer?**

— **Coxinha de frango e empadinha de queijo.**

Ela coloca os salgados em um prato de papel e me entrega, com um guardanapo dobrado enfiado entre dois dedos. Fazemos a troca sem problemas, como se tivéssemos feito isso milhares de vezes; considerando minha leve obsessão por **salgados**, pode ser que tenhamos feito. Solto um gemido quando o aroma intenso paira ao meu redor, e então fecho bem os olhos quando dou uma mordida na **coxinha**. Ok, sexo é bom, mas esse frango perfeitamente temperado envolto nessa massa dourada e perfeitamente frita *nunca* decepciona. E o bônus? Não é preciso ficar de conversa fiada com ninguém para aproveitar.

Minha mãe, os cachos castanho-escuros surgindo debaixo do lenço de seda, apoia a pinça e muda itens de lugar no balcão sem motivo aparente.

— Qual é a dessa cara amarrada e por que você está toda inquieta? — pergunto entre mordidas generosas.

Minha mãe sempre foi um poço de nervosismo perto de pessoas que não conhece; mas ela raramente fica tão inquieta assim perto de mim, o que significa que tem alguma coisa acontecendo.

Tia Viviane anda em zigue-zague pelo corredor à nossa direita enquanto coloca produtos nas prateleiras da despensa.

— É melhor falar logo, Izabel. Ela vai acabar descobrindo.

Minha mãe range os dentes para a irmã mais velha, então me segura pelo braço.

— Vem. Vamos sentar.

Ah, não. Tivemos uma conversa dois dias atrás. O que diabos aconteceu nesse meio-tempo?

Nos sentamos a uma mesinha no canto do café, as cadeiras posicionadas para ficarem de frente uma para a outra. O desconforto na boca do estômago está acabando com meu apetite, então coloco os salgados na mesa e pego a mão dela.

— Seja o que for, vamos resolver juntas. Eu prometo. Só me conta.

Ela assente.

— Tá bom. Foi isso que aconteceu: Lina contou para a Mariana sobre o casamento de ontem, então a Mariana foi no WhatsApp e contou para nossa família no Brasil. Aí eles ligaram, e estávamos todos ao telefone, e começamos a falar sobre as crianças todas e o que elas têm feito. Lina e Max. Natália e Paulo e a gravidez. Rey e o namorado mais recente. Aí, a Cláudia começou a tagarelar e dizer que você nunca vai encontrar alguém, e não sei por quê, eu disse para ela que você estava namorando alguém e que estava ficando sério. — Minha mãe abaixa a cabeça e acrescenta: — Desculpa, filha. Não sei por que menti, mas ela estava sendo tão intrometida que eu só queria calar a boca dela.

Deixo escapar um suspiro e o nó no meu estômago se desfaz. Meu Deus, era só *isso*? Nunca mais vou recuperar o ano de vida que perdi enquanto ela contava a história. Mas, agora que não estou mais imaginando o pior, posso focar em diminuir a culpa da minha mãe. Não é de se surpreender que nossa prima Cláudia a tenha provocado pelo telefone; ao longo dos anos, ouvi minha mãe e tias falarem a respeito da nossa maravilhosa família do hemisfério sul, e o nome de Cláudia surgiu nessa conversa algumas boas vezes. Até onde sei, ela é a isolada, a parente mais tradicional, a que acha que as primas não são exatamente bons modelos por serem mães solo.

Acontece que Cláudia não poderia estar mais errada. Foi pelo exemplo que minha mãe me deu que aprendi a ser intransigente em matéria de amor. Ela se recusou a aguentar as palhaçadas do meu pai, e eu também me recuso a tolerar homens que não podem ou não querem se entregar completamente. Estou cansada de caras que tratam relacionamentos como se fosse uma batata quente, sabe? Se eu me comprometo por inteiro, o mínimo que eu espero é reciprocidade. Para minha sorte, apesar de alguns deslizes no começo, consigo enxergar de longe quando o cara não está disponível emocionalmente. *Pode chover. Pode trovejar. Nem que o cara seja o maior gato, nunquinha que isso vai rolar.* E daí que isso quer dizer que não tenho um relacionamento sério faz anos? Sei do meu valor, e não vou deixar ninguém me diminuir. Uma coisa é certa: não estar em um relacionamento é melhor do que estar em um relacionamento ruim. Porque um único relacionamento ruim pode mudar a vida da gente para sempre.

Ainda assim, sei que as críticas de Cláudia mexem bastante com minha mãe, então a decisão dela de contar uma mentirinha faz sentido neste contexto. É bastante inofensiva, principalmente porque eu quase não interajo com Cláudia.

— Não se preocupa com isso, **mãe** — digo, pegando meu prato de novo. — Não é nada de mais. Na verdade, já até esqueci.

— Mas tem mais...

Quem diz isso é **tia Mariana**, um pouco animada demais, de onde está parada perto da geladeira de bebidas.

Encaro minha mãe, esperando por uma explicação.

— Bom, hum — balbucia ela, o olhar pairando em algum lugar acima de mim. — É que ela e a família estão vindo visitar na primeira semana de agosto. O marido dela tem uma coisa do trabalho em Nova York, e ela perguntou se poderia conhecer a pessoa que você está namorando quando estiverem aqui. — Nesse momento, minha mãe se joga na cadeira. — Eu não estava pensando direito, então disse que sim. **Uma confusão, filha...**

E bota confusão nisso... Mas eu *não* vou fazer minha mãe se sentir ainda pior. Vai contra meu código de conduta em três pontos: ajudar os outros da melhor forma que posso, nunca fazer nada pela metade e *sempre* respeitar minha mãe. O último item é o mais importante. Essa mulher passou por poucas e boas com meu pai, um cara que estava apaixonado por outra pessoa desde o começo e tratou minha mãe como um prêmio de consolação. Depois que ele foi embora, ela e as duas irmãs criaram a mim e meus primos, abrindo mão de muita coisa pelo caminho. Então não tenho paciência com nada nem ninguém que ameacem o bem-estar da minha mãe.

— Mãe, não precisa se sentir mal. Você não mentiu — eu digo, abrindo um sorrisinho. — Eu *estou* saindo com alguém e *está* ficando sério.

Ela arfa.

— Você está?

Balanço a cabeça e dou uma piscadinha marota.

— Não. Mas viu? Eu posso *fingir* que estou saindo com alguém enquanto nossos primos estiverem aqui. Eu até tenho a pessoa perfeita para isso.

— Quem é ele? — pergunta ela, suspirando aliviada.

— Pode ser "ela", Izabel. Ou uma pessoa não binária — observa tia Mariana.

Ergo a cabeça para olhar para minha tia, que ri.

— O que foi? — diz ela. — Rey e eu falamos sobre essas coisas.

Minha mãe dispensa a irmã com um aceno de mão.

— Não faz diferença para mim. Só preciso que seja convincente.

— Vou pedir para o Brandon — comento, querendo que as duas parem.

Ela arregala os olhos, enormes como pires. Sim, meu melhor amigo e colega de apartamento vai ficar chocado ao saber que finalmente confessamos nosso amor um pelo outro e estamos namorando. Para minha sorte, Brandon é aspirante a ator e sempre topa uma pequena improvisação.

Minha mãe bate palmas.

— É perfeito! Brandon é um ótimo rapaz.

— Exatamente. Então, quando Cláudia e a família vierem visitar, vou me certificar de arrastar ele comigo. E depois é só você falar para eles que não deu certo.

Até porque essa é a trajetória de todos os meus relacionamentos mesmo. Ao que tudo indica, jurar nunca me envolver com homens emocionalmente indisponíveis reduz bastante as opções. Quem diria?

Ao me lembrar do enredo do romance que ocupa minha mesinha de cabeceira atualmente, não posso deixar de me perguntar se esse poderia ser o começo da minha história de amor: amigos que se transformam em amantes por causa de um relacionamento falso. Nah. Levando meu histórico em consideração, um felizes para sempre como esse é tão provável quanto encontrar um urso mutante na fila do Dunkin Donuts aqui do bairro.

— Fico tão aliviada por você não estar com raiva de mim — exclama minha mãe, sorrindo para mim como se eu fosse a melhor filha do mundo. — Haha, vou até poder dizer para a Cláudia que o relacionamento de vocês é tão sério que estão morando juntos. — Ela pisca para mim como se estivéssemos tramando juntas. — Ninguém precisa saber que você e o Brandon são *só* colegas de apartamento. **Que maravilha!**

Ver minha mãe feliz de novo é exatamente o que eu queria.

Problema desagradável. Solução fácil. Resolvido.

— Agora — diz ela, parecendo um pouco mais relaxada. — Me conte o que está acontecendo na faculdade. Já te ofereceram um emprego?

Ah, meu pai do céu. Lá vamos nós outra vez.

Já tentei explicar a situação um milhão de vezes, mas ela só guarda as partes que se encaixam na visão de futuro que tem para mim. Meu cargo na Academia Vitória não era para ser permanente; é uma imposição da minha bolsa de estudos da faculdade. E claro, tem sido uma experiência incrível, mas meu ano em D.C. será breve, e não quero que minha mãe pense o contrário

— **Mãe, por favor não crie muitas esperanças, tá?** Eles não têm a obrigação de me oferecer um emprego. Na verdade, o dinheiro está tão em falta que é quase certeza de que não vão conseguir contratar mais ninguém. — Talvez, se eu disser isso mais uma dúzia de vezes, ela finalmente aceite que não vai acontecer. — Além disso, tenho uma ótima oportunidade para voltar para meu antigo emprego se quiser.

Voltar para a CFI, uma ONG de construção de casas para famílias de baixa renda nos Estados Unidos e no exterior, seria quase lógico; eu poderia viajar por todo o país e, como coordenadora de desenvolvimento da força de trabalho da ONG nos Estados Unidos, estaria fazendo exatamente o trabalho no qual me especializei.

— Mas Ohio fica tão longe — reclama ela, franzindo a testa. — E toda sua família está aqui. E se você precisar de mim, *filha*? E se você encontrar alguém e tiver filhos? Eu não estaria lá para ajudar você.

Olho ao redor como se não quisesse que ninguém escutasse nossa conversa, então me inclino e entrelaço meus dedos nos dela.

— Bom, não sei como você vai reagir a isso. Quer dizer, é uma novidade chocante, e pode ser coisa demais para absorver. Mas, sabe, existem umas coisas chamadas — sussurrando, me aproximo ainda mais — avião, trem e celular. Dá para se comunicar com pessoas que moram em outros estados e até visitar, se a gente quiser.

Soltando minhas mãos, ela revira os olhos, então me dá um peteleco na testa.

— **Você é uma sabichona, mas eu te amo.**

Minha mãe sempre muda para o português quando está basicamente dizendo que dei uma de espertalhona.

— É brincadeira, e eu também te amo, mãe.

Olho para meu relógio, então recolho o lixo da mesa.

— Pronta para ir embora?

— Em breve. Preciso ir ao banheiro primeiro — diz ela, tirando o avental enquanto se levanta. — Mal posso esperar para ver como está a área toda sem aquelas ervas daninhas.

O jardim comunitário no qual estamos trabalhando ainda está em seus primeiros passos, então seria mais correto descrevê-lo como um pedaço de terra que ainda estamos preparando para o plantio. Pedi à minha mãe que ajudasse torcendo para que ela se interesse a ponto de continuar cuidando dele depois que eu for embora. Mas, acima de tudo, estou aproveitando bastante nosso tempo juntas.

— Está ficando muito bom — digo. — Queria poder ficar por aqui para ver tudo crescer.

Ela acaricia meu braço antes de ir para os fundos da loja.

— Você ainda vai estar aqui, filha. Sinto no fundo do meu coração.

Não, não vou, mas ela obviamente não está pronta para aceitar o inevitável. O que significa que minha mãe terá um choque de realidade no final do verão. Só que não tem como evitar. Porque ela não merece viver para sempre à sombra dos erros de outra pessoa.

Capítulo Cinco

Olney & Henderson, PL
Washington, D.C.
uma semana depois

DEAN

Furo de reportagem: o primeiro dia de volta ao trabalho depois de ter seu casamento cancelado é uma merda.

Se eu fosse outra pessoa, estaria preocupado em perder o emprego. Mas eu sou eu, e a caminhada da vergonha pelo andar principal da Olney & Henderson é um rito de passagem inevitável quando se é o foco da fofoca do escritório. A essa altura, todo mundo já sabe que não me casei enquanto estava de férias. E também sabe o porquê.

Em um ambiente como este, em que todos estão em competição escancarada ou por baixo dos panos, é crucial não fornecer muita munição às pessoas. Sabendo disso, escolhi convidar só dois colegas da Olney para o casamento: minha assistente, Ginny Sloane, e Michael Benitez, um sócio minoritário com dois anos a mais de empresa do que eu e a única pessoa que considero um amigo de verdade aqui dentro.

Michael espalhou a notícia do término a meu pedido, uma historinha pronta que criamos juntos para que ninguém se sentisse inclinado a me pedir mais detalhes. Mas tenho certeza de que Ginny preencheu as lacunas com seus próprios comentários pitorescos, e é esse o motivo para tanto fuxico no escritório.

Até agora, não ouvi nenhuma risadinha, mas vejo vários pares de olhos arregalados, e tantas pessoas soltando pigarros quando passo por elas que seria de se pensar que todo mundo no maldito escritório está desidratado. Puta merda, isso vai ser difícil. Não que eu me importe com *o que* as pessoas pensam; o que incomoda é o fato de que estejam pensando *sobre* a minha vida pessoal.

Depois de passar pelo corredor da morte, me sento diante da minha mesa e inspiro fundo.

Em segundos, Michael entra no meu escritório e fecha a porta.

— Só para você já estar ciente antes da reunião daqui a pouco, os sócios estão considerando reduzir algumas das suas tarefas.

Por sócios ele quer dizer sócios majoritários, o topo da hierarquia do escritório de advocacia. Diferente de Michael, que é um sócio não igualitário, eles são os verdadeiros donos da companhia e tomam todas as decisões importantes, coisas como qual associado sênior vão convidar para o grupo da hierarquia superior.

Tomo um gole de café como se não estivesse preocupado com a informação. Nada poderia estar mais longe da verdade.

— E como eles chegaram nesse assunto?

— Como é de se esperar, a notícia do casamento cancelado se espalhou — diz Michael. — Eles acham que talvez você esteja meio chateado com tudo isso e precise de um tempo para se reajustar. Olney disse que ela queria ser mais sensível às necessidades dos associados. Como sempre, Henderson não está nem aí, e reclamou que você tem se ocupado muito com o trabalho voluntário da clínica em Georgetown e que, se fosse o caso, era esse tipo de excesso que você deveria cortar da agenda.

Meu Deus. Faltam seis semanas para que os sócios tomem a decisão sobre o novo associado e a situação está assim: Olney acha que estou com o emocional perturbado e Henderson não está impressionado com minha carga de trabalho. Eles procuram por pessoas ambiciosas, negociadoras, ímãs de clientes, não pessoas que precisam de alguém para segurar sua mão quando um relacionamento romântico dá errado, ou, pior, pessoas que não se dedicam o bastante ao trabalho.

— Por mais que eu odeie admitir, Henderson tem razão. Eu estou bem. E eles *não deveriam* se importar com minha vida pessoal. De um jeito ou de outro, vou deixar isso claro para eles.

— Bom, pode ser que você tenha a chance de fazer isso agora — comenta Michael com um sorrisinho zombeteiro.

— Você é tão furtivo, Michael... E eu amo isso de todo coração. Desembucha.

Ele se senta na ponta da cadeira e inclina o corpo para a frente.

— Alguns meses atrás, um caça-talentos entrou em contato conosco falando de uma associada que estava pensando em procurar uma vaga na área de D.C. Ela se chama Kimberly Bailey. Dizem por aí que a parceira dela está fazendo entrevistas para programas de residência artística por aqui. Bailey é a candidata dos sonhos: formada em direito como destaque na turma, já publicou artigos na área, com cargos federais, 30 antes dos 30 na *Revista de Direito de Atlanta,* a coisa toda. Ou seja, é o peixe que a gente jamais esperaria pescar.

Um eufemismo. Advogados com uma formação como a de Kimberly não costumam deixar seus escritórios, não quando a proposta de parceria está em jogo. Mas uma transferência, ainda mais por motivos familiares, é uma justificativa sólida, que não faz possíveis empregadores erguerem bandeiras vermelhas.

Michael me dá um sorriso semelhante ao do Grinch depois de roubar o Natal.

— E tem mais. O caça-talentos não mencionou, mas as fontes de Henderson informaram que ela é filha de Larry Bailey, conselheiro-geral do Grupo Baxter Media.

Puta merda. O Baxter Media é *gigantesco,* e sei exatamente no que ele está pensando. Com programas de televisão, jornais e propagandas rolando por todo o país, é o tipo de empresa que deve ter *muita* papelada jurídica para resolver. A SwiftNet, uma das principais empresas deles, é uma enorme provedora de internet com sede aqui em D.C. Para uma empresa como a nossa, que se nomeia como um escritório de advocacia para advogados, conseguir um cliente como o Baxter Media nos manteria em operação por muito tempo; recrutar Kimberly Bailey seria o primeiro passo lógico para esse progresso.

— Ela vai vir aqui para uma série de entrevistas — explica Michael — e, a não ser que decida correr nua pelos corredores, nada mais justo supor que vamos fazer uma oferta. Mas ela também está sondando outros lugares, então Olney e Henderson querem se certificar de que a gente vai se destacar.

— E como eles esperam fazer isso?

— Mostrando o quanto é legal trabalhar aqui quando ela e a namorada vierem visitar Washington, Maryland e Virginia. Elas vão estar por aqui nas próximas semanas, e ela pediu para se reunir com associados seniores durante esse tempo. Aparentemente, fez uma brincadeira dizendo que esse é o único jeito de entender de verdade a cultura de uma empresa.

— Ela tem razão — digo, assentindo.

— Os sócios também sabem disso, mas não acham que fazer o de sempre e convidá-la para um jantar chique vai ser o suficiente. Eles querem oferecer um tour pela cidade, guiado por alguém daqui. Levar as duas para "fazer o que quer que os jovens estejam fazendo", foi o que o Henderson disse. Com tudo pago.

— Caramba, eles não fizeram nada disso quando *eu* fui entrevistado.

— Seu pai pode dar milhões de dólares em negócios para o escritório todos os anos?

Eu nem sei onde meu pai está, mas duvido que seja em um lugar bom.

— Acho que não.

— Exato — exclama Michael —, esse lance é coisa de peixe grande.

Sabendo exatamente o que está em jogo, esfrego as mãos em antecipação.

— Então, em outras palavras, preciso me enfiar no que quer que eles estejam planejando.

— Vou colocar em outros termos: se você conseguir fazer com que a Kimberly venha para cá, os sócios vão puxar *tanto* seu saco que você vai precisar de uma plástica pra colocar as bolas no lugar.

Eu o encaro com o olhar vazio.

— Tudo estava parecendo ótimo até você falar isso.

Ele balança a cabeça.

— Foco, Dean. Você quer ser o senhor do seu destino? Porque essa é sua chance.

— Tá bom, tá bom. Obrigado por me apoiar.

Michael faz uma continência.

— Preciso admitir que também estou fazendo isso por mim. É difícil lidar com esses caras. Eles são cheios de firulas, não reconhecem uma ideia boa nem quando ela é entregue embrulhada para presente com uma etiqueta que literalmente diz "ideias inovadoras aqui dentro". Preciso que você se enfie nesse meio e me ajude.

— É o que quero e vou fazer.

Faltando quinze minutos para a Reunião de Segunda de Manhã — com letras maiúsculas mesmo, visto que se trata de um fenômeno muito específico na Olney & Henderson —, eu me sento em uma das cadeiras reservadas para associados que orbitam pelos cantos da sala e espero pela oportunidade de conseguir a tarefa Bailey.

— Última pauta desta reunião — diz Sam Henderson da ponta da mesa de conferências reservada para sócios majoritários —, seniores, temos uma tarefa disponível para um de vocês, depois do horário de trabalho e que não vai contar como hora extra. Alguém interessado?

Henderson está seguindo seu padrão; tudo é um jogo para ele. Essa deve ser a tarefa Bailey, mas está nos testando para ver quem estaria disponível para participar de um projeto extra. Nenhum associado com instinto de autopreservação se ofereceria para algo que não afetará as horas mínimas exigidas, então a maioria das pessoas está olhando para o próprio colo. Mas não eu. Graças a Michael, sei que vai ser uma tarefa relativamente fácil com o potencial de ter grandes recompensas.

Eu ergo a mão.

— Com prazer.

Peter Barnum, um sósia de Ed Sheeran que é o mais próximo que tenho de um inimigo na firma, ergue a mão no mesmo instante.

— Eu também.

Henderson olha para nós dois.

— Dean, eu não acho...

Olney pigarreia, o que faz Henderson revirar os olhos.

— Passem na minha sala depois da reunião, então — diz para nós dois.

Dez minutos depois, Peter e eu estamos na entrada do escritório de Henderson. A assistente do nosso chefe, que só trabalha para ele, nos ignora.

— Peter.

— Dean.

— Fiquei sabendo do seu casamento — diz ele, sem rodeios. — Não dá para vencer todas, acho.

Que babaca. Tudo é uma competição para o cara, e suspeito que ele me veja como seu adversário mais feroz.

— Nossa, acho que essa foi uma das coisas mais legais que alguém já me disse, sabia? Você é um cara muito bacana.

Peter não tem um pingo de semancol. Primeira prova: ele está usando uma camisa polo azul-bebê com gola levantada. Isso me lembra dos idiotas arrogantes que eu costumava atender no refeitório do alojamento da Penn, onde eu estudava e trabalhava. Segunda prova: ele de fato sorri após ouvir meu comentário — como se eu tivesse acabado de elogiá-lo.

Por sorte, a assistente do Henderson se digna a perceber nossa presença e nos libera. Quando entramos, nosso chefe assente e aponta para nos sentarmos nas cadeiras viradas para a mesa dele.

— Dean. Peter. Vou ser rápido. — Fiel à sua palavra, ele nos dá um rápido resumo da tarefa, então volta seu olhar para mim. — Dean, imaginei isso como uma espécie de comitê de boas-vindas. A srta. Bailey e a namorada querem saber mais sobre equilíbrio entre vida pessoal e a carreira aqui no escritório, moradia na área, nossas dinâmicas internas e coisas do gênero. Eu acho que isso pode ser algo mais na linha de Peter. Ele e…

— Molly — observa Peter, parecendo um cachorrinho ansioso demais para ser acariciado.

— Sim, isso mesmo. Peter e Molly acabaram de comprar uma casa em NoVa, então eles podem ser mais adequados para isso.

Henderson é um homem inteligente. Ele não ousaria dizer abertamente que não sou um bom candidato para a tarefa porque não tenho um relacionamento, mas a implicação está lá do mesmo jeito. É um saco estar nessa posição. Se Ella tivesse cumprido sua parte no acordo, eu seria o escolhido para esta tarefa. Em vez disso, estou lutando para me tornar relevante. E, claro, eu *poderia* tentar persuadir Henderson a desconsiderar meu novo status de solteiro, mas sei que ele vive em busca de qualquer motivo para não me dar oportunidades sempre que Olney não estiver por perto para intervir. Henderson me considera uma ameaça desde que um grande cliente o dispensou de uma equipe de julgamento porque queria que eu cuidasse do caso sozinho. Vergonhoso para Henderson, com certeza. Ainda assim, não orquestrei aquela merda, então essa vingança pessoal é desnecessária. Se ele apenas me desse uma maldita chance, eu faria um ótimo trabalho para vender a empresa e a vida em Washigton para Kimberly Bailey. Infelizmente, Henderson não *quer* me dar uma chance, e agora ele tem uma desculpa razoável para essa decisão.

A previsão grosseira de Michael surge em meu cérebro. Na véspera das avaliações dos associados, o que poderia ser melhor do que meus chefes puxando tanto meu saco a ponto de precisar de uma plástica para colocar as bolas no lugar? Metaforicamente falando, é claro. Já estou em um terreno instável com a empresa, o que significa que *preciso* dessa tarefa. Sem isso, é improvável que eu mude as coisas para me tornar sócio aos 30 e, se não o fizer, de que diabos vai ter adiantado ter ficado focado no sucesso todo esse tempo?

Uma mulher com cabelos cacheados e olhos castanhos chocolate imediatamente vem à mente, e minha solução sai sem esforço, a mais pura adrenalina alimentando minha fala perfeita.

— Bem, não mencionei isso antes porque não parecia relevante, mas, já que o senhor disse que queria que essas saídas fossem feitas com nossos parceiros, agora é um momento apropriado para revelar que estou em um relacionamento com alguém, e acho que ela seria um grande trunfo para nosso esforço de recrutar Kimberly Bailey.

— Até parece — diz Peter, disfarçando a frase como se fosse uma tosse.

Henderson inclina a cabeça.

— Você está em um relacionamento sério? Menos de duas semanas depois de cancelar seu casamento?

Eu rio e massageio minha nuca. Merda, minhas orelhas estão ardendo. *Não desmaie, Dean. Não se atreva a desmaiar.*

— É uma reviravolta e tanto, sei disso, mas o resumo da ópera é que a mulher que impediu que meu casamento acontecesse é uma amiga de longa data. E, bem, direi apenas que, assim que a poeira baixou após o cancelamento da cerimônia, percebemos que estávamos reprimindo alguns sentimentos muito grandes. Ela me conhece há mais tempo do que eu trabalho aqui, e dividimos apartamento por anos, então ela é bem qualificada para falar do que observou sobre meu estilo de vida como associado. E, além de tudo isso, ela conhece a cidade como ninguém, e acho que ficaria mais do que feliz em se juntar a nós.

— Qual é o nome dela? — pergunta Peter.

Ele está tentando me encurralar. *Boa jogada, Peter.*

— Solange Pereira.

Peter estreita os olhos, mas não diz nada.

Henderson sabe que sou mais charmoso do que o saco de batatas à minha direita. Quer dizer, Peter se gaba sem ironia de ter "faturado" a esposa assim que disse a ela que se formou em Harvard — um momento que ele descreve como o equivalente em um relacionamento a "pisar muito". Na verdade, faz a gente querer abrir um buraco no chão e sumir. Assim que Henderson analisar a gola insuportavelmente arregaçada de Peter, sua escolha ficará clara.

Mas então Peter acrescenta:

— Você mencionou que a namorada de Bailey está procurando programas de residência artística, certo? Bem, o pai de Molly é professor de arte na NYU. É um quebra-gelo bastante interessante.

Eu cerro a mandíbula com tanta força que devo correr o risco de romper um vaso sanguíneo em algum lugar. Henderson estala os dedos.

— Bem, que tal se vocês fizessem isso juntos, então? Quanto mais, melhor. Acho que com vocês dois na empreitada, a coisa fica mais equilibrada. Um vai ficar no pé do outro. Vai ser divertido. Interessante. Além disso, preciso que vocês sejam sinceros, mas sem serem sinceros *demais*. E não tem forma melhor de controlar a honestidade do que um ficando de olho no outro, não é?

Merda, merda, merdinha-merda-merdão. Já é ruim o bastante eu ter me forçado a fingir um relacionamento, mas agora com Peter na minha cola, de olho em cada movimento meu? Nossa, isso é ruim. Ruim pra caralho. Mas já estou até o pescoço nisso, e seria impossível sair dessa sem prejudicar minha já fraca relação com Henderson.

Está tudo bem, Dean. Você é um lutador. E você sabe como colocar um plano em ação. Pense nisso como a maior tarefa de sua carreira e você vai mandar bem como sempre faz.

Ainda assim, aquela vozinha na minha cabeça está me implorando para prestar atenção aos sinais de alerta. Levando em conta o que está em jogo, escolho ignorá-la.

De alguma forma, preciso convencer Solange a seguir meu plano.

De alguma forma, precisaremos convencer Peter de que nos conhecemos há muito tempo e que agora moramos juntos.

De alguma forma, vou precisar fingir que essa mulher é minha namorada, apesar de não saber nada sobre ela, exceto que foi abençoada com um cabelo lindo e nervos de aço.

Henderson batuca com os dedos na mesa.

— Vou enviar as datas em que a srta. Bailey está disponível assim que souber. Me mantenham informados sobre os planos de vocês.

Eu me levanto desajeitado, uma série de pensamentos caóticos se revirando em meu cérebro e me desequilibrando. E se Solange se recusar? E se, ainda que ela diga que sim, fizermos um péssimo trabalho em fingir que somos um casal? E se Peter descobrir que estou mentindo e me dedurar na empresa?

Para com isso, Dean. Duvidar de você mesmo não vai ajudar. Não tem nada que você possa fazer.

Endireito a postura, os ombros erguidos.

— Obrigado pela oportunidade, senhor. Não vamos decepcionar.

Do lado de fora do escritório de Henderson, Peter balança a cabeça.

— Eu não sei que merda estava passando pela sua cabeça, mas reconheço um golpe assim que o vejo.

— Acredite no que quiser, Peter — digo, minha cabeça baixa enquanto digito uma mensagem rápida para Lina.

Solange disse que a prima saberia onde encontrá-la se eu precisasse dela, e definitivamente preciso de Solange *agora*.

Peter sai arrastando os pés sem dizer mais nada.

Quando tenho certeza de que ele se foi, respiro fundo. Vou viver para me arrepender disso? Provavelmente. Estou empenhado em seguir em frente mesmo assim? Pode apostar.

Capítulo Seis

SOLANGE

Releio pela centésima vez a sucinta mensagem de Dean me convidando para tomar café da manhã, então analiso o ambiente instagramável do café para confirmar que ele ainda não chegou.

É um lugar claro. Claro demais. Paredes brancas, chão cinza, móveis de teca com alguns vasos de planta estrategicamente posicionados para serem a única coisa colorida. O lugar dos sonhos de qualquer influenciadora para poder influenciar e coisa do tipo.

E tem mais. Frases motivacionais escritas com giz cobrem inúmeras superfícies, encorajando os clientes a ser a melhor versão de si mesmos:

Seja gentil com você mesmo.

Sorria e o mundo sorrirá de volta.

A vida é curta, curta seu café. Essa com certeza é uma frase.

E a minha favorita: *Aqui, café é essencial; conversar não.*

O rush de pessoas pegando a primeira xícara de café da semana já diminuiu; só sobraram os teimosos, que tratam o café como forma de sustento: meu tipo de pessoa. Espero em um silêncio confortável, bebendo um café especial excessivamente caro e observando o que acontece ao redor.

Minutos depois, em uma mesa perto da minha, uma mulher que estava toda arqueada em cima no notebook endireita a postura, os olhos se arregalando ao ver algo — ou alguém — que surge em seu campo de visão; o instinto me diz que o algo ou alguém que chamou sua atenção é Dean.

Como se percebesse a deixa, ele surge ao meu lado e aponta para a outra cadeira.

— Solange, oi. Posso?

Abro um sorriso amigável.

— Claro.

— Obrigada por ter vindo — diz enquanto se acomoda.

— É o mínimo que eu posso fazer… levando em consideração.

Ele tira um pacote de lenços desinfetantes tamanho viagem e limpa a mesa.

— Trabalhei em um caso envolvendo higiene ano passado e nunca mais vou conseguir olhar para uma superfície não porosa que nem antes. Vai por mim.

— É claro, Dexter.

Ele para de limpar e lança um olhar vazio.

— Eu *não* sou um assassino em série.

— Isso é o que vamos ver. Agora estou ainda mais aliviada por termos marcado em um lugar público.

— Você é uma figura — brinca ele, os lábios retorcidos em um meio-sorriso.

Uma barista surge e coloca uma caneca na mesa. Ela pisca para Dean antes de se afastar.

— Você vem aqui com frequência? — pergunto.

— Aham.

— Nossa, que descolado.

Ele sorri.

— Liguei para já ir adiantando meu pedido quando percebi que ia me atrasar um pouco. E me certifiquei de perguntar se você estava com uma caneca em mãos.

— Ah, nesse caso, que banal e atencioso da sua parte — eu digo, e então, apontando para a caneca dele: — E o que diabo é isso aí?

— Um *latte* duplo com leite de soja light, um pouco de xarope de mel e cobertura de caramelo.

— Acho que odeio você.

Dessa vez ele abre um sorriso enorme, os olhos enrugando nos cantos.

— Você quer mais alguma coisa? Quer pedir comida? As panquecas aqui são ótimas.

— Não, não — respondo, erguendo minha caneca. — Esse café bem normal que eu pedi é o suficiente.

Quero focar o motivo desse pequeno encontro, mas me distraio com o look todo arrumadinho dele. Aposto que ele não conseguiria passar nem meia hora em um canteiro de obras do CFI; com certeza ele deve ter alergia à sujeira embaixo das unhas.

— A sua empresa não permite trajes casuais?

Franzindo a testa, ele olha para as próprias roupas.

— Permite, mas esse é o meu estilo.

— Ah.

Devo admitir que a vibe é bem elegante. O nó na gravata foi feito com habilidade e, pela forma que o colarinho está arrumado, presumo que ele use uma entretela para que a linha do pescoço fique perfeita. Olho para os pulsos dele, nada surpresa ao notar que é possível ver meio centímetro da camisa por baixo do blazer. Recém-barbeado e sem um único fio de cabelo fora do lugar, Dean poderia muito bem ser um babaca presunçoso qualquer, mas nada do que vi até o momento sugere que seja assim. Bom, o pedido nada simples de café é uma bandeira amarela, mas não vou julgar, já que sou *bem* exigente quando se trata de preparar ovos, e a maioria das pessoas não entende por que me preocupo tanto com isso.

De todo modo, babaca ou não, a vibe funciona, porque não consigo deixar de nos imaginar atuando em um cenário em que ele *é* um idiota metido a besta e eu passo a noite toda fazendo com que ele pague por essa babaquice tirando cada peça de roupa: camisa desabotoada e amassada, cabelo todo bagunçado e meu batom, comprado na farmácia com desconto, espalhado na nuca que exala um perfume caro.

Caramba, cérebro. Não está ajudando, hein, querido? Esse homem estava pronto para se casar com outra pessoa menos de duas semanas atrás; ele é proibido. E nem faz meu tipo.

Estalo o pescoço em um esforço para esvaziar a mente. Lina diz que é um hábito desagradável, mas é o que faço quando preciso organizar as ideias e não ofende ninguém.

— Então, sobre o que você queria falar?

Dean inspira fundo, soltando o ar devagar.

— Acho que vou precisar da sua ajuda no fim das contas.

— Sou toda ouvidos.

Ele começa uma longa e complicada explicação a respeito de uma crise na carreira; a cada novo desenrolar da história, minha boca se abre mais um pouco, até que enfim bate no chão. Quando ele termina, me limito a encará-lo.

— Alô? — pergunta ele enquanto se aproxima e balança uma mão em frente ao meu rosto. — Pisque uma vez se você ainda estiver aqui comigo. Pisque duas se estiver desconfortável.

Arregalo os olhos e pisco tantas vezes que parece que há uma fileira de luzes estroboscópicas por trás das minhas pálpebras. Isso é loucura. E *não tem como* a gente sair ileso dessa.

— Que merda você estava pensando?

Ele suspira e passa a mão pelo rosto.

— Nada de bom, com certeza. E olha, não vou ficar aqui tentando te convencer de que meu plano não é maluco. Eu sei que é. Mas estou há oito anos ralando feito um condenado para me tornar sócio. Recrutar essa pessoa é o tipo de golpe de sorte que poderia fechar o negócio. Eu *preciso* dessa chance.

— Você não acha que tem algum problema aí? Ralar por oito anos não deveria ser o bastante?

Ele faz uma pausa, como se nunca tivesse pensado no que acabei de dizer. Então, continua:

— Em um mundo ideal, com certeza. Mas estamos falando do mundo do direito corporativo. Você é tão valioso quanto seu último grande cliente ou caso lucrativo. Isso tem o potencial de ser as duas coisas e...

A barista surge de novo.

— Aceita outro café?

Dean aponta para a caneca.

— Ainda estou bebendo esse aqui, obrigado. Solange?

— Não, também ainda estou bebendo o meu café com vinte doses de nada.

Quando a barista vai embora, Dean revira os olhos para mim.

— Você faz isso o tempo todo?

— Isso o quê? — pergunta ele, inclinando a cabeça.

— Revirar os olhos. É encantador.

— Você ficou mesmo incomodada com o café que eu pedi, né?

— Fiquei — digo, incapaz de segurar o sorriso.

— Podemos voltar a falar do nosso problema atual?

— Sua ideia ridícula de fingir que somos um casal? Claro. — Coloco a caneca de lado e me inclino para a frente. — Por que eu, Dean? Você podia pedir para *qualquer pessoa* fazer o papel daquela que interrompeu seu casamento por um bom motivo e te salvou de uma vida de dor e desilusão.

Ele se inclina para trás e franze a testa.

— Essa é uma visão exagerada do que você fez.

Ele está errado. Minha mãe é prova disso. Ela se entregou de corpo e alma em seu casamento e não recebeu quase nada em troca. Algum dia, Dean vai perceber que fugiu de um mundo de dores ao não se casar com Ella, mas, enquanto isso não acontece, não vou ficar aqui tentando convencê-lo do meu mérito.

— Tudo bem, é verdade. Se casar com alguém que ama outra pessoa é o menor dos inconvenientes nessa confusão toda. Mas minha pergunta ainda não foi respondida: por que eu?

— Dois motivos — diz ele enquanto ajusta a gravata.

Adoraria ver essa gravata ao redor da cabeça dele enquanto ele entra em um chafariz depois de encher a cara. Dou uma risadinha ao pensar nisso.

— Qual é a graça? — pergunta Dean.

— Nada. O que você estava dizendo?

— Os dois motivos por que tem que ser você. Primeiro, o Olney & Henderson é um antro de fofocas, e minha assistente estava no casamento. Não posso me afastar tanto da verdade sem correr o risco de comprometer a operação toda.

— Nossa, virou uma operação agora? Jesus. E qual o outro motivo?

— Eu falei o seu nome na hora.

Merda em cima de merda com um pouquinho de merda como acompanhamento.

Ele estica o braço para colocar a mão em cima da minha. Droga, é macia que nem seda. Em um contraste vergonhoso, minhas mãos ainda exibem os arranhões do trabalho no jardim comunitário no final de semana.

— Não estou pedindo para você vender sua alma — diz ele, os olhos me implorando para não o rejeitar antes de pensar no assunto. — Eu só preciso de três noites; dependendo dos seus horários, talvez também um tempinho para uma pequena confraternização durante o dia. E isso em um período de duas semanas, no máximo. Talvez uma nova confraternização possa surgir se ela voltar para uma segunda rodada de entrevistas. *Eu sei* que você não me deve nada. E sei que me meti nessa confusão sozinho, mas, se você puder ao menos considerar me ajudar, vou ficar grato pra caralho. Sendo bem sincero, eu não tenho a quem recorrer.

Droga. Ele disse todas as palavras mágicas, e eu nem precisei convencê-lo a dizer. Está em uma confusão e precisa da minha ajuda. Não acha que devo nada a ele, mas está pedindo mesmo assim porque está desesperado. Não tenho como negar. Não faz parte da minha natureza negar ajuda a alguém que precisa — e isso ainda é corroborado quando a pessoa passou por uma experiência de partir o coração como Dean. Sem falar que tenho minha parcela de culpa nessa experiência, mesmo que ele concorde que tenha sido melhor assim. Mas precisamos criar algumas regras antes que eu possa concordar em participar dessa farsa.

Tiro minha mão de baixo da dele; Dean se retrai como se tivesse acabado de notar que estávamos nos tocando.

— Eu tenho várias condições — digo.

— Certo. Tudo bem. Pode falar — responde ele, a voz trêmula. De alívio, talvez?

— Número um, não vou fingir ser quem não sou porque isso é a receita para o desastre. O único papel que vou desempenhar é o de sua namorada.

— E colega de casa — acrescenta ele.

Balanço a cabeça, exasperada.

— Sim, isso também. Mas *sendo* eu mesma. Do jeito que eu sou. Não uma versão idealizada minha. Já é ruim o suficiente ter que passar minhas noites livres com um bando de advogados. Isso é tipo marcar um tratamento de canal, um Papanicolau e uma mamografia no mesmo dia. Não vou colocar mais uma camada nesse inferno fingindo ser a Ella 2.0.

— Quem?

— Sua ex-noiva, Ella. Lembra?

Vejo ele erguer o canto da boca.

— Sim, eu lembro. E eu concordo cem por cento com esse ponto. E também serve para mim. Eu quero ser tão sincero quanto possível com tudo, tirando o fato de que não estamos de fato namorando.

— Tá, que bom. Número dois, qualquer forma de contato físico além de um toque aqui ou ali, ou uma mão na parte de trás das costas, *se necessário, só* pode acontecer se estiver claro que a outra pessoa permitiu.

Ele afrouxa a gravata.

— Com certeza. Não gostaria de te deixar desconfortável.

Então, ele olha para a caneca enquanto passa a mão no queixo.

Inspiro fundo para me acalmar. Talvez essa tenha que ser uma das regras: ele não pode tocar no queixo se eu estiver presente. Tá, agora estou sendo esquisita.

— Seria bom ter uma palavra de segurança, então? — pergunta ele. — Não do jeito que elas costumam ser usadas, mas talvez uma frase secreta que podemos dizer para avisar que não tem problema em dar um beijo, por exemplo. *No rosto,* quero dizer.

Abaixo a cabeça e dou uma gargalhada, depois tento me recompor antes de falar de novo, mas sem muito sucesso.

— O fato de você sentir necessidade de explicar o lugar do beijo já é motivo para eu abandonar o barco. Vou deixar isso bem claro: beijos em outras partes que não sejam o rosto estão fora de cogitação.

Ele desliza na cadeira e cobre a cara com uma das mãos.

— Eu sei. Droga, eu sei. Me dá um desconto. Eu nunca fiz nada do tipo.

Somos dois. Mas vai ser ótimo para praticar meu namoro de mentira com Brandon quando Cláudia vier mês que vem. Se posso fingir que namoro com Dean, um quase estranho, então fingir um relacionamento com Brandon, um cara que me conhece desde o ensino médio, deve ser relativamente fácil.

Ele espia entre os dedos.

— Então, a frase de segurança...

— Tem que ser alguma coisa que não pareça forçada — digo. — E se a pessoa que for permitir o toque disser "você não consegue se segurar, né?", como se estivesse provocando a outra? É o tipo de frase que pode surgir antes do contato físico e me soa bastante natural.

— É, acho que funciona — confirma ele, assentindo.

Até agora, nenhum problema. Eu sou esperta. Ele é sensato. Pode ser que a gente consiga sair ileso dessa confusão.

— Mais uma coisa: preciso que você seja flexível em relação aos horários dessas saídas. Não posso mudar a data de uma viagem para Las Vegas que já tenho planejada com meu colega de casa.

— Quando vai ser isso?

— Segunda semana de agosto.

— Tá, até lá isso já deve ter acabado. Sem problemas.

— Além disso, não tenho todas as noites livres durante a semana.

— Trabalho?

— Exatamente.

Ele se afasta e franze a testa.

— E eu nem sei com o que você trabalha.

— Dou aulas de educação e empoderamento para adultos durante a tarde e em algumas noites.

— Tipo um supletivo, você quer dizer?

— Tipo isso, além de um curso para se preparar para o mercado de trabalho.

— Lina disse que você estava na faculdade.

— Eu estou. Aceitei esse emprego em troca de uma bolsa integral no mestrado.

— Ah, legal. Terminou a faculdade sem se afundar em dívidas — diz ele, apoiando o queixo na mão e me olhando de um jeito melancólico. — Qual é a sensação?

— É bem estranha, na verdade. Sou bastante grata, mas às vezes parece bom demais para ser verdade. Estou sempre esperando que alguém venha me dizer que rolou um erro administrativo e me cobrar o dinheiro.

Dean suspira profundamente e se larga na cadeira.

— Eu fiz uma quantidade absurda de empréstimos para pagar a faculdade de direito, então, na minha cabeça, era certo que trabalharia para alguma empresa. Não sei se teria seguido o mesmo caminho se tivesse terminado os estudos sem dívidas. — Dean gesticula como se quisesse descartar o assunto. — Bem, chega desse papo. E então, o que você quer fazer depois? Que a bolsa acabar, quero dizer.

Resisto à vontade de perguntar o que ele teria feito diferente, já que claramente não quer elaborar. Talvez outra hora.

— Estou considerando um cargo de coordenação de treinamento de adultos para o CFI em Ohio.

Ele se inclina para a frente um pouco, os olhos brilhando com interesse.

— CFI?

— Construindo Futuros Internacionalmente, uma ONG. Pense nela como um Habitat para a Humanidade com anabolizantes. Os beneficiários estão todos reingressando no mercado de trabalho, então recebem assistência de moradia *e* aconselhamento de carreira. Eu trabalharia demais e ganharia pouco, mas teria muitas responsabilidades, especialmente porque eles me dariam muito trabalho e não teriam como pagar o suficiente — explico, e dou de ombros. — Enfim, ainda preciso ver direito outras opções, o que mais posso fazer. Desde que esteja ajudando as pessoas, sei que vou estar no caminho certo.

— Até quando você precisa decidir?

— Até o fim do verão.

— Bem, preciso admitir — diz ele, endireitando-se na cadeira —, é fascinante ver como você está tranquila. Queria ter esse gene. Eu fico maluco sem planejamento. — Dean ajeita os punhos da camisa. — Enfim, vamos ter que dar um jeito de contornar isso durante a missão.

Fico indignada com a sugestão de que preciso mentir em relação às decisões que tomo para minha carreira. Não estou confusa, só estou analisando os próximos passos com cuidado. E se Dean acha que meu histórico não é impressionante o suficiente para seus amigos advogados, ele que se dane. Estreito os olhos para ele.

— O que você quer dizer com isso?

Talvez seja o tom ríspido, ou quem sabe a aura de "estou pronta para acabar com você" ao meu redor tenha sido o alerta, mas Dean ergue as mãos no mesmo instante, se rendendo.

— Ei, ei, ei. Eu sou não um babaca, você sabe disso, né? Eu só quis dizer que não tem uma forma única de analisar uma escolha de carreira.

O que funciona para uma pessoa não necessariamente vai funcionar para outra. O que eu quis dizer, e que *não tem nada a ver com isso,* é que, se você está falando sério sobre não mentir a respeito do seu histórico, *e* uma das suas oportunidades de trabalho pode fazer com que você se mude do estado, precisamos encontrar uma forma de explicar isso sem levantar suspeitas. É provável que esse assunto surja na conversa.

Descerro os punhos embaixo da mesa.

— Ah, tudo bem. Agora entendi. Nesse caso, vou deixar você ficar com suas bolas. E sim, podemos pensar nisso também.

— Ótimo — diz ele, alegre demais. — E obrigado por me deixar ficar com minhas bolas. Acabei ficando bastante apegado a elas com o passar dos anos.

— De nada — digo, dando uma piscadinha.

Apesar da aparência pomposa, Dean parece mesmo um cara divertido. Estou começando a achar que passar algumas noites fingindo ser sua namorada não vai ser tão sofrido assim.

— Tá, então a próxima coisa não é uma condição. É só algo que você precisa saber sobre mim: eu não faço nada pela metade. Ou me entrego por inteiro, ou estou fora. Se você quer fazer isso, vamos ter que fazer direito. E ser sinceros a respeito de tudo. Nomes, lembranças dolorosas, manias, a coisa toda. Não vou a uma série de encontros com você só para passar vergonha. Eu jamais aceitaria fazer uma coisa do tipo.

Isso parece reenergizá-lo. Ele esfrega as mãos e balança os ombros como se estivesse dançando na cadeira. A imagem não combina, então inclino a cabeça em uma tentativa de colocar o mundo de volta no lugar.

— É *exatamente* isso que eu queria ouvir — diz Dean, então pega a bolsa-carteiro atrás dele e tira dela uma pasta. — Quer dizer que você vai levar isso a sério, e isso só pode ser bom.

Ele desliza uma pasta por cima da mesa.

— O que é isso? — pergunto enquanto espio lá dentro e folheio o conteúdo.

— Pense nisso como um manual sobre mim. Só por diversão, vou chamar de DD, Dossiê Dean.

— Meu sutiã já é numeração DD. Não preciso de mais dois.

As bochechas dele ficam vermelhas. Eu deveria controlar minha vontade de tirar esse homem do sério, mas ele acabou de me entregar uma biografia de cinco páginas com entrelinha simples e um envelope transparente com um monte de fotos de vários momentos da vida. Será que podem mesmo me culpar por não frear minha tendência a bancar a espertinha?

— Esbocei um formulário também — continua ele —, que posso enviar assim que você me passar seu e-mail. Aí é só preencher e me enviar de volta quando puder.

Minha testa se franze tão rápido que posso ter me dado uma monocelha permanente. O mais discretamente possível, passo o dedo pela testa para verificar.

— Você tá falando sério?

— E por que não estaria? — pergunta ele, parecendo genuinamente confuso. — Você disse que estaria disposta a fazer isso direito. Esse é seu guia de estudos — diz ele, apontando para a pasta.

Uau. Tipo… *uau*. Esse cara é mesmo diferente. Ergo o Dossiê Dean.

— Você está me dizendo que tudo que preciso saber sobre você pode ser encontrado aqui?

— Bom, não *tudo,* mas o bastante para tirar Peter da sua cola. Ele vai tentar encontrar furos na nossa história. Isso aí vai dificultar um pouco as coisas para ele.

As seções do dossiê estão separadas por números romanos. Uma delas tem o título "Como Nos Conhecemos". Outro tem o título "Dean: Como Tudo Começou". É como se eu estivesse me preparando para entrar em um Programa de Proteção de Testemunhas amador.

Arregalo os olhos quando chego na parte que diz "Fatos Interessantes Sobre Mim: Destaques". Não consigo me conter.

— Você evita dizer a palavra *Houston*?

Ele fica vermelho.

— Uma ex-namorada mora lá. É uma longa história.

Esse é um assunto que eu não *quero prolongar.*

— E você passou parte da infância em Delaware?

— Aham. Por que parece tão surpresa?

— Não achei que ninguém de fato morasse em Delaware. Tirando os Biden.

— Mas quanto ódio por esse pequeno estado — diz ele, os lábios franzidos enquanto finge ter se ofendido.

— Calma aí, 40 Cent. Não precisa ficar na defensiva.

Analisando a página seguinte, tento imaginar Dean organizando toda a história de vida dele em uma apresentação do PowerPoint. Gente, quem *faz* isso?

— Você incluiu todas suas redes sociais também. Que meticuloso.

Sem perceber meu sarcasmo, ele sorri com orgulho.

— Se temos que fingir que namoramos, seria bom nos seguirmos em ao menos uma dessas redes. Provavelmente no Instagram. E postar uma ou duas fotos, só para dar mais credibilidade. De resto, tudo o que você precisa está aí.

Jogo a pasta na mesa.

— Tá bom. Eu vou ler, ok? Mas fingir que estamos em um relacionamento vai exigir mais do que só ler nossas histórias de vida e nos seguirmos no Twitter. Vamos precisar ficar confortáveis um com o outro, terminar as frases um do outro, ser brincalhões e carinhosos. Isso requer atuação, não só leitura.

— Também estou preparado para fazer isso — diz ele. — Acho que interpretar um homem em um relacionamento de verdade é um talento meu.

Eu o encaro sem dizer nada.

— Cedo demais? — pergunta ele.

— Com certeza.

— Anotado — diz. — Mas falando sério agora. Sei que estou pedindo muito, e não tenho palavras para dizer o quanto isso é importante para mim. Você foi uma luz no fim do túnel em um momento bastante difícil.

Difícil é um senhor eufemismo. O que me faz lembrar que vamos ter que falar sobre o término dele com Ella em algum momento. Uma amiga próxima e colega de casa saberia toda a história. Ainda assim, prefiro terminar esse encontro com um clima bom, então me limito a dizer:

— Ah, fico feliz.

— Se tiver qualquer coisa que eu possa fazer em troca, é só dizer.

Eis uma oferta intrigante. Apesar de ser esse o motivo para eu aceitar participar desse esquema mirabolante, ter Dean em dívida comigo pode, de todo modo, se provar útil algum dia. Mas com certeza ele não estava falando de literalmente *qualquer coisa.*

— Que tal um milhão de dólares na minha conta até o fim do horário comercial de amanhã?

Ele ri.

— Tudo menos isso.

— Então que tal uma nota promissória que eu possa cobrar quando chegar o momento certo?

— Combinado. — Ele tira a carteira e coloca o cartão de crédito em cima da mesa. — Então, quando você gostaria de começar a fazer isso direito, como você disse?

— Estou disponível este fim de semana. Estava pensando que seria bom visitarmos a casa um do outro. Dá para aprender muita coisa sobre uma pessoa só vendo o lugar em que ela mora. Acho que, se vamos fingir que moramos juntos, também é bom eu analisar seu bairro e a disposição da sua casa, certo?

— Gosto do seu jeito de pensar. — Ele faz que sim enquanto morde o lábio inferior, e depois acrescenta: — Me manda uma mensagem com os horários em que está disponível. Estarei no escritório boa parte do final de semana, mas posso fazer uma pausa quando você estiver livre.

— Muito trabalho sem prazer algum não tem graça, Dean.

Assim que as palavras saem da minha boca, sei que disse coisa errada. Estou praticamente retorcendo mechas do meu cabelo e batendo as pestanas.

Sem se deixar afetar pelo meu comentário cheio de flerte, ele passa um dedo pela cicatriz acima da sobrancelha e abre um sorriso torto.

— Não se deixe enganar pela minha aparência arrumadinha. Sempre me preocupo com o prazer nas horas certas.

Ai, ai. Não gosto dessa informação. Nem um pouco. Nas mãos de alguém com uma imaginação fértil como a minha, é excitante. E Dean sabe muito bem o que está insinuando, o que o torna perigoso. Eu já tenho pendências suficientes para o verão, *definitivamente* não preciso ser a transa de consolo deste homem.

Levanto da cadeira, me livrando internamente da rede que Dean jogou em mim. Estou fazendo um favor a ele. Nada mais. Melhor lembrar disso e seguir meu caminho.

— Nos vemos no fim de semana. Venha preparado para me contar tudo que preciso saber sobre Dean Chapman que *não* esteja no dossiê.

— Isso vai levar mais do que um fim de semana — diz ele enquanto me afasto.

— Uma pena — respondo —, porque um fim de semana é tudo que você vai ter.

Capítulo Sete

DEAN

Sábado à tarde, estou sentado no escritório me preparando para comparecer em juízo em um dos meus casos de senhorio *versus* inquilino quando recebo uma mensagem de Max:

Já estou sabendo.

Faz dois dias desde que Solange concordou em ser minha namorada de mentira. Fico surpreso que ele tenha demorado tanto para começar a se meter na história.

Eu: Sabendo do quê?
Max: De você e Solange. Do plano. Esse tipo de merda nunca dá certo. Lina e eu sabemos bem.
Eu: Eu não tenho escolha, Max. Agora eu já ferrei com tudo. Mas você sabe o quanto me tornar sócio é importante pra mim.
Max: Eu sei.
Eu: Isso não é um jogo, é meu futuro.
Max: Eu sei também.
Eu: São só alguns encontros de mentirinha e tal.
Max: Bem, é bom você se certificar de que seja só isso mesmo.
Eu: Tá.
Max: Estou falando sério, D. Você não vai querer conhecer o lado sombrio da Lina.
Eu: Ela tem um lado que não seja sombrio?

Eu: Brincadeira.

Max: Passou da linha. Vou te matar da próxima vez que te encontrar.

Max: Mas olha só, eu não sei dos detalhes, mas sei que Solange não precisa dessas suas baboseiras.

Eu: Como assim, meu Deus. Eu sou um cara honesto.

Max: Diz o homem que acabou de concordar em fingir um relacionamento.

Eu: Honesto com meus sentimentos, babaca.

Max: Semântica, cara.

Eu: Já acabou?

Max: Aham.

Eu: Você não tem com o que se preocupar. Me procura de novo quando tiver alguma coisa de útil pra dizer.

Eu: O basquete amanhã ainda está de pé?

Max: Aham.

Jogo o celular e meus óculos de leitura na mesa, então massageio minhas têmporas, o cansaço nos olhos começando a aparecer após um dia inteiro olhando para a tela do computador. Agora é uma boa hora para ir até a casa de Solange. Subir para conhecer o apartamento dela rapidinho, depois irmos para a minha casa e pedir comida parece a forma ideal de passar a noite. Fico feliz que Solange tenha sugerido isso; me faz ter a certeza de que estamos ambos igualmente comprometidos com o sucesso do plano.

Enquanto arrumo as coisas para ir embora, não posso deixar de sorrir com a conversa que tivemos no café. Solange é uma mulher muito esperta. Confiante. Com orgulho de suas convicções. Usa o sarcasmo com a habilidade de um advogado treinado no tribunal, cortejando o júri. E ela com certeza é uma ótima pessoa por me ajudar. Mas no fim das contas, tem uma alma errante e é óbvio que ainda está tentando se encontrar. Mal posso esperar para ver o que ela vai fazer no dia em que finalmente descobrir seu lugar no mundo.

A essa altura da minha vida, estou procurando por alguém tão determinado quanto eu, uma pessoa que sabe o que quer e que está se esforçando para conseguir. Mas uma que venha sem essa coisa de estar apaixonada por outra pessoa, é claro. Então, por mais que odeie dar razão para Max, ele está absolutamente certo em relação a uma coisa: não seria nada bom misturar as coisas com Solange. E a parte boa é que não estou inclinado a fazer isso de todo modo.

— Ora, ora, ora, se não é o cara que está tentando roubar a minha namorada.

O homem negro parado à porta do apartamento de Solange me olha de cima a baixo enquanto dezenas de pensamentos surgem à minha mente ao mesmo tempo: *Que merda é essa? Achei que Solange não estava namorando ninguém. Como que nosso namoro de mentira vai funcionar se ela está com alguém? Será que a Solange contou pra esse cara do nosso acordo? E por que o cavanhaque dele é tão perfeito? Não tem uma única mancha na pele dele. Será que ele sequer come açúcar? Será que é melhor esquivar e golpear agora ou proteger minha mandíbula e me afastar devagar?*

A expressão carrancuda em seu rosto some e ele sorri para mim.

— Tô te zoando, cara — diz ele, gesticulando para que eu entre. — Eu sou o Brandon. Bom amigo e colega de casa. De vez em quando, quando ela precisa, também sou o namorado de mentira.

A tensão nos meus músculos desaparece.

— Ah, oi. Eu sou o Dean — digo enquanto apertamos as mãos —, prazer em conhecê-lo.

Logo quando começo a achar que a situação foi resolvida, ele amplia a postura me encara.

— Mas preciso ser sincero. Fica entre nós, mas estou superapaixonado por ela e não fiquei nem um pouco feliz com esse joguinho para o qual você a arrastou. Sei lá, me parece uma desculpa para se aproximar dela.

É um impasse e não faço ideia do que fazer a seguir, então olho nos olhos dele e espero.

— E... fim de cena — diz ele, e começa a rir. — É brincadeira, cara.

Solange surge na sala, vindo do corredor, o cesto de roupas vazio em suas mãos. Está usando um vestido azul-claro que molda suas curvas, e está descalça.

— Brandon, tem um motivo para eles terem pedido para você fazer um turno *de emergência*. Anda, mexe essa bunda e vai nessa.

Brandon pega uma carteira na mesa de entrada e enfia no bolso de trás da calça jeans.

— É verdade. Meus clientes e suas confissões induzidas pelo álcool precisam de mim agora.

Solange olha para cima como se buscasse me alertar para não me deixar enganar pelo melodrama do amigo.

— Brandon é barman e aspirante a ator e não está pronto para morar em Nova York. Isso deve explicar muita coisa. — Erguendo o cesto, ela acrescenta: — Guardei minhas roupas só porque você vinha. Caso contrário, costumo tratar isso aqui como minha cômoda a semana toda.

Ela não diz oi, olá ou nada do tipo e, por algum motivo, essa omissão acalma meus nervos. Se já está agindo tão casualmente comigo agora, imagina como vai estar quando nos conhecermos melhor. Isso também dá a entender que ela não está preocupada com nosso plano, e estou disposto a me beneficiar de qualquer dose extra de coragem que ela tiver a oferecer. Levo as mãos ao peito e pisco os olhos.

— Me sinto honrado.

Solange e eu sorrimos um para o outro. Isso me dá a oportunidade de olhar para ela. Olhar *de verdade* para ela. Sem o espetáculo de um casamento cancelado bloqueando a visão. Sem a perspectiva de que ela possa negar minha proposta de relacionamento de mentira aumentando minha ansiedade. Há muito a ser admirado também: os olhos dela são do tipo de castanho que parece suntuoso — tipo o meio de um daqueles bolos vulcão que o garçom indica que deve ser pedido antes mesmo de comer a entrada porque leva trinta minutos para ficar pronto, sabe? E tem o cabelo. Um cabelo que está por toda parte. Grandes cachos em tons diferentes, de caramelo a avelã; um cabelo que merece ter um CEP próprio e porra, eu moraria nele se pudesse. Não ouso olhar para a boca — me parece íntimo demais —, mas noto as maçãs do rosto altas e a suavidade de sua pele escura. Ironicamente, o aviso de Max me leva a pensar em ultrapassar os limites que, uma hora atrás, aleguei não ter intenção nenhuma de ultrapassar. Ah, e quem poderia me culpar? Nenhuma pessoa no mundo, nem uma sequer.

Alguém solta um pigarro, me trazendo de volta para a realidade. Ah, certo. O colega de casa ainda está aqui.

— Tô caindo fora, pessoal — diz Brandon, um sorriso de cumplicidade sugerindo que ele poderia adivinhar facilmente no que eu estava pensando. — Vou entrar no lugar de alguém que vai se atrasar, então devo voltar logo. Tô avisando, caso vocês precisem sincronizar suas atividades com a minha localização.

Solange contrai os lábios para Brandon, então manda ele embora com um aceno.

— Tchau.

— Prazer em conhecer você, Dean.

— Também, cara.

Quando Brandon sai, Solange enfia o cesto de roupas na despensa próxima à geladeira, usando os quadris para fechar a porta.

— Aceita alguma coisa? Água? Cerveja?

— Por enquanto não, obrigado. — Eu me viro, analisando o apartamento dela. — Somos praticamente vizinhos, sabia?

Ela assente.

— Eu vi no dossiê. Os pais de Brandon têm alguns apartamentos na cidade. Esse aqui é um deles.

— Isso é o que eu chamo de um bom acordo.

— Sim, *principalmente* considerando o meu salário. — Ela arregala os olhos, apontando na minha direção e se afastando devagar. — Meu Deus, o que é isso?

— O quê? — digo, erguendo os braços e observando a área ao redor.

— Isso é… uma calça jeans? Achava que você só usava camisas e ternos, já que eles são mais — Solange faz aspas — seu "estilo".

Inclino a cabeça e contraio os lábios.

— Nossa, jura? Bem quando eu estava começando a gostar de você…

Ela franze o nariz e dá um sorriso travesso.

— Fico feliz em ver que você sabe como ser casual, Dean. Mas vou me comportar de agora em diante, prometo. — Ela abre os braços. — Bem, esse é meu apartamento. Fique à vontade para inspecionar tudo, menos o quarto do Brandon e minha gaveta de calcinhas. Se tiver qualquer pergunta, pode fazer. Vou seguindo você para ter certeza de que não vai roubar nada de valor, mas não tem muita coisa que se enquadre nessa categoria aqui.

— Por onde devo começar? Banheiro? — pergunto, com um sorriso perverso. — O armário de remédios?

— Caramba, Chapman. Isso é um pouco demais, não acha? Você nem me levou em um encontro de verdade ainda.

— Desculpa. Pelo quarto, então?

— Melhor — diz ela, dando uma piscadinha.

Eu estava brincando antes quando disse que estou *começando* a gostar dela; eu *já gosto* dela. Solange é despretensiosa e espirituosa, e não consigo parar de sorrir com cada coisa que sai dessa boca maravilhosa.

Não.

É uma boca comum, caramba.

Ela percorre o corredor depressa, então abre a porta com um floreio.

— *Tchanram*. Bem-vindo ao Cantinho da Solange.

Fico parado na entrada absorvendo o espaço. Puta merda. É sensual para caralho. O destaque é a cama *queen-size*, com uma cabeceira que vai do chão ao teto e com estofado de veludo azul-escuro. Nada é liso; é textura atrás de textura. Do cobertor felpudo ao pé da cama à arte tridimensional de metal na parede acima da cômoda. Mas não há muito mais além disso. Algumas caixas de mudança da U-Haul estão encostadas no armário; um lembrete de que seus móveis provavelmente são escassos porque isso facilita o ato de fazer as malas e seguir para o próximo destino.

Procurando por um item para me distrair da atração pela cama de Solange, vejo uma montagem de fotos do lado oposto do quarto.

— O que é isso?

— Algumas fotos de pessoas que conheci em viagens — diz ela, em um tom desinteressado.

Aponto para dentro.

— Posso?

Ela engole em seco, então dá de ombros.

— Fique à vontade.

Não sei dizer por que aquela montagem específica me atrai. Talvez seja porque vejo como uma chance de entender um pouco mais da personalidade de Solange para além de todas as informações que ela me enviou. Agora que estou mais perto, consigo ver que Solange está em todas as fotos. Parecendo relaxada e alegre. Com pessoas de diferentes idades e origens. Todas sorrindo, orgulhosas.

— Eles estão usando uniformes de hotel.

— Aham — diz ela, surgindo ao meu lado, os braços cruzados. — É o pessoal da arrumação, carregadores de malas. Quando eu era criança, minha mãe sempre me encarregava de descobrir o nome da pessoa responsável por limpar nosso quarto de hotel. Antes de ir embora, ela deixava uma gorjeta, e eu deixava um bilhetinho, geralmente com um desenho horrível e um "obrigada" rabiscado bem grande na página. "Não podemos nos esquecer das pessoas que trabalham nos bastidores", dizia ela. Minha mãe trabalhou como faxineira quando chegou nos Estados Unidos, então acho que ela sabia a importância de ser notada, e com certeza sabia o valor de uns dólares extras no bolso.

— E aí você começou a tirar fotos com essas pessoas nas suas viagens?

— Aham. Sempre que visito um lugar novo, tiro um montão de fotos. De praias. De pores do sol bonitos. De cadeias de montanhas. Ou até de uma refeição maravilhosa. Tudo isso são esforços para registrar minha experiência. Um dia, percebi o que estava faltando: as pessoas que faziam as camas, traziam toalhas ou faziam um milhão de outras tarefas que não valorizamos. Então, comecei a tirar fotos com eles. Sempre com autorização, é claro — disse ela, dando de ombros. — É uma mania minha.

É um tique, estou percebendo. Ela sempre dá de ombros quando diz algo importante, para tentar disfarçar a importância. Também percebi outra coisa: Solange pode não ter certeza de onde seu futuro a levará, mas ser uma boa pessoa é seu norte; e esse nível de sucesso jamais é alcançado por algumas pessoas.

— É muita gentileza da sua parte. Diz muito sobre você.

— Ah, eu sou uma grande escrota de vez em quando, então não se iluda — afirma ela, o tom brincalhão de volta.

— Ok, anotado — digo, querendo descontrair a situação tanto quanto ela aparentemente quer. — Sabe, dizem que os olhos são a janela da alma, mas na verdade é o estômago. Está na hora de explorar a cozinha.

Ela dá uma risada fraca.

— É, parece uma boa ideia.

Começo uma conversa fiada enquanto a sigo pelo corredor.

— Maionese light?

— Nojento — responde ela por cima do ombro.

— Mostarda?

— Só em pretzel ou em sanduíche cubano.

— Ketchup?

— É claro. É a base.

— Como assim, base do quê?

— Maionese, ketchup e alho. Misture os três e você vai ter o melhor molho para aipim frito ou *tostones*.

— Que nojo.

Ela para de andar e me encara por cima do ombro.

— Vou expulsar você do apartamento se cometer outra blasfêmia dessas.

— Hum, que delícia, então — digo, passando a mão na barriga.

Chegamos na cozinha, e meu olhar vai parar imediatamente nos eletrodomésticos, cerca de doze ou mais, enfileirados no pequeno espaço.

— Acha que tem coisa o suficiente no balcão?

— Shhhh — diz ela, sorrindo.

— Por que tantos utensílios para café?

Ela faz uma careta, franzindo o nariz para demonstrar seu descontentamento.

— Brandon não vive sem a Keurig dele, mas eu gosto de fazer café do jeito convencional.

Ela abre um dos armários: uma das prateleiras está lotada de canecas, a do meio tem cápsulas de café organizadas de acordo com o sabor e na de cima há uma dúzia de caixas vermelhas com a etiqueta "Pilão".

— O que é isso? — digo, apontando para as caixas.

— É o café que minha mãe e tias vendem no Rio de Trigueiro.

— A mercearia que elas têm desde 2003. Você e suas primas faziam a lição de casa lá depois das aulas.

Ela ergue uma sobrancelha.

— Parece que alguém andou estudando o Dossiê Solange.

— Andei mesmo.

Aprendi muito com ele também: um ano de intercâmbio na Argentina durante o último ano de faculdade; um período trabalhando no censo na Costa Oeste e Costa Leste depois da faculdade; a seguir, dois anos na Construindo Futuros; depois, pós-graduação e esse cargo em D.C. para cumprir os requisitos da bolsa. Durante todo esse tempo, eu tive um único emprego: associado da Olney & Henderson. Algumas pessoas criam raízes; outras espalham sementes para que outros se encarreguem do cultivo. Solange parece estar em suficiente sintonia consigo mesma para saber que se encaixa melhor na segunda opção. E eu admiro isso nela.

— Bom, se você foi um aluno aplicado — diz Solange —, também sabe que minha mãe e *tias* me fornecem, basicamente, qualquer produto brasileiro que eu queira. — Ela fecha o armário. — Mas o que é realmente importante que você saiba é: eu gosto de café bem forte. Preto. Sem açúcar. Se a gente sair para jantar e você colocar creme na minha xícara, não vou beber.

— Isso é importante — concordo, fingindo anotar a informação em um papel. — E, só para *você* saber, gosto do meu café bem melado e doce. Quanto mais cobertura de caramelo, melhor.

Ela fixa o olhar em minha boca, como se não conseguisse entender o que acabei de dizer, então balanço a mão em frente ao rosto dela, e o movimento parece tirá-la de um estupor mental. Solange pisca duas vezes, então balança os braços e diz:

— Parece que você está descrevendo um *cinnamon roll*, não uma bebida.

— Quer saber? Essa sua hostilidade com as minhas preferências de café está fugindo do controle. Ninguém nunca te disse que é grosseria ter sempre uma resposta na ponta da língua?

— Gosto bastante de ter tudo na ponta da língua. Na verdade, muitas pessoas parecem gostar dessa minha habilidade em especial.

— Estamos falando da mesma coisa?

— Acho que não — diz ela, segurando um sorriso.

Enfio os polegares nos bolsos da frente da calça. Meu Deus, minha cabeça está girando.

— Falando sério, não consigo entender seu raciocínio. Quando acho que a conversa está tomando um rumo, você muda bruscamente a direção.

— É, preciso admitir, leva tempo pra se acostumar. — Solange inclina a cabeça e me analisa, como se estivesse me medindo, então estala os dedos. — Tive uma ideia! A gente precisa sair. Vamos para um bar.

Girando, girando, girando.

— Achei que você queria ir lá para casa.

Ela ignora minha questão, balançando as mãos.

— Podemos fazer isso depois. Agora, acho que seria mais inteligente praticar um pouco. Em um cenário improvisado. Não vamos ter dossiês ou roteiros para usar nessas saídas com Kimberly Bailey, então precisamos ficar confortáveis improvisando. E algo me diz que isso não é bem o seu forte.

Ela não está errada. E prova disso é o fato de que meu primeiro instinto foi inventar uma história estranha sobre por que meu casamento foi cancelado. Além disso, passar tempo com a Solange não é sacrifício algum. Então, sim, se ela quer simular uma saída na cidade para ajudar a aperfeiçoar nossa mentira, eu topo. Olho para a minha roupa.

— Acho que não estou muito bem vestido para o que quer que você tenha em mente.

— É um lugar bem tranquilo. Você vai se encaixar.

— Então vamos.

Praticar é bom. Levando em conta o que está em jogo, fico grato por Solange estar se mostrando tão dedicada. E sim, é melhor cometer erros na nossa atuação de agora do que quando for para valer. Até porque não dá para se meter em grandes confusões em um bar, certo?

Capítulo Oito

SOLANGE

Dean e eu abrimos caminho no meio da multidão no Sip City, um dos meus bares favoritos na U Street, e chegamos na única parte do balcão de seis metros que não está ocupada por um cliente. Sem dizer nada, Brandon nos entrega dois bancos de trás do bar, e Dean não perde tempo em colocá-los no lugar para que possamos ocupar nosso espaço.

Como é bom ter amigos em lugares importantes.

O lugar está cheio, uma confusão de conversas sem sentido à nossa volta, intercaladas por alguns gritos de comemoração vindos da sala de karaoke ao lado. Apesar da diversidade da clientela, como geralmente acontece em D.C., os grupinhos de amigos se divertindo são mais homogêneos.

— Tudo bem se eu deixar você sozinha um minuto? — pergunta Dean, o hálito de menta quente em minha orelha. — Preciso usar o banheiro.

Tento não ficar arrepiada e falho miseravelmente.

— Claro.

Dean se afasta um pouco.

— Está com frio?

— Estou bem — digo, sem olhar nos olhos dele e arrumando meu cardigã curto para que cubra meus ombros. — Acho que tem uma corrente de ar bem acima da gente.

Que está mandando seus feromônios superpotentes na minha direção.

— Beleza, então — diz ele, batendo no balcão. — Já volto.

— Quer que eu peça alguma coisa para você? — pergunto antes que ele saia.

— Só uma água basta por enquanto.

É claro que basta.

Assim que ele sai, Brandon vem até mim, passando um pano de prato no balcão.

— Uma água para ele e um Blackberry Jam para mim — digo para ele. — E obrigada por reservar um lugar para a gente.

— Por que a mudança de planos? — pergunta ele.

Ergo a bunda do banco e me inclino para a frente, porque não quero que ninguém nos escute.

— Ele está meio duro.

— Hum, soa promissor — diz Brandon, erguendo uma sobrancelha enquanto prepara minha bebida. — Não vejo como isso é um problema.

Reviro os olhos e o empurro.

— Eu quis dizer que ele fica meio sem graça perto de mim, meio duro. É como se tivesse um roteiro para tudo na cabeça dele e, se você não seguir à risca, ele não sabe o que fazer. Viemos aqui para praticar como ser um casal em público. — Abro os braços e curvo o corpo como se estivesse fazendo uma reverência. — Pode chamar de aulas de Método de interpretação, se quiser.

Brandon suspira.

— Todo mundo se confunde e acha que o Método significa que os atores têm que se manter no personagem durante todo o tempo em que estiverem filmando ou coisa do tipo, mas, na verdade, tem mais a ver com usar suas experiências de vida para entender melhor a situação do personagem. A abordagem de Strasberg...

— Brandon.

— Oi?

— Você já falou disso muitas, *muitas* vezes.

— Ok — diz ele, balançando a cabeça, então olha em volta para enfim dar atenção aos clientes que clamam por ela. — Bom, em todo caso, é bom praticar. — Ele enche um copo com água e coloca do lado do meu drinque. — O dever me chama.

Viro no banco para analisar as pessoas ao redor. Estou em busca de casais. De preferência que não tenham problemas com demonstrações públicas de afeto. Não demoro muito tempo para encontrar um, sentados na primeira mesa do canto. Os dois têm pele clara, cabelos escuros, olhos escuros, 20 e muitos anos, talvez 30 e poucos. Bem *Diários de um vampiro*. Estão vestidos para uma noite de balada. O braço do cara está apoiado nos ombros da mulher, e ela está grudada nele enquanto passa o nariz em seu queixo. Há uma série de copos de drinque vazios na frente deles.

— Voltei — diz Dean.

Ele senta no banco e se vira para ficarmos na mesma direção. Com o copo de água em mãos, ele pergunta.

— O que eu perdi?

Ergo o queixo.

— Aqueles dois se enroscando. Bem ali ó.

— Ah, sim. E o que tem eles?

— Vamos lá nos apresentar.

— Como um casal?

— Aham. Eles parecem bem apaixonados e não se importam que os outros saibam. Deve ser fácil puxar conversa. Pode deixar que eu tomo a dianteira.

Já estou descendo do banco e pegando minha bebida quando Dean diz:

— Por que isso não me surpreende?

— Ei, eu ouvi.

— Era para ouvir mesmo — diz ele, a voz cheia de diversão.

Paro e o puxo para mais perto, depois entrelaço nossos dedos. Caramba, o perfume dele é delicioso. É fresco e cítrico e provoca uma sensação no nariz parecida com a da hortelã-pimenta na língua: uma explosão de energia que acaba rapidamente, deixando só aquela sensação dormente e gostosa. Merda. Por que ele não podia ter o cheiro de meias usadas depois da academia, ou de quarto de garoto adolescente? Agora, parando para pensar, esses devem ser cheiros bem parecidos, se os hábitos de limpeza de Rey na adolescência servirem de referência.

Dou um aperto brincalhão na mão de Dean, depois faço um carinho no queixo dele.

— Alguém está bem atrevido hoje, hein? Mantenha essa mesma energia quando estivermos falando com aqueles dois, tá?

— Farei o meu melhor — diz ele, o peito se erguendo conforme inspira, soltando o ar devagar.

Tenho minhas suspeitas de que não deveria perceber seu esforço, mas noto mesmo assim. Bem. Meu toque teve algum efeito nele. Interessante, não?

Não, cérebro, isso não é nem um pouco interessante. Qual é o seu problema? O homem acabou de ser abandonado no altar, ele precisa de espaço. Além disso, não dá para imaginar um homem mais emocionalmente indisponível do que esse, então pode ir apagando esses pensamentos não platônicos agora mesmo.

A mulher se endireita na cadeira quando nos aproximamos, os olhos se arregalando em interesse.

— Ei — digo, tomando o cuidado de olhar nos olhos dos dois. — O bar está lotado. Vocês se importam de dividir a mesa com a gente?

Eles trocam olhares, então o homem empurra os copos vazios para o lado.

— Nem um pouco. Fiquem à vontade.

— Eu me chamo Brynn — diz a mulher. — Esse é o Jaxson.

O tom de voz dela é acolhedor, e seu parceiro está com um meio-sorriso. Nos sentamos do lado oposto, Brynn à minha direita e Jaxson à esquerda de Dean.

— Prazer em conhecer, Brynn. Me chamo Solange e esse é meu namorado, Dean.

Agora que estamos a poucos centímetros de distância, diria que eles têm 30 e alguns anos. Há um certo ar de sofisticação na atitude deles, e nossa chegada não pareceu irritar nenhum dos dois. São bem seguros quanto ao relacionamento, ao que tudo indica, ou talvez conheçam bem o gosto um do outro. Olho nas mãos deles e vejo que ambos usam anéis dourados.

— Vocês são casados? — pergunto, me inclinando para a frente para que eles consigam me ouvir, já que a música saindo dos alto-falantes está bem alta.

— Somos — diz Brynn, colocando uma mão em cima da de Jaxson. — Há dez anos. E vocês?

— Só namorando — diz Dean, enquanto casualmente apoia o braço na minha cadeira.

Só? Meu Deus. Temos uma tarefa bem difícil à nossa frente. E caramba, ele parece tão orgulhoso de si próprio. *Mãe, olha pra mim! Estou fingindo ser o namorado dela.*

Ignorando a vontade sufocante de olhar para Dean em reprovação, acrescento:

— Hum, o que ele quis dizer é que não temos certeza se o casamento é um objetivo para a gente. Estamos bem confortáveis com as coisas como estão.

— Ah — diz Brynn, concordando com a cabeça —, com certeza não é para todo mundo. Vocês são daqui?

— Eu sou um transplante — brinca Dean. — Mas moro aqui faz tanto tempo que já considero minha casa. — Ele olha para mim. — E Solange cresceu em Maryland.

Ele está dizendo as palavras certas, mas a forma como fala é sem graça. Como se estivesse pegando cola nas páginas do dossiê. Vamos ter que trabalhar nisso.

— Jaxson e eu somos de Austin — comenta Brynn. — Decidimos vir para D.C. para conhecer lugares novos. O concierge do hotel recomendou esse lugar quando pedimos sugestão de um bar despretensioso. Essa é nossa última noite aqui.

— Uma boa escolha — digo, lançando um olhar para o marido de Brynn. — É um dos favoritos entre as pessoas da cidade, o que diz muita coisa.

O olhar de Jaxson vai de mim para Dean e de volta para ele. Tenho a nítida impressão de que ele está nos avaliando. Ou talvez eu só esteja interpretando errado seu jeito taciturno. De qualquer forma, é perturbador. Estou pensando em como atraí-lo para a conversa quando ele se levanta da cadeira e coloca algumas notas na mesa. Para a gorjeta, suponho.

— Já volto, amigos — diz ele, e dá um beijo na testa de Brynn.

Assim que ele sai, Brynn se inclina para a frente e junta as mãos sobre a mesa, os olhos brilhando de empolgação.

— Então, queridos, vocês gostariam de passar a noite com a gente?

Hum, o quê?

Ah.

Puta merda. Eles são...?

Dean franze a testa e ri.

— Não é isso que estamos fazendo?

Ela passa o dedo pela borda do copo, que está vazio, e estala os lábios.

Cringe.

— No nosso quarto de hotel, eu quis dizer — explica ela. — Nós quatro.

Yep. Praticantes de swing. O que não tem problema *algum*, mas método de interpretação é uma coisa; método de *trepação* é outra. *Boa, Solange. Você sabe mesmo escolher.* Aposto que eles são profissionais nisso também, porque estou começando a pensar que a saída abrupta de Jaxson foi uma forma de tirar a pressão da proposta e da nossa resposta.

Dean enfim entende o que ela quer dizer, e seus olhos quase saem das órbitas.

— Ah, você quer dizer…

— Obrigada pela proposta, mas vamos ter que declinar — esganiço enquanto me levanto e puxo Dean pela manga. — Não somos adeptos e acho que nosso relacionamento ainda é muito recente para explorarmos algo do tipo. Não é, amor?

Dean espalma a mão nas minhas costas e pressiona os dedos em minha pele com gentileza.

— Aham, isso mesmo. Eu ia dizer isso. Exatamente isso.

Meu Deus, ele é péssimo nisso. Tão péssimo que é quase cativante.

Brynn não parece nem um pouco surpresa por não estarmos interessados na oferta deles.

— É uma pena, mas entendo. Bem, me desculpem por qualquer mal-entendido, ok? Foi um prazer conhecer vocês.

— O prazer foi nosso — digo, com um aceno meia-boca. — Espero que você e Jaxson cheguem em casa com segurança!

Caminhamos rapidamente de volta para o bar, onde Brandon está esperando. As sobrancelhas erguidas sugerem que ele está ansioso por um resumo das primeiras aventuras desse casal fictício.

— E aí? — pergunta.

— Acabamos de ser convidados para um swing — digo, direta ao ponto.

Brandon dá um soco no ar.

— Sucesso!

Dean deixa escapar uma gargalhada.

— É, acho que sim. Mas, falando sério: isso realmente aconteceu?

— Não é novidade por aqui — diz Brandon, que olha para Dean com atenção. — Tem certeza de que não quer alguma coisa mais forte? Uma tequila, talvez?

Dean recusa.

— Tequila é minha criptonita — diz ele, e ergue o copo. — Vou ficar só na água, por segurança.

— Justo — diz Brandon, olhando para mim. — Bom, se precisar de alguma coisa, dá um grito. — Ele se afasta.

— Tive outra ideia — digo.

— Não, não, não — exclama Dean, cruzando os braços no peito e erguendo o nariz no ar. — Absolutamente não. Seja lá o que for, eu dispenso. Sou impressionável demais para aguentar suas ideias.

Eu bato em seu ombro, secretamente amando que ele esteja relaxando perto de mim. Isso vai dar mais peso ao que estou prestes a dizer.

— Ah, vai. Me ouve. Você vai gostar dessa ideia.

— Tudo bem — diz ele, revirando os olhos. — Sou todo ouvidos.

— Vamos… conversar. E fazer todas as perguntas que não querem calar e que não foram colocadas em nossos respectivos dossiês. Sem fingir. Sem mentir. A verdade e nada mais que a verdade. O que você acha?

— Você está sendo sensata — diz Dean, abrindo um sorriso torto. — Qual é a pegadinha?

Não tem pegadinha, na verdade. Ele é bacana, e estou interessada na história dele. E se aprender mais sobre Dean ajudar a tornar nossa falsa química mais convincente, então não há desvantagem alguma, certo?

— Sem truque nem motivos obscuros. Só quero te conhecer.

Ele solta um suspiro trêmulo e tromba no meu ombro.

— Eu também quero te conhecer.

Eu vou mais para o lado para encará-lo, então passo o dedo de leve pela pequena cicatriz acima de sua sobrancelha esquerda.

— Vamos começar com essa belezinha aqui. Como isso aconteceu?

Ele arregala os olhos e inspira devagar.

Abaixo a mão e finjo não notar. Por que o que mais eu poderia fazer?

— Meu primeiro acidente na piscina — diz ele. — Eu tinha 12 anos.

— Então você nada.

Ele assente, o polegar passando distraidamente na condensação em seu copo.

— Costumava nadar. Sonhava em treinar para as Olimpíadas e tudo.

— E por que não fez isso?

— Eu e minha mãe vivíamos nos mudando. A gente nunca ficava em um lugar por tempo o suficiente para que eu entrasse em uma equipe e me comprometesse com os treinos. — Ele gesticula com a mão, dispensando a ideia. — Mas não teria importado de qualquer maneira. Poucas pessoas são boas o bastante para competir nesse nível. E as chances de se classificar são poucas, quase nenhuma. Tipo, menos de dez por cento. Mas, quando a gente é criança, sonha com coisas assim. Bem, eu sonhava, pelo menos.

Ele diz a si mesmo que não teria importância *exatamente porque* importava muito. E ainda importa, acho. Alguém que não se importasse não teria calculado as chances de conseguir competir nas Olimpíadas.

— E você era bom?

— Era.

Não há presunção em sua voz. É apenas a afirmação de algo que sabe que é verdade; e eu acredito nele.

— Você ainda nada?

— Não tanto quanto eu gostaria — responde Dean, e então endireita a postura e diz: — Minha vez.

— Manda bala — digo.

— De todos os lugares fora dos Estados Unidos que você já visitou, qual é o seu favorito?

— Essa é fácil. Brasil. Não sei se consigo fazer jus só o descrevendo, mas se existe um lugar com mais beleza natural do que aquele, ainda não encontrei. Além disso, tem a coisa da energia de lá. A essência das pessoas. A alegria de viver. O orgulho em ser brasileiro. É bem marcante, sabe? Aqui nos Estados Unidos, somos só minha mãe, as irmãs dela e meus primos. Uma família pequena. Mas lá? Meus parentes se juntam e, de repente, tem dezenas de pessoas assando carne em uma churrasqueira improvisada com tijolos no quintal de alguém. É uma loucura. Quando estou lá, eu me sinto ainda mais conectada à minha mãe. Me faz perceber como deve ter sido assustador deixar o único lar que ela já conheceu e vir atrás do tal sonho americano, sabe?

— Sua mãe e tias parecem mulheres incríveis. Alguém está escrevendo essas histórias todas? Porque isso devia ficar para a posteridade.

— A Lina — digo, assentindo. — Ela é a historiadora. Está registrando tudo. Árvores genealógicas, receitas e até as fofocas pesadas.

— Legal — diz ele. — Não viajei muitas vezes para fora do país, a não ser a trabalho, mas vou acrescentar o Brasil na minha lista. Você é uma excelente embaixadora.

— Quem sabe eu aceite ser sua guia turística algum dia.

Ele me dá um sorriso que parece dizer "sim, sim, é claro que você vai", o que me irrita um pouco. Ainda mais porque não é nada difícil me imaginar fazendo exatamente isso. Inclusive, seria bem divertido. Dean todo soltinho nas ruas do Rio seria uma piada, e eu tiraria as fotos mais comprometedoras que estivessem ao meu alcance.

Examino nossos arredores por alguns instantes. O lugar está mais vazio, mas as pessoas que ficaram estão cada vez mais barulhentas e expansivas. Não é bem o que considero divertido. Ainda assim, não quero interromper a conversa. Nós nem falamos sobre Ella, e estou louca para perguntar. Abro a boca para falar, mas desisto. Será que ainda é muito cedo?

Dean percebe minha hesitação e toma as rédeas.

— Escolho "tópicos que podem ser difíceis de abordar, mas que mesmo assim você quer abordar desesperadamente" por mil dólares, Solange.

— Ah, graças a Deus — digo, exalando em um alívio propositalmente exagerado. — Ok, vamos ver. Aqui está a pista: você estava prestes a se casar com essa pessoa há apenas duas semanas, até que uma intrometida interrompeu o casamento.

Ele finge apertar um botão em suas mãos.

— Quem é Ella Smith?

— Correto. Bom trabalho. Então, hum, me fala mais sobre ela. Porque vou confessar, fico chocada em ver como você parece estar lidando bem com esse término.

Ele me encara e mordisca o lábio inferior enquanto considera minha pergunta. Ele tem esse hábito e eu *odeio*. Se os lábios dele fossem rachados, diria para que ficasse à vontade, mas não; os lábios de Dean são carnudos e parecem macios. O maldito de lábios perfeitos.

— O quê? — insisto.

Depois de hesitar por algum tempo, ele diz:

— Vou ser honesto e espero que você não me julgue muito.

— Prossiga.

Ele passa a mão pelo cabelo e abaixa o queixo.

— Ella e eu só estávamos juntos há seis meses e a gente não se amava. A intenção do casamento era ser uma forma de conquistar o que a gente queria. Para nós dois.

Dessa vez, eu abro e fecho a boca como uma marionete enquanto organizo meus pensamentos. Agora tudo faz sentido: a reação contida de Dean ao ser deixado no altar, sua pressa de me recrutar para seu falso namoro, a facilidade com que focou sua atenção em garantir a promoção no trabalho.

— Você não a amava? *Nem um pouco?*

Ele esfrega a nuca.

— Eu *gostava* dela. Isso era o suficiente para mim. E para ela.

Com muita dificuldade, resisto à vontade de torcer o nariz. Pessoas que tratam seus parceiros como adereços para satisfazer as próprias necessidades são as *piores*. Se eu estivesse procurando um motivo convincente para resistir à minha atração por esse homem — *e eu estou* —, Dean acabou de me dar. Buscando expressar tranquilidade, pego dinheiro para pagar minha bebida e me levanto.

— Vamos sair daqui.

DEAN

Solange precisava de ar fresco, então estamos andando os dois quilômetros e meio até meu condomínio em Columbia Heights. Ainda está vinte e sete graus e abafado, e ela amarrou o suéter na cintura; suponho que a definição dela de ar fresco seja diferente da minha.

Ao longo do caminho, passamos pelo Ben's Chili Bowl, um restaurante icônico aqui de D.C., à nossa direita.

— Já comeu aqui? — pergunto a ela.

Ela ri, mas o som desaparece rapidamente.

— Sou brasileira-americana. Um dos pratos mais famosos do meu país é uma tigela cheia de feijão e carne servidos por cima do arroz branco. O que *você* acha?

— É, pergunta boba.

Ela sorri em concordância, mas minha tentativa de puxar papo não diminui a tensão. Continuamos andando — Solange parece imersa em seus pensamentos —, até que viramos na Thirteenth Street. O ar está denso e pegajoso, mas há um certo frio no ar e ele vem de Solange. Como eu temia, ela não aceitou muito bem a verdade sobre minha relação com Ella.

Caminhamos por dois quarteirões antes de eu tentar derrubar suas defesas.

— Você está me julgando. Por causa do lance com a Ella.

— Sendo sincera? — Solange junta o polegar e o indicador. — Um pouquinho. E sei que estou sendo injusta. Só… — ela ergue as mãos na defensiva — me explica melhor, por favor.

— Eu sou um planejador.

Digo a frase como se isso fosse explicação suficiente. Na minha cabeça, é. Mas, para Solange, é provavelmente um *non sequitur*.

— É assim que eu funciono. Gosto de traçar metas e de alcançar essas metas. Ter uma estrutura… me ajuda a manter os pés no chão.

Ela balança a cabeça enquanto caminhamos, o olhar fixo na calçada à sua frente.

— Então o casamento foi uma das metas que você estabeleceu para si.

— Exato. Além de pagar meu financiamento estudantil, comprar uma casa, virar sócio da Olney & Henderson e coisas do tipo. Entendo que isso pode não fazer sentido para você, mas sei, por experiência própria, o quanto pode ser perturbador quando as pessoas que em teoria estão ao seu lado não conseguem se alinhar com suas metas. E Ella e eu combinamos, só isso. Ou melhor dizendo, combinávamos. Ela é uma mulher ambiciosa. Tem os próprios objetivos e estava disposta a apoiar os meus. Um jantar com um bando de advogados? Ella se dava super bem. Aquele era seu habitat natural. E se ela precisasse fazer uma cena para um provável financiador assistindo um jogo no Capital One Arena? Eu era a pessoa certa. Curiosidade sobre mim: consigo falar sobre basquete com estranhos por horas. A gente se completava.

— Tirando a parte em que, na verdade, ela estava apaixonada pelo amigo de infância.

Franzo o nariz como se tivesse um cheiro podre no ar.

— É, tirando isso. O fato é que *não* me apaixonar por Ella foi exatamente o que me ajudou a continuar no caminho certo. Não consigo imaginar o que teria acontecido se eu fosse um idiota apaixonado descobrindo que fui traído pela noiva. Eu provavelmente teria que tirar uma licença para colocar a cabeça no lugar.

Esse tipo de cenário é mais familiar para mim do que Solange pode imaginar. Minha mãe ficava deprimida pela casa por dias quando um namoro não dava certo. Quando cheguei à adolescência, aprendi a cozinhar e cuidar da casa até que ela se recuperasse da última decepção. Bons tempos...

— Seu dossiê mencionava um relacionamento sério antes de Ella — diz ela. — O que aconteceu?

— Carrie Sloane. Nos conhecemos no primeiro dia da faculdade de direito. Fomos morar juntos no início do segundo ano.

Paramos em um cruzamento e olho ao meu redor. Só nesse momento percebo algumas pessoas andando por perto, de tão focado que eu estava em me explicar. Em consertar as coisas. Porque, embora a gente nem se conheça direito, eu me preocupo com o que Solange pensa de mim. Estou convencido de que, se não atender aos padrões dela, estou fazendo algo errado. Acho que algumas pessoas têm esse efeito na gente.

Uma vez que estamos livres para atravessar a rua, ela pergunta:

— E depois?

— Ela reclamou que nosso relacionamento não estava evoluindo do jeito que ela esperava. Dizia que eu não era romântico. Que não falava que a amava. Que não fazia surpresas que deixassem ela sem fôlego, esse mimimi todo. Mas eu era um namorado estável, na minha opinião.

Fiel. Que a apoiava. E me importava com ela. Só que nada disso foi o suficiente.

Carrie queria mais do que eu tinha a oferecer. Eu gostaria de ter descoberto isso antes de decidirmos morar juntos. Teria nos poupado muita dor.

— Foi isso que fez vocês terminarem?

— Teria sido um motivo. Em algum momento. Mas antes que isso pudesse acontecer, ela foi reprovada no curso e imediatamente achou que eu me mudaria para o outro lado do país com ela. Somos um time, ela pensava. E times se mantêm unidos, certo? Bem, o problema é que eu não poderia me dar ao luxo de desistir da minha carreira no direito por ninguém. E eu me ressentia especialmente do fato de que ela esperava que eu fizesse isso. Se a gente era um time, por que tinha que ser eu a abrir mão de algo? Obviamente, ela foi embora sem mim. Depois disso, percebi algo importante a meu respeito: não fui feito para viver um romance, sabe? Se duas pessoas são compatíveis, que bom. Isso pode ser suficiente para fazer as coisas funcionarem. Mas sem exagerar o que está acontecendo. Minha mãe fala sobre esse calorzinho gostoso no peito e meu cérebro desliga na mesma hora. Não consigo ver o objetivo disso.

— Já parou para pensar que talvez você só não tenha conhecido alguém que merecesse o seu amor? — pergunta ela, um tom de exasperação em sua voz.

— Já parou para pensar que algumas pessoas não deveriam fazer isso nunca?

Seu passo vacila pela primeira vez, então ela assente.

— Com certeza. Você tem razão. E é ridículo da minha parte sugerir o contrário, já conheci milhares de pessoas que não deveriam ter prometido amar alguém para sempre. Você está de parabéns por ser capaz de reconhecer as próprias limitações.

Milhares de pessoas, hein? Acho que tem uma história aqui. Eu me pergunto se Solange estaria inclinada a compartilhá-la. Concordamos que era a hora de fazer perguntas que não querem calar, não concordamos?

— Essas pessoas que não tinham nada que prometer amor... prometeram isso a você?

— Aham — responde ela, carrancuda. — Primeiro foi o meu pai, que fingiu que queria ser presente na minha vida e depois sumiu. Então veio Nolan. A gente se conheceu em Ohio. Ele adorava fazer planos para o nosso futuro, mas quando sua passagem pela Construindo Futuros terminou, ele pediu para "apertar pause" no nosso relacionamento. Eu nem sei o que isso significa. Ah, e teve o cara da pós-graduação, Chris. *Esse* sim era um ladino. Disse que queria ficar comigo para sempre, mas, no fim das contas, só queria uma namorada que revisasse os trabalhos dele e fizesse anotações detalhadíssimas para que ele pudesse faltar nas aulas da manhã. Infelizmente, meu detector de papo-furado estava com defeito quando namorei com ele.

— Sinto muito que você tenha passado por isso.

Ela dá de ombros.

— A culpa foi toda minha. Eu escolhi mal.

— Não, Solange. Eles é que eram uns idiotas, e isso é culpa deles. Ponto-final.

Eu *nunca* quero ser como os caras com quem ela conviveu. O tipo que sempre diz o que acha que a pessoa quer ouvir. O tipo que faz promessas vazias só para trair a confiança dada depois. Eu cresci perto de caras assim. Minha mãe e eu tivemos nossas vidas destruídas por caras assim. Prefiro morrer a me tornar um deles.

Ela me dá um tapinha na lateral do corpo; aparentemente, fiquei em silêncio por muito tempo.

— Nada disso me machuca mais, não tem por que sentir pena de mim. Quando muito, isso me ajudou a descobrir o que *eu* quero. Então, relaxa, está tudo bem.

— Bem, só para o caso de isso não ter ficado absolutamente claro, não faço joguinhos com minhas parceiras. Sou sempre sincero e digo o que elas podem esperar de mim. Acho que isso explica por que demorei tanto para encontrar alguém que pensasse como eu. Ou ao menos que dizia pensar.

De olhos arregalados, Solange para e segura minha manga.

— Quer dizer que não tem um monte de mulheres em pleno século vinte e um dispostas a se casar por conveniência para seguirem suas ambições? Estou chocada, juro para você. Absolutamente chocada. Ainda assim, a vida é sua, então vai nessa, meu caro amigo com maturidade emocional. Siga em frente.

O celular dela toca e ela dá uma olhada.

— É o Brandon. Um segundo.

Caminhamos lado a lado enquanto ela fala com ele. Em seguida, paramos em frente ao Tivoli Theatre, um marco histórico de D.C., com suas luzes brilhantes banhando o cruzamento com um suave brilho amarelado. Ou talvez seja só poluição. Sim, isso é definitivamente poluição. Apesar disso, a área ainda está cheia de transeuntes e pessoas jantando ao ar livre na Fourteenth Street.

— Juro por Deus, cara — diz ela para Brandon, balançando a cabeça. — Qualquer dia desses, eu não vou estar por perto para te salvar. — Uma pausa e então: — Sim, sim. Vou o mais rápido possível.

Solange olha em volta e toca na tela.

— Desculpe por isso, Dean. Mas o colega de trabalho dele enfim apareceu e ele está indo para casa, mas, como é típico dele, Brandon esqueceu as chaves. Precisa que eu vá abrir a porta. — Quando ela termina de mexer no celular, olha para mim. — Meu carro deve chegar a qualquer instante. Remarcamos o tour pela casa?

— Claro. Posso mandar umas fotos do apartamento. Isso deve ser o suficiente para responder qualquer pergunta sobre a *nossa* casa — digo, fazendo aspas no ar ao dizer "nossa".

— Bem pensado.

Abrindo o sorriso torto mais adorável, ela bate o corpo no meu.

— Olha, voltando um pouco naquele assunto: se sua filosofia sobre relacionamentos funciona para você, não cabe a mim julgar. De verdade.

Solto um suspiro trêmulo. Solange agora sabe como funcionava meu relacionamento com a Ella, e mesmo assim não me dispensou completamente. Ela é uma pessoa mais empática do que estou acostumado. E isso deve ser o suficiente, certo? Não preciso da permissão de Solange para ser quem eu sempre fui. Podemos respeitar nossas diferenças e ainda assim trabalhar em equipe nas próximas duas semanas. Até porque, me destacar nessa corrida pela promoção precisa ser a minha prioridade.

Um sedã escuro estaciona ao nosso lado e a janela do lado do passageiro se abre. Solange se inclina e olha para dentro do carro.

— Gabriel?

O motorista assente.

— É o meu Uber — diz ela. — Obrigada por uma noite interessante.

— Sim. Essa é uma ótima maneira de descrever. Interessante.

Examino-a à luz do poste, vendo como as sombras parecem adorar as superfícies de seu rosto. Não existe um único ângulo em que esta mulher não seja atraente. Fico irritado comigo mesmo por perceber isso.

Ela me dá um sorriso lento.

— Fizemos bastante progresso hoje.

Foi uma noite de altos e baixos, mas, no geral, tenho que concordar.

— Com certeza. Quase viramos um quadrisal também.

— Vamos manter isso entre você, eu e Brandon, por favor — diz ela com uma piscadela.

— Combinado. — Enfio as mãos nos bolsos de trás. — Então, sobre o evento de terça-feira... E se eu fosse te buscar na escola? Mais uma coisa sobre você com a qual eu já estaria familiarizado antes do encontro com a Kimberly.

— Pode ser — diz ela. — Mando as infos por mensagem. Boa noite, Dean.

— Boa noite, Solange.

Eu a observo ir embora e, nesse momento, meu cérebro começa a me pregar peças. E se a ligação de Brandon foi armada? Uma desculpa para encurtar a noite porque ela não está nem um pouco interessada em passar mais tempo do que o estritamente necessário comigo? Não, Solange não me parece o tipo de pessoa que faz esses joguinhos. Além do mais, por que isso importaria? Somos duas pessoas reunidas em circunstâncias incomuns. Indo em direções diferentes, mas com um propósito comum por um período de tempo determinado. Não posso esquecer que ela está me fazendo um grande favor e não tem por que pensar demais sobre cada interação. Só precisamos fingir que estamos apaixonados. Durante quatro ocasiões. Com uma promoção de cargo em jogo e um colega de trabalho irritante só esperando para me derrubar.

Meu Deus, onde eu estava com a cabeça?

Capítulo Nove

SOLANGE

— Próxima pergunta: quais são os três poderes do governo?

Inspirada pela minha conversa com Dean no fim de semana passado, cantarolo o tema de *Jeopardy!* enquanto espero que um dos meus alunos responda.

Alguém grita:

— Beyoncé, Kelly e Michelle.

— Verdade, verdade. As Destiny's Child com certeza comandam o mundo, ou melhor, *run the world*. — eu digo, dando um sorriso de satisfação. — Perceberam o que eu fiz aí?

Um lamento coletivo preenche a sala.

— Queen Bey já era artista solo quando lançou essa música — ressalta outro estudante.

Pura semântica. Sendo sincera, estou desperdiçando meu melhor material neles. *Esses ingratos de 18 anos.*

Faltando quinze minutos para o fim da aula, Dean entra pela porta dos fundos (hehe) e senta discretamente em uma das cadeiras, provavelmente para observar, mas, na verdade, para me deixar em pânico. Homens de terno não costumam chamar minha atenção; Dean de terno a monopoliza todinha. É um terno de três peças, além de tudo. Sorrindo, ele acena discretamente.

— Certo — digo, dando um tapa no topo da minha cabeça enquanto tento continuar no assunto. — Estávamos falando sobre poderes. Políticos, não mágicos. Alguém se lembra qual foi a pergunta?

— Senhorita Pereira, você está bem? — pergunta Layla, uma das minhas melhores alunas. — Parece meio aérea de repente.

A pergunta me faz estremecer, o que só prova o quanto ela está certa. Quando volto a me concentrar no grupo atual da Turma de Gestão Educacional & Empoderamento da Academia Vitória, vinte pares de olhos — alguns com dificuldade de permanecerem abertos — estão olhando para mim.

Layla desenha em seu caderno, as sobrancelhas perfeitamente delineadas unidas enquanto espera pela minha resposta. No fundo da sala, Dean me olha inocente, um toque de diversão evidente no sorrisinho de canto de boca.

— Estou bem, Layla. Obrigada pela preocupação. Pessoal, vamos fazer cinco minutos de pausa para tomar água e começamos de novo às 17h30 para a rodada bônus.

A maioria dos alunos se levanta e sai correndo da sala. Paro Layla antes que ela possa sair com eles.

— Um minutinho aí, srta. Young.

Ela volta a se sentar na cadeira.

— Manda, srta. P.

— Você conseguiu falar com sua mãe sobre a minha proposta de te dar algumas das minhas roupas mais formais?

A maioria dos estudantes vai participar de uma feira de empregos no outono; Layla comentou que estava preocupada por não ter o que vestir.

— Falei sim, srta. P. Expliquei que você não vê isso como caridade e que tem algumas roupas extras de quando fazia entrevistas na pós-graduação. Ela ficou satisfeita.

— Ah, que bom — digo. — E isso é a mais pura verdade, ok? Eu não preciso desses ternos, então vou ficar feliz em dar para alguém que vai fazer tão bom uso deles. Trago na próxima aula.

— Fico muito grata, srta. P., obrigada mesmo.

Ela se vira na cadeira e olha para Dean; após alguns segundos, se vira para olhar para mim de novo, as *box braids* soltas balançando até parar enquanto ela abre um sorriso malicioso.

— Agora vou deixar vocês dois em paz.

Assim que a porta se fecha, Dean tira o paletó, o que não ajuda nem um pouco a diminuir a formalidade do traje, já que ele está usando um colete por baixo.

— Essa escola é impressionante, srta. Pereira.

O jeito que ele fala meu sobrenome. Meu Deus.

— Tem uma vibração o tempo todo no ar — acrescenta ele.

É o som do vibrador que vou usar em casa hoje à noite. É ativado por comando de voz, e você acabou de ligar ele daí.

Meu Jesus amado.

Eu sou um lixo humano.

Pare com isso, Solange!

Ele se vira devagar na sala, me dando alguns instantes para me recompor.

— É como se a energia positiva de todos os alunos carregasse o lugar. Parece animado. Cheio de esperança.

— Parece e é — digo, endireitando a postura.

Mas ainda há espaço para evoluir, e parte das minhas funções como detentora da bolsa tem sido fazer sugestões inovadoras (espero) para melhorar o programa. A principal é: em vez de continuar a se concentrar em metas de curto prazo, a Academia Vitória deveria lançar um novo currículo, com ênfase em orientar e aconselhar as pessoas do distrito para atingir o sucesso ao longo dos anos. Estou curiosa para saber se o conselho da escola aceitará alguma das minhas recomendações. E sinto uma pontada no peito ao lembrar que não estarei aqui para vivenciar essas mudanças.

— Vou sentir saudade desse lugar. Dos alunos, principalmente.

— Alguma chance de você ficar? — pergunta Dean. — Isso parece uma extensão natural do seu treinamento.

— Parece, sim, mas eles não têm orçamento o suficiente para me oferecer uma posição permanente aqui, e também não tenho certeza se gostaria de ficar em D.C. até depois do verão — respondo, e dou de ombros. — Mas vamos ver… — Querendo mudar de assunto, eu o analiso da cabeça aos pés, e pergunto: — Cadê o lenço de pescoço e o relógio de bolso?

Ele enfia as mãos nos bolsos, fazendo com que o tecido da calça se estique nas coxas — não que isso seja digno de nota nem nada — e então me dá um meio-sorriso.

— Deixei na carruagem lá fora. Meu valete vai se certificar de que ninguém perturbe os cavalos.

Como os alunos estão voltando para a sala, tento segurar a risada, mas não consigo.

— Você parece mais relaxado do que de costume. Aconteceu alguma coisa?

Ele se endireita, a expressão ficando mais séria.

— Sinceramente? Acho que aquela coisa toda sobre a Ella estava pesando nos meus ombros. Falar a respeito me aliviou muito, sabe. Eu queria que você soubesse a verdade, e fico feliz que não tenha me achado um babaca.

Dean está longe de ser um babaca; ele só está acostumado com um certo tipo de vida. Não tenho nada a ver com seu critério para escolher parceiras.

— Tudo certo com você. Tudo certo com a gente. — Apontando para a classe, acrescento: — Só preciso terminar isso e podemos ir puxar o saco da Kimberly Bailey.

— Combinado — diz ele, os olhos brilhando. — E, se eu já não disse um bilhão de vezes, não tenho nem palavras para agradecer por você estar me ajudando com essa loucura.

Dean é um amor, e não me incomodo em ser seu par. A verdade é que eu quero que ele tenha seu "felizes para sempre", mesmo que o "para sempre" signifique apenas conseguir a promoção de seus sonhos.

Dean deveria estar me pagando por essa merda. Sério mesmo.

O colega dele, Peter Barnum, é o centro das atenções na nossa mesa, com gestos expansivos estranhos e incômodos enquanto explica como convenceu a esposa a namorar com ele.

— Então, a Molly disse "por que eu deveria sair com você?". E, sabendo que eu tinha guardado o melhor para o final, dei o argumento mais convincente.

— Que foi? — pergunta Kimberly Bailey, a expressão demonstrando pouca curiosidade.

— Harvard — responde Peter, fingindo deixar um microfone cair na mesa.

Molly, que é a cara da Anne Hathaway na época de *O diabo veste Prada,* nos olha com uma expressão pesarosa. Eu resmungo. Dean pisa no meu pé embaixo da mesa. Estou com muita vontade de fazer aquele barulho que os gatos fazem quando estão com raiva. Se eu soubesse que o DNA de Peter consistia exclusivamente em cromossomos B-A-B-A-C-A, teria feito mais exigências antes de concordar em ser a namorada de mentira de Dean. Nem a oportunidade de jantar no Rasika, onde até o presidente deve precisar fazer reserva, compensa ter que interagir com esse fanfarrão do outro lado da mesa (mas o *naan* é mesmo espetacular).

Por Deus, o cara é um palhaço de circo. Molly, que é adorável, deve ter sido coagida a se casar com ele; é a única explicação para esse casal.

Me arrisco a olhar para Kimberly e a parceira dela, Nia. Esse *sim* é um casal fascinante e uma excelente combinação: duas mulheres negras maravilhosas que não poderiam ser mais diferentes em aparência e personalidade, mas que terminam as frases uma da outra. Kimberly é alta, a pele escura e perfeita, tão sarcástica quanto eu. Nia é pequena e mais clara, o cabelo uma mistura engenhosa de cachos cor de mel e avermelhados, presos em um rabo de cavalo alto, e ela saltita levemente enquanto fala, como se estivesse impaciente para compartilhar seus pensamentos por medo de esquecê-los. E o que é ainda mais especial nesse casal? Apesar de estarem juntas há muito tempo, elas ainda parecem, de alguma forma, estar na fase de lua de mel.

Não sei no que os sócios do escritório de Dean estavam pensando quando montaram esse comitê de boas-vindas. Faz *muuuuito* sentido que sejam dois homens brancos a dizer para uma mulher negra como é trabalhar em uma empresa em que a maioria dos funcionários são brancos, não é mesmo? Um desastre, na minha opinião. Apesar disso, contrariando a lógica, Kimberly e Nia parecem estar levando tudo na boa.

— E vocês dois? — pergunta Peter, interrompendo meus pensamentos e fazendo com que todos prestem atenção em Dean e em mim. — Contem mais do momento em que se apaixonaram. — Ele se inclina para falar com Kimberly. Os olhos pequenos dele brilham, cheios de intenções maldosas. — É que tem um escandalozinho no meio dessa história, sabe? Mal posso esperar para ouvir os detalhes.

Eu odeio o Peter. Bom, talvez *odiar* seja uma palavra forte. Mas não gosto dele *nem um pouco*. Por sorte, Dean e eu nos preparamos para essa pergunta no caminho até aqui e concordamos que seria eu quem falaria. Me apoiando um pouco em Dean, seguro a mão dele e inspiro fundo.

— Na verdade, foi acontecendo aos poucos. Nós moramos juntos durante um tempo. Temos amigos de família em comum que sabiam que eu estava procurando um lugar para morar que fosse flexível quanto às regras. E como eu estava sempre indo para lá e para cá, era confortável para a gente apenas existir no mesmo lugar. E a melhor parte? A gente nem precisava compartilhar o banheiro.

Ainda não consigo acreditar que Dean tem dois banheiros no apartamento dele. Daria de tudo para não ter que compartilhar um com Brandon. Quando estou menstruada, ele age como se eu tivesse um colar de alho pendurado em volta do pescoço, e às vezes tenho vontade de espalhar meus produtos menstruais por toda parte para que ele possa entender o quanto ele *não* vê porque eu sou uma pessoa atenciosa (e relativamente organizada).

— Quer provar? — pergunta Dean baixinho, deslizando o prato de *palak chaat* para mais perto de mim.

— Por favor — respondo.

Estou de olho no espinafre crocante dele desde que foi servido, então fico muito feliz que um relacionamento de mentira significa provar um pouco do prato dele.

Dean passa o guardanapo de pano na boca e limpa a garganta.

— Eu conheci a Ella há uns seis meses e achei que tinha encontrado a pessoa certa. A Solange nunca se convenceu de que éramos um bom casal, mas ignorei todos os avisos. Solange dizia que eu merecia mais. Que eu devia estar completamente apaixonado por alguém. Eu achava que ela estava sendo romântica demais e que isso não era bom. A gente conversou bastante enquanto eu me preparava para o casamento. Solange me obrigou a pensar melhor e analisar o que queria. Mas sou um cara teimoso, então segui em frente mesmo assim, porque para mim é difícil mudar de planos.

Pobre Dean. Há tanta sinceridade em seu tom que não posso deixar de pensar que a habilidade impressionante dele em contar essa mentira se deve ao fato de que, em grande parte, é tudo verdade. É só trocar meu nome pelo de Max e aposto que a história fica completa.

— O problema é que Ella estava apaixonada por outra pessoa. — Peter é quem deixa escapar, claramente impaciente para chegar na parte que importa.

— Ah, não — diz Nia, a mão voando para cobrir a boca. — Isso é horrível.

— Não precisa contar a história para a gente — diz Kimberly para Dean. — Se não quiser falar sobre isso. Não se preocupe.

Sabendo que Peter é um otário que não tem noção alguma do que é apropriado em um contexto de socialização, Dean e eu já tínhamos um plano para isso também.

Dean olha para mim, os olhos brilhando de afeição. *Veja só, parece que alguém aprende rápido.*

— Não tem problema. A versão resumida da história é que ela interrompeu o casamento bem a tempo. E, no fim das contas... — Ele segura minha mão com gentileza, fazendo carinho com o dedão. — Eu percebi que a pessoa que mais me importava no mundo era a Solange.

Que. Homem. Falso. Mas estou orgulhosa de sua atuação. E também um pouco desorientada por causa do carinho. Pode ser que a gente precise de outra frase de segurança, uma que me proteja de gostar tanto dos toques dele.

— Ahh, que fofos — diz Nia, suas mãos pressionando as bochechas. — Que coisa mais linda, assim meu coração não aguenta.

Molly concorda.

— Vocês dois são o casal-propaganda do romance improvável mais satisfatório do mundo.

— Mas já chega de falar da gente — diz Dean para Kimberly e Nia, enquanto solta minha mão com elegância. — Estamos aqui para responder as perguntas *de vocês*. Sobre essa cidade. Sobre a empresa. Sobre o que quiserem falar.

Kimberly e Nia trocam um olhar carinhoso, então Kimberly diz:

— Bom, como você pode imaginar, seria uma mudança e tanto para nós. Nia e eu tínhamos um bom ritmo em Atlanta, mas está na hora de ela aproveitar os programas de residência artística em D.C.

Nia entra na conversa, mudando com habilidade o foco para os próprios interesses por alguns instantes.

— As oportunidades nessa área são enormes. Os financiamentos no campo das artes aqui são bem mais robustos do que em qualquer outro lugar. Então eu me vejo ficando aqui por um tempo.

— *A gente* se vê ficando aqui por um tempo — objeta Kimberly, a boca se curvando em um meio-sorriso enquanto analisa o rosto de Nia. — E, sendo sincera, não tenho problemas em começar de novo em outro lugar, desde que isso não envolva um rebaixamento de cargo num novo emprego.

— Posso dizer com segurança que isso não seria um problema lá no escritório — observa Peter.

Kimberly inclina a cabeça para ele.

— É mesmo? Por quê?

— Hum — diz Peter, engolindo em seco e obviamente se atrapalhando no que dizer a seguir. — É só que… você é uma candidata excepcional e sua reputação é bastante conhecida.

— Bom, espero que seja mesmo esse o caso — diz Kimberly para os homens. — Enquanto isso, queria muito saber o que levou vocês a ficarem tanto tempo no Olney & Henderson.

— O dinheiro — diz Peter, rindo.

— Peter — protesta Molly.

— O quê? — retruca ele, olhando para as pessoas na mesa. — É claro que é brincadeira.

— No meu caso — comenta Dean —, é a qualidade do trabalho. Temos uma das melhores práticas de comunicação da cidade. Aprendi muito sobre leis de mídia com os sócios, que me confiam responsabilidades de alto nível em casos importantes. O que eu quero dizer é que lá você não vai fazer trabalhos chatos nem passar horas revisando milhares de documentos à procura de uma prova conclusiva. Lá, os associados seniores trabalham em questões importantes e fazem reuniões regulares com os clientes da empresa.

Ele está se saindo muito bem, mas não estudei o Dossiê Dean de cabo a rabo para fazer papel de planta. Vou responder essa também.

— E o que eu acho mais impressionante é que o escritório permite que o Dean faça trabalhos voluntários. Apesar de quase não ter tempo livre, ele supervisiona um grupo de alunos de Georgetown que representa residentes de baixa renda em casos de proprietários e inquilinos.

— Nossa, que fantástico — diz Nia. — Kimberly tem feito trabalho voluntário em casos de empréstimo predatório há anos.

— Ah, então você sabe o quanto isso pode ser gratificante — diz Dean para Kimberly. — Cá entre nós, se eu pudesse dedicar uma porcentagem substancial do meu número de casos como sócio ao trabalho voluntário, eu aceitaria esse acordo sem hesitar.

— Aceitaria? — pergunto, incapaz de esconder o choque em minha voz. Em uma recuperação rápida, acrescento: — Quer dizer, você nunca mencionou isso antes.

— Os sócios nunca aceitariam isso, então não tinha por que mencionar. Mas sim, com certeza.

Fico boquiaberta enquanto tento processar essa informação, que, como pretendo apontar para Dean mais tarde, obviamente faltou em seu dossiê. Se tem uma coisa que me incomoda em Dean é a preocupação em se tornar sócio de um escritório de advocacia, o que eu julgava como necessidade de alcançar um determinado status. Saber que seu trabalho voluntário não é só uma forma de melhorar o currículo, mas uma demonstração da sua vontade de ajudar os outros é esclarecedor.

— Então, quando você está trabalhando no escritório no fim de semana, é porque você está...

— Me atualizando no trabalho voluntário, sim — diz Dean.

— E o cliente que ligou na manhã do seu casamento?

Ele assente com a cabeça.

— Também trabalho voluntário.

Peter alterna um olhar desconfiado entre mim e Dean. Então, ele se inclina para a frente e junta os dedos.

— Estou curioso sobre uma coisa, Solange. O que os pais de Dean pensam de vocês dois estarem juntos?

Kimberly e Nia nem ao menos tentam esconder as expressões de surpresa. Se eu fosse elas, também me perguntaria o que diabo está acontecendo. Molly abaixa a cabeça como se não quisesse saber do comportamento ridículo do marido. Ao meu lado, Dean fica forçadamente imóvel.

Ah, então é assim que o Peter quer jogar, é? *Bem, então vamos lá, amigão.*

— Dean só tem a mãe. E Melissa está cautelosamente otimista, eu diria.

Ele assente algumas vezes enquanto me analisa, um sorriso falso estampado em seu rosto.

— Bom, bom. Que bom ouvir isso. — Destemido, ele achata os lábios em um sorriso conspiratório, como se estivesse me convidando para ser cúmplice da queda de Dean. — Olha, você e Dean podem ser amigos íntimos, mas acho que o conheço há mais tempo do que você. Ele já te contou que quase foi reprovado em Michigan?

Eu franzo a testa e coço a têmpora. O showzinho para demonstrar confusão talvez seja um pouco demais, mas estou me divertindo, então Dean vai precisar ter paciência comigo.

— Calma. Isso não pode ser verdade. Ele se formou na faculdade de direito de Penn. E se formou com distinção. Tem certeza de que *você* conhece ele tão bem quanto eu?

Cubro a boca com a mão para sorrir, a vibração da vitória e das bolas enrugadas de Peter pairando no ar. Kimberly e Nia trocam um olhar divertido; parecem estar gostando tanto dessa pequena disputa quanto eu. Mas não acho que seja o caso de Dean também. Ele se desligou completamente da conversa e, quando olho nos olhos dele, um músculo em sua mandíbula se contrai.

Eu me aproximo dele e digo em um sussurro:

— Relaxe o esfíncter. Estamos arrasando.

Dean abaixa a cabeça, mas consigo ver que os ombros dele estão balançando. *Melhor assim.*

Continuamos conversando durante o restante da refeição, em especial sobre os altos e baixos de nossas respectivas carreiras. Infelizmente, a cada vez que Dean prende a atenção de Kimberly e Nia, Peter tenta usurpar o trono.

— Você diria que a camaradagem é um dos pontos fortes de Olney & Henderson? — pergunta Kimberly, seu tom brincalhão e claramente aludindo ao comportamento ridículo de Peter.

— Geralmente, sim — diz Dean, parecendo exasperado. — Mas nem sempre podemos escolher nossos colegas de trabalho.

Nia ri, irônica.

— Obviamente.

Peter, tão sem-noção quanto Dean disse que ele seria, escolhe aquele momento para tentar nossas convidadas com a perspectiva de outro torturante passeio em sua companhia.

— A verdade é que tem tanta coisa para fazer nessa cidade, senhoritas, que vocês podem nos considerar como seus guias turísticos. Que passeios vocês têm em mente? Um jogo de beisebol no Nationals Park? Uma visita à Casa Branca? Um show no Kennedy Center?

— Não tenho certeza se isso será necessário. Acho já deu para ter uma boa noção do pessoal da Olney & Henderson esta noite.

Deus, espero que não. Se esse for o caso, ela definitivamente não vai aceitar um cargo na empresa.

Dean se inclina e sussurra em meu ouvido:

— Peter está sendo esquisito. Estamos perdendo as duas.

Novamente com esse negócio de respirar no meu pescoço. É absolutamente perturbador. Mas também: prefiro comer maionese light em vez de maionese comum pelo resto da vida do que deixar Peter sabotar Dean. E isso significa muita coisa.

Antes que eu possa pensar melhor a respeito, exclamo:

— Eu tenho uma ideia ainda melhor! Já foram arremessar machados?

Dean abaixa a cabeça. Mas, desta vez, seus ombros não estão tremendo.

Capítulo Dez

DEAN

— Arremessar machados? Foi *nisso* que você conseguiu pensar?

Para continuar a farsa, Solange e eu pegamos o mesmo Uber. Ela vai para Sip City passar um tempo com o Brandon, e eu vou para casa me preparar para trabalhar cedo amanhã.

O motorista, Jeff, que aparenta ter chegado à maioridade recentemente, deve ter tomado um banho de perfume, então abro a janela para tirar a essência de *eau de pivetè*.

O celular de Solange dá sinal de vida, uma dúzia ou mais de sons sinalizam uma troca de mensagens enérgica do outro lado. Ela suspira e levanta o olhar.

— Sim, jogar machado *é* exatamente o que consegui pensar, ok? Kimberly e Nia mostraram zero interesse nas coisas turísticas típicas, e imaginei que algo fora da casinha as empolgaria. Tenho certeza de que você preferiria uma excursão mais *refinada*, mas aquelas mulheres estavam subindo pelas paredes de tanto tédio, e eu não conseguia imaginar outra noite olhando para o rosto esnobe de Peter do outro lado da mesa. E funcionou, não funcionou?

O jeito que ela enfatiza a palavra *refinada* chama minha atenção. Me faz lembrar do comentário espontâneo sobre não querer ser a Ella 2.0.

— Eu não ligo para isso de ser refinado ou intelectual ou o que quer que você esteja insinuando. Acho o Peter um babaca arrogante, assim como você.

— Então *qual* é o problema? — pergunta ela, erguendo as mãos em frustração.

Eu me largo no banco de trás.

— É *arremesso de machados*, Solange. Vão pedir que a gente assine termos de renúncia de responsabilidade. Em *toda minha vida*, nunca li um único desses termos que me deixasse confortável em assinar. Na verdade, eu já fui até contratado para refazer um termo desses porque discuti com o dono de uma academia que me pediu para assinar uma versão muito ruim. E se alguém se machucar? Meus chefes vão *acabar* com a gente se alguma coisa acontecer com Kimberly ou Nia. Além disso, fico todo arrepiado só de ver sangue. Eu desmaiei na faculdade durante uma campanha de doação de sangue quando vi aquele negocinho de plástico.

— O tubo coletor? — pergunta Solange.

— Sim, quando vi o tubo de plástico se enchendo. — Expiro devagar e passo a mão pelo cabelo. — Tanta coisa pode dar errado.

Olho para Solange quando termino de falar. O olhar dela vai até o espelho retrovisor e vejo nosso motorista murmurando *uau* antes da expressão dele ficar neutra.

Solange aperta meu antebraço devagar.

— Dean, relaxa. — Seu tom é gentil, como se tentasse acalmar um cavalo arredio. — Vai dar tudo certo. Eles vão dar dicas de segurança e mostrar exatamente o que a gente precisa fazer.

— Você já fez isso antes? — pergunto, gostando de sentir o toque dela. Ela solta meu pulso e se aproxima do seu lado do banco de trás.

— Já arremessei machado algumas vezes, e sou muito boa. Posso dar algumas dicas. Estou falando sério, Dean, você vai amar. A primeira vez que senti a adrenalina que dá agarrar aquele cabo, fiquei viciada.

Eu a encaro e engulo em seco. Sim, meu cérebro me pregou essa peça.

E, infelizmente, ele tem me pregado essa peça a noite inteira. Ver Solange destruir um Peter tão cheio de si foi a coisa mais sexy que já presenciei. Ela se mostra tão confortável sendo ela mesma. E me faz rir; o suficiente para me distrair da preocupação diante da possibilidade de sermos descobertos a qualquer momento. A cada vez que ela falava durante o jantar, eu queria comemorar e gritar "Essa é a minha garota, gente!".

Mas ela não é uma garota (na verdade, acho que ela me daria um tapa na boca se eu a chamasse assim) e com certeza não é minha. Não de verdade. Meu Deus, por que me sinto tão confuso?

Mais três saídas com Kimberly e Nia. Pelo andar da carruagem, talvez nem sejam tantas assim. Só preciso chegar ao final dessa história. *Repita comigo, Dean: você não é o homem certo para Solange, e ela não é a mulher certa para você; alimentar essa atração só vai piorar as coisas. Faça com que seja leve. Faça com que seja respeitoso. Deixe todos esses pensamentos inapropriados bem escondidos na sua cabeça.*

Depois de colocar a mente no lugar, bato nas minhas coxas e respiro fundo.

— Tá bom, vou confiar em você dessa vez, mas que fique bem claro que tenho minhas ressalvas.

— Dean, a essa altura do campeonato, eu sempre presumo que você tenha suas ressalvas sobre *qualquer coisa*. Não precisa nem falar.

O tom de voz dela é neutro, então não consigo perceber se está falando sério ou não. Até que ela inclina a cabeça e dá um sorriso atrevido. *Mas que droga.* Eu gosto dela. Mas não quero gostar. Ao menos não *tanto* assim.

— Obrigado por hoje — digo. — Eu literalmente não teria conseguido sem você.

Ela olha pela janela enquanto o carro circula por mais uma rotatória, o vento soprando.

— De nada. Ajuda bastante que Kimberly e Nia sejam pessoas maravilhosas.

— Ajuda mesmo.

Ela se vira e olha para mim.

— E devo dizer que suas habilidades de atuação melhoraram radicalmente desde o fim de semana passado. Por alguns instantes, *eu* quase acreditei que você estava apaixonado.

— Estrelinha dourada para o Dean, então?

— Com certeza — responde ela, piscando.

Tudo encenação, é claro, mas preciso admitir que fingir ser o namorado dessa mulher não foi tão difícil quanto achei que seria.

SOLANGE

$\mathcal{S}$ip City é o lugar perfeito para relaxar após um primeiro encontro de mentira infernal.

— Me sirva todas as bebidas do cardápio — digo para Brandon. — Pode ir mandando.

Brandon apoia os cotovelos no balcão e toca a ponta do meu nariz com o dedo.

— Aceita um drinque autoral? — pergunta ele, mexendo sobrancelhas. — É feito com rum.

— E precisa perguntar?

Ele esfrega as mãos e se afasta, um sorriso alegre em seu lindo rosto.

Enquanto Brandon prepara meu drinque, ignoro a conversa que Lina começou com Natália, Jaslene e comigo só para futricar, e ouço minhas mensagens de voz. Apesar de não ser totalmente inesperada, a segunda mensagem (a primeira era spam) faz meu coração acelerar.

— Senhorita Pereira, aqui é o diretor Cabrini na Academia Vitória. Gostaria de falar com você quando tiver alguns minutos disponíveis. Tentei entrar em contato ontem, mas acho que nos desencontramos. Me procure durante o seu próximo turno, sim? Se cuide.

Puta merda. O que será que ele quer?

Ele deve estar irritado por eu ter levado comida do Rio de Trigueiro para a classe no começo da semana. Foi uma decisão impensada, de momento, na verdade. Só queria fazer alguma coisa legal para meus alunos. Como que eu ia saber que a escola estava com problemas de infestação de ratos?

— Estamos em D.C., Solange. Tem muitos roedores nessa área. Tantos que eles deveriam ter o próprio representante no Congresso.

— Viu? Ela está falando sozinha — diz minha prima Lina atrás de mim. — Eu disse que tinha alguma coisa de errado com ela.

Eu me viro e encontro Lina e Natália me encarando.

— O que vocês estão fazendo aqui?

— Lina me prometeu palitinhos de muçarela se eu viesse — comenta Natália. Ela se senta com dificuldade no banco ao meu lado e começa a tamborilar com os dedos no balcão. — Faça isso acontecer, mulher.

Escolhendo continuar em pé, provavelmente para maximizar sua postura já bastante intimidante, Lina cruza os braços e me olha com frieza.

— Você não respondeu as mensagens sobre o *encontro* no grupo, então decidimos que seria melhor te encurralar.

Natália vasculha a bolsa e tira um pacote de amêndoas.

— *Ela* decidiu — ressalta, colocando algumas amêndoas na boca. — Eu só vim pela comida.

— E cadê a Jaslene?

— A caminho — responde Lina.

Aceitando meu destino, aceno para Brandon. Ele entrega meu drinque e cumprimenta minhas primas, então peço duas porções de palitinhos de muçarela. E como conheço bem essas mulheres, peço também uma porção dupla de batatas fritas, só por precaução.

— Vamos passar para uma mesa.

Natália resmunga.

— Sério? A essa altura, ficar em pé exige quase o mesmo esforço que sexo selvagem. Isso é mesmo necessário? A gente não pode só deitar de lado e ficar aqui mesmo?

— A não ser que você queira esticar o pescoço para fazer uma conversa a quatro, sim, é necessário. E você vai ter que dividir a comida.

— Não vou, não — murmura Natália.

Eu me levanto e estico o braço.

— Vem, eu ajudo você.

Enquanto Natália se move (e reclama) até uma das mesas vazias mais próximas, Jaslene entra apressada pela porta giratória do bar. Acenamos para ela, que se senta ao meu lado.

— Estou aqui sob protesto — resmunga Jaslene, o queixo tão erguido que consigo enxergar dentro de seu nariz teimoso.

— Ah, para com isso, Jas — digo, me aproximando para que nossos rostos fiquem bem perto. — Não é possível que você ainda ache que eu sou a vilã da história.

Ela estreita os olhos e faz beicinho para mim, sem dúvidas irritada com ela mesma por não conseguir fingir que está brava por mais do que alguns segundos.

— Não, claro que não. Mas posso guardar um rancor sem sentido nenhum como ninguém. É só que...

— É só que o quê? — pergunto.

Ela franze o rosto como se sentisse dor.

— Eu trabalhei tanto naquele casamento, e com um prazo insano, além de tudo, e aí a coisa toda foi pelo ralo. — Endireitando a postura, ela se recompõe e acrescenta: — Enfim, eu vou levar um tempinho para desassociar você da lembrança desse casamento com uma nota de rodapé gigantesca capaz de acabar com o ânimo de qualquer um.

Entendo o que ela quer dizer. Isso com certeza será um aparte estranho para qualquer cliente em potencial.

— Justo. Eu posso aceitar isso.

— Jas — diz Lina. — Pense nisso como sua história de guerra de casamento. Toda organizadora tem uma. Lembra do noivo que deixou os amigos rasparem a sobrancelha dele antes da cerimônia? Essa é a minha.

Jaslene revira os olhos.

— A sua é excêntrica. A minha é horrível.

Com uma mão massageando a barriga, Natália diz:

— Não fique toda exaltada ainda. Imagina a cena: Solange e Dean se casam um dia, e *você* vai organizar o grande dia *deles*. A destruidora de casamentos se torna a noiva — diz Natália, e abaixa as mãos. — *Essa* sim é uma nota de rodapé e tanto.

Eu me encolho ao pensar nisso.

— É. Não. Desculpa acabar com o seu barato, mas isso não vai acontecer. Estou cansada de homens emocionalmente distantes que veem relacionamentos como um item no currículo. Esse é um belo resumo de Dean.

— Esse *é* o Dean — concorda Lina. — Mas mesmo assim eu gosto muito dele. Eu sei que ele não tem interesse nenhum em se apaixonar, mas não acho que seja por egoísmo. É alguma outra coisa. Queria saber o quê.

Eu sei essa fofoca, mas não vou compartilhar o que ele me disse com o grupo. Dean tem seus motivos, e desde que seja sincero com suas parceiras a respeito deles, não posso culpá-lo por priorizar compatibilidade em vez de amor. Eu mesma estou a um relacionamento ruim de pedir o manual dele.

Jaslene suspira.

— Minha vida amorosa é nula, mas não é por escolha.

Lina apoia uma mão no braço de Jaslene.

— E não tem problema. Relacionamentos não precisam ser o objetivo final.

Foi o que o Dean disse. Mas é tão errado assim querer achar a pessoa certa para você?

— Isso é verdade — diz Jaslene. — Com o trabalho durante o dia e faculdade de noite, quem tem tempo para isso? Talvez no futuro, mas agora não é prioridade. — Ela se remexe na cadeira. — E não tenho problema nenhum em experimentar formas diferentes de cuidar de mim mesma. — Nesse momento, ela arregala os olhos como se tivesse acabado de se lembrar de algo importante. — Ah, e por falar nisso, uma dúvida: é normal que um vibrador te faça andar toda torta no dia seguinte?

Nós a encaramos e irrompemos em gargalhadas. *Eu amo essas mulheres.*

Alguém limpa a garganta e Jaslene levanta a cabeça para ver quem a interrompeu.

— Seus pedidos, senhoritas — diz Brandon.

O outro garçom está parado em silêncio, segurando uma enorme bandeja com nossos palitinhos de muçarela e as batatas, enquanto Brandon coloca os cestos cheios de comida na mesa.

— Vi que mais alguém se juntou a vocês, e acho que não a conheço.

As bochechas de Jaslene ficam vermelhas e ela abaixa a cabeça.

— Jaslene, esse é meu colega de casa, bom amigo e, de forma geral, uma excelente pessoa, Brandon. Brandon, essa é a Jaslene, amiga da família, organizadora de casamentos extraordinária e, de forma geral, uma deusa porto-riquenha.

Sem olhar para cima, Jaslene estica a mão na direção de Brandon.

— Prazer, Jaslene. Nome do meio Morta. Sobrenome De Vergonha.

— Não tem problema — diz Brandon. — Ninguém deveria se envergonhar de sentir prazer na privacidade do lar. Especialmente alguém tão bonita como você.

Jaslene levanta a cabeça, os olhos brilhando com interesse. Natália e Lina reclinam para trás, as sobrancelhas erguidas.

— *É isso aí, Brandon* — diz Natália, ronronando. — Manda ver.

— Hm, enfim — fala Brandon. — Alguém aceita uma bebida?

Natália aponta para a barriga inchada; as outras mulheres balançam a cabeça.

— Eu não costumo beber — acrescenta Jaslene.

— Pode ser virgem — diz Brandon.

Ela sorri.

— Acredite em mim, não tem mais como, mas admiro seu otimismo.

Brandon abaixa a cabeça enquanto se afasta.

— Bom, armei essa contra mim mesmo — diz ele, e acena com as duas mãos. — Vamos deixar vocês conversarem em paz. Divirtam-se.

— Obrigada — digo cantarolando enquanto Brandon e o colega saem. — O tal drinque autoral está delicioso, por sinal.

— Eu sei — diz ele por cima do ombro.

— Voltando para o namoro de mentira com o Dean — diz Lina enquanto coloca uma parte das batatas fritas em um prato e puxa para si. — Como foi hoje?

— Acho que correu tão bem quanto era de se esperar. Ele inventou uma história maluca, então foi divertido recontar. Ficou mais fácil de não errar nos detalhes. E as mulheres são simpáticas de verdade. Fico um pouco desconfortável de mentir para elas, mas Dean e eu concordamos em garantir que as coisas que realmente importam sejam cem por cento verdadeiras. Além disso, agora que as apresentações terminaram, Dean pode se concentrar em passar informações sobre a empresa e fazer com que ela aceite trabalhar lá.

— Que bom, acho — diz Lina. — Vocês se beijaram?

— Não, não é esse tipo de encenação.

Lina concorda.

— E o que vem a seguir?

Mergulho uma batata no ketchup.

— Vamos arremessar machados. Esta sexta.

Jaslene bate palmas, entusiasmada.

— Parece divertido!

— Divertido é uma boa, mas o que quero é que seja sem incidentes — declaro. — Preciso terminar esse teatro com o Dean para que Brandon e eu possamos começar nosso namoro de mentira.

Lina solta um longo suspiro.

— Você ouve as coisas que você fala? Tipo, ouvir de verdade, mesmo? Porque aposto que, se você se olhasse no espelho e repetisse o que acabou de dizer três vezes, a Loira do Banheiro ia aparecer e dizer para você se recompor. Agora faz parte da sua personalidade isso de namoro de mentira? Vai ser um atrás do outro?

Jaslene bate na mesa.

— Peraí, peraí. O que diabo tá rolando?

Lina e Natália a informam sobre a próxima visita da prima Cláudia enquanto eu devoro mais do que a minha cota de batatas fritas.

Sem hesitar, Natália afasta minha mão no momento em que pego o último palito de queijo.

— Nem pense nisso — diz ela, e se volta para Jaslene. — Então, no espaço de algumas semanas, Solange vai fingir não só um, mas *dois* namoros.

Lanço um olhar ardente e jogo meu ombro para a frente.

— O que posso dizer? Sou uma mulher muito popular.

— Namoro de mentira não é namoro, Solange — ressalta Lina.

Faço uma expressão de "cê jura?".

— Eu sei.

— Sabe mesmo? — pergunta ela, os olhos se estreitando. — Porque estou aqui me perguntando se essa história de namoro de mentira não é só uma desculpa conveniente para que você fuja de relacionamentos de verdade.

Ignorando a observação absurda, pego a última batata frita.

— E por que eu começaria a namorar alguém agora? Daqui a pouco estou indo embora. E, além do mais, não é minha culpa que ninguém esteja disposto a atender aos meus padrões de exigência.

Lina arranca a batata frita da minha mão.

— Ou talvez, *quem sabe,* você faça com que seus padrões sejam altos assim só para garantir que ninguém vai conseguir atender, né.

— Ou talvez, *quem sabe,* ela está se preservando para alguém como Dean — diz Natália.

Balanço a cabeça com mais força do que o necessário.

— Não.

— Estou dizendo — completa Natália —, tenho um bom pressentimento quanto a isso. Pode debochar o quanto quiser, mas quando você e Dean forem se casar, eu vou fazer a maquiagem. E vou cobrar extra para conseguir controlar essas sobrancelhas, mulher.

— Tô nem aí, sua ridícula.

A cara de pau da pessoa.

Natália e Lina não sabem do que estão falando. Esperar por um relacionamento com alguém que se dedique de corpo e alma não é ser exigente; é o que eu mereço. Prefiro ficar sozinha a ficar com alguém que não está preparado para me amar por inteiro. Quer dizer, é o *mínimo* que a experiência de vida da minha mãe pode me ensinar. O que quer dizer que Dean não serve. Simples assim.

Capítulo Onze

DEAN

Solange: SEXTOU! pronto pra hoje? tô empolgada!

Eu: Boa sexta-feira! Sim, estou pronto. Vou enviar o termo de renúncia de responsabilidade para todo mundo em alguns instantes. Melhor já chegarmos com isso preenchido. Não se esqueça de usar sapatos fechados.

Eu: Ainda está aí?

Solange: desculpa! peguei no sono enquanto vc colocava letras maiúsculas e pontuação

Eu: Que fofo. Até depois, "mozi".

Solange: aff, para com isso. tchau.

Estou sorrindo que nem um idiota quando Henderson aparece na porta do meu escritório. *Perigo, perigo. Não é permitido ser feliz aqui.* Me endireito na cadeira e assumo uma expressão neutra.

— Chapman — diz ele. — Só estou buscando informações sobre a campanha para recrutar Kimberly Bailey. Como andam as coisas?

— Até agora tudo bem, senhor. Elas parecem já saber bastante sobre nós, e fizeram muitas perguntas.

— Fico feliz em saber — ele consegue forçar para fora.

Henderson precisa se esforçar muito para dizer qualquer coisa de agradável.

— O que mais vocês combinaram?

— Vamos fazer uma coisa um pouco diferente e levar as duas para arremessar machados hoje. Elas amaram a ideia.

As sobrancelhas dele se juntam.

— Dá para perceber que sua geração funciona de um jeito diferente da minha. Talvez não seja tão ruim assim. — Parecendo não saber como usar os músculos há muito adormecidos do rosto, seus lábios se curvam no que quase pode ser considerado um sorriso. — Você parece estar se saindo muito bem.

É o mais próximo que Henderson já chegou de me elogiar, e em vez de aceitar como achei que faria, surge em minha mente o comentário de Solange no dia em que pedi que fingisse ser minha namorada: *Ralar por oito anos não deveria ser o bastante?* Deveria. Só que não é. E, assim que Henderson não me considerar mais útil para ele, vai voltar a me tratar como antes.

— Mais alguma coisa, senhor?

A expressão estranhamente jovial de Henderson muda.

— Não, Chapman. Mas me mantenha atualizado do andamento, sim?

— Pode deixar.

Alguns minutos depois, Peter Barnum infelizmente surge em minha porta. Ao que tudo indica, tenho reunião marcada com *todos os babacas* hoje.

— Ei, tem um minutinho? — pergunta.

— Claro — digo.

Minimizo todas as abas no computador. Peter é um malandro sem escrúpulos que está sempre tentando se destacar, e uma aba aberta pode muito bem servir de munição.

Ele se joga em uma cadeira e se inclina para a frente, o sorriso amplo demais para que eu me sinta confortável!.

— Estava pensando… Acho que precisamos aumentar nossos esforços com Kimberly Bailey. Arremessar machado não vai quebrar o gelo. Ba-tum-tsss.

Eu o encaro.

— Mais alguma coisa?

— Bem, pensando nisso, consegui alguns convites para uma festa bastante exclusiva em Adams Morgan no sábado à noite.

— Ah é? Festa de quem?

— De uma amiga minha da faculdade de direito.

Nem ferrando. Já consigo imaginar as togas ridículas. E barris de cerveja. E copos vermelhos de plástico jogados em uma sala mal iluminada. Só de pensar em Kimberly e Nia pisando no chão grudento me contorço por dentro.

— Não acho que seja uma boa ideia, Peter. Como são as pessoas que vão nessa festa? Porque eu não vou levar Kimberly e Nia em uma festa de fraternidade cheia de gente branca.

Ele balança a cabeça.

— Não, não, não vai ser nada desse tipo. Fiz a mesma pergunta porque fiquei preocupado com isso e me garantiram que os convidados são sofisticados e bem diversos.

Hum. Fico surpreso que Peter não tenha sido tão troglodita. Talvez ele não seja tão ruim quanto eu pensava.

— Hum, sendo assim, parece uma boa ideia.

— Ótimo, ótimo — diz ele, esfregando as mãos. — Vou te mandar os detalhes. Só uma coisinha. Se não se importar, prefiro que você mande o convite no grupo. Sabe, essa colega da faculdade de direito é, na verdade, uma antiga namorada, e não quero que Molly fique irritada com isso.

Retiro o que eu disse. Ele definitivamente é um troglodita.

— Não sei, não, Peter. Está parecendo meio estranho.

— Não é, cara, confie em mim. É só mandar o convite. Tenho certeza de que esse assunto vai surgir quando a gente estiver lá, mas antes disso, prefiro não me sujeitar ao interrogatório. Dizem que minha amiga vai anunciar que está noiva na festa, então não tem por que Molly ficar preocupada.

Tudo bem, isso me parece inofensivo.

— Ok. Me manda os detalhes e eu convido todo mundo.

— Perfeito — diz ele, pulando da cadeira. — Fico te devendo uma.

Considerando que isso veio do Peter, não acredito que ele vá cumprir o que diz.

Não muito tempo depois de sair do meu escritório, Peter convenientemente me envia uma mensagem de texto com um convite para repassar para as mulheres. *Quanta consideração da sua parte, Peter.* Eu reescrevo a mensagem, deletando o "Ei, festeiros" e escrevendo minha própria saudação. Kimberly aceita em nome dela e de Nia em minutos. Solange responde uma hora depois:

Eu vou, mas NÃO vou me enrolar em um lençol nem tomar shots de gelatina.

Dou uma gargalhada. Uma única mensagem de Solange e meu dia já melhorou; quem se importa com babacas?

SOLANGE

— Senhorita Pereira, espere!

Merda. Fui pega. Mais alguns passos e eu teria alcançado a sala de aula. Eu me viro para ver o homem vindo na minha direção. O diretor da Academia Vitória tem 40 e poucos anos, acho, algumas mechas grisalhas prematuras próximas às têmporas se misturando com elegância com o cabelo louro-escuro. E ele está *sempre* de terno. O que imediatamente me faz pensar em Dean. Na verdade, é assim que imagino que meu namorado de mentira estará daqui a dez anos.

— Doutor Cabrini...

Ele ignora meu cumprimento, balançando a mão.

— Já faz oito meses que você está aqui. Pode me chamar de Greg.

— Greg, então. Que bom ver você.

— Tênis bonitos.

Olho para os meus All Stars.

— Vou arremessar machados hoje à noite.

Ele inclina a cabeça como se nunca tivesse ouvido falar dessa atividade até agora.

— Certo. — Então ele ergue a sobrancelha, os cantos dos olhos se enrugando, divertidos. — Você por acaso tem me evitado?

— Não, claro que não. É só que... estou organizando uma série de visitas para o dia da profissão para as minhas turmas, então tenho estado bem ocupada.

Ele curva a boca em um sorriso de cumplicidade.

— E tem fugido de mim.

Deixo os ombros caírem.

— Isso é por causa do almoço do outro dia? Porque eu juro que limpei toda a sala depois. Fico feliz em…

— Não é por causa do almoço, srta. Pereira. Pode tirar isso da cabeça. É que sua bolsa acaba em breve, então queria ouvir a sua avaliação. Você tem alguns minutos para conversar?

— Ah, claro. Com certeza.

Percorremos a curta distância até o escritório dele, e eu me sento na cadeira em frente à mesa. Ele risca algumas linhas em um post-it, como se estivesse marcando uma tarefa como concluída, e se senta na cadeira dele.

— Então, o fim da sua bolsa está logo aí e eu só queria expressar minha gratidão por todas as suas contribuições. Eu também queria perguntar como tem sido sua experiência aqui. Positiva?

— Com certeza. Os alunos aprendem rápido e a turma é bem animada. No começo, eu não sabia como seria o ano. Eles pareciam desconfiados das minhas intenções, alguns não receberam o apoio que mereciam de outros professores. Mas, assim que começaram a gostar de mim, entramos em um ritmo bom. Espero que eles consigam estágios em breve. Com a orientação da Academia Vitória, é claro.

— Sim, quanto a isso — diz ele, pegando uma pasta e abrindo. — O conselho leu suas recomendações. Eles gostariam de colocar algumas delas em prática, e estão bem tristes que nosso orçamento não permita oferecer uma posição permanente a você.

Eu nunca diria isso ao dr. Cabrini, mas fico aliviada pelo conselho não poder me oferecer a vaga. Facilita minha decisão de ir embora. Às vezes, ter opções só quer dizer que você vai fazer a escolha errada.

— Não tem problema, Greg, já tenho algumas coisas alinhadas.

— Não tão rápido — comenta ele. — Passei suas recomendações para a srta. Dotty para que ela pudesse dizer o que achava, já que ela é uma das funcionárias mais antigas que temos. E posso dizer que ela ficou bastante impressionada. Disse que suas sugestões trariam vida nova para o programa, e eu concordo.

Isso é muito bom. De verdade. Mas aonde ele quer chegar?

— Sabe, já faz algum tempo que a srta. Dotty vem pensando em se aposentar, e aparentemente ler o que você imaginou para o programa a convenceu de que agora é o momento perfeito para isso.

— Ah meu Deus, por quê? A srta. Dotty é uma lenda.

— É mesmo. Mas é o seguinte: pessoas que se tornam lendas agregam algo maior do que elas aos lugares em que estão. E com a srta. Dotty não é diferente. Ela acha que a Vitória precisa da sua energia. Quer que a gente tenha a oportunidade de ficar com você aqui enquanto podemos.

Engulo em seco. Se a conversa está se encaminhando para onde penso que estou, vou gritar… internamente.

— O que significa…?

— Significa que, se ela se aposentar agora, teremos espaço em nosso orçamento para oferecer uma posição para você. E vamos te dar a tarefa de nos ajudar a reformular nossa grade.

— Meu Deus. Estou lisonjeada, Greg. Nunca pensei que isso fosse uma possibilidade.

De verdade.

— Bom, estamos empolgados para ter você aqui com a gente. Vamos precisar de tempo para cuidar dos detalhes, mas posso te enviar as informações sobre a posição na semana que vem.

— Quanto tempo eu teria para decidir?

— O ideal seria até o meio do mês que vem. Desse jeito, podemos nos organizar a tempo do semestre que começa no outono.

Por um lado, uau. Por outro, credo. Esse é o tipo de decisão que pode mudar meu futuro. E que não é nada fácil de ser tomada assim, de repente. Mas, com tão pouco tempo para decidir, é o que terei que fazer.

— Obrigada. Fico honrada por saber que tantas pessoas acreditam em mim.

— E seria uma honra ter você com a gente. Então, por favor, pense com carinho enquanto eu e o conselho cuidamos dos pormenores.

Eu me levanto da cadeira e aperto a mão dele.

— Pode deixar, Greg — digo, mas, antes de sair, não consigo evitar perguntar: — Por acaso minha mãe não falou com você ou coisa do tipo, né? Para que você me fizesse uma oferta de emprego ou coisa assim?

As sobrancelhas dele se erguem.

— Sua mãe? Não, claro que não.

— Certo, certo. Claro que não.

Balanço a cabeça.

Ainda assim, ela vai ficar muito feliz com a novidade. Ao menos uma de nós vai.

Capítulo Doze

DEAN

O galpão que abriga o Machados & Petiscos fica em uma área de expansão recente na New York Avenue, perto da fronteira com Maryland. É elegante e rústico ao mesmo tempo, combinação que funciona graças às pistas estreitas de madeira reciclada na área de arremessar machados e ao carvalho com manchas pretas em todas as outras áreas; cercas de arame e lustres convivem em harmonia. Posso não estar empolgado com a atividade escolhida, mas não dá para reclamar do lugar. Solange cumpriu o que prometeu.

Por sorte, ela é a primeira a chegar, logo depois de mim. Isso nos dá a oportunidade de discutir alguns detalhes de última hora. Eu a vejo de relance abrindo caminho entre as pessoas, e então ela surge na minha frente.

Veste roupas tão casuais quanto se poderia esperar para arremessar machados — calça jeans, uma blusa azul-marinho justinha e All Star de cano alto bordô. Ainda assim, o efeito sobre mim é o mesmo que com certeza ocorreria se ela estivesse ali parada com trajes de tapete vermelho. Longilínea. Curvilínea. Pele marrom que parece macia e convidativa. E aquele maldito cabelo. Cachos, cachos e mais cachos, alguns arrumados com habilidade e repartidos de lado. Inspiro fundo e deixo o ar sair devagar, as mãos coçando para tocá-la apesar de não ter um motivo. Meu peito parece leve agora. Como se a presença de Solange bastasse para fazer o constrangimento da farsa dessa noite sumir.

— Ei — cumprimenta ela, a expressão claramente preocupada —, já chegou mais alguém?

— Não, eles cancelaram.

Ela coça a orelha enquanto analisa o ambiente.

— Ah, que bom. Que ótimo.

Com certeza tem alguma coisa errada. Se há uma constante nas minhas interações com Solange, é que ela sempre me dedica atenção total.

— Ei, qual o problema?

Ela vira a cabeça de um lado para o outro e olha para mim.

— Como assim?

— Eu acabei de brincar dizendo que todo mundo cancelou, e você disse "que ótimo".

— Desculpa — responde ela, olhando para o teto como se estivesse frustrada consigo mesma —, recebi notícias inesperadas hoje, ainda estou absorvendo tudo.

Eu a puxo para um canto relativamente quieto, onde não há muitas pessoas passando.

— Está tudo bem?

Não consigo esconder a preocupação em minha voz, mas então fico aflito que isso possa piorar a ansiedade dela. Eu me abaixo um pouco para olhar em seus olhos, tentando apoiá-la.

— Tem alguma coisa que eu possa fazer? Se você precisa ir embora, posso segurar as pontas por aqui.

Ela se afasta, depois respira fundo para ter forças.

— Não é nada, de verdade. Estou sendo ridícula, não tem por que se preocupar. De verdade. Pessoas mais bem ajustadas até diriam que são boas notícias, então é só me ignorar, tá?

Pego a mão dela e aperto.

— Impossível, Solange. Eu nunca conseguiria ignorar você. — Ai, merda. A frase escapou antes que eu pudesse impedir. — Quer dizer… é óbvio que você está preocupada hoje.

— Eu tô bem, juro. Obrigada por se importar.

— Tem certeza de que não quer conversar?

Ela balança a cabeça.

— Tenho, tenho. Ainda estou processando as informações. Mas obrigada mesmo assim — diz ela, e o brilho em seus olhos retorna. — Arremessar machados é exatamente o que preciso para parar de pensar nisso. Estou ansiosa.

— É, até eu estou começando a me empolgar com a ideia. Estava vendo as pessoas jogarem enquanto esperava, e não parece tão difícil.

— Não vai se achar o pica das galáxias, hein? — brinca ela. — Não queremos que a noite termine com uma viagem para o hospital.

— Relaxa. — digo, e me exibo virando a parte de cima do corpo e alongando os braços. — Estou pronto.

Ela olha para cima, então agarra meus pulsos, me mantendo imóvel.

— Repita comigo: eu não sou Paul Bunyan.

Entrando na brincadeira, dou um passo à frente e repito a frase:

— Eu não sou Paul Bunyan.

— Excelente — brinca ela, espiando atrás de mim para analisar o local. — E como ainda estamos sozinhos, queria aproveitar para dizer uma coisa.

— O quê?

— Bom, este é um ambiente informal — comenta, aumentando o tom de voz. — O que significa que vamos ficar em pé, pra lá e pra cá, e acho que seria natural que a gente fosse um pouco mais carinhoso um com o outro. — Parecendo incapaz de olhar nos meus olhos, ela continua analisando as pessoas. — Não estou falando de um beijo de verdade, é claro. Só... um esbarrão casual de ombros, um aperto de mão, seria apropriado. Não quero que Peter tenha motivos para bancar o espertinho de novo.

Só posso estar em um universo paralelo. Solange está argumentando que devemos nos encostar mais, não menos, e o que devo fazer? Não deixar que isso me afete? Vai ser pura tortura.

— Claro, claro — respondo rapidamente, olhando para meus pulsos, que ela ainda segura. — Faz todo sentido.

Ela abaixa as mãos e dá uma risada fraca.

— Tá, que bom. Temos, talvez, mais um encontro, acho eu. Estamos quase na linha de chegada. Acho que agora é hora de você entrar com tudo.

Meu cérebro para de funcionar por um instante.

— Pensou besteira, né? — pergunta ela, os olhos se estreitando.

— Pensei.

Ela me empurra.

— Nossa, acho que odeio você nesse instante.

— Não odeia, não — rebato, puxando-a para mais perto. — Acho que você gosta de mim.

— É tudo encenação — afirma, saindo do meu abraço, a boca curvada em um sorriso torto. — Então não se esqueça por que estamos aqui.

Ah sim, o acordo. Recrutar Kimberly Bailey para a empresa. Entrar "com tudo" *sempre* foi o objetivo. Mas, por um momento, realmente precisei do lembrete. Prefiro não analisar o porquê.

A excursão está a todo vapor agora que todos estão aqui. Com sorte, não vou me machucar ou me humilhar de alguma forma.

— Tem certeza de que não quer jogar com a gente? — pergunta Kimberly para Molly, o sorriso acolhedor e amplo.

Molly apoia a bebida na mesa atrás das pistas e balança a cabeça.

— Eu tenho zero habilidade para isso, melhor ficar aqui bem quietinha. Divirtam-se.

O resto do grupo se vira para nosso instrutor, Guillermo, para algumas dicas finais.

— Segurem o cabo como segurariam um taco de beisebol — explica ele. — Deem um passo para a frente, ergam o machado acima da cabeça e soltem quando estiver na altura dos olhos. Passo. Erguer. Soltar. E lembrem de não arremessar como se fosse um tijolo. O objetivo é fazer o machado rodar só uma vez. É uma questão de sincronia.

Peter, o único que *não* está de calça jeans, pergunta:

— E quanto à pontuação?

O lado competitivo dele se revelando bem cedo. Grande novidade.

Guillermo aponta para um caixote de metal preso à cerca de arame na nossa pista.

— Os carimbos estão ali. Os pontos estão no tabuleiro. Você pode tentar as bolas azuis no quinto e no décimo arremessos.

— Por que os héteros são tão obcecados por bolas azuis? — pergunta Nia.

Solange dá de ombros.

— É uma boa pergunta, e não faço ideia da resposta. Eu não sou muito fã.

Guillermo contorce a boca em um quase sorriso — ele está tão entretido com Solange quanto eu — e esfrega as mãos.

— Ok, quem vai primeiro?

Nia pula no lugar e levanta a mão.

— Eu!

Após algumas tentativas fracassadas de Nia, Kimberly coloca com cuidado as mãos em volta da cintura da parceira e a faz flexionar um pouco os joelhos.

— Você precisa dobrar mais os joelhos, Ni. Assim, entendeu?

— Sim — responde Nia, virando-se para olhar nos olhos de Kimberly, a voz baixa.

É possível sentir a química entre elas até quando não estão perto uma da outra; agora, assim tão próximas, a conexão é eletrizante.

Não é de surpreender que Kimberly arremesse como uma profissional e, para minha irritação, Peter também é relativamente habilidoso. Eu fico para trás, esperando que percam o interesse nessa novidade quando for minha vez e fiquem conversando enquanto eu passo vergonha.

— Sua vez, Dean — diz Solange, colocando as mãos em concha na boca para anunciar a todos no local.

Ela dá um tapinha na minha barriga em encorajamento, então sua respiração falha.

— Ah.

Mais cedo, ela havia sugerido que nos tocássemos mais; suponho que também caia bem flertar um pouco, então balanço minhas sobrancelhas.

— Sentiu o tanquinho, né?

Seus olhos brilham com... algo. Seja o que for, sou ganancioso o suficiente para querer mais.

— Eu... — Solange pigarreia — com certeza senti.

— Mas não é para ser uma surpresa, lembra? — sussurro. — Nesse mundo alternativo, você tem liberdade para passar a mão na minha barriga sempre que quiser.

Ela olha para mim sem expressão, então assente.

— Certo. Entendi.

Estou sorrindo feito uma criança numa loja de doces. Como é bom ver que *ela* ficou desorientada dessa vez. Deixar Solange sem jeito pode muito bem se tornar meu novo passatempo favorito. Quando olho para a frente, ela está me observando, os olhos semicerrados em suspeita. Droga, ela percebeu minhas intenções. Sabendo que Peter está de olho em cada movimento nosso, pego uma machadinha, bato em seu ombro e imito a piscadinha brincalhona que ela me deu antes.

— Me deseje sorte.

— Você não vai precisar — rebate, com a voz baixa e rouca. — Algo me diz que você vai se dar bem esta noite.

Caramba, essa mulher é mesmo um risco para a minha saúde. Se continuar falando assim, vou acabar decepando o dedão do pé com essa bendita machadinha. Ela diz duas palavras e meu cérebro já fica todo confuso. Isso faz parte do acordo? Ou ela está flertando de verdade? E se for a segunda opção, o que diabo devo fazer? Tentando clarear um pouco a cabeça, me coloco na linha, na posição que Guillermo recomendou, e lanço o machado.

Nia e Kimberly, que, junto com Molly, estão em pé ao redor da mesa, onde há lanches e bebidas nos esperando, torcem por mim. Mas de nada adianta. O machado bate no alvo e cai no chão.

Guillermo estala a língua.

— Você atirou cedo demais.

— Hmm, foi o que ela disse… — brinca Solange baixinho.

Finjo um olhar irritado.

— Para de tentar me distrair.

Ela se endireita e finge fechar a boca com zíper.

Infelizmente, a segunda, terceira, quarta e quinta tentativas não são muito melhores. É oficial: sou péssimo nisso. Ainda assim, me posicionei atrás da linha mais uma vez, prometendo fazer uma última tentativa.

— Aqui — diz Solange atrás de mim —, deixa eu ajudar.

Ela está tão perto que o cabelo roça no meu braço.

— Posso tocar em você? — sussurra.

Eu me limito a assentir. É impossível me concentrar diante da expectativa de que ela coloque as mãos em qualquer parte do meu corpo. Por alguns segundos, esqueço onde estou e por que estou aqui. E, antes que eu possa me preparar de verdade, acontece: as mãos dela estão em mim, pressionando firmemente meus quadris.

— Amplie sua postura — diz, com a respiração engasgando na última palavra. — Você está muito inclinado para a frente.

Antes que eu possa ajustar minha posição, sua mão desliza sob meus braços e ao redor da minha cintura. Com um leve empurrão, ela me indica como devo levantar os ombros e o tronco. Cada lugar que seus dedos tocam fica quente, enviando calor pelo corpo todo e fazendo meus músculos se contraírem.

— Agora tente de novo.

Uma série de imagens pisca em minha mente:

Eu, empurrando-a para trás com meu corpo.

Ela, erguendo os braços acima da cabeça e enfiando os dedos por entre a trama de tela atrás de nós.

Eu, levantando-a pela bunda.

Ela, envolvendo minha cintura com as pernas e me puxando para perto e pressionando a boca aberta na minha nuca.

Deus.

Gostaria de poder dizer a ela como me sinto. Que eu a quero. Mas o que isso traria de bom? Estamos em uma missão, e prometi a mim mesmo que jamais brincaria com as emoções de alguém.

— Obrigado — digo, olhando para ela.

Ela engole em seco, e meu olhar cai para seu pescoço, para o pedaço de pele macia que o decote em V de sua blusa revela.

— Claro — responde, seu corpo avançando lentamente, e então ela abaixa a voz para que só eu possa ouvi-la. — Peter é o próximo. Vai ser o momento perfeito para você conversar com Kimberly sem que ele interrompa.

— Vamos lá, Chapman — grita Peter. — Pare de enrolar. A gente também quer jogar.

— Tipo assim — acrescenta Solange, parecendo achar graça. — Ele leva jeito para isso.

Demoro para ligar os pontos, mas então me dou conta: Solange está criando estratégias para atrair Kimberly para a empresa, enquanto eu estou… pensando na minha namorada de mentira, como se *ela* fosse o objetivo. *Hora de pensar com a cabeça de cima, Chapman.*

— Certo. Boa ideia. Vou cuidar disso.

Levanto a machadinha acima da cabeça e solto no momento em que entra na minha linha de visão. Bem no alvo. Saio desfilando ao som de aplausos, e guio Solange para a mesa onde estão as bebidas. Minha oportunidade de ter uma conversa sem Peter não vai durar para sempre.

Molly sai para falar com o marido, que está levando a atividade muito a sério.

— Muito bem, Chapman — alegra-se Kimberly. — Nada mal para um novato.

Balanço a cabeça.

— Não posso levar todo o crédito. Solange é uma ótima professora.

Kimberly dá um tapinha na mão de Solange.

— Eu estava querendo perguntar uma coisa. Como é estar com ele? Quer dizer, vocês se veem bastante ou são só duas sombras passando uma pela outra de noite?

— Hmm — pondera Solange —, sendo sincera, ele é um pouco viciado em trabalho. Está no escritório quase todos os dias e raramente saímos nos fins de semana. Fazia tempo que não passávamos tanto tempo juntos. Eu entendo que ele quer muito ser sócio, mas às vezes eu gostaria que ele pegasse um pouco mais leve. Curtisse um pouco a vida, por assim dizer. — Ela bate nossos quadris, divertida. — Preciso ressaltar que isso é uma característica do Dean. Molly diz que Peter está sempre em casa para jantar.

Estou atordoado. Exceto pela implicação de que somos um casal morando juntos, Solange não contou uma única mentira. Eu *sou* viciado em trabalho. Jogar basquete de vez em quando com Max não conta como vida social. E, mesmo quando eu namorava com Ella, basicamente trabalhávamos em projetos separados em casa quase todas as noites. Solange nunca toleraria uma merda dessas.

Nia cutuca Solange com o ombro.

— Eles têm falado muito sobre o trabalho *dele*. Mas e o seu?

Solange dá a elas um curso intensivo em seu currículo de desenvolvimento da força de trabalho e acaba mencionando que está organizando um evento do Dia da Carreira na próxima semana.

— Interessante. O que você tem em mente? — pergunta Nia.

— É bastante informal. Apenas um dia para os alunos aprenderem sobre várias carreiras. Convidei pessoas de diferentes áreas para dar palestras sobre carreira e tudo mais que quiserem compartilhar.

Kimberly se vira para mim.

— Deixa eu adivinhar. Ela convenceu você a falar da carreira no direito.

Eu me perco por um minuto na conversa, mas me recupero rápido. Imaginando que seria estranho se Solange *não* tivesse pedido ao namorado para falar com sua turma, concordo como se o convite fosse inevitável.

— Exatamente. Ela jamais me deixaria escapar dessa tarefa.

Os olhos de Nia se iluminam.

— Que legal, Solange. Olha, eu adoraria falar com seus alunos, se você quiser. Posso contar um pouco sobre a minha carreira, que também não foi nada tradicional, talvez eles consigam se identificar?

— Nossa, seria maravilhoso — fala Solange, radiante. — Muito obrigada mesmo. Mas faltam apenas alguns dias. Vai ser na próxima quarta-feira às dezessete. Você conseguiria?

— Ainda estaremos por aqui — diz Kimberly. — Eu tenho outra rodada de entrevistas no final da semana. Mas que tal aproveitarmos a noite? Talvez sair para jantar depois?

— Parece ótimo — concordo. — Vou informar nossos planos para o Peter mais tarde.

Ele está andando de um lado para o outro em sua pista e resmungando para si mesmo enquanto Molly tenta acalmá-lo. Estou superfeliz por ter outra oportunidade de sair com Kimberly e Nia — pensei que a festa seria nosso *grand finale* —, mas então percebo que minha boca grande e mentirosa me obrigou a falar no evento do Dia da Carreira. A julgar pelo sorriso acanhado de Solange para mim, ela também acabou de perceber a mesma coisa.

Ela se aproxima de mim enquanto Nia e Kimberly conversam sozinhas e se inclina, tão perto que seu ombro roça no meu peito. Então, ela fica na ponta dos pés e sussurra em meu ouvido:

— Eu disse para você não ficar se achando o pica das galáxias, não disse?

Droga. Solange está só de pé ao meu lado, mas me sinto envolvido por ela. O calor da sua respiração. O cheiro de coco do xampu. Seu rosto a centímetros do meu, roubando minha visão. É preciso um esforço hercúleo para não a puxar para mais perto, mas consigo resistir ao impulso e, em vez disso, curvo-me ao ouvido dela.

— Pensei que era só no arremesso de machados.

— Achei que era óbvio. Não é para você se achar o pica das galáxias em relação a nada, Dean.

— Tem certeza? Posso pensar em um bom motivo pelo qual ser o pica das galáxias é considerado uma vantagem.

Ela recua, levemente boquiaberta.

Parece que a deixei sem palavras. O que me diz que estou cruzando os exatos limites que disse que nunca cruzaria.

Mandou bem, Dean.

Capítulo Treze

DEAN

A boa notícia é que Kimberly e Nia estão se divertindo tanto que imploraram que fizéssemos um passeio pela U Street Corridor, que convenientemente acaba no Sip City.

A notícia ainda melhor é que Peter e Molly não quiseram vir com a gente.

A má notícia é que parece que não consigo focar em nada que não seja Solange.

A notícia ainda pior é que as mulheres acabaram de se dirigir à sala de karaoke e, antes de irem, anunciaram que, se eu ousar entrar lá, preciso estar preparado para subir ao palco também. Mas esse é o tipo de coisa que Max faz, não eu.

Após certa dificuldade para chegar no balcão, vejo Brandon.

Ele aponta para o fim do balcão, e eu o encontro lá. Como da última vez, ele me entrega um banco para que eu possa ocupar um lugar e, por sorte, não há ninguém à minha esquerda.

— Valeu, cara.

— Sem problemas. Você está mesmo com cara de quem precisa ficar de castigo no canto.

Não sei dizer se ele está insinuando que estou agindo como criança, mas não vou insistir para que me explique; vim até ele porque precisava de uma salvação, e não quero dar uma desculpa para que se recuse a me servir.

— Eu preciso de tequila. Muita tequila. Pode mandar os shots, por favor.

Brandon se apoia no balcão e inclina a cabeça enquanto me analisa.

— Achei que tequila fosse sua criptonita.

Olho nos olhos dele como se dissesse "cê jura?".

— E é.

Ele bate no balcão com o punho fechado e endireita a postura.

— Entendido. Já volto.

Solange, que já havia bebido alguns drinques a mais no Machados & Petiscos, surge sabe-se lá de onde, dando de cara comigo.

— Ei, o que você está fazendo aqui? — Com um copo na mão, ela aponta atrás dela, para a placa de neon que sinaliza a entrada da sala de karaoke. — Suas convidadas estão lá.

Ela está empolgadíssima. Enquanto isso, estou suprimindo a vontade de rosnar para todo mundo porque quero algo que não deveria querer — ou seja, *ela*.

— É rapidinho — digo, encurvado para não ter que olhar nos olhos dela. — Já vou lá encontrar vocês.

Brandon aparece de novo, sem a minha maldita tequila.

Solange ergue o copo na direção dele, a boca curvada em um sorriso malicioso.

— Esta não é uma das suas melhores invenções, meu amigo.

Brandon franze a boca, mas seus olhos estão visivelmente mais brilhantes agora que ela está por perto.

— Ei, se você não tem nada de legal para dizer...

— Então você é uma vaca e pode muito bem assumir isso — diz ela, completando a frase para ele.

Eles batem as mãos e mostram a língua um para o outro antes de cair na gargalhada.

É óbvio que Brandon e Solange são próximos. *Muito* próximos.

Eles terminam as frases um do outro. Têm as próprias piadas internas. Se dão ombradas quando estão lado a lado. Não tenho ciúme algum do relacionamento deles, mas confesso que tenho inveja. E é preocupante pra caramba que eu queira ter esse tipo de vínculo com Solange.

— Tudo bem, Chapman — diz ela, pulando no lugar. — Eu vou entreter Kimberly e Nia enquanto você fala com Brandon sobre o que quer que esteja te perturbando. — Ela entrega o copo vazio para Brandon, se vira na minha direção e toca no meu nariz. — Não demora.

Brandon se afasta com o copo vazio de Solange e retorna com uma bandeja de madeira fina projetada para carregar copos de shots.

— Imagino que o motivo de sua perturbação seja a própria Solange.

Olho para o rosto dele. É difícil não perceber a diversão em sua expressão.

— Errado.

— Tem certeza? — pergunta Brandon.

— Como assim?

— É que estive observando você, e você provavelmente nem percebeu, porque estava de olho nela o tempo todo.

— Eu estava? — pergunto, endireitando-me no banquinho e massageando minha nuca. — Deve ser impressão sua, a luz aqui é muito baixa.

— Claaaaro — ironiza, colocando um shot na minha frente. — Talvez não seja da minha conta, mas você parece ser um cara legal, e Solange me disse que você passou por poucas e boas já que *acabou* de romper um noivado.

A conversa está me deixando inquieto, e eu não costumo ficar inquieto. Não me surpreende que tenham falado de mim. Afinal, eles moram juntos, e ele sabe que Solange e eu estamos fingindo um namoro. Ainda assim, fico desconfortável por não saber exatamente *o que* eles falaram. E já posso prever a essência do que ele vai dizer.

— Você está prestes a me avisar para não ficar cheio de ideias em relação a Solange? Porque se for isso, nem precisa. O aviso é desnecessário.

— Então quer dizer que você não tem interesse nela.

Tomo o primeiro shot e bato o copo no balcão.

— É isso que estou dizendo. Nossa amizade é platônica.

Brandon ri.

— Não, não. *Eu* e Solange somos amigos platônicos. Vocês dois — ele gesticula para mim com descaso — são outra coisa. Só estou tentando descobrir o que é exatamente essa outra coisa.

Meu erro se torna aparente assim que ele atende ao pedido de outro cliente: fiquei tão obcecado na ideia de que ele estava entendendo a situação errado que me privei de ouvir o que quer que ele estivesse prestes a dizer, e agora quero *muito, muito* ouvir por que ele acha que devo evitar Solange a todo custo. Vou parecer um idiota, mas dane-se — vou sobreviver.

Quando Brandon termina de atender outro cliente, ergo um dedo no ar para chamar sua atenção de novo.

— Ok, só para deixar claro: você está muito errado, mas agora estou intrigado. O que você ia dizer?

Ele retorce a boca enquanto me observa, como se estivesse se divertindo com meu blefe e não tivesse certeza do quanto deveria revelar. Por fim, ele opta por compartilhar algumas coisas.

— Não faça nada pela metade com a Solange. Nem na amizade, nem nas suas opiniões e, acima de tudo, nas suas emoções. Se sua intenção é fazer joguinhos, faça essa merda em outro lugar. Ela merece ser amada por inteiro. Então a não ser que você ache que pode ser essa pessoa um dia, não tem por que continuar por esse caminho.

Puta merda. Um belo jeito de me colocar no meu lugar. A parte mais estranha é que, acima de tudo, fico feliz por Solange ter alguém como Brandon ao lado dela. Mas ainda assim, seu aviso dói. E sim, eu sei que é o choque de realidade de que eu precisava.

— É por isso que você nunca tentou nada com ela?

Ele abre um sorriso malicioso.

— Como você sabe que eu nunca tentei?

Essa informação me faz me endireitar no banco, embora eu saiba que não deveria. Tomo meu segundo shot e faço uma careta ao sentir a tequila descer pela garganta.

— Algum problema, Dean? — pergunta ele, como se fosse a pergunta mais inocente do mundo e sabendo muito bem que não é.

— Você está me zoando? — pergunto.

Ele bate no meu braço e admite.

— Totalmente.

— Vocês dois fazem muito isso.

— É por isso que Solange e eu nos damos bem — diz, parecendo presunçoso e muito seguro de seu papel na vida dela.

— Como vocês se conheceram?

— Detenção no ensino médio — comenta. — Eu era o palhaço da turma. Ela se recusou a usar o uniforme de ginástica e organizou um protesto entre os colegas. Nós éramos um par perfeito, apesar da diferença de idade.

Então Solange era uma agitadora... Não me surpreende em nada.

— Ela já teve muitos namorados? — pergunto.

— Acho que você deveria perguntar isso a ela. A única coisa que direi: acredito seriamente que, se Solange se enfiar em outro relacionamento ruim, vai concordar em se casar comigo como última opção. — Brandon assume uma expressão pensativa, então olha para mim antes de acrescentar: — Ela disse que vamos para Las Vegas em algumas semanas, para o meu aniversário?

Bebo o terceiro shot.

— Acho que ela mencionou por alto.

Ele bate no queixo e remexe a boca.

— Acabei de pensar aqui que Las Vegas pode ser o lugar perfeito para fazer o pedido... — diz ele, rindo. — Amigos se casando por conveniência... é o que todos os *millennials* estão fazendo hoje em dia.

Eu não iria *tão* longe, mas sim, não era exatamente isso que eu estava tentando fazer com Ella? Na verdade, a ideia de que Solange se casaria com Brandon porque ele se encaixa em todas suas exigências, menos uma, vem diretamente das páginas do meu próprio plano de vida. Posso imaginar isso acontecendo, mesmo sabendo que não é o melhor resultado para alguém que obviamente deseja encontrar um amor de verdade. Ainda assim, pelo jeito que Brandon está me olhando, sei que só está tentando me irritar.

— Pare de besteira, Brandon. Eu sei que você quer mais do que isso para ela. Você mesmo disse que um cara só tem chance se estiver tão comprometido quanto ela.

— Você entendeu mal, Dean — rebate ele, pegando um pano de prato e limpando o balcão. — Um cara só tem chance se puder *amá-la* do jeito que ela merece ser amada. Ponto-final. Mas um homem assim nunca surgiu à nossa porta. E, dado o seu histórico recente, duvido que você seja a exceção.

Eu forço uma risada. Que conversa ridícula.

— Brandon, não estou *tentando* ser a exceção.

Ele ergue uma sobrancelha.

— Então por que estamos falando disso?

Porra, boa pergunta. Porque tudo o que sei é: Solange e eu somos totalmente incompatíveis.

Primeiro, ela está comprometida em ajudar os outros, aonde quer que isso a leve; embora eu também seja comprometido com o trabalho voluntário, ter segurança financeira e fincar raízes aqui em D.C. é meu foco principal. É bem capaz de que ela vá para Ohio no próximo mês, e sabe-se lá para onde depois disso.

Dois, procuro alguém que tope ser a outra metade de um *power couple* profissional; Solange morreria se tivesse que ir a um dos eventos que sou obrigado a comparecer todo ano por causa do trabalho, e eu não gostaria de fazê-la passar por isso. Quer dizer, ela comparou sair com advogados a fazer um exame ginecológico e um tratamento de canal no mesmo dia. Não é preciso dizer mais nada.

Três, e mais importante, ela quer alguém que esteja tão apaixonado por ela que a seguiria até os confins da terra; já eu, estou em busca de uma pessoa que seja pragmática o suficiente para aceitar que o amor nem sempre precisa ser o objetivo final.

Endireito a postura e tomo meu último shot, sentindo o peito arder e o cérebro ficar anuviado. Isso é bom. Muito bom.

— Me dá mais um, por favor?

Brandon balança a cabeça.

— Desculpe, mas não. Esse é seu quarto shot e, caso você tenha esquecido, você e Solange estão fingindo que namoram porque deveriam estar entretendo aquelas mulheres lá dentro.

Merda. Ele tem razão. Por que não estou conseguindo focar na missão? *Porque sua atração por Solange está atrapalhando seu bom senso, é por isso.* Bem, não mais. Somos, e sempre seremos, amigos platônicos. De agora em diante, eu garanto isso.

Dentro da sala de karaoke, Solange está bebendo água como se fosse tequila; então, bate o copo vazio na mesa.

— Tudo bem, pessoal — diz ela, apontando para o palco. — Quem é o próximo?

Nia balança em seu assento.

— Eu topo!

Kimberly revira os olhos.

— Eu passo.

Mas Nia não está satisfeita com essa resposta e desliza para mais perto de Kimberly no banco, fazendo beicinho e cara de cachorrinho pidão.

— *Por favor*.

— Ai, como eu resisto a essa carinha?

Nia pisca em triunfo e joga os braços em volta de Kimberly; elas são mesmo um casal muito fofo.

— Aaah, podemos cantar juntas, nós três? — pergunta Solange.

Nia e Kimberly concordam entusiasmadas, então as três mulheres correm para o palco, de braços dados como se fossem velhas amigas. Solange se vira e grita:

— Cuide das nossas bebidas, Dean!

De olhos arregalados e sorridentes, elas procuram pelas páginas de um fichário de plástico, presumivelmente contendo as opções de música disponíveis. Minutos depois, vejo Solange e Nia conversando com o mestre de cerimônias, um cara baixo e branco, de colete de couro preto e calça jeans.

Solange caminha até o microfone.

— Essa eu quero dedicar a um amigo que está na plateia. Dean, é para você.

As luzes da casa se apagam e os holofotes pousam nas mulheres, todas congeladas nas poses das *Panteras*.

Merda. Não acho que estou pronto para esse gingado.

A música começa e eu imediatamente reconheço a melodia: "Thank U, Next" de Ariana Grande. Quando a música foi lançada, os administradores de nosso escritório tocaram a versão não explícita no refeitório como se fosse o novo hino. Até que alguém tocou a versão explícita e recebemos um e-mail geral avisando que, dali em diante, só seria permitido ouvir música com fones de ouvido.

Naquela época, parecia nada mais do que uma mulher atacando de forma selvagem (e apropriada) os ex-namorados. Ouvindo agora, percebo que a música é sobre aprender com os relacionamentos fracassados, e me pergunto que lição essas mulheres acham que eu deveria aprender com o término com Ella. Enfim. Acho que o principal aprendizado do caos que foi aquilo é que eu estava certo: virar sua vida de cabeça para baixo por causa do amor é idiotice.

Ainda assim, o público está gostando do show e, quando Solange, Kimberly e Nia terminam, várias pessoas se levantam e batem palmas. Alguns clientes até assobiam para elogiar, e as mulheres se deliciam com a atenção merecida.

O trio volta para nossa mesa aos tropeços, rindo sem parar.

— Maravilhoso, senhoritas — digo. — Maravilhoso.

— Alguém mais? — pergunta Solange, olhando diretamente para mim. — Ou podemos mergulhar fundo no significado dessa música e como você pode aplicá-la às suas próprias experiências, Dean.

Confrontado com a escolha de passar vergonha em cima do palco ou ouvir essas mulheres dissecarem minha vida amorosa, eu me faço uma pergunta familiar: o que Max faria? O diabinho em meu ouvido (que gosta muito de me fazer de bobo) sabe a resposta e cutuca meu ombro com um tridente. Eu pulo.

— Eu vou!

— Sério? — indaga Solange, com os olhos arregalados. — Taí uma coisa que preciso ver.

Nia ergue o punho.

— Vocês. São. Os. Melhores. Anfitriões. De. Todos. Os. Tempos!

Ela tropeça um pouco, depois se joga na cadeira, a pele do rosto e do pescoço corando em um padrão listrado.

— Acho que essa é a nossa deixa para ir embora, infelizmente — comenta Kimberly. — Nia não é de beber muito, e essa cara toda vermelha é um sinal de alerta. A gente se vê na festa amanhã.

Fico feliz que Peter não esteja aqui para ver isso. Na segunda-feira de manhã, ele faria um relato de vinte minutos sobre os acontecimentos daquela noite e me colocaria como o vilão da história para os sócios.

Depois que as duas vão embora, Solange e eu voltamos para a sala de karaoke.

Solange franze os lábios e aponta para o palco.

— Então? Estou esperando.

Droga. Ela não vai mesmo deixar passar, né?

Antes que eu perca a coragem, me espremo até o palco e coloco meu nome na lista de espera. Estou tonto demais para ler o fichário com os títulos das músicas, então aponto para o mestre de cerimônias.

— "Pony", do Ginuwine. Aquela do *Magic Mike*.

O mestre de cerimônias se afasta e me olha de cima a baixo.

— É sério?

Qual o problema? Por acaso eu não pareço o tipo de cara que vai arrasar em uma versão de "Pony"?

— Sim, é sério.

Ele levanta as mãos como se estivesse recuando.

— Desculpa, é que essa envolve muita dança.

— Não se preocupe com isso. Eu dou conta.

— Pode ir em frente, então — diz ele, balançando a cabeça, um sorriso amarelo no rosto.

Subo no palco e imediatamente me concentro na voz rouca de Solange me incentivando.

— Uhul! — grita ela de seu lugar à mesa. — Canta com vontade!

Ah, pode ter certeza disso, Solange.

A luz de um holofote recai sobre mim e os acordes de abertura da música vibram pela sala. Eu canto o primeiro verso sobre ser um solteiro procurando por uma parceira. A plateia vai à loucura. Meu corpo assume o controle, impulsionado pelo burburinho da multidão, o calor em minha barriga e o calor das luzes do palco. É como se o próprio Channing Tatum estivesse na plateia e eu não quisesse decepcioná-lo. Uma mulher em uma das mesas da frente se aproxima do palco e joga uma nota de um dólar na plataforma. Talvez seja o álcool falando, mas encaro isso como um desafio e aceito o dinheiro como o bom discípulo de Magic Mike que sempre desejei ser. Coloco o microfone de volta no pedestal, desabotoo minha camisa e jogo para a plateia.

Então as luzes se apagam e Big D começa a rebolar.

SOLANGE

*I*sso. Está. Mesmo. Acontecendo?

Dean está no palco, reencenando a dança sensual de "Pony" que Channing Tatum faz em *Magic Mike*, e estou encantada. Ele está girando, mexendo os quadris e rebolando como quem sabe o que faz, o retrato sutil de um stripper cheio de problemas que se encontra em uma encruzilhada profissional e pessoal que ameaça... deixa para lá.

Meu Deus, ele tem ritmo e uma bunda muito boa (não a bunda do Capitão América, veja bem, mas ainda assim respeitável). Meus mamilos, suficientemente intrigados com essa informação recém-descoberta, estão firmes, querendo atenção; é preciso reconhecer que seus padrões são baixos hoje em dia — uma forte rajada de vento também teria o mesmo efeito —, mas, mesmo assim, sinto que estão maravilhados com essa novidade.

Será que Dean percebe onde está? Será que se lembra *quem* é? Com certeza se trata de uma experiência extracorpórea. É claro que o corpo em que ele está agora é incrível, mas esse espetáculo no palco não combina com a maneira com que ele costuma se comportar em público — o cabelo do homem está bagunçado, pelo amor de Deus.

Mas, até aí, ele está agindo fora do personagem a noite toda, começando pelo jeito que estava flertando no Machados & Petiscos. O comentário sobre ter um bom motivo para ser o pica das galáxias? Puta. Merda. Fico surpresa por não ter queimado e virado cinzas ali mesmo. Eu não devia ser forçada a suportar uma tentação dessas a noite inteira.

Sigo seus movimentos no palco como se estivesse rastreando um alvo com um rifle de precisão. Por fora, estou agindo como se o peito nu de Dean não fosse novidade para mim, mas por dentro estou me debatendo. Ele não é todo duro ou trincado. Mas tem certa presença, o formato em V de seu corpo de nadador faz com que meu olhar faminto não saiba direito onde pousar. E quem permitiu que esse homem tivesse costas tão largas? *Use essas asas para voar até mim, baby. Voe.*

Dean pega o microfone do pedestal e se joga no chão. Fingindo que o microfone é uma furadeira elétrica, ele desliza para cima e para baixo de joelhos enquanto enfia parafusos imaginários no chão do palco. Ele arrasou durante toda a apresentação, mas, depois desse movimento, estou morta e enterrada.

Deixando escapar um gemido sem vergonha, eu deslizo na minha cadeira. Uma mulher próxima usa o cardápio de coquetéis laminado do bar para abanar meu rosto.

Pode anotar: hora da morte, 21h42.

Enquanto espero a funerária vir buscar meu cadáver, Dean pula do palco e seus adorados fãs o cercam, os aplausos ensurdecedores enchendo a sala. Depois de aproveitar a merecida adoração e vestir a camisa de volta, ele corre até a mesa e se joga na cadeira que Nia abandonou alguns minutos atrás.

— E aí, exagerei? — Ele mostra os dentes timidamente enquanto espera minha resposta.

— Não, foi ótimo, princesa. Quer dizer, o que diabo deu em você?

— Quatro doses de tequila e aquele Rusty Nail de antes. Muito álcool pra este corpinho cansado.

— E ainda assim você conseguiu manter a coordenação. Que sorte para todos nós.

Sorrindo, ele se aproxima de mim e tira um guardanapo da mesa, depois enxuga a testa.

— Mas é sério, o que você achou?

— Sendo sincera? Fiquei distraída com a letra. Tipo, quem diabo tem um pônei hoje em dia? Além de ser grosseria se gabar de ter um pônei, é injusto oferecer o animalzinho indiscriminadamente para passearem — digo e suspiro profundamente. — Quem está protegendo os pôneis aqui?

Dean joga a cabeça para trás e dá uma gargalhada.

Aaaa, o pescoço dele é tão lambível!

Está na hora de sair daqui; se eu ficar mais tempo, vou acabar pedindo para dar uma volta no pônei *dele*, e realmente duvido que algum dia eu vá querer descer.

— Acho que vou falar com Brandon. O turno dele termina em breve. Ele disse que a gente podia voltar para casa andando.

Dean se endireita e sua expressão fica fria.

— Claro. Claro. Eu preciso ir ao banheiro antes de ir — diz ele, e então se levanta da cadeira devagar. — Te vejo na festa amanhã.

Faço uma saudação boba para ele.

— Com certeza.

— Ótimo — diz ele, assentindo a cabeça uma vez.

Enquanto observo Dean sair da sala de karaoke, balanço para lá e para cá ao som da música, fingindo a mais absoluta tranquilidade, embora isso não possa estar mais longe da verdade. De agora em diante, devo ser chamada de Solange da Casa Pereira, a Pior de Seu Nome, Rainha dos Mentirosos, Quebradora de Promessas e Mãe das Más Ideias. Mas estou tentando resistir à minha atração por ele. Deus, eu estou tentando *muito, muito.*

Arrasto minha bunda patética de volta para o balcão e reivindico um assento. Um homem latino atraente imediatamente tenta sentar no lugar ao meu lado, concentrado em mim. Não estou com vontade nenhuma de conversar, então estendo minha mão para detê-lo.

— Já tem dono.

— E você também? — pergunta ele, com um aceno de cabeça e uma piscadela. — Tem dono, quer dizer.

Eca. Enquanto me preparo para fazer um monólogo sobre os vestígios dos valores patriarcais e sua inadequação na sociedade americana moderna, Dean desliza para o banquinho vazio e gira o meu para que eu fique de frente para ele. É muito para absorver. A pele corada. O cabelo úmido. A maneira com que seus ombros se erguem cada vez que ele respira com dificuldade. Digo a mim mesma que ele ainda está sentindo os efeitos de estar no palco, mas sei que há mais em seu comportamento do que isso.

Seu olhar penetrante não deixa dúvidas de que sou seu único foco, e por um momento esqueço que dezenas de pessoas estão por perto, os sons de copos tilintando e conversas estridentes desaparecendo em um zumbido fraco. Ele analisa minha boca, então olha para mim, uma pergunta silenciosa em seu olhar.

Nossa frase de segurança sai da minha boca com muita facilidade. Como se eu estivesse esperando a desculpa perfeita para usá-la.

— Você não consegue se segurar, né?

— Não, não consigo — diz ele com a voz rouca, o peito arfando enquanto desliza as pernas para fora para abrir espaço para eu me encaixar entre elas.

Eu me inclino e coloco minhas mãos no topo de suas coxas; em segundos, Dean está me beijando. Talvez ele quisesse que fosse algo breve. Um encontro rápido de nossas bocas só para sinalizar ao meu admirador indesejado que não estou sozinha. Mas não é isso.

Puta merda, está longe de ser isso.

Ele passa aqueles lábios macios nos meus e inclina a cabeça para aprofundar o beijo, emitindo um ronronar baixo da garganta que soa como se estivesse implorando por mais. Em resposta, abro a mão, segurando sua mandíbula e fazendo nossas línguas se entrelaçarem, minha bunda levantando do banquinho para ficarmos ainda mais perto. Há calor em todos os lugares. Irradiando dele. De mim. Ao nosso redor. Dean passa a mão pelo meu pescoço e a coloca na nuca, me segurando em um aperto leve que faz todo meu corpo doer de vontade de acariciá-lo. Não aqui, mas em algum lugar perto o suficiente para que não precisássemos separar nossos corpos. Seus dedos pressionam contra a parte de trás do meu crânio, massageando-o, e eu estremeço contra ele.

— Eu também sinto — murmura ele contra meus lábios, depois roça minha mandíbula com os dentes.

Puta merda. Meu peito se enche de ar, como um balão que vai enchendo, enchendo, enchendo a ponto estourar, apertado pela pressão de me controlar em um lugar público. Este momento? Eu não quero que acabe nunca mais.

Mas acaba, é claro.

Alguém no bar comemora — seja para nós ou para as imagens na tela grande da televisão, não tenho certeza. Dean e eu nos separamos, nossas respirações lentas e pesadas, o desejo em seu olhar certamente refletindo o meu.

— Uma água para Dean e um Blackberry Jam para a autossabotadora — diz Brandon, cheio de malícia no olhar.

Em minha mente, atiro feixes de laser em meu amigo e ele se desintegra em pó. De agora em diante, vou me dirigir a ele como Brandon da Casa Harris, o Pior de Seu Nome, Rei dos Traidores, Quebrador de Barato e Pai dos Empata-Foda.

Enquanto Brandon coloca guardanapos de bebida no balcão como se fosse um grande espetáculo, Dean e eu nos endireitamos, o galanteador que nos colocou nessa enrascada já ausente.

Depois de tomar dois grandes goles de água, Dean espia dentro de seu copo como se fosse um aquário e estivesse procurando por vida marinha em suas profundezas. Será que ele está tão chocado com a intensidade do beijo quanto eu?

Espere. O que estou fazendo? O que isso pode trazer de bom? Eu estou em busca de alguém que queira o mesmo que eu. Dean é o tipo de homem que se orgulha de não se envolver. Incentivar qualquer coisa que não seja amizade platônica com ele seria a pior das piores decisões. Portanto, é óbvio o que preciso fazer agora. Respirando fundo, eu sacudo meus braços.

— Obrigado pelo resgate, Chapman. Tenho que admitir, isso foi *muito* convincente. Suas habilidades de atuação estão melhorando a cada dia.

Seu polegar para no vidro, então ele se levanta e bate duas vezes no balcão do bar.

— Certo. Ajuda o fato de eu aprender rápido. Ainda bem que pude ser útil. — Ele nem olha para mim antes de sair. — Aproveite o resto da noite, Solange.

— Se cuide, Dean.

Apoio a cabeça no bar. Isso não pareceu bom. Nem certo. Mas pareceu o mais seguro e, quando se trata de Dean, segurança é o que busco. Eu quero sair do nosso acordo ilesa. Se isso significa que preciso fingir que meu beijo com Dean foi um meio para um fim, em vez de um vislumbre tentador de como poderíamos ser explosivos juntos, que assim seja.

DEAN

— O que você está fazendo aqui? Não viu a placa de Proibido Vadiar?

Quando chego em casa depois de sair do bar, Max está descansando em um banco em frente ao meu prédio, vestindo shorts de basquete e uma camiseta branca que já viu dias melhores, como se tivesse colocado a primeira coisa que encontrou no chão do quarto.

— Esta é uma operação de reconhecimento — diz, levantando-se. — Solange não está respondendo às mensagens, então recebi ordens para retornar com respostas e pretendo obedecer.

— Lina está dando ordens agora? Onde está seu orgulho?

Ele dá de ombros.

— Estou apaixonado, cara. E eu não poderia me importar menos com o que você pensa disso.

Sua expressão sombria conta apenas uma pequena fração da história que o levou a se apaixonar pela ex-noiva do irmão mais velho. Nem tudo foi bonito, mas não posso contestar o resultado: meu melhor amigo parece feliz. Eu realmente espero que ele continue assim.

Soltando um suspiro, passo por ele e seguro a porta aberta.

— Não posso ficar acordado até tarde, Max. Preciso ir ao escritório amanhã.

Max balança a cabeça.

— Em um sábado? Há mais na vida do que trabalhar, você sabe.

— Na verdade, no momento, não há. Vou chegar às coisas boas mais tarde.

Há muito tempo que eu conto só comigo mesmo. Meu trabalho me ajudou a comprar um apartamento. Permitiu que eu pagasse meus empréstimos. Me deu um propósito. Sem isso, não tenho certeza de onde estaria. Max trabalha com a mãe; ele não tem como saber como é ter um chefe que não se importa com seu sucesso ou fracasso. Então, sim, estou mantendo a cabeça baixa e me concentrando na única coisa que vai garantir meu lugar na Olney & Henderson: a sociedade. Férias, sair nos fins de semana, namorar, começar uma família... tudo isso acontecerá no devido tempo.

Subimos as escadas em vez de esperar pelo elevador notoriamente lento.

— Como vai o namoro de mentira? — pergunta Max atrás de mim enquanto abro a porta do apartamento. — Solange está encantando a todos?

Eu largo as chaves na tigela sobre o aparador, acendo as luzes e tiro os sapatos.

— Ela é incrível, cara. Cativante, solidária. Se dá bem com as mulheres. E o melhor de tudo: não fica intimidada pelo Peter.

Max tenta passar por mim, mas eu o bloqueio com o braço estendido.

— Sapatos.

Ele faz uma careta enquanto os tira.

— Esse piso novo te deixou ainda mais chato. — Resmungando, ele vai até a cozinha e enfia a cabeça na geladeira. — Uva, cara? Sério? Onde está o bolo? A pizza de ontem?

— No supermercado, seu idiota.

Ele suga os dentes, depois se endireita.

— Então é isso? Seu namoro de mentira com Solange terminou?

Dou um suspiro áspero. Quem me dera.

— Não, ainda faltam dois encontros. Vamos levar as duas a uma festa amanhã. Um evento exclusivo em Adams Morgan.

Ele atravessa a sala e se joga no sofá.

— Quase lá, então. Por que você não parece muito feliz?

— Solange e eu nos beijamos esta noite.

E eu ainda posso sentir os lábios dela nos meus.

E ainda posso ouvir seus gemidos sussurrados, me incentivando a continuar.

E ainda posso sentir suas curvas sensuais se moldando ao meu corpo.

Ela poderia muito bem estar bem aqui e agora. Merda.

Max se senta, inexpressivo.

— Tudo bem e...? Vocês estão fingindo ser um casal. Vocês dois sabiam que um beijo na boca seria uma possibilidade, certo?

Eu me jogo em um banquinho da cozinha e suspiro.

— Não foi um selinho e não teve nada a ver com o namoro de mentira. Um cara estava dando em cima dela no bar, então a gente agiu como se estivéssemos juntos. — Passo a mão pelo cabelo. — Para ser bem sincero, o beijo não era necessário. É só que... Eu queria, e ela também. Mas estou preocupado em ter passado dos limites. Ou ter interpretado mal o que estava acontecendo e criado um climão entre nós.

Max cruza os braços e me estuda por um longo momento.

— Pega leve com você mesmo, Dean. Você é humano, ela também. Vocês estão fazendo essas merdas de casal. Ficando juntinhos. Se tocando aqui e ali. Coisas assim mexem com a cabeça da gente. — De repente, Max inclina a cabeça e olha para mim. Sério. — Pera. Você não está se apaixonando por ela, está?

— É claro que não.

Mas não posso dizer que estou completamente impassível.

— Menos mal — diz ele, balançando a cabeça. — Então é só fingir que nada aconteceu e limitar um pouco as interações com ela nos próximos dois encontros. Não precisa ser babaca, é claro, mas também não precisa ser afetuoso demais. Não é muito difícil, certo?

Umedeço os lábios. O que imediatamente me faz pensar nos dela.

— Certo.

Errado.

Ele junta as mãos em um único aplauso e pula do sofá.

— Excelente. Meu trabalho aqui está feito, então. E, já que você não tem nenhum lanchinho decente, vou nessa.

— Maldito — brinco, agarrando a frente da camisa. — Eu sempre soube que você só estava me usando.

— Ainda bem que enfim pudemos ser sinceros quanto a isso — fala, com um sorriso malicioso enquanto calça o tênis.

Vou até a porta e aponto para o corredor.

— Fora.

Ele para na minha frente, agarra meu queixo e o aperta.

— Quando vou ver esse rostinho lindo de novo? Tenho saudade.

Reviro os olhos e o empurro para além do batente.

— Basquete. Quinta-feira. Agora tchau.

— Lembre-se, é um namoro de mentira. Certifique-se de que vai continuar assim.

Então ele segue pelo corredor e abre a porta da escada.

É da minha natureza encher o saco do Max, mas agradeço o lembrete. Porque, por mais que odeie admitir, eu estava precisando.

Capítulo Quatorze

DEAN

A festa de sábado à noite já começa toda errada. No caminho até lá, recebo três mensagens, em sequência:

> **Kimberly:** Oi Dean! Nia não está se sentindo muito bem, então acho que vamos cancelar a festa hoje. A noite de karaoke acabou com ela. Desculpa por avisar em cima da hora, mas nos vemos na quarta para o Dia da Carreira e o jantar, ok? Divirtam-se!
>
> **Peter:** Ei Dean, beleza? A Molly descobriu que a festa é da minha ex e ficou maluca. Disse que vou dormir no sofá por um mês se eu for. Vou ficar em casa para não causar uma guerra, mas é só falar meu nome que você entra. Peça desculpas pra Kimberly e Nia. Obg.
>
> **Solange:** chego em 5 min

Bom, que merda. Isso muda tudo. E dificulta mil vezes limitar o tempo que eu e Solange passamos juntos, como Max sugeriu.

Já que as mensagens de Kimberly e Peter não precisam ser respondidas rapidamente, me concentro em Solange primeiro.

> **Eu:** Não precisa se apressar. Explico quando você chegar aqui.
>
> **Solange:** ok!

Engraçado como uma simples exclamação pode fazer você se sentir feliz por se encontrar com alguém. É uma indicação de que está tudo bem entre nós. A alternativa — de que eu tenha causado um dano irreparável na nossa amizade em construção quando a beijei ontem à noite — é perturbadora demais para sequer ser considerada.

Levo alguns instantes para responder à mensagem de Kimberly, e depois envio um joinha para Peter. É maldade, sei disso, mas quero que ele pense que estamos nos divertindo muito juntos; na segunda-feira eu conto que elas também não vieram.

O motorista do Uber para em frente ao endereço do convite no mesmo instante em que algumas pessoas estão entrando na única casa geminada do quarteirão, com uma varanda na frente.

Acrescento uma boa gorjeta e saio do carro.

— Valeu, cara.

O motorista silencioso dá uma risadinha.

— Sem problemas. Divirta-se.

Que coisa estranha de se dizer — ele não sabe o que vim fazer aqui —, mas imagino que sempre se despeça dessa forma, ou que tenha pensado em dizer "se cuide" da mesma forma vergonhosa que sempre digo "você também" quando um garçom me deseja bom apetite.

Espero por Solange próximo à coluna, cumprimentando de vez em quando as outras pessoas que começam a chegar à festa. A maioria veste calça social preta ou ternos, como se estivessem vindo direto do trabalho, apesar de ser o final de semana. Considerando que estamos em D.C., tenho certeza de que é esse o caso, ao menos para algumas das pessoas passando por mim.

Solange surge na hora que disse que chegaria, falando no celular. O cabelo esvoaça sobre os ombros e ela dá longas passadas pela calçada como se estivesse numa passarela. Assim como eu, está vestida de preto dos pés à cabeça. Mas ao contrário de mim, está deslumbrante em uma blusa leve e rendada e calças apertadas na altura dos tornozelos. Estou ansioso e vai ficando mais difícil respirar a cada passo que ela dá na minha direção. Ao que tudo indica, ainda restou um pouco do nervosismo após os acontecimentos inesperados de ontem.

Ela para a poucos passos de distância de mim e murmura "desculpa" enquanto aponta para o celular. Eu respondo "sem problema". Ela não parece preocupada que eu ouça a conversa, então espero que termine.

— Mãe, eu sei — diz ela, cruzando os olhos. — Não tem por que se preocupar. Claro que vamos ter lençóis limpos. Sim, sim, e café. Açúcar também. Claro, pode levar toalhas se quiser. Tá. A gente se vê amanhã. Te amo!

— O que está pegando? — pergunto.

— Meus primos do Brasil estão chegando na semana que vem e alguns vão ficar lá em casa comigo e com Brandon. Essa era a minha mãe garantindo que tenho tudo de que eles vão precisar.

— Que atencioso da parte dela.

Solange enfia o celular na bolsa — uma pequena bolsinha transversal em que não deve caber muita coisa — e a ajeita no ombro.

— Dean, ela perguntou se eu tinha papel higiênico suficiente para todo mundo limpar a bunda por ao menos três dias. *Ela é a pessoa mais mal-educada que conheço.*

— Mas você a ama.

Com uma expressão melancólica, ela concorda rapidamente.

— Mais do que qualquer outra pessoa neste mundo.

Ela analisa meu rosto e minha roupa, e sua boca com batom vermelho se abre em um sorriso enorme.

— Você está ótimo, por sinal.

— Não tanto quanto você.

Ela faz uma reverência.

— Oh, muito obrigada — diz, e só então ela olha para a casa. — Cadê o resto do pessoal?

— Elas deram pra trás. Nia não está se sentindo muito bem.

— E Peter?

— Molly está irritada com ele. Eles não vêm.

Ela suspira e estala a língua.

— Calma aí. Quer dizer então que eu podia estar deitada no meu sofá de moletom agora? Comendo Ben & Jerry's e assistindo *The Circle*?

Não posso deixar de sorrir. Ela com certeza é sincera. Uma festa como essa, frequentada pela elite de Washington, D.C., e com toda uma vibe de exclusividade, é o último lugar que Solange escolheria frequentar. Sendo sincero, também não é muito minha praia, mas vejo como um mal necessário do mundo corporativo.

— Entendo se você não quiser entrar.

Ela gesticula os braços, indicando a roupa.

— Está vendo essa roupa? Esses sapatos? — diz ela, apontando para a boca. — Esse Velvet Ribbon da Lisa Eldridge.

Faço um bico.

— Não sei o que isso quer dizer.

— Também não — responde ela, as mãos se agitando. — Mas Natália com certeza sabe. O que quero dizer é que me esforcei hoje, e quero ser recompensada com uma bela taça de vinho e alguns aperitivos decentes.

— Bom, então vamos entrar — brinco, imitando o jeito como ela mexeu as mãos.

O rosto dela se ilumina e ela coloca o braço no meu.

— Vamos!

O cara na porta parece ter um regime de exercícios que inclui derrubar pessoas diariamente. Tudo nele é largo: peitoral, ombros, coxas. Ele é um armário tão grande que caberiam todas as roupas do mundo. Por que a presença desse homem é necessária?

— Oi — cumprimento.

Ele me olha no fundo dos olhos e assente. E é só isso. Sem instruções. Sem informações.

— É só entrar? — pergunto.

— Não — diz ele. — Nome na lista?

— Disseram que nosso nome estaria na lista.

Ele sorri.

— Nomes?

— Dean Chapman e Solange Pereira.

Atrás de mim, Solange ergue a cabeça.

— Você é o alter ego do Bruce Banner, certo?

Ah, merda. Essa boca vai acabar matando nós dois.

Ele resmunga, então estreita os olhos para ela.

— Errado.

Ela desaparece com a mesma rapidez que apareceu.

O Não Hulk consulta a lista de novo e assente.

— Convidados de Peter Barnum?

— Isso mesmo — respondo.

— Tudo certo. Divirtam-se.

Observo ao redor com atenção, meu olhar recaindo imediatamente na mesa de aço situada em frente às portas duplas de vitrais que levam ao resto da casa. A área interna tem iluminação azul e vermelha, e ouço a batida regular da música com uma linha de baixo que toca lá dentro. Solange segura a parte de trás da minha camisa, como se estivesse com medo de se separar de mim.

— Você está bem? — pergunto por cima do ombro.

— Enquanto estiver usando você como escudo humano? Com certeza.

Outro armário surge próximo à outra porta. Quando nos aproximamos, ele pega uma sacola plástica e diz:

— Boa noite, pessoal. Podem colocar seus pertences aqui, chaves, celular e o que mais tiverem. Vamos trancar tudo para vocês.

— Que merda é essa? — sussurro para Solange. — É segurança de aeroporto isso? E o que vem a seguir, vão revistar a gente?

Uma mulher atrás de nós na fila ri.

— Relaxa, não tem nada de mais. Alguns VIP exigem esse tipo de coisa. Estamos em D.C., né, você sabe como é.

Não, eu *não* sei. E também não tenho certeza se quero passar a noite com VIP nenhum. E com certeza não quero ficar sem meu celular em um lugar desconhecido.

— Tem alguma outra opção? Uma que nos permita ficar com nossos celulares?

Ele concorda sem hesitar, como se já tivesse ouvido essa pergunta muitas vezes antes.

— Qual a marca?

— iPhones.

— Posso mudar as configurações para restringir seu acesso à câmera com a tela bloqueada, depois desbloquear os celulares quando vocês saírem. — Ele balança a sacola plástica. — Vocês quem sabem.

Esperaria um controle rígido assim perto do Pentágono, mas uma rua quieta em um bairro residencial não é exatamente um ímã para pessoas que se consideram tão importantes. Agora estou curioso para saber quem está atrás dessas portas.

Eu me viro para olhar para Solange.

— Meu celular vai ficar comigo — diz ela, com um olhar glacial para o homem. — Caso precise fazer uma ligação de emergência.

— É, vamos mudar as configurações.

Desbloqueio meu celular e entrego para ele; Solange faz o mesmo.

Com uma expressão afável, ele mexe nos nossos celulares, devolvendo em menos de um minuto.

— Pronto. Desbloqueio quando vocês saírem.

— Você não vai esquecer a senha que usou? — pergunto.

— Não vou esquecer a senha que usei.

Quando entramos, levo alguns segundos para me ajustar ao brilho sinistro que paira acima de nossas cabeças. Pessoas de todas as etnias, idades e tamanhos estão espalhadas em grupos — bebendo, rindo, dançando —, o que me faz pensar nas dezenas de reuniões relativamente inocentes de escritórios de advocacia de que participei ao longo dos anos.

— É uma festa como qualquer outra — reclama Solange, franzindo a testa. — Por que diabo essa palhaçada toda com o celular, meu Deus?

— Não faço ideia — digo, dando de ombros. — Talvez alguma dessas pessoas tenha alguma questão com segurança, sei lá.

— Bom, estou atenta e pronta para cair fora se precisar. Só para deixar claro. — Ela examina os arredores e aponta para o bar do outro lado da sala. — Por que você não pega alguma coisa para bebermos enquanto eu procuro o banheiro? Preciso arrumar minha calcinha.

Estou tentando me comportar hoje, então finjo que não ouvi essa última parte.

— O que você quer?

— Água, por enquanto. Até conseguir entender melhor que tipo de festa é esta.

Solange trota por um longo corredor e eu abro caminho até o bar. Enquanto espero minha vez de ser atendido, analiso o design do interior da casa, do jeito que está. A sala é ampla e feita para relaxar, com vários sofás e espreguiçadeiras posicionados em diferentes cantos. As paredes de terracota não têm quadro algum, dando a impressão de que a casa foi ocupada recentemente. Quem quer que more aqui ainda não se estabeleceu por completo.

— O que posso servi-lo? — pergunta o barman.

Enquanto faço meu pedido, alguém na sala toca uma campainha. Segue-se uma conversa animada e a energia do ambiente muda. As pessoas se sentam, ficam de pé e, de forma geral, se reorganizam no espaço, as expressões carregadas de expectativa. Então a campainha toca mais uma vez. Um homem atrás de mim abre o zíper das calças como quem não quer nada, e a mulher com quem ele conversava fica de joelhos, esticando a mão para pegar… o pau dele.

Ergo a cabeça e analiso os presentes. Todos estão tirando as roupas, se beijando, acariciando as partes dos corpos de outros ou assistindo às outras pessoas. Que. Porra. É. Essa?

Cambaleio para a frente, o choque me fazendo sair da fila. Me viro para o barman.

— Banheiro?

Ele aponta na direção que Solange foi, então corro pelo corredor, passando por um mar de corpos se retorcendo em diferentes estágios de nudez. Um. Monte. De. Gente. Sentando. No. Pônei. Não consigo desver. Assim que chego na porta, Solange a abre.

— O que foi? — pergunta ela, a preocupação surgindo em seu rosto quando vê minha cara de pânico.

Precisando de alguns segundos para me recompor, eu a puxo para dentro do banheiro e tranco a porta.

— Precisamos sair de fininho? — pergunta Solange, tentando abrir a janela de vidro. A janela só sobe um pouco, e Solange resmunga, frustrada, então ergue as mãos. — O que aconteceu?

Apoio as mãos na pia de porcelana, meu olhar encontrando o dela, confuso, pelo reflexo do espelho.

— Solange, puta merda, estamos em uma orgia.

SOLANGE

Quê? Não, *só pode* ser uma pegadinha.

— Dean, fala sério por um instante.

— Solange, presta atenção — diz ele, andando de um lado para o outro no banheiro surpreendentemente espaçoso. — Estou falando cem por cento sério. Você acha que eu ia brincar com uma coisa dessas? *Eu?*

Meu. Deus. Do. Céu. Eu grito por dentro por alguns instantes. Isso é loucura. Tudo o que consigo fazer é repetir o que ele disse.

— Estamos em uma orgia.

— Bingo.

— Puta merda. O que o Peter queria trazendo uma possível candidata para a firma *aqui?*

— Agora que parei para pensar, não, não é bem assim — observa ele. — Peter queria que *eu* trouxesse uma possível candidata para a firma aqui. Ele não sabe que Kimberly e Nia cancelaram. De repente, de forma muito conveniente, ele decidiu que o casamento era mais importante do que uma missão relevante que poderia lhe dar a chance de se tornar sócio da firma. O filho da puta falso, traidor, duas-caras armou para mim. Ou tentou.

— Mas você tem certeza de que é isso? Porque eu já li sobre esses clubes de sexo, Dean, tipo... hm... só por curiosidade... e tem todo um processo envolvido. Termos de renúncia de responsabilidade, termos de sigilo, regras.

— Bom, não sou nenhum especialista nessas coisas, mas uma campainha tocou e de repente as pessoas estavam fazendo sexo, e todos pareciam saber o que estava acontecendo. Isso me parece um clube de sexo, sim.

É, também me parece. *Gente, qual é a porra do problema desse Peter?* Percebi que ele era um canalha logo de cara, mas isso vai muito além. Se Dean e eu tivéssemos concordado em participar disso, não ia nem piscar ao ver o que está acontecendo atrás dessas paredes — bom, talvez piscasse uma vez, dependendo do que visse. Mas nós *não* concordamos com isso, o que significa que Peter é uma ameaça e precisa ser parado. Mas, por enquanto, minha prioridade é dar o fora daqui.

— Então é melhor a gente ir embora, certo?

— Certo — responde ele, passando as mãos pelo cabelo cheio de mousse. — Quando não tenho certeza, cair fora é meu lema. Desculpa, Solange.

Ergo uma sobrancelha.

— Desculpa? Por quê? Você não fez nada.

— Mas você se enfiou em tudo isso por minha culpa.

— Dean, para com isso — digo, pulando na frente dele para que ele pare de andar de um lado para o outro. — Olha pra mim.

Ele faz exatamente o oposto disso, seu olhar saltando de objeto para objeto no espaço, até que ele solta o ar com força, irritado, e enfim olha para mim. Para alguém como Dean, que prefere controlar tudo ao seu redor, se ver em uma situação inesperada como esta deve ser perturbador.

Seguro as mãos dele e aperto.

— Pela sua reação, posso presumir que nunca foi em uma festa sexual antes?

Ele bufa e ri, como se minha pergunta fosse ridícula.

— Hum, não. Nunca. Você já foi?

— Já.

Ele arregala os olhos.

— Sério?

Eu pigarreio.

— Sério. Mas não era nada desse tipo. Era só uma reunião entre amigos na pós-graduação. Mas o que eu quero dizer é que estou bem, não estou pirando. Não tem por que sentir vergonha de sexo consensual entre adultos.

— Claro — diz ele, soltando minhas mãos e ajeitando o colarinho da camisa.

— Mas você foi pego de surpresa. Eu entendo.

Ele pisca algumas vezes, depois infla as bochechas. Pobre Dean. Ir a uma festa sexual nunca esteve em seus planos de vida, acho eu. Após alguns instantes, ele dá alguns passos para trás e se senta na beirada da banheira vitoriana.

— Posso fazer uma pergunta sobre essa sua experiência?

— À vontade — respondo, me juntando a ele.

É estranho que eu me sinta à vontade para falar a respeito disso com ele? Nunca mencionei essa festa para ninguém, nem para Brandon, mas aqui estou eu, pronta para compartilhar os detalhes com Dean. Talvez por saber que não é por malícia; ele está fazendo perguntas porque quer entender.

Ele vira a cabeça para mim.

— Você participou?

— Depende do que você quer dizer com "participar". Eu estava lá, então, sim, participei. Mas eu não fiz sexo com ninguém. Eu assisti... e me dei prazer.

As pálpebras de Dean ficam semicerradas e um tremor percorre meu peito. Se eu pudesse escolher um superpoder neste momento, seria a habilidade de me teletransportar ao estalar os dedos. Estamos confinados em um banheiro e, a pouca distância de nós, as pessoas estão fazendo coisas deliciosamente safadas. O lado do meu cérebro faminto por sexo acha que seria uma ótima oportunidade para seduzi-lo, enquanto o lado racional está me alertando sobre o perigo iminente de ouvir minha piranha interior.

Dean estende as mãos e olha para elas, então levanta o queixo e me encara com um olhar ardente.

— Você gosta? De assistir?

Agarro a beirada da banheira. Sua voz é baixa e sedosa e desliza sobre meu corpo como uma carícia. Ele está me prendendo em sua rede, e suspeito que nem saiba disso. Não tenho escolha a não ser responder com sinceridade.

— Não é algo que eu tenha feito com frequência. Mas sim, a ideia de ver as pessoas fazendo sexo me excita... E você?

Ele se inclina e passa os dedos nas coxas, como se estivesse resistindo desesperadamente à vontade de se acariciar.

— Estou excitado agora. Isso conta?

Meu Deus. Ele está acabando comigo. E pode ser que ele *saiba* disso.

— Depende. Você está excitado com a ideia de sair desse banheiro e ver outras pessoas transando?

Ele lambe os lábios e assente.

— Estou.

Essa admissão, em conjunto com a lembrança do beijo magistral da noite passada, me deixa sem fôlego.

— É, eu também.

O que nenhum de nós está dizendo é que não estamos excitados apenas pelo cenário, mas também um pelo outro. Eu, por exemplo, não estou pronta para dar esse salto. Ainda assim, posso ajudá-lo a explorar uma parte de si mesmo que talvez nunca tenha considerado até o momento, e aproveitar para curtir o processo.

— Você quer ir lá fora e assistir? Comigo?

Vejo as narinas dele dilatarem e os olhos brilharem, cheios de um desejo descontrolado.

— Quero.

Eu reprimo um gemido. É, a situação saiu totalmente do controle.

Capítulo Quinze

DEAN

Solange e eu saímos do banheiro, então ela sinaliza para que a siga. A casa está iluminada em vermelho, um conjunto de luminárias pendem do teto, criando um efeito de estrela nas paredes. Agora que não estou mais em estado de choque, posso apreciar a atmosfera sedutora, a facilidade com que as pessoas se divertem com seus parceiros.

— Vamos por aqui — diz Solange, erguendo o queixo na direção de um longo corredor.

Ela abre caminho, se virando de vez em quando para se certificar de que estou atrás dela. Em algum momento, nos perdemos, mas então ela volta e me segura, me tranquilizando com seu olhar intenso e um aperto firme na minha mão. Sinto o toque dela até os dedos dos pés, mas controlo minhas feições. A necessidade de a tocar me consome. A ideia de lhe dar prazer me alucina. Ainda assim, Solange só concordou em *estar* aqui, nada além disso, e eu *sempre* vou respeitar os limites dela.

Enfiamos as cabeças na primeira sala que encontramos e vemos pessoas nuas se massageando e se acariciando enquanto conversam sobre assuntos triviais. Quer dizer, tem um cara falando sobre as melhores receitas de *air fryer*. Que porra é essa?

— Quanta DPE — observa Solange, o olhar indo de um lado para o outro que nem uma bolinha de pingue-pongue.

— Demonstração pública de afeto não é DPA?

Um canto da boca dela se ergue antes que ela explique:

— Não, é DPE mesmo que eu quis dizer. Demonstração Pública de Ereção.

Bem-vindos ao mundo da Solange, cujas línguas oficiais são inglês, português e siglas inventadas. Se eu não tomar cuidado, é bem provável que tenha minha própria DPE antes do fim da noite. Dá para esconder excitação em um lugar assim? Com uma mulher como ela ao meu lado? Nossa, que plano genial, Dean. Simplesmente genial.

Parecendo impaciente para mudar de lugar, Solange puxa minha camisa e nos leva até outra sala e... bingo.

Tem uma mulher deitada no meio de uma cama elevada. Está com as pernas abertas e dois homens nus a beijam e acariciam. Ela está usando cinta liga sem meias e mais nada, o que dá a entender que perdemos parte do momento em que se despiu.

Solange e eu não somos os únicos observando, mas somos os únicos que parecem ter vindo juntos. Abrimos caminho até um lugar disponível, nossos corpos bem próximos, mas sem se tocar, porque ela escapou do meu aperto assim que nos aventuramos porta adentro.

— Isso é ok por você? — pergunto.

Ela faz que sim, os dentes mordendo o lábio inferior por um momento antes de falar:

— Isso serve.

Um dos homens enfia um dedo na mulher, que geme, ofegante. Cacete. Eu estava esperando acostumar meus olhos aos poucos, mas não, não é assim que vai ser. Ao meu lado, Solange se mexe. Eu me viro para olhar para ela.

— Meus sapatos — explica ela em um sussurro. — Mas não tenho como tirar.

— Fica na minha frente, então — ofereço. — Você pode se apoiar em mim para tirar um pouco da pressão dos pés. Vai conseguir ver melhor assim também.

— Não precisa — responde ela, balançando a cabeça. — Não está tão ruim assim.

Alguém do outro lado da sala nos manda ficar quietos. É óbvio que estamos fazendo tudo errado, e todos sabem disso. Balanço a cabeça para ela e, apesar de rir da minha expressão levemente frustrada, Solange aceita minha oferta e desliza para minha frente. Faz isso tão, tão devagar que mal consigo notar um movimento. Ela apoia as costas no meu peito e deposita grande parte do peso em um dos lados do corpo.

Eu me abaixo e sussurro a pergunta na orelha dela.

— Melhor?

— Aham.

Ela vira a cabeça para o lado, como se sinalizasse que o pescoço dela é uma presa fácil, e o impulso de lamber aquele pedaço de pele quase faz meus joelhos vacilarem. Estou vendo sinais que não existem.

Tento me recompor e focar nos exibicionistas na cama, mas é muito difícil. Solange me cerca por todos os lados: o toque, o cheiro de baunilha em sua pele, as mechas de cabelo na minha visão periférica fazendo cócegas na minha mandíbula. A presença dela me tira a concentração com tanta facilidade que, de alguma forma, a cena sensual logo à minha frente se torna a distração em vez de a atração principal.

Não tem por que continuar negando: eu desejo essa mulher a ponto de nem conseguir pensar direito. Para um homem que se orgulha de sempre manter o foco em si mesmo, esse é um problema sério.

SOLANGE

Isso está mesmo acontecendo? Estou mesmo assistindo três pessoas transarem em público apoiada no peito de Dean? *Sim, isso está mesmo acontecendo.*

Queria poder fingir que essa é uma experiência extracorpórea, mas estou bem aqui no meu corpo, e este corpo está *bem* ciente do homem atrás dele.

A mulher na cama poderia ser eu, poderia ser qualquer pessoa, e concluo que minha mente deveria ir por esse caminho. Mas não acho que deveria substituir o rosto dos dois homens dando prazer a ela pelo de Dean. Criei uma dupla de Deans em minha mente, e meu Deus do céu, eles são especialistas em me levar ao limite e eletrizar cada centímetro de mim.

O que foi que ele disse aquele dia? *Sempre me preocupo com o prazer nas horas certas.*

Sem querer me torturar ainda mais, fecho os olhos e tento esvaziar meu cérebro. Quando volto meu olhar para a cena, faço todos os esforços para consumi-la como uma espectadora e não como alguém que deseja participar ativamente.

Os homens são o que a maioria das pessoas consideraria de uma beleza padrão, ambos em forma, mas não excessivamente. Um deles é negro, a pele de um marrom profundo e invejavelmente suave. O outro é branco, os olhos e cabelo escuro como a noite. A mulher parece ser uma ruiva natural, um punhado de sardas no nariz e nas bochechas como característica mais marcante.

Até este ponto, o espetáculo tem sido em grande parte uma lição sobre as muitas maneiras que alguém pode dar prazer apenas por meio do toque. Mas agora os homens estão se olhando, ao que parece comunicando suas intenções, e, apesar da ausência de uma troca verbal, eles deitam na cama em uma dança coordenada, cada um passando o braço em volta de uma das pernas da mulher. Apesar de ficar um pouco apertado, eles conseguem dividir o espaço entre suas coxas. Ela se abre para eles, e uma onda de calor toma conta de mim quando um homem desliza dois dedos dentro dela e o outro beija seu clitóris.

Nesse momento, eu quero ser ela. E quero que um dos homens seja Dean. Desesperadamente.

A mulher geme alto, a voz perfurando a bolha de silêncio entre os espectadores.

Assustada, tropeço para trás, mas não há para onde ir, exceto me aninhar ainda mais no corpo de Dean. Ele me abraça pela cintura para me manter em pé.

— Peguei você — diz, baixo e lento, cada palavra grudada na próxima como mel.

Meus mamilos endurecem, a excitação no ar e a profundidade de sua voz trabalhando em conjunto para aumentar minha reação ao espetáculo que se desenrola à nossa frente.

Agarro a mão de Dean como se precisasse disso para ficar em pé, mas estou mais desequilibrada do que nunca, balançando em uma gangorra interna, incapaz de entender o que está acontecendo *comigo* ou ao meu *redor*. De alguma forma, consigo ignorar minha confusão mental e noto que Dean respira pesado, uma sensação que faz minha pele se arrepiar e se instala entre minhas pernas.

À minha frente, os homens trocam de lugar, um par de dedos deslizando para fora, outro par de dedos deslizando para dentro. Uma língua diferente. Mais prazer. Gemidos agudos. Eles continuam repetindo a dinâmica, revezando-se enquanto a enlouquecem com suas bocas e mãos, até que ela arqueia as costas e grita quando chega ao orgasmo.

Não estou mais segurando a mão de Dean — estou agarrando —, nossos dedos entrelaçados, apertando-se quase dolorosamente enquanto nos livramos do que quer que tenha nos prendido em suas garras. Penso que a gente poderia ir até um canto escuro, transar até perder os sentidos e ninguém ergueria uma sobrancelha; por um milissegundo, considero perguntar se ele gostaria. Sem olhar nos olhos dele, eu me viro, minha testa roçando em seu queixo e minha mão livre agarrando sua camisa. Impulsionada pelo mais puro desejo, fico na ponta dos pés.

— Não consigo me segurar — diz ele acima de mim. — E você?

Meu peito se expande, e eu derreto contra ele, excitada com sua confissão.

— Também não.

Mas antes que nossos lábios se toquem, o quarto se ilumina de repente e a realidade vem à tona. As paredes totalmente brancas e os rostos confusos das pessoas ao redor são revelados.

Um homem salta de um ponto perto da porta, revelando o interruptor de luz atrás dele.

— Ah, merda — diz, as bochechas rosadas de excitação, constrangimento ou ambos. — Desculpem. Acendi a luz por engano.

Um resmungo coletivo enche a sala, e todos se dispersam rapidamente, a noite interrompida pelo estabanado que acabou com o clima e me salvou de mim mesma.

— Acho que podemos ir embora — digo, sem ousar olhar para Dean enquanto me afasto de seu abraço. — O que você acha?

— Aham — responde, a voz rouca. Depois de pigarrear, tenta mais uma vez: — Vamos cair fora.

Capítulo Dezesseis

DEAN

O segurança desbloqueia nossos celulares e Solange e eu descemos os degraus do covil do sexo disfarçado de uma pitoresca casa geminada no meio de Northwest, um bairro residencial.

— Mesma hora e mesmo lugar no sábado que vem? — pergunto como quem não quer nada.

A tensão no meu peito diminui quando vejo um sorriso discreto surgir no rosto angelical dela. Solange parece estar se recuperando de exercícios físicos intensos. Como se tivesse acabado de dar uma corrida no quarteirão.

— Vai sonhando, Chapman — brinca, ao mesmo tempo me dispensando e se abanando com a mão. — Vai sonhando.

Eu me sinto mais leve ao perceber que nada mudou entre a gente. Estou me acostumando com minha atração por Solange, mas fazer alguma coisa a respeito seria drástico. É um desafio, mas, se consegui resistir à tentação de ficar a poucos centímetros dela em uma festa sexual, não há literalmente nenhum cenário que me faça sucumbir ao fascínio que Solange exerce sobre mim.

De todo modo, ela não parece tão perturbada com o que ocorreu. E é perfeitamente possível que a reação dela tenha sido uma resposta indiscriminada por estar em uma situação tão excitante. Reconheço que uma parte bem pequena e egoísta de mim espera que isso não seja verdade, mas essa parte de mim pode ir à merda agora mesmo.

— Você veio de carro? — pergunto quando chegamos na calçada.

— Aham — diz ela, apontando para a rua. — Parei a um quarteirão daqui, naquela direção.

— Eu vou com você até lá.

Ela assente e andamos lado a lado sem dizer nada, o ar ameno da noite de julho dando mais peso até ao menor movimento físico.

— O que você pretende fazer em relação ao Peter? — pergunta ela, enfim quebrando o silêncio.

Ele vai me pagar por isso, sem dúvida. No entanto, confrontá-lo pode atrair perguntas às quais não estou preparado para responder. Se todos cancelaram, por que fomos à festa? E o que vimos ou fizemos quando chegamos lá? Nunca gostei de compartilhar meus assuntos particulares com colegas, mas essa experiência entre mim e Solange é superpessoal e não pretendo compartilhá-la com *ninguém,* muito menos com meu colega de trabalho canalha que obviamente está decidido a fazer com que eu seja demitido.

— Não tenho certeza. Ainda estou analisando as possibilidades.

— Vamos pensar um pouco.

Ela estreita o olhar e move a boca, em sua expressão típica de quando está pensativa. É a expressão que me diz que estou prestes a obter o benefício de sua sabedoria singular. Eu amo que ela queira resolver isso junto comigo.

Acelerando o passo, ela levanta o dedo indicador no ar.

— Cenário um: Peter não sabia que era uma festa de sexo. Aposto que muita gente o odiava na faculdade de direito. Ele é o tipo de cara que todos guardam rancor porque tem uma veia competitiva e malvada e monopolizava todas as discussões em sala de aula. Estudei com gente assim na pós. Então, talvez tudo isso tenha sido um trote, e ele teria ficado tão surpreso quanto você. Ele vai presumir que você decidiu não ir e pronto.

— Queria que a explicação fosse simples assim, mas, conhecendo o Peter, duvido que seja.

— Tá, tudo bem, então vejamos o segundo cenário — complementa, erguendo o segundo dedo. — Peter sabia que era uma festa sexual, e esperava que Kimberly e Nia ficassem ofendidas e culpassem você. O que acontece quando ele descobrir que as duas não foram?

— A ofensiva se torna inútil.

— *Exatamente* — ressalta ela, imitando o gesto de *check* no ar. — O que significa que ele não vai dizer nada a menos que você diga. Se a gente pensar bem, seu silêncio vai fazer com que ele fique com essa dúvida, o que vai irritar ele pra cacete. Vai passar semanas se perguntando se você vai retaliar de alguma forma.

Abro um sorriso diabólico.

— Isso vai torturá-lo.

Ela esfrega as mãos.

— Olha que vingança deliciosa! Nada nobre, na verdade, mas que tem o potencial de ser muito satisfatória. — Então ela enfia a mão na bolsa e tira um molho de chaves com um chaveiro. — Chegamos.

Bom, uma coisa é evidente: Solange não está disposta a falar sobre a festa. E eu suspeito que a disposição dela em debater como lidar com a questão de Peter foi uma tentativa de nos impedir de mencionar o que aconteceu lá. Não posso dizer que discordo da abordagem dela; talvez essa seja mesmo a melhor maneira de lidar com isso. Fingir realmente parece ser o primeiro recurso do nosso arsenal.

Estou prestes a vê-la partir, mas, quando ela está entrando em seu Mitsubishi vermelho-cereja minúsculo, seu celular toca. Com a porta ainda aberta, ela atende e imediatamente começa a acalmar quem quer que esteja do outro lado da linha.

— Calma, peraí. Eu não estou conseguindo entender nada. Respira.

— É isso que estou tentando fazer, caralho — grita a pessoa do outro lado da linha, uma mulher.

— Cadê o Paulo? — pergunta Solange.

Ela escuta com atenção e então expira devagar.

— Tá, estou indo te buscar. Chego em vinte e cinco minutos, vinte se os semáforos ajudarem.

Com a porta do carro ainda aberta, ela se debruça e apoia a cabeça no volante.

— O que houve? — pergunto.

Ela olha para mim, a expressão angustiada.

— Natália está entrando em trabalho de parto e o marido está preso do outro lado da Bay Bridge, em Maryland, porque tinha uma reunião lá.

Enfrentar o trânsito da Chesapeake Bay Bridge faz parte do estilo de vida da área. Um acidente ou mesmo uma neblina forte podem deixar os passageiros presos por horas do outro lado da ponte. A depender do que tenha acontecido, pode ser que o marido de Natália perca o nascimento do filho.

— Ela está bem? E o bebê?

— Ah, ela está — fala Solange, sem se alterar. — Ela sabe que pode confiar no meu carro. O da Lina pode quebrar no caminho.

— Faz sentido... mas por que essa cara?

Ela me olha incrédula.

— É a Natália, tendo um bebê. Minha prima é o tipo de pessoa que pode fazer o nascimento do filho viralizar.

— Dramática *a esse ponto?* — pergunto.

— Ah, Dean. Ela vai atormentar a todos nós.

— Como posso ajudar?

Solange inclina a cabeça para o lado, as sobrancelhas franzidas.

— Confie em mim. Você não quer fazer parte dessa experiência.

Já percebi o que está acontecendo aqui: ela está me excluindo. Fingir ser o namorado dela na frente dos meus colegas é uma coisa; interagir com sua família é outra bem diferente. Mas gostaria de pensar que somos amigos, e eu nunca abandonaria um amigo em um momento como esse.

— Para com isso, Solange. Sou um homem jovem e atlético. Isso pode ser útil.

Ela me considera por um momento, então estende a mão para a maçaneta da porta do outro lado.

— Tá, pode entrar. Mas olha, seja lá o que acontecer esta noite, depois não diga que eu não avisei.

Meu Deus, que exagero. Não sou eu quem vai parir o bebê, certo? O que diabo ela está imaginando? Na verdade, eu diria que Solange é quem está sendo dramática demais.

SOLANGE

Enquanto corro para a casa da minha prima em Wheaton, Dean me ajuda a fazer uma triagem das ligações para minha família.

— Liga para Max e Lina primeiro. Eles vão manter a Natália calma se for preciso. E eu vou ligar pra mãe dela na mercearia. Ela vai avisar as tias do que está acontecendo.

Coloco Viviane no viva-voz.

— Oi, Tia. O bebê vai nascer logo mais.

Ouço tia Viviane sugar os dentes.

— É, já estou sabendo.

Bom, se ela já sabe, por que não está se movendo para chegar até a filha?

— Preciso passar maquiagem antes — explica minha tia. — Não posso ir para o hospital de cara limpa.

Olho para Dean antes de voltar a prestar atenção na estrada. Ele passa a mão pelo rosto para esconder o sorriso enquanto espera Max atender. Sim, ao que tudo indica, agora ele também sabe bem o quanto minha família é excêntrica.

— Encontre a gente na casa da Natália — sugiro para tia Viviane.

— Cadê a mãe e tia Mariana?

— Estão se recompondo — responde ela. — Não se preocupe. Em breve chegaremos lá.

Essas mulheres são impossíveis, sério. Pode ser que percam o nascimento, mas ao menos estarão bonitas nas fotos.

Vinte minutos depois, Dean e eu batemos na porta da frente de Natália. Ela a abre, o rosto coberto de suor e contorcido em uma careta.

— Olá, vocês dois.

Eu imediatamente pego meu celular.

— Vou ligar para a emergência. Você precisa de uma ambulância.

— Não — diz ela entredentes. — Eles vão dar um jeito de cobrar dez mil dólares por uma carona em um caminhão de sorvete tunado. Não faz isso, Solange.

— Tá, então o que você quer que a gente faça?

— Vamos no seu carro. Me leve até o Holy Cross. Meu obstetra está de plantão lá. As contrações estão com seis minutos de intervalo, então devemos chegar a tempo.

— Tá bom. Vamos pegar suas coisas — digo, e me viro para Dean.

— Não dá tempo de esperar todo mundo. Você pode ligar de novo para Max e Lina e dizer para irem direto para o hospital? Peça para eles atualizarem as tias também.

Ele assente, os olhos suavizando quando leva o celular ao ouvido.

— Deixa comigo, capitã.

Fico feliz por ele não fazer sugestões ou ativar o gene masculino das informações não solicitadas. Em vez disso, ele está esperando pacientemente por instruções, e isso por si só me deixa menos ansiosa sobre meu papel limitado na situação. Estendo a mão e aperto a dele.

— Obrigada por ter vindo.

— Claro — diz com uma piscadela. — Não gostaria de estar em nenhum outro lugar.

— Sério mesmo?

— Sério mesmo.

Natália estala a língua.

— Ai meu Deus, vocês dois. *Sou eu* quem está parindo aqui, gente. Se vocês conseguirem parar de se lamber só por alguns instantes, pode ser que eu consiga chegar no hospital a tempo de tirar esse monstro de mim.

Ela bamboleia-marcha pelos degraus para o segundo andar da casa. Eu corro atrás dela, feliz por ter uma desculpa para não olhar nos olhos de Dean.

No quarto, Natália está resmungando sozinha enquanto verifica novamente o conteúdo de sua mala. Eu ergo as mãos.

— Para que você precisa do Sudoku?

— Para passar o tempo — comenta ela entre as respirações.

— Natália, acho que você vai estar ocupada demais para fazer Sudoku. E, quando o bebê nascer, você vai ter sorte se conseguir tempo sequer para limpar a bunda direito.

— Ai meu Deus. Cala a boca. *Cala a boca* — vocifera ela, franzindo o rosto e colocando a mão na parte inferior das costas. — E eu achei que *eu* era a rainha do drama.

Eu a abraço sem apertar e apoio o queixo em seu ombro.

— É brincadeira, prima. Só para você relaxar um pouco. Você está indo muito bem, e estou admirada com sua força.

— Obrigada.

— Do que mais você precisa?

Ela se contorce para sair dos meus braços e caminha devagar pelo quarto, o olhar indo de um lugar para o outro enquanto tenta se recompor. Seus olhos se arregalam quando pousam em um dispositivo no canto.

— Ah, o estimulador elétrico! Com certeza vou precisar disso.

Jogo a cabeça para trás.

— O quê?

Ela faz uma expressão diabólica, então inspira e bufa.

— Paulo e eu fizemos uma aula de parto new age que incentiva o parceiro que não está em trabalho de parto físico a experimentar contrações simuladas. Dizem que isso aproxima os parceiros e ensina a ter mais empatia. E teoricamente reduz a minha dor também.

— Fala sério!

— Sei lá, né — diz ela, dando de ombros. — Mas acho que é o mínimo que ele poderia fazer, considerando que essa confusão toda é culpa dele.

Eu não posso deixar de rir por vê-la ser tão ridícula.

— Calma aí. Por que a culpa é dele?

— Porque ele me fez fazer coisas — responde ela, olhando furtivamente para a porta, depois baixando a voz para um sussurro. — Coisas que nunca imaginei fazer. Como concordar com um processo que faz minha vagina ficar tão grande que poderia enfiar uma melancia nela.

Cruzo as pernas mentalmente. Ai.

— Para ser justa, algumas pessoas conseguem fazer isso só usando o pau.

Ela recua.

— Mulher, que tipo de pau você tem visto por aí?

— Nenhum, infelizmente — resmungo. — Eu só ouço algumas histórias.

— De qualquer forma — continua ela enquanto atravessa a sala para pegar o estimulador —, se o intervalo das contrações começar a diminuir, posso precisar que você coloque alguns desses eletrodos. Não quero mudar mais nada no meu plano de parto. Já é ruim o suficiente que Paulo talvez não chegue a tempo.

É. Não. Com certeza não vou fazer isso.

— Dean! — grito alto o bastante para que minha voz chegue até a sala no andar debaixo.

Ele surge na porta em um piscar de olhos.

— Do que você precisa?

— Eu te explico no caminho até o carro.

Foi ele mesmo quem disse que é um homem jovem e atlético. De fato, isso será útil.

Capítulo Dezessete

DEAN

—Como é que é? Vocês querem que eu faça *o quê*?

Devo ter entendido errado.

Solange ergue um dispositivo do tamanho de um iPhone enquanto destranca o carro.

— Isso é um estimulador elétrico. Na verdade, é usado para fisioterapia, mas também serve para simular as dores das contrações e permite à outra pessoa vivenciar o parto de uma forma mais parecida com a da parceira.

— Perdão — digo, balançando a cabeça —, você por acaso viajou no tempo e virou médica quando eu não estava olhando?

Ela revira os olhos.

— Natália é a especialista. Ela só me explicou.

A mochila com os pertences de Natália está pendurada no meu ombro enquanto me apresso para ajudar a futura mãe a se sentar no banco de passageiros.

— Não é nada de mais, Dean — comenta Natália. — É só conectar esses eletrodos na barriga, eu vou apertar alguns botões e pronto, só isso.

— Por que então *você* não faz? — pergunto para Solange, cujo sorriso cheio de dentes não me engana.

Ela balança a chave dos carros.

— Você sabe dirigir carro manual?

— Não.

Ela parece... aliviada.

— Eis a sua resposta.

Entramos no carro — eu atrás e Natália na frente porque ela precisa de espaço para as pernas —, e Solange dá a partida.

Natália se acomoda no banco, aperta o cinto, depois resmunga antes de se virar para me olhar.

— O estimulador é uma forma de me ajudar a passar por isso, mas se você não quiser, não tem problema. Entendo que pode ser assustador para algumas pessoas — diz ela, e fecha os olhos e expira. — Mais uma. A gente devia começar a cronometrar de novo.

Me chamar de covarde não vai me fazer mudar de ideia. Não sou desse tipo. Se essa é a intenção de Natália, é perda de tempo.

Ela abaixa a cabeça e choraminga.

— Meu Deus, queria que Paulo estivesse aqui. Não é assim que imaginei este dia.

Esse é o tipo de sentimento que não consigo ignorar.

— Me dá esse troço.

Natália se vira de novo, a expressão claramente mais animada.

— Você vai fazer?

— Sim, vou fazer.

Alguns minutos depois, estou com quatro eletrodos conectados ao meu abdômen e dois eletrodos nas minhas costas; seis fios me conectam ao dispositivo no colo de Natália, me deixando nas mãos dela. Eu nem conheço o cara, mas Paulo já tem uma grande dívida comigo.

— Tá bom — diz Natália. — Então, da próxima vez que tiver uma contração, vou apertar o botão. Me avisa se quiser que eu pare, ok? E Dean?

— Sim.

— Isso já está me distraindo, então diria que está funcionando.

— Fico feliz em poder ajudar, Natália — respondo, me reclinando.

— Estamos quase chegando, pessoal — comenta Solange. — Você está indo muito bem.

— E aí vem a próxima contração — anuncia Natália. — Dean, respira fundo quando começar, então solte o ar devagar e foque uma imagem mental do seu corpo flutuando na água.

Os eletrodos na minha barriga pulsam contra minha pele e várias correntes de eletricidade passam por meu corpo. Deixo escapar alguns sons incompreensíveis enquanto tento ignorar o desconforto.

— Isso não é nada bom. Me desculpem, mas, se for mais forte do que isso, vou ter que começar a xingar.

— A gente tá pouco se fodendo — responde Natália. — Depois disso, você será oficialmente parte da família.

— O que você precisa que eu faça? — pergunta Solange. — Alguma coisa?

— Mantenha os olhos no trânsito — avisa Natália. — Palavras de encorajamento também ajudam. Cale a boca quando eu mandar você calar a boca. E sem música.

Solange assente.

— Nada mais justo — diz ela.

Trocamos olhares pelo retrovisor. *Você está bem?*, murmura ela. Faço sinal de joinha em resposta.

Mas a próxima contração é muito pior. A dor faz Natália gritar, e eu bato os pés no chão quando ela aumenta a intensidade.

— Que... porra... é essa... Isso, Natália, respire.

— Olha só pra vocês — diz Solange no banco da frente. — Estão arrasando. Muito bem mesmo.

É ruim que eu queira enfiar uma meia na boca dela? Sim, imagino que deva ser ruim. Por que diabo insisti em vir com ela até a casa da Natália? Eu podia estar em casa, me preparando para ir dormir. Mas nããããão, eu *tinha* que passar um pouco mais de tempo com Solange. Bom, quem é o idiota agora?

— Dean — avisa Natália poucos minutos depois. — Só um aviso: tem outra vindo, e está ficando cada vez mais intenso.

Enxugo a testa com as costas da mão.

— Obrigado pelo aviso. Vamos nessa.

— Quatro minutos entre uma e outra — acrescenta Solange.

De repente, Natália se inclina para a frente e uiva. Estou falando sério. Como se tivesse se perdido do resto da matilha e estivesse à procura deles.

— Meu Deus, meu Deus, meu Deus. **Jesus Cristo!** Putaquepariuuuuuu.

A má notícia é que ela está sentindo muita dor.

A boa notícia é que ela se esqueceu de apertar o botão do dispositivo.

— Natália — comenta Solange, sua voz cortando a respiração ofegante e os grunhidos no carro. — Querida, você se esqueceu de apertar o botão.

Cadê a porcaria de uma meia quando você precisa dela?

— Ah — exclama Natália, como se pensar em ligar o dispositivo tivesse dado um novo sopro de vida a ela. — Aí vai, Dean.

— Meu Deus. Caralho. Puta merda. Que. Porra. É. Essa?

Dessa vez, a dor é tão intensa que solto o cinto e me deito, esticando meu corpo no banco de trás e pressionando as solas dos meus sapatos contra a janela. Sinto espasmos nas costas.

— Faz. Isso. Parar. Faz. Isso. Parar.

Estou chorando. De verdade. Agarro meu cabelo, puxando-o na esperança de transferir um pouco do desconforto para outro lugar, mas tudo o que consigo fazer é me sentir como se estivesse pegando fogo da cabeça aos pés. Curvo todo o corpo e gemo. Vou desmaiar a qualquer momento.

O carro para no momento em que o celular de Natália toca.

— Paulo! — exclama enquanto Solange corre para abrir a porta para ela. — Onde você está?

Ela e Paulo conversam enquanto eu arranco os eletrodos do meu corpo. Natália, de repente ágil pra cacete, sai do carro com o celular no ouvido. Enquanto isso, ainda estou com dificuldades para me sentar.

A porta de trás se abre e Solange me puxa pelo braço.

— Vamos, homem jovem e atlético. Você foi fenomenal, mas acho que seu trabalho por aqui acabou.

— Não fale comigo — digo, fugindo das mãos dela. — E não dê risada.

— Tá bom, tá bom — diz ela, se afastando com um enorme sorriso no rosto, as mãos erguidas em rendição. — Vou estacionar o carro.

Um enfermeiro com uma cadeira de rodas nos recebe na entrada da sala de emergência do hospital. Estou curvado, com uma mão nas costas e a bolsa de maternidade ao meu lado, enquanto tento ajudar Natália, que sobe lentamente pela ladeira de cimento.

— Quem é o paciente? — pergunta o piadista.

— Muito engraçado. Ela é a futura mamãe — digo.

O enfermeiro ajuda Natália a se acomodar na cadeira de rodas. Que bom, porque ainda estou recuperando o fôlego. Com Natália em segurança e pronta para ser transportada, as mãos segurando os braços da cadeira de rodas e a bolsa pendurada em uma das manoplas, o enfermeiro vai empurrando a gestante hospital adentro.

Examino o lado de fora à procura de Solange e localizo com facilidade seu cabelo esvoaçante enquanto ela trota pelo estacionamento de visitantes.

Está ofegante quando chega até mim, as bochechas levemente vermelhas.

— Você, meu amigo, foi incrível, mas agora pode mesmo encerrar a noite por aqui.

E perder um evento raro como este? De jeito nenhum. Não venho de uma família grande. Minha mãe não tem irmãos, e perdeu todo contato com os pais antes de eu nascer. Por razões óbvias, nunca conheci meus avós por parte de pai. Caramba, nem sei se eles estão vivos. Então isso — mães, tias e primos se reunindo para celebrar um nascimento — é algo novo para mim. Quero viver esse momento, mesmo que passivamente. Além disso, não quero que a noite acabe ainda. Eu *gosto* da Solange. Como pessoa. E posso deixar a atração que sinto de lado se isso significa passar mais tempo com ela.

— Pode esquecer, Pereira — digo, enquanto massageio minha barriga. — Entrei nessa pra valer. Vou ficar aqui e andar de um lado para o outro na sala da espera e tudo mais.

Ela sorri, e a alegria de ouvir minha declaração parece iluminá-la por dentro e espalhar uma explosão de brilho em todas as direções. Toda aquela maldita dor valeu a pena para vê-la assim.

— Tudo bem, então vamos andar para lá e para cá juntos — diz ela.

Gosto dessa ideia. Nós. Juntos. Talvez goste mais do que deveria. Mas eu *consigo* ser só amigo dela e aceitar o que vier no pacote. Mesmo que o pacote seja uma noite que começa em um clube de sexo e termina com um simulador de contrações de parto.

E sabe o que é ainda mais louco do que essa noite tão louca? Eu não mudaria nem um segundo dela e, se tivesse a chance, faria tudo de novo.

* * *

Depois de analisar as áreas de espera privadas do hospital — cada uma com sua própria televisão, geladeira, mesa de jantar e sofá —, Solange e eu ocupamos uma sala vazia. Limpamos a maior parte das superfícies (ideia minha) e ficamos do lado de fora da porta para que Lina e Max nos encontrem com facilidade quando chegarem.

Ouvimos o barulho do elevador no corredor e, quando a porta se abre, um grupo de pessoas sai correndo, nenhuma delas Lina ou Max. Uma mulher alta, negra e imponente de meia-idade, com mechas grisalhas, lidera o ataque como se estivesse pronta para a batalha.

— Essa é a tia Viviane — explica Solange. — A mãe da Natália e a mais velha das três irmãs.

Quando a tia se aproxima, Solange balança a cabeça.

— Nossa, tia, que batom bonito. Tenho certeza de que o bebê vai amar.

Tia Viviane balança a mão como se espantasse um inseto que teve a audácia de zumbir perto dela, mas sua boca se ergue nos cantos, um indício de que secretamente se diverte com a piada no momento certo de Solange.

— Onde ela está? Para onde eu vou?

Solange aponta para a enfermaria.

— Lá.

Tia Viviane agarra a bolsa e vai a passos largos para a enfermaria, desaparecendo atrás das portas duplas que levam para as salas de parto.

Todos os outros se posicionam na sala de espera que escolhemos.

Não é que a família de Solange mude a energia do ambiente. Não, eles *são* a energia do ambiente — sintonizados em volume máximo —, e estão somente em cinco aqui. É um espaço apertado, mas eles conseguem girar e contornar em um esforço barulhento e coreografado perfeitamente para permitir que todos tenham espaço. Duas mulheres de meia-idade vão até o balcão ao lado da geladeira e tiram recipientes embrulhados em papel-alumínio de sacolas de papel, enquanto um cara corpulento com braços e coxas que fazem os meus parecerem gravetos coloca garrafas de refrigerante de dois litros na mesa da sala de jantar.

— Essa é minha mãe, Izabel — comenta Solange, se aproximando. — A outra é a tia Mariana, mãe da Lina e do Rey.

Respiro fundo e sinto o aroma de baunilha de Solange de novo. Não consigo evitar. Sou doido por biscoitos amanteigados e, ao sentir o perfume dela, tenho vontade de pressionar a boca em seu pescoço e mordiscar. *Não pense na festa. Não pense na festa.* De alguma forma, apesar da dificuldade para me concentrar, consigo pensar em uma pergunta decente.

— Rey é o grandão ali, certo?

— Aham — diz, assentindo enquanto os observa tirar os recipientes. — Já apresento vocês.

— Será que a gente devia ajudar?

Ela balança a cabeça.

— Nah, isso aqui é uma operação militar. A não ser que você tenha passado pelo treinamento intenso, é melhor ficar de fora quando elas estão no modo arrumação.

— Jamais ousaria interferir.

Solange aponta para as sacolas e potes.

— Mas o que é tudo isso que vocês trouxeram?

— Comida, é claro — responde a mãe dela. — Vamos precisar de alguma coisa para comer enquanto esperamos.

— Nada pesado demais — complementa a mãe de Lina. — Sanduíches. Um pouco de salada. Algumas frutas.

Solange resmunga.

— Gente, pelo amor de Deus, isso não é um churrasco.

— Shhhh — digo para ela, batendo com gentileza no topo de sua cabeça. — Se elas querem compartilhar seus dons com a gente, quem é você para reclamar?

Ela fica boquiaberta, mas seus olhos brilham de divertimento.

— Você me *bateu*?

— Foi um tapinha amoroso, nada demais. — Estremeço ao dizer essa palavra. — Digo, um tapinha carinhoso, de amizade.

— Obrigada por me explicar — brinca, a voz cheia de sarcasmo enquanto revira os olhos com uma lentidão atroz.

— E esse, quem é? — pergunta Mariana com um tom agradável, os olhos parando em mim.

— Esse é Dean — anuncia Solange. — O melhor amigo de Max.

Essa descrição me incomoda. É assim que ela me vê? Um cara para quem fez um favor por ser o *melhor amigo do Max*.

Talvez ela perceba alguma coisa em minha expressão, porque acrescenta apressadamente:

— E meu amigo também, é claro. Estou ajudando ele com um projeto do trabalho, então ele estava por perto quando Natália ligou.

Mariana ergue o queixo.

— Dean? Por que esse nome me...

Ela arregala os olhos ao se lembrar, então vem até mim e segura minha mão.

— Você está bem, filho?

Rey, que já se serviu de um prato de comida, balança a cabeça.

— A sutileza não é mesmo seu forte, né, Ma?

Há simpatia na expressão de Mariana, e me pego reavaliando minha decisão de estar aqui. Ela obviamente sabe do casamento cancelado, apesar de não deixar isso explícito. Nunca parei para pensar que alguém da família de Solange poderia saber ou se importar com isso, mas Lina ajudou a planejar o casamento, então o assunto deve ter surgido, mesmo que brevemente.

— Estou bem. — É tudo o que consigo responder. Quer dizer, o que mais poderia dizer?

A mãe de Solange coloca a mão na cintura e analisa meu rosto; está segurando algum tipo de petisco nas mãos.

— Você precisa de comida, filho. Está muito magro.

— Como é?

Ela balança a cabeça como se estivesse se reprimindo em silêncio.

— Comida. Você precisa de comida. É alto demais para ser tão magro — diz ela, e estica a mão livre. — Vem. Vamos fazer alguma coisa para colocar mais carne nesses ossos.

Olho para Solange à procura de ajuda ou de uma forma de responder.

— É melhor aceitar, cara — diz Max da porta. — Fazer você engordar dois quilos em uma única refeição é um dom das pessoas mais velhas do Brasil. As **tias** não vão descansar até que você esteja tão fofinho quanto eu.

— Fofinho, é? — pergunto, erguendo uma sobrancelha enquanto deixo a mãe de Solange me guiar até o pequeno banquete preparado pelas irmãs. — É assim que chamam hoje em dia?

A resposta malcriada de Max é abafada pela nova rodada de conversas animadas que a chegada deles provoca. Não consigo deixar de sorrir quando Mariana aperta as bochechas de Max e depois o envolve em um abraço de urso cômico, visto que ela é bem pequena.

— Alguma notícia? — pergunta Lina.

Balançamos a cabeça e, antes que alguém possa responder, ela já saiu pela porta — à procura de respostas, com certeza.

Izabel me entrega alguma coisa embrulhada em papel-alumínio.

— Aqui.

Eu desembrulho o que ela me entregou, e um cheiro maravilhoso de alho e especiarias penetra minhas narinas.

— Meu Deus, o que é isso?

— **Sanduíche de fraldinha na manteiga e alho**.

— Que é...?

— **Fraldinha** é o que chamam de *flank steak* aqui nos Estados Unidos. A gente passa na manteiga com alho e joga dentro de um pão bem fofinho.

Subo e desço minhas sobrancelhas para ela.

— Nossa, repete isso. Só mais uma vez. E falando devagar.

Ela ri e me empurra com o ombro. É um gesto pequeno, mas que mostra certa familiaridade e que me parece tão cheio de significado quanto um abraço. Estou cercado por Solange e a família dela, e me sinto parte deste pequeno grupo, como se pertencesse aqui. Como se estivesse conquistando meu lugar no mundo de Solange, e ela não visse problema nisso. Uma das consequências de sempre dizer às mulheres o que podem esperar de mim é que raramente sou convidado para conhecer os pais. Até que veio Ella. Que tinha seus próprios motivos para me deixar fazer parte de sua vida. Então, sim, estou gostando deste momento. Mas não deixo de notar que nenhum dos maridos está presente, e me pergunto se eles são o tipo de homem que fazem promessas que não conseguem manter. Solange com certeza acredita que o pai dela é assim; talvez ele ainda estivesse presente na vida dela se tivesse sido honesto em relação às suas limitações.

— Você não quer provar? — pergunta Izabel, com uma expressão desanimada.

— Acho que ele quer lavar as mãos antes — responde Solange.

Ela não está errada, mas o antisséptico tamanho viagem no meu bolso da frente é um substituto à altura; tranquilizo a mãe de Solange enquanto o aplico nas mãos.

— Ah não, não é isso. Só estava pensando numa coisa.

Dou uma mordida no sanduíche e, depois de mastigar um pouco, faço um gesto imitando o beijo do chef.

— Está delicioso. Muito, muito gostoso.

Izabel sorri para mim, e é como se eu estivesse de volta ao ensino fundamental, quando tudo que eu queria era ser o queridinho da professora. Meu cérebro aparentemente não quer nada além de estrelinhas douradas das mulheres Pereira.

— Sai da frente, novato — exclama Rey. — Quero repetir e você está no meu caminho.

Enquanto Solange e eu vamos até o sofá, Lina retorna, a testa franzida em preocupação. Ela começa a andar de um lado para o outro próximo à porta.

— Não entendo como vocês conseguem comer num momento como esse — reclama, olhando de soslaio para todos nós.

Max se levanta de onde estava sentado e coloca um braço em volta da namorada, fazendo-a parar de andar.

— Vamos tomar café. Vai te ajudar a pensar em outra coisa até recebermos notícias — diz ele, e aponta para o grupo. — Alguém mais quer café?

— Com certeza — diz Solange.

— Eu também — acrescento e coloco o prato de papel no colo. — Com creme e açúcar para mim. Preto, sem açúcar e bem quente para a Solange.

Quando olho para a frente, todos estão me encarando.

— O quê?

— Isso foi bem específico — alfineta Max, com um sorriso satisfeito.

— Anotado.

Quando Max e Lina saem, o marido de Natália, Paulo, surge na porta, arfando como se tivesse corrido da Bay Bridge até aqui.

— Cheguei!

A mãe de Solange aponta para o fim do corredor.

— Vai lá falar com a enfermeira, filho.

Com o paletó pendurado no polegar e a gravata na outra mão, ele sai correndo — na direção errada. Segundos depois, passa sibilando pela sala, a expressão panicada.

Rey ri.

— Parece que o Paulo nem viu o caminhão que o atropelou. Acho que acabou de perceber que a vida dele nunca mais vai ser a mesma.

— De um jeito positivo, mas sim — diz Izabel.

Rey torce o canto da boca.

— Se a privação para sempre de uma noite inteira de sono é uma coisa positiva, então sim, foi isso mesmo que eu quis dizer.

Mariana e Izabel se olham, divertidas, e voltam a distribuir comida — principalmente para Rey.

— Lembre-se, filho, eles não estão sozinhos nessa — comenta a mãe de Solange. — Eles têm a todos nós. E vamos mimar essa criança como se fosse nossa. — Ela olha para a filha. — E isso serve para qualquer pessoa nessa família que venha a ter filhos um dia. É assim que fazemos.

Solange, que comia seu sanduíche com alegria, congela entre uma mordida e outra, mas não diz nada. Talvez ela não queira filhos. Ou talvez não goste de se sentir pressionada a tê-los. Nunca chegamos a conversar a respeito disso. E por que o faríamos? Ainda assim, devo confessar que estou curioso para saber o que ela acha. É mais uma informação a seu respeito que eu adoraria ter.

— Bom, não olhem para mim — resmunga Rey. — Não consigo nem ficar com um namorado por mais de duas semanas.

— Não olhem para mim também — complementa Solange. — É difícil cuidar de bebês quando você passa a vida viajando pelo país.

Bom, eis parte da resposta, acho: ela não pensa em ter filhos tão cedo. Mas, para além disso, finalmente me dou conta de que Solange vai embora até março, e que amanhã é, literalmente, o primeiro dia de agosto. Esse era o combinado, não? Então por que a *sensação* é de algo tão significativo? E não é *significativo pra caralho* que a *sensação* seja de algo tão significativo? Puta merda, alguém me dá um tapa, por favor.

O som dos passos apressados me resgata e impede que eu me afogue na minha própria areia movediça mental. Em segundos, Paulo e Viviane aparecem na soleira, ambos com batas e toucas hospitalares.

— É um menino! — exclamam em uníssono.

Todos se reúnem em torno do novo pai e avó e fazem mais perguntas do que podem responder:

— *Como a Natália está?*

— *Ela xingou pra caramba?*

— *Qual o nome do bebê?*

— *O bebê está bem?*

— *Quando vamos poder vê-lo?*

Sou eu quem faço a última pergunta. Estou tão animado quanto todo mundo para ver o mais novo membro da família. Isso sempre fez parte dos meus planos: ter uma criança em minha vida. Eu quero criar novas tradições. Ser um lugar quentinho e seguro onde ela vai repousar a cabeça. Cultivar seus sonhos. Fazer coisas bobas como fortes de cobertores ou deixar biscoitos para o Papai Noel. Eu não tive nada disso, mas vou me certificar de que meu filho tenha uma infância bem diferente.

Paulo ergue a mão para fazer todos ficarem quietos.

— Natália está ótima. Ela foi maravilhosa. O nome do bebê é Sebastian, e ele vai ser trazido para o berçário em breve — diz ele, passando a mão pelo rosto, a expressão ficando séria. — Infelizmente eu não cheguei a tempo de trazer Natália, mas nunca duvidei que ela estaria bem, porque sabia que vocês estavam ao lado dela. Então, obrigado, pessoal.

Não posso deixar de sentir inveja de Paulo, por ter sido tão bem recebido nessa família. Se eu estivesse no lugar dele, não teria certeza de quantas pessoas teriam colaborado da forma que Solange e seus parentes fizeram hoje. Minha mãe é inconstante demais, e, se sua última aventura servir de parâmetro, ela não vai mudar de rumo tão cedo. Max estaria presente, não tenho dúvidas disso — e com certeza sou grato pela amizade que temos —, mas ver esta família se unir por causa do nascimento de Sebastian me lembra que tenho muito poucas pessoas ao meu lado. Olho para Solange, imaginando como seria contar com ela.

Como se pudesse ler meus pensamentos, Solange surge ao meu lado, me tirando da minha festa secreta da autopiedade.

— Oi.

— Oi — digo, ainda observando Paulo e Viviane desfrutarem da alegria de ter um recém-nascido em suas vidas.

— Me avisa quando quiser ir embora que eu te acompanho até a porta.

Olho de canto de olho para ela, por bastante tempo.

— Tentando se livrar de mim, Pereira?

— *Moi*? — diz, os olhos arregalados, as mãos no peito. — Nunca.

— Que bom. Queria conhecer o Sebastian antes de ir embora.

Solange e eu não temos muito tempo juntos. Pretendo aproveitar ao máximo.

Capítulo Dezoito

SOLANGE

— Gente, mas ele não é uma gracinha? — digo, olhando sonhadoramente para Dean enquanto esperamos o elevador.

Dean concorda, um sorriso fraco podendo ser notado no canto de sua boca.

— E os pulmões funcionam muito bem.

— Já consigo até imaginar a batalha de gritos entre ele e a Natália. Vai ser épico.

Dean se despediu de todos, e me ofereci para ir até o saguão com ele. Um elevador está parado desde que chegamos aqui, e o outro começou no topo e está parando em todos os andares. Quando enfim chega no nosso, está abarrotado de gente. *Óbvio*. Ergo a mão para as pessoas lá dentro, que nos lançam olhares mortais por sequer pensarmos em entrar.

— Vamos esperar.

— Vamos descer de escadas — sugere Dean. — Depois de ficar retorcido que nem pretzel no seu carrinho de bate-bate, essa é uma boa desculpa para esticar as pernas.

Estreito os olhos para ele, minha versão do olhar mortal.

— Será que preciso te lembrar que você ainda precisa da minha ajuda na quarta? Acho que devia ser mais legal com a pessoa que está salvando sua pele.

— É, tem razão — brinca, me puxando em seus braços e me virando na direção das escadas. — O lembrete funcionou e estou devidamente repreendido.

Ele me segura em um abraço frouxo, como se abraçasse um amigo, mas, depois da noite que tivemos, minha reação ao seu toque decididamente não é amigável. Meu Deus, por que ele está sempre tão cheiroso, independentemente do perfume que escolha usar? Com meu rosto a centímetros de seu pescoço, respiro os aromas doces e enfumaçados que irradiam de sua pele, uma combinação inebriante que me lembra canela torrada polvilhada na torta de maçã quente. Hmm, Dean à la mode. *Essa* sim seria uma indulgência deliciosa.

Desfruto com alegria do calor do corpo de Dean e fico surpresa quando ele se afasta para abrir a porta.

— Ah, espera — ironiza, com os olhos arregalados, um teatrinho se aproximando. — Não posso ficar tão perto assim de você, né? Você não usou a palavra de segurança.

Seria hipocrisia da minha parte agradecer pelo lembrete, já que não tenho interesse algum em segui-lo. Passo pelo batente e olho para ele.

— Esse é seu jeito de me dizer que só vai tocar em mim se estivermos fingindo? Por Deus, Chapman. Não é assim que se faz uma mulher se sentir desejada.

Desço as escadas na frente dele e, quando me aproximo do patamar do segundo andar, ele me puxa com delicadeza pela manga, me fazendo parar. Eu não me viro. Apenas espero, minha barriga se revirando tanto que parece prestes a despencar.

— É isso que você acha? — pergunta. — Que eu não desejo você?

Eu estava brincando, apesar de agora achar que não ficou claro. Adoraria olhar para ele, mas tenho medo de me mover. Será que sua expressão está tão intensa quanto sua voz? Será que seus olhos cor de mel estão tranquilos ou turvos de desejo? *Droga, droga, droga.* De que adianta fazer essas perguntas? É melhor ele ir embora e é melhor eu voltar para perto da minha família lá em cima. Quando me viro para dizer isso, ele está apenas um degrau acima de mim, as costas apoiadas no corrimão e tão próximo que consigo ver todos os detalhes de seu rosto lindo. A expressão é de pura intensidade e os olhos estão, com toda a certeza, turvos de desejo.

— Não liga para o que digo, tá? — digo, sem encará-lo diretamente. — Foi um dia muito longo e estou exausta. Seria melhor não levar nada do que digo a sério.

— E mesmo assim, é exatamente isso que estou fazendo — diz ele sem hesitar. — Acho que, no mínimo, preciso deixar claro que quero tanto você, que a vontade de te tocar chega a doer. Mas...

Em vez de terminar de falar, ele fecha os olhos. Ainda assim, não é difícil entender tudo o que ele não diz.

Mas... nós não combinamos isso.

Mas... você vai embora.

Mas... se dermos vazão a isso, um de nós vai sair machucado — e vai ser você.

Estou tomada pela certeza de que um grande erro está ganhando força e vindo em minha direção. Sendo sincera, seria ótimo se alguém colocasse algum juízo na minha cabeça, mas desconfio de que, quando se trata de Dean, estou deixando a lógica para trás, conscientemente expondo meu coração a ferimentos. Sou esperta demais para isso. Eu *sei* que sou. Não tenho interesse algum em ser a diversão temporária de ninguém, e Dean já deixou bem claro que romance está fora de sua alçada. Então, por que é tão difícil ouvir os sinais de alerta?

Porque você gosta dele, diz uma voz em minha cabeça. *E você se sente atraída por ele. E a sinceridade dele é desarmante; você não pode dizer que ele te enganou se desde o princípio ele foi honesto quanto ao que sente.*

Pensando em tudo o que aconteceu esta noite, desde nossas interações na orgia até o desconforto físico a que ele se submeteu para que Natália pudesse viver o trabalho de parto que ela imaginou, penso no quanto Dean tem sido receptivo, honesto e *presente* para mim em todos os sentidos. E agora, nesta escada mal iluminada, depois de uma noite caótica que ainda não acabou, quero seus lábios nos meus mais uma vez. Só mais uma. Então subo até seu degrau e apoio minha mão em seu abdômen.

— Então tira tudo isso da cabeça e vai em frente. Me toca.

— Solange.

Há surpresa em sua voz, como se eu tivesse lhe dado um presente que nunca esperaria receber.

Apoio minha testa em seu peito. De repente, seus dedos estão no meu cabelo, massageando lentamente minha cabeça, até que ele levanta meu queixo para que fiquemos de frente um para o outro.

— Posso te beijar?

A pergunta irrompe em sua garganta e destrói minhas últimas defesas.

— Pode.

Ele desce um degrau, então pega minha mão e me guia até ele, a mudança de posição nos deixando a centímetros de distância. Um beijo para Dean não é apenas um encontro de bocas. Não, começa com o polegar passando devagar em meu lábio inferior, faz a transição para um beijo suave acima do meu arco de Cupido e continua com um roçar entre nossas bochechas enquanto ele sente meu cheiro.

Espero e espero e espero, até não conseguir mais e o puxo para mais perto, assumido o controle. Mordo seu lábio, não com força, mas forte o suficiente para que ele saiba que quero mais. Mais rápido, mais intenso, mais forte. *Se entrega,* dizem minhas mãos, minha boca, meus dentes. Ele obedece, a mão envolvendo meu pescoço e a boca em um ritmo delicioso, profundo mas frenético.

— Me toca — sussurro quando paramos para respirar. — Cada pedacinho de mim.

Assim de perto, posso ver que suas pupilas estão dilatadas, os olhos tão escurecidos pela luxúria que parecem castanhos. Nos encaramos, nossos olhares pulando de um lugar para o outro enquanto ele levanta minha camisa e desliza a mão sob o cós da minha calça.

Arfo, a boca aberta em antecipação. Tremendo de desejo, tento instigá-lo com o olhar. *Isso, me toca lá. Me faz ficar molhada. Me faz gozar.*

Ele desliza o dedo por cima da minha calcinha, ao longo da minha fenda, então outro dedo se junta enquanto o primeiro refaz seus passos.

— Por favor — digo, a boca encostada em sua bochecha.

Os dedos mergulham sob o tecido e, finalmente, finalmente, pousam em meu clitóris, desenhando círculos torturantemente lentos. Deus. Não é o bastante e é coisa demais. Dou um longo gemido, meu corpo inteiro formigando.

— Assim? — pergunta, sua respiração acima dos meus olhos.

— Aham, assim mesmo — sussurro.

— Ah, cacete, Solange. Você é tão macia...

Minha pele está retesada, a tensão em meus braços e pernas esticando-a ao máximo, as sensações evocadas pelo toque de Dean sem escapatória, crescendo e crescendo dentro de mim.

— Deixa eu levar você pra casa — diz ele, sua voz áspera e urgente enquanto seus dedos talentosos mergulham em meu calor escorregadio.
— Passa a noite comigo.

A palavra *sim* paira no ar, até que o som de alguém empurrando a trava de metal de uma porta acima de nós ecoa na escada e me arranca do torpor.

Ele tira a mão da minha calça e cuidadosamente ajeita minha blusa. Eu pisco até acostumar a visão e tento me concentrar na situação. Estamos em uma escada de hospital, não muito diferente daquela em que eu estava quando descobri a noiva dele, *três semanas atrás*. Lembrar disso é o banho de água fria que eu precisava.

— É melhor eu voltar. Eles devem estar se perguntando onde estou. Vamos esquecer que...

Eu gesticulo ao meu redor como se dissesse *nós*. Vamos *nos* esquecer. Como uma ideia. Como uma possibilidade.

Ele pigarreia e assente com a cabeça uma vez.

— Ok, entendido.

Seu rosto está corado, seus lábios estão molhados e seu cabelo está adoravelmente despenteado. Nota mental: quanto mais desgrenhada for a aparência dele, mais difícil vai ser resistir.

Eu limpo minha calça sem nenhum motivo.

— Bem, mais uma saída e pronto, certo?

Ele ergue a sobrancelha, embora eu não quisesse que soasse tão definitivo. Estou prestes a esclarecer, mas minha mãe aparece no alto do patamar.

Que merda...?

Como?

Por quê?

— Filha, você está indo embora? — pergunta, seu olhar indo para Dean antes de voltar para mim.

— Não, só um segundinho e já subo.

— Ok, tá bom. Eu queria perguntar se você ainda quer ir ao jardim comunitário amanhã.

— Sim, vamos. A gente já fala sobre isso, vou subir em um segundo, ok?

Arregalo os olhos, mas ela finge não entender que estou pedindo para ela desaparecer, o que imediatamente me faz desconfiar de sua motivação para estar aqui.

— Ah, sem problemas. — Ela pisca para Dean. — Prazer em conhecer você, filho.

— Prazer em conhecer a senhora também, sra. Pereira — diz ele, com um tom divertido.

Então minha mãe se vira, abre a porta de saída e some da nossa vista. Eu balanço a cabeça.

— Não faço ideia do que foi isso.

— Coisa de mãe, eu acho — diz ele, com um sorriso de cumplicidade.

— Coisa de mãe intrometida, você quer dizer. — Aponto com o polegar por cima do ombro. — Seja como for, é melhor eu ir. Falo com você em breve.

— Tchau, Solange — fala ele.

— Tchau — respondo, dando um aceno aparentemente despreocupado enquanto subo as escadas correndo.

Claro, não posso mudar o que aconteceu entre nós, mas *posso* garantir que *nada mais* aconteça. Vai ficar tudo bem. Vai ficar tudo muito bem. Estamos a apenas uma saída de terminar nosso namoro de mentira, então Dean e eu podemos seguir em frente com nossas vidas rotineiras.

Separados, é claro.

Domingo à tarde, minha mãe e eu nos encontramos no jardim comunitário do Lanier Heights. Preparar quatro dúzias de lotes de terra, cada uma medindo aproximadamente quatro metros quadrados, deveria ser bastante fácil, mas estamos passando por uma crise de gerência — tem cozinheiros demais para uma cozinha só.

Cindy, uma mulher branca de meia-idade que acha que quanto mais estampa de animal, melhor, e Danilo, um jovem ajudante de cozinha filipino que *ainda* não me mandou sua receita de frango adobo que, de acordo com ele, é famosa no mundo inteiro, estão debatendo a padronagem há meia hora.

Ao meu lado, minha mãe suspira, depois sussurra em meu ouvido:

— Os lotes precisam ser separados com cercas ou vão se contaminar.

— Contaminação cruzada, você quer dizer?

— Sim. E usar pedras para o pátio seria um sacrifício maior para os joelhos de quem faz jardinagem. Grama é melhor.

— Por que você não diz alguma coisa, então?

Ela dá de ombros.

— Porque o jardim não é meu. Só estou aqui para ajudar você.

Isso é o que ela pensa. Ela está aqui para ser inspirada. E, com sorte, para voltar a se interessar por flores e plantas. Mas ela não se deixou levar pela discussão até agora, e não posso dizer que a culpo. As vozes de Cindy e Danilo se elevam, e um terceiro voluntário, que não conheço, parece prestes a entrar na briga. Já chega.

Eu limpo minha garganta para chamar a atenção deles.

— Então, pelo que entendi, independente da configuração do plantio, a gente precisa mexer no solo, né?

Todos concordam.

— Minha mãe e eu podemos trabalhar nisso enquanto vocês continuam debatendo? — Olho para o meu relógio. — Porque precisamos ir embora daqui a pouco.

E estamos cansadas de ficar paradas.

— Ok. É sempre bom ter ajuda com isso — diz Cindy, e aponta para o canto direito do jardim. — O composto está logo ali.

— Ótimo. Vamos começar, então.

Dez minutos depois, espalhamos uma camada de composto sobre a área escolhida e estamos revirando o solo com pás. A tarefa repetitiva nos permite conversar com relativa facilidade.

— Viviane não para de falar de Sebastian — diz minha mãe com um sorriso. — Ela está tão feliz.

— Estamos todos. Ele é o primeiro bebê da próxima geração. É muito importante.

— Espero que ele cresça com os primos, como você. Consigo me ver mimando todos eles. Isso não seria legal?

— Hmm, sim.

Essa é a minha resposta, em parte porque não acho que ela apreciaria qualquer outra coisa que eu dissesse sobre o assunto. A pergunta dela, porém, apenas reforça o que eu já suspeitava: ficar em D.C. não é a melhor decisão para nenhuma de nós. Preciso traçar meu próprio caminho e ela precisa se redefinir como mais do que a mãe de alguém. Mesmo agora, ela espera que eu volte para casa e permita que assuma o único papel que já conheceu. Ela se sacrificou tanto e por tanto tempo que não acho que saiba fazer ou ser outra coisa. Mas minha mãe tinha sonhos. Antes do meu pai, antes de mim, antes que suas irmãs a convencessem de que abrir a mercearia ajudaria a sustentar todos nós. Agora ela está presa. E se continuar usando nosso relacionamento como farol, temo que nunca mais tenha vontade de correr atrás dos próprios sonhos. Só que ela merece ter uma vida própria, uma felicidade própria. Isso é tudo que mais quero para ela.

Sim, minha mãe e suas irmãs construíram a fortaleza familiar em que meus primos e eu crescemos, e sou grata por tudo que fizeram por nós. Mas Viviane e Mariana têm plena convicção de que passarão a liderança para nós, enquanto minha mãe parece relutante em abrir mão de seu papel de cuidadora. E claro, criar filhos, sejam biológicos ou adotivos, não está fora de questão, mas não tenho pressa e certamente não espero que minha mãe dedique a maior parte de seu tempo cuidando deles.

— Me fala sobre o Dean — pede ela, sem olhar nos meus olhos enquanto muda de assunto com habilidade. — Ele parece ser um amor de pessoa.

— Ele é um amigo — afirmo categoricamente. — É isso, **mãe**. Não tenha ideias.

Ela se afasta e descansa as mãos no colo.

— Tão defensiva, filha. — Ela torce o nariz. — Qual é o projeto em que vocês estão trabalhando juntos?

— É uma longa história.

— Temos muito composto.

Não posso deixar de rir.

— Touché.

Faço um resumo do meu plano com Dean, e a boca dela se abre da mesma forma que a minha quando Dean propôs seu esquema pela primeira vez. Quando termino, ela balança a cabeça.

— Uau, uau, uau. **Que confusão!**

— Pois é, eu sei bem.

— Então por que ele não pode fingir ser seu namorado quando a Cláudia vier no próximo fim de semana? Em vez de Brandon?

Balanço a cabeça como um papagaio irritado.

— Não, não, não. Temos mais um encontro e depois preciso sair dessa.

— Porque você gosta dele — diz minha mãe enquanto estuda minha reação à sua declaração.

— Porque não adianta prolongar o inevitável. Eu vou embora em breve. Talvez.

Ela se prende à palavra *talvez* e se anima.

— O que quer dizer com "talvez"? Você teve alguma notícia da escola?

Eu gostaria de poder mentir para minha mãe, mas sempre que abro a boca para fazê-lo, a tentativa é rejeitada, como se meu cérebro tivesse descoberto como tornar isso fisicamente impossível.

— Aham, eles me fizeram uma oferta permanente. — Deixo a pá cair e ergo as mãos. — Mas por favor, espera aí. Eu tenho noventa por cento de certeza de que não vou aceitar.

— Por quê? — pergunta ela, bufando.

— Por muitos motivos, **mãe**. Eu me comprometeria a ficar na cidade e não tenho certeza se aqui é o melhor lugar para mim. Além disso, eles querem que eu implemente um novo currículo, e se não der certo? Ou os alunos não se adaptarem ao programa? Não quero ficar presa se, no fim das contas, essa decisão não for boa.

Ela franze as sobrancelhas e uma linha aparece entre elas.

— Então você vai presumir que todas essas coisas ruins vão acontecer e é isso?

Eu resmungo. Agora nós duas estamos frustradas.

— Eu não quero tomar uma decisão ruim e depois ficar me perguntando como saí tanto dos trilhos, sabe?

Ela olha para as mãos e as flexiona.

— Porque é isso que você acha que aconteceu comigo.

Sua voz é suave e cheia de mágoa, e agora eu quero me bater com a pá.

— Mãe, não, eu não poderia sentir mais orgulho do que sinto de você. Mas você já desistiu de muitas coisas, e me preocupo que você esteja esperando que eu conserte minha vida para que você saiba o que fazer com a sua.

— Solange, eu sou sua *mãe* — reclama, exasperada.

— Eu sei disso, mãe. Mas isso não é *tudo* que você é. Lembra que você disse que queria cultivar flores?

Floricultura, ela disse certa vez. Chegou até a passar os verões trabalhando no Jardim Botânico no Rio de Janeiro quando era jovem, dando vazão a esse interesse. Ela vira a cabeça e ri, uma certa cumplicidade em seu rosto.

— É isso que estamos fazendo aqui?

— Só pensei que seria uma forma de ajudar a despertar seu interesse em cultivar flores de novo. Talvez como uma carreira. — Eu abaixo a cabeça. — Mas percebi que confundi as coisas.

— Não, isso foi muito gentil da sua parte. — Ela pega minha mão. — Mas, filha, eu não abri mão de nada que não estivesse disposta a abrir mão. Tive você e fiz o que precisava fazer porque te amo de todo o coração. Não tem um único dia em que me arrependa disso. — Sua fala é feroz, como se fosse importante que eu entenda a força de sua convicção nesse ponto. — E assim como não vou te dizer o que fazer da sua vida, por favor, pode deixar que eu me preocupo com a minha.

— Mas eu sou sua *filha* — digo, espelhando sua exasperação de momentos atrás.

— Viu só? — brinca, apertando meu queixo. — É assim que me sinto em relação a você!

Afff. Ela é inteligente demais.

— Deixa eu perguntar uma coisa — diz ela. — Você contou a Dean sobre a oferta?

— Não, por que eu faria isso?

— Ah, a melhor pergunta é: por que não?

Merda. Minha mãe está me surpreendendo hoje. Tive muitas oportunidades de contar a Dean sobre a oferta, mas optei por não o fazer. Porque… e se a chance de um possível relacionamento com Dean influenciar a minha decisão e, no fim das contas, acabar sendo uma má escolha também? Quer dizer, não tem um *e se*. Isso *seria* uma péssima decisão minha.

Quando não respondo à sua pergunta retórica, ela acrescenta.

— Sabe, acho que quanto mais algo é importante para a gente, maior é a antecipação de perda se não der certo. Então a gente acaba se convencendo a não querer a coisa. Isso vale para o seu trabalho, e talvez para Dean. — Ela aponta para os pés. — Está vendo esses tênis? Eles são velhos. **Feios**. Foi fácil escolher esse par hoje de manhã porque não me importava se estragassem. Mas e se eu só tivesse sapatos bonitos? Seria muito mais difícil decidir quais usar.

— Não sei se estou entendendo — digo, balançando a cabeça. — Dean é um belo par de sapatos?

— Algo do tipo — conclui ela com um sorriso.

Pego a pá de novo e enfio na terra, frustrada. Mesmo agora, estou me perguntando o que Dean está fazendo. Estará no trabalho em um domingo? É bem provável. Ou será que está preparando algo em sua cozinha meticulosamente arrumada? Lendo um processo? Droga, isso é um problema. Então, sim, Dean é algo do tipo, com certeza. Só não sei o quê — e meu instinto me diz que é melhor continuar sem saber.

Capítulo Dezenove

DEAN

Estou mais nervoso para falar no Dia da Carreira do que costumo ficar no tribunal. Antes de mais nada, Kimberly e Nia estão na plateia, então estou ciente de que ainda devo agir no modo recrutamento. E, claro, estou falando com um bando de adolescentes, sendo que nenhum deles é branco e, dessa forma, as experiências de vida são bem diferentes das minhas. Eu gostaria de agregar valor à educação deles, não diminuir. Acima de tudo, não quero decepcionar Solange. Ela se esforça muito no trabalho que realiza aqui, e odiaria estragar tudo.

A boa notícia é que Solange se recusou a convidar Peter — "não vou sujeitar esses anjinhos àquele idiota", explicou ela —, e estou confortável com sua ausência, sobretudo porque ele tem sido particularmente irritante. No início da semana, quando Henderson perguntou sobre a festa, eu disse a ele que os planos foram cancelados, então Peter deve achar que não aconteceu nada e será insuportável no jantar mais tarde. *Levanta a cabeça, Dean. Já está quase acabando. Mas, antes, você precisa falar com esses adolescentes.*

Então, conto à turma sobre a preparação para a faculdade de direito e a especialização e os caminhos que percorri para me tornar advogado. Não levo muito tempo para fazer meu discurso, e a imagem que pinto da minha vida não é tão interessante ou atraente; parece pouco inspirada. Nossa, quando foi que me tornei essa pessoa sem graça? Não é de surpreender que muitos alunos estejam viajando; alguns nem tentam disfarçar o tédio em suas expressões.

Solange caminha para a frente da sala — para me salvar, provavelmente.

— Obrigado, sr. Chapman. Acho que este seria um ótimo momento para abrir espaço para perguntas. Lembrem-se do que conversamos, gente: nada muito pessoal.

— Onde você cresceu? — pergunta um garoto lá atrás.

— Minha mãe e eu nos mudávamos muito — digo. — Mas passei grande parte da vida em Delaware.

— Delaware? — pergunta outro aluno, como se eu tivesse acabado de anunciar que morava em Marte.

Eu olho para Solange, que voltou para o canto da sala e está escondendo um sorriso com a mão.

— Sim, é um estado de verdade, juro que ele existe. O presidente e a primeira-dama moram lá quando não estão na Casa Branca.

— O primeiro estado a ratificar a Constituição dos Estados Unidos — comenta Layla. — Certo, srta. Pereira?

Solange pisca para ela e assente com orgulho.

— Certo, Layla.

Cara, o puxa-saco que existe em mim reconhece facilmente o puxa-saco de outros professores. Layla é a de Solange.

— Já aconteceu alguma coisa engraçada com você no tribunal?

Isso de um garoto que estava cochilando há alguns minutos.

Eu penso por alguns instantes, então rio.

— Sim. Alguns anos atrás, meu melhor amigo, Max, disse que queria me ver em ação e então ele foi comigo ao meu primeiro julgamento. Era um caso pequeno. Não tinha nem júri, só o juiz. E o autor da demanda judicial estava representando a si mesmo. Max se sentou bem na frente, na segunda ou terceira fileira, talvez. Parecia um pai orgulhoso, todo ansioso para me ouvir atuar no caso e tal. Um tempo depois, enquanto eu interrogava uma testemunha, alguém começou a roncar alto no tribunal. Tipo, alto de verdade.

— Fala sério — diz um aluno, desabando sobre a carteira e balançando a cabeça. — Max dormiu, né?

— Exatamente. Mas o pior é que o juiz interrompeu o julgamento para dar uma bronca nele. Disse algo como: "Os espectadores são avisados de que devem prestar atenção aos procedimentos, ou o tribunal terá que removê-los". Então, sim, a partir desse dia Max foi proibido de ver meus julgamentos.

Um garoto que é tão alto quanto eu e cujo crachá diz "Héctor" pergunta a seguir.

— O que você faria hoje se não pudesse mais ser advogado?

— Ótima pergunta, Héctor — diz Solange.

— Se você me perguntasse isso dez anos atrás, eu teria dito: "eu seria um nadador profissional e competiria nas Olimpíadas", só que agora já é tarde demais para isso. Mas eu sei cozinhar. Faço isso desde criança. Então talvez eu estudasse para ser chef.

Alguns alunos assentem. Até que não está tão ruim. Eles parecem interessados. Engajados, até. Não estão tão falantes quanto na apresentação da Nia, mas estou me saindo bem.

— O que você mais gosta no seu trabalho? — pergunta Layla.

— Meu trabalho voluntário, ou *pro bono*, sem dúvida — respondo.

— O que isso quer dizer? — pergunta a aluna atrás de Layla.

— *Pro bono* vem da frase em latim *pro bono publico,* que quer dizer "para o bem do público". Basicamente, é a parte do meu trabalho que me permite representar as pessoas de graça quando elas precisam de ajuda, mas não podem pagar os honorários. Meu trabalho é garantir que as pessoas não sejam despejadas. Acreditem, não tem sensação melhor do que ganhar um caso para um cliente que recebeu ordem de despejo ou lidar com um senhorio desonesto.

Kimberly, que está encostada em uma mesa no lado direito da sala, pigarreia e levanta a mão.

Eu me endireito na cadeira.

— Sim, srta. Bailey?

— Você pode nos dizer algo que *não* gosta no seu trabalho? — pergunta. — Tipo, algo que ache intragável?

— *Intragável*? — pergunta um aluno, parecendo confuso.

— Difícil de aguentar — esclarece Kimberly.

Hum. Uma pergunta difícil. Eu poderia dizer algo banal — as longas horas de trabalho estão no topo da lista de defeitos e não necessariamente estragariam a imagem do escritório —, mas prometi ser honesto em relação às minhas experiências e não vou mudar de ideia agora. Se Kimberly vai ser minha colega, gostaria que ela soubesse no que está se metendo, e percebi que tenho dado uma versão distorcida da empresa, pelo simples fato de evitar falar de coisas desagradáveis. Então eu digo a verdade para ela — e para os alunos.

— Ser um associado é um desafio. Sempre temos que provar a que viemos. E os sócios balançam a promessa de sociedade bem diante dos nossos olhos para nos manter na linha. Eu gostaria que eles se preocupassem com a gente. Como pessoas, sabe? Mas não acho que façam isso de fato. No fim das contas, são só negócios. — Eu ergo um dedo no ar. — Mas o salário *é* bom. E, para um garoto que teve que correr atrás sozinho para entrar na faculdade de direito e se especializar, isso conta bastante.

Mas será que é o bastante? Já não tenho tanta certeza. Tenho progredido de forma estável há tanto tempo que nunca pensei em analisar se estou no caminho certo. Ou talvez eu tenha evitado pensar nisso de propósito. Porque, para o bem ou para o mal, este trabalho é uma âncora e, sem ele, eu estaria apenas flutuando. À deriva e sem rumo.

Olho para a frente e vejo Solange. Ela inclina a cabeça e sorri, o calor em sua expressão indo direto para o meu coração. Quero pensar que isso significa que ela está orgulhosa de mim. Porque, se for esse o caso, eu consideraria este dia um sucesso, independente do que vier a acontecer.

SOLANGE

Quando o Dia da Carreira termina, encontramos Peter e Molly no Jaleo, um restaurante espanhol em Penn Quarter. Nosso grupo chega a tempo da reserva, mas a mesa não está pronta.

— Pedimos desculpas pela espera, pessoal — diz a recepcionista atormentada. — Está bem movimentado hoje, mas vamos fazer o possível para que a mesa fique pronta o quanto antes. Enquanto isso, vocês podem se acomodar no lounge.

Peter bufa e parece pronto para causar uma cena e reclamar, mas Molly coloca a mão em seu braço e balança a cabeça, discreta. Surpreendentemente, ele cede. Quanto mais fico perto de Peter, mais percebo que ele tem se acalmado, ou talvez eu esteja apenas me acostumando com ele; este último pensamento é assustador.

Seguindo a sugestão da recepcionista, vamos até o lounge e encontramos assentos dispostos em um círculo grande o suficiente para acomodar nosso grupo.

Dean e eu escolhemos sentar em um banco acolchoado de espaldar alto, e eu me aconchego ao lado dele, com a esperança de demonstrar naturalidade entre nós. Ele entende a deixa e coloca a mão no meu colo. É uma encenação, um simples arranjo de nossos corpos destinado a transmitir nossa familiaridade um com o outro. Mas para mim é infinitamente mais complicado do que isso, porque naquele momento, com o dedo de Dean fazendo movimentos circulares na minha coxa, imagino como seria ser sua parceira de verdade, podendo absorver pequenos toques íntimos assim como se fosse algo trivial.

Meu cérebro tem muito o que explicar.

Peter pega um cardápio da mesa e o examina por alguns segundos.

— Solange, alguma dica do que pedir?

Bendito seja você, Peter. O tipo de pergunta que me faz pensar em outra coisa. Mas ao mesmo tempo: *vai pro inferno, Peter.* É um restaurante espanhol. Por que eu seria uma especialista no cardápio?

— Na verdade, não. Nunca estive na Espanha, então não saberia o que recomendar.

— Ah — diz Peter, franzindo a testa —, só pensei que, como algumas das descrições de comida parecem estar em espanhol, você poderia ajudar.

— No Brasil se fala português — rebato com naturalidade. — Outro colonizador.

Alguém ri, mas eu me recuso a olhar nos olhos de qualquer outra pessoa. Se a expressão de Peter fosse capturada em uma fotografia, a legenda seria "vai se ferrar".

— Você já esteve no Brasil, Solange? — pergunta Kimberly.

Assinto, grata pelo redirecionamento.

— Várias vezes. Nossa família mora no Rio e sempre fazemos uma grande reunião quando vamos para lá.

— Nia e eu passamos as férias no Brasil depois da formatura — comenta. — Foi o melhor presente que já demos a nós mesmas.

— Aonde vocês foram? — pergunto.

— Uma semana no Rio, alguns dias em São Paulo e uma semana em Salvador, na Bahia. Foi uma loucura, mas nos divertimos muito. As pessoas eram muito maravilhosas. Eu tinha lido sobre a Bahia, sobre a forte influência africana lá, mas ver aquilo em primeira mão foi totalmente diferente.

Nia concorda, entusiasmada.

— E sério, aquela comida? Incrível! — Ela se vira para Kimberly. — Lembra daquele lugar no Rio? Aquele a poucos minutos do nosso hotel? Tinha o pão mais gostoso do mundo e uns petiscos que eu comia sem cansar.

Meu Deus, estou ficando com fome só de ouvir.

— Você deve estar pensando em **salgadinhos**. Massa frita recheada com frango, carne ou queijo? Às vezes mais de um ingrediente?

— Isso! — exclama Nia, apontando o dedo em concordância. — É isso! Eu poderia comer isso o dia todo, todos os dias.

— Solange sabe onde você pode comprar aqui por perto — acrescenta Dean, balançando as sobrancelhas. — A mãe e as tias dela são donas de uma mercearia e café brasileiro em Wheaton, e olha, as **tias** sabem cozinhar.

Dean está todo bagunçado. Ele esteve com a minha mãe e minhas tias uma vez e agora já está as chamando de "as tias"? Ah, espera. Já entendi o que ele está fazendo. *Vamos lá, Solange. Vocês estão em um relacionamento de mentira, lembra?*

— Eu nunca estive no Brasil — diz Molly com um suspiro melancólico. — Mas ouço falar tanto da comida. Adoraria provar algum dia.

Peter estala os dedos.

— Tive uma ótima ideia. Já que esse lugar ainda não tem mesa para a gente, que tal deixarmos isso de lado e irmos para... Como se chama, Solange?

Engulo em seco antes de responder.

— Rio de Trigueiro.

— Certo — diz Peter, seu sorriso dissimulado e traiçoeiro. — Rio de Trigueiro. Tenho certeza de que *as tias* vão adorar ver você e o Dean, e aí podemos comer alguns desses salgaritos...

Aff. Ele é um idiota.

— *Salgadinhos*.

— Claro, claro — diz ele. — O que vocês acham?

Nia pula em seu assento e bate palmas.

— Ah, vamos? Seria uma excelente maneira de terminar esta viagem.

Ai meu Deus, isso parece um pesadelo. A gente chegou *tão perto* de encerrar esta farsa, mas uma visita ao Rio de Trigueiro é como andar num campo minado. Grandes chances de explodir.

Olho para Dean, tentando avaliar se ele está ciente do perigo. Meu Deus, isso é suor na testa dele?

Ele tira a mão do meu colo e se endireita.

— Não sei. Acho que está trânsito para chegar lá.

Molly, que não costuma contribuir muito para nossas conversas, de repente se manifesta.

— Eu vou para a Universidade de Maryland toda quarta-feira por causa da minha pesquisa, e consigo fazer a gente chegar lá rapidinho. É só falar para o motorista ir pela Sixteenth Street e sair na 97.

Agora ela é especialista de trânsito?

Pense, Solange. Pense.

— Bem, já é tarde, então não tenho certeza se eles vão ter coisa para comer. Mas podemos tentar uma mesa no...

Com o telefone no ouvido e os olhos fixos nos meus, Peter fala com alguém, provavelmente tia Mariana, na linha.

— Sim? Olá? É do Rio de Trigueiro? Sim, queria saber se vocês têm salgaritos...

— *Salgadinhos* — irrita-se Molly, suas narinas inflando antes de adotar uma expressão serena de "me ajude".

Peter abre um sorriso enorme.

— Sim, **salgadinhos**. Ainda tem? Recém-saídos do forno? Excelente, excelente. Obrigado!

Ele enfia o celular no bolso da calça e esfrega as mãos.

— Então, vamos?

Olho para Dean. Ele está de olho nas saídas como se estivesse pensando seriamente em fugir o mais rápido que puder.

— Dean, o que você acha? — pergunta Peter.

— Claro, se todo mundo concordar, vamos nessa.

Peter levanta as mãos em alegria vingativa.

— Oba! Vou chamar um carro para sete passageiros. Vamos partir para uma aventura!

E vamos mesmo. O problema é que não acho que vai ser nada divertido.

Pego meu celular assim que entramos no Uber.

Eu: merda isso não é NADA BOM

Dean: Eu sei, mas a gente não teve escolha.

Eu: o Peter está louco pra pegar a gente no pulo

Dean: E é bem provável que consiga.

Eu: porra nenhuma. Vou mandar uma mensagem pra Lina e pedir pra ela preparar as tias

Dean: Vale a pena tentar.

— Tudo bem com vocês? — pergunta Peter do banco do carona.

— Tudo ótimo — respondo alegre. — Só vendo algumas mensagens antigas.

E planejando sua morte há muito esperada, seu merda. Mas primeiro, Lina.

Eu: PERIGO. PERIGO. indo pro Rio. coagida a levar o pessoal pra lá. tias precisam fingir que o Dean é meu namorado. você pode avisar pra elas?

Os três pontos aparecem imediatamente e somem a seguir. *Agora não, Lina. Eu preciso de você.*

Lina: Precisei pedir para a Jaslene me cobrir em uma reunião com clientes. Estou a caminho. Mas não posso ficar. Depois que eu for, você está por sua conta e risco.

Feito. Simples assim. As pessoas às vezes me perguntam como é ser filha única, e eu respondo que não sei. Meus primos *são* meus irmãos e fariam de tudo por mim a qualquer instante.

Enquanto imagino as inúmeras maneiras pelas quais esta noite ainda pode dar errado, Molly e Kimberly conversam sobre os prós e contras de morar fora de D.C. Aeroportos próximos. Proximidade com Baltimore. Mais espaço. Infelizmente, não consigo focar o bastante para participar da conversa; tudo soa como zumbidos para mim.

A minutos de nosso destino, Dean desliza a mão na minha e entrelaça nossos dedos. Ele me dá um sorriso doce e encorajador, e o frio de ansiedade na minha barriga cede um pouco. Seu toque é um lembrete de que não estou fazendo isso sozinha. Também é um lembrete de que ele deve estar mais nervoso do que eu, embora esteja fazendo um trabalho muito melhor em disfarçar. Faço um pedido em silêncio para que esta excursãozinha não seja uma catástrofe em andamento.

O Uber para em frente ao Rio de Trigueiro e todos descem.

Kimberly e Nia estão vibrando de animação. Espero que não fiquem decepcionadas com a experiência; no mínimo, quero que se divirtam.

— Isso vai ser tão bom — diz Nia. — Mal posso esperar para conhecer sua família.

— Nem eu — comenta Peter. Ele olha para a porta. — Eles até têm um sino em cima da porta.

Tia Viviane diz que comprou porque a fazia se lembrar do sino na porta da livraria em *Mens@gem para você*. Se Peter fizer algum comentário maldoso sobre o sino quando a tia Viviane estiver por perto, é bem provável que saia daqui em uma maca.

Fazendo mentalmente o sinal da cruz, conduzo todos para dentro da mercearia.

Minha mãe, tia Viviane e tia Mariana estão lado a lado atrás do balcão, três corujas de olhos arregalados com sorrisos excessivamente brilhantes.

— Solange e Dean — diz tia Mariana, solene. — Uau. A gente *nunca* esperaria ver vocês dois aqui. Como podemos ajudar?

Meu Deus, a vergonha alheia é bem forte com essa. Isso nunca vai dar certo.

Eu me viro para nossos convidados.

— Por que vocês não vão dar uma olhadinha nos corredores? — sugiro para Kimberly e Nia. — Talvez vocês reconheçam alguns produtos nas prateleiras.

Entusiasmadas, as duas se afastam como se estivessem entrando no próprio parquinho pessoal.

— Vamos encontrar um lugar para sentar — diz Molly.

Considerando que o café é composto por três mesas e talvez o dobro de cadeiras, não vai levar muito tempo. Ainda assim, fico grata pelo respiro, porque preciso falar com minha mãe e minhas tias.

Dean e eu nos apressamos até elas.

— Relaxem — exijo com os dentes cerrados.

— Olha só quem fala — rebate tia Viviane. — Qual o problema com a sua boca?

— Nada. Só tentem agir naturalmente, ok? Agora está parecendo que vocês estão com prisão de ventre.

— Prisão de ventre *é* natural — declara minha mãe. — Outro dia mesmo...

Estendo a mão para cortar o que quer que ela esteja planejando dizer a seguir.

— **Mãe**, não. Por favor.

— Peço desculpas por enfiar vocês nessa confusão — diz Dean, seu tom transmitindo uma mistura de diversão e nervosismo. — Espero não causar muitos transtornos, só vamos provar algumas coisas e dar o fora logo mais.

— **Filho**, não se preocupe — comenta minha mãe, com os olhos suaves e bondosos. — Você já passou por tanta coisa. Você também pode contar com a gente.

Sim, sim. Tão trágico. Mas não temos tempo para isso. Eu abano as mãos, sem saber o que mais fazer.

— Talvez vocês devam parecer ocupadas. Dessa forma, Peter não vai ficar fazendo perguntas.

A mãe de Lina concorda.

— Uma de nós deveria levar uma porção de **salgadinhos** para a mesa. Isso vai manter todos ocupados por um tempo.

— Não me peça para fazer isso — diz minha mãe. — Sou uma péssima mentirosa.

— Tem que ser a Viviane — sugere **tia** Mariana. — Ela não sabe ficar de conversa fiada mesmo.

Tia Viviane franze a testa para ela.

— Cala a boca, Mariana. Viu? Aí está a sua conversa fiada.

Tia Mariana coloca um punho na dobra do cotovelo e ergue o outro punho na frente do rosto, movimento que costuma reservar para discussões políticas acaloradas.

— Toma isso, Viviane.

Minha mãe manda as duas calarem a boca.

— Para com isso. A gente deveria *ajudar*, lembram?

Tia Mariana, aparentemente cansada de ver a falta de progresso, se encarrega de colocar vários **salgadinhos** em uma assadeira, depois põe a assadeira no forno.

— Alguém precisa oferecer bebidas para eles.

— Pode deixar que faço isso — digo. — Interajam o mínimo possível com eles, ok? Fiquem aqui, todas. Dean, você está pronto?

Ele assente com a cabeça, seus olhos correndo para todos os lados, como se estivesse procurando as saídas de emergência da mercearia.

— Pronto.

Dean e eu caminhamos até a mesa, então finjo segurar um bloco e papel em minhas mãos.

— Bem-vindos ao Rio de Trigueiro, **amigos**. O que vocês vão querer beber?

Todos concordam em tomar Guaraná Antártica e Dean e eu pegamos as latas de refrigerante na geladeira. Minutos depois, nosso grupo está reunido em volta de uma mesinha, com uma fornada quentinha de **salgadinhos** no centro, graças à **tia** Mariana, que se esquivou para o fundo como se fosse Remy de *Ratatouille* e um fiscal da vigilância sanitária tivesse acabado de entrar.

Nia morde uma das coxinhas e bate com a mão na mesa.

— Sim! Sim! Sim!

— Meu Deus, Nia — diz Kimberly, com os olhos brilhando de diversão. — Você está parecendo a Meg Ryan tendo os orgasmos falsos no restaurante.

— Não estou fingindo! — diz Nia, limpando os cantos da boca com um guardanapo. — Mas eu amo esse filme.

Dean ri.

— Conheço essa cena. Todo mundo conhece. Mas eu nunca vi o filme inteiro.

Os olhos de Nia quase saltam das órbitas.

— Nunca viu? Ah, você precisa dar um jeito nisso, já. *Harry e Sally: Feitos um para o outro* não é um clássico à toa.

— Vou colocar na lista da nossa próxima noite de cinema — comenta.

Por alguns segundos, eu de fato acredito que Dean vai fazer exatamente isso. Como se a noite de cinema não fosse um evento mítico que existe apenas no contexto de nosso relacionamento de mentira. *Pula fora dessa, Solange. Depois de hoje, você vai manter distância desse homem.*

Molly cantarola em aprovação.

— Nia tem razão. Eu estou no paraíso.

Olho de relance para Peter, que está observando as tias atrás do balcão. Contanto que eu o mantenha longe delas, tudo deve ficar bem. Satisfeita por Dean e eu estarmos livres por enquanto, pego uma empadinha de camarão e dou uma mordida. Os flocos amanteigados da minitorta se esfarelam na minha boca, e eu gemo em gratidão.

— Alguém está ganhando de lavada da Sally — diz Nia, piscando para mim.

Cada vez mais confiante de que sobreviveremos a esse fiasco, ofereço um pedaço para Dean.

— Quer provar?

Com os olhos brilhando, interessado, ele abre a boca — e o sino acima da porta toca, a voz do meu primo Rey enchendo a mercearia.

— E aí, meu povo! Ninguém me avisou da festa!

Merda, merda, merda. Eu agarro a coxa de Dean debaixo da mesa. A menos que Lina seja mágica, o que não é uma possibilidade que deva ser descartada, Rey não faz ideia do que está acontecendo.

Droga, Rey, não vem aqui. Não vem aqui.

Com uma linha marcada entre as sobrancelhas, Rey examina a mesa, inclina a cabeça e caminha até nós.

— Olha só, que surpresa. Solange, eu pensei...

Antes que Rey termine, tia Mariana reaparece, agarra o filho e enfia uma coxinha na boca dele, quase derrubando a única cadeira vazia do café. Enquanto arrasta Rey para longe, ela sorri para o nosso grupo.

— Ele tem me enchido o saco para usar essa receita nova. Quis fazer ele provar assim que chegasse. Espero que estejam gostando da comida!

Peter sorri.

— Está tudo ótimo. Obrigado!

Talvez Peter enfim tenha desistido. Talvez ele possa ser uma pessoa decente quando quer. Talvez Mercúrio não esteja mais retrógrado. Seja como for, eu aceito.

Mas então o sino toca mais uma vez e duas pessoas de meia-idade entram na mercearia. A mulher não me é estranha, mas estou com dificuldade em lembrar de onde a conheço.

— Cláudia! — exclama minha mãe atrás do balcão, a voz alta e tensa. — O que você está fazendo aqui?

Ah, merda. Acho que posso ter feito um pouco de xixi. É sério que isso está acontecendo? Claro que é. Afinal, é a minha vida. Amaldiçoada. Cada maldita célula do meu corpo é amaldiçoada.

— Oi, família! — exclama nossa prima Cláudia. — Eu sei que disse que a gente chegava na sexta-feira, mas eu e o Rodrigo decidimos fazer uma surpresa!

O sino toca mais uma vez, e um homem e uma mulher entram rindo e se empurrando.

— E aqui está minha filha e seu marido! — diz Cláudia, orgulhosa.

Eu me inclino para Dean, jogo meu braço sobre as costas de sua cadeira e pressiono minha boca contra sua orelha.

— Lembra daquela nota promissória?

Ele engole audivelmente, o som em sua garganta soando como uma pedra atingindo a superfície de um lago.

— Lembro.

— Vou cobrar minha dívida agora.

Capítulo Vinte

DEAN

Santo Antônio, valei-me.

Se entendi direito o que Solange disse, estamos presos em uma mistura de relacionamentos de mentira que vai nos obrigar a ficar próximos por mais algum tempo. Estamos brincando com a sorte prolongando esse namoro de mentira? Claro. Vou fazer mesmo assim? Por Solange? Porra, com certeza.

A mãe e as tias de Solange se reúnem em torno dos recém-chegados e todos conversam animadamente. Enquanto o grupo se afasta da porta, a mais nova das duas mulheres acena para nossa mesa, agacha-se entre Solange e eu, depois dá um beijo na bochecha de Solange.

— Oi, prima — sussurra. — É esse o novo namorado?

— Oi, Ana — diz Solange, olhando para baixo e coçando a sobrancelha. — É ele mesmo.

A mulher pisca para mim, então se endireita.

— Mal posso esperar para colocarmos o papo em dia mais tarde.

Minha "namorada" aperta levemente minha coxa e se levanta.

— Com licença, pessoal. Nossos primos vieram do Brasil para visitar. Dean e eu precisamos dar oi rapidinho.

— Não, não — corta Kimberly, com a mão pairando sobre a mesa para nos impedir. — Já monopolizamos muito o tempo de vocês. Vamos aproveitar para nos despedir agora. — Ela nos dá um sorriso caloroso e coloca a mão na de Nia. — A gente se divertiu muito e agradecemos de verdade por vocês nos mostrarem um pouco da área. Vocês foram anfitriões maravilhosos e estamos ansiosas com os próximos passos. Vou fazer muitos elogios quando falar com os sócios na semana que vem.

Kimberly não deu a entender se aceitará ou não o cargo, mas não esperava que ela o fizesse; desde o início ela disse que a Olney & Henderson é um dos três escritórios que está considerando. Fiz o possível para ser honesto sobre a Olney, mostrando o que tem de bom *e* o que tem de ruim; o resto é com Kimberly. Mas sei de uma coisa: se ela decidir ir para outra firma, *não* vai ser por julgar que Peter e eu deixamos de fazer nossa parte.

— Agradecemos pelas palavras tão amáveis — digo. — E se precisar de mais alguma coisa, sabe onde me achar.

Kimberly assente.

— Com certeza.

— Mas diga a verdade — objeta Peter, balançando o polegar entre ele e eu, o sorriso maroto estampado. — Qual de nós você diria que causou uma impressão mais duradoura?

Kimberly olha para longe antes de responder.

— Vou me lembrar de vocês dois. Por motivos diferentes — diz ela, torcendo o nariz. — Vamos deixar assim, pode ser?

— Combinado — digo, sorrindo ao me levantar da cadeira.

— Posso pegar comida para levar? — pergunta Nia, tímida.

Solange ri.

— Comida para levar e, se vocês não se importarem, dois grandes abraços.

As mulheres trocam abraços, depois Solange caminha até o balcão.

— Nos saímos bem — diz Peter, com as mãos enfiadas nos bolsos da calça. — Nunca teria imaginado, mas somos uma boa equipe.

— Ninguém está mais surpreso do que eu.

Ele se inclina para que só eu possa ouvir o que vai dizer a seguir.

— Preciso admitir que pensei que você e Solange estavam fingindo que namoravam. E não se engane, eu estava realmente pronto para gritar aos quatro ventos quando confirmasse. Por alguma razão, Henderson tem mesmo um problema com você. Mas, visto que não consegui fazer vocês tropeçarem, preciso admitir que a coisa é de verdade.

— Nossa, que nobre da sua parte. A verdade é que nosso relacionamento pode ter começado em circunstâncias atípicas, mas me preocupo muito com ela.

É a primeira declaração verdadeira que dou sobre Solange e eu, e é bom dizer isso em voz alta.

Peter me dá um tapinha amigável no braço.

— Fico feliz por você, então.

— Obrigado, cara.

Estou *quase* perguntando a Peter sobre a festa — se ele sabia no que estava nos metendo, para ser mais específico —, mas não é a hora nem o lugar, e não tenho certeza se isso importa mesmo. Fizemos o que precisava ser feito. Não seria prudente abrir a caixa de Pandora.

Nosso grupo se despede e, quando o pessoal da Olney vai embora, Solange me chama para o círculo de pessoas que conversam com Cláudia e a família dela.

Ela me abraça pela cintura e me puxa para perto.

— Gente, esse é Dean, meu namorado.

— É arranjado — acrescenta a mãe de Solange. Ao meu lado, Solange enrijece, então os olhos de sua mãe se arregalam. — *Advogado*, desculpa, confundi as palavras.

— Não, você disse certo antes — brinca Rey, com um sorriso maroto.

Ah, sim. Precisamos trancar tia Izabel em algum lugar durante a estada deles; caso contrário, ela vai confessar tudo sob a menor das pressões. E Rey? Ele é um belo de um piadista.

— Prazer em conhecê-lo, Dean — diz Cláudia.

— O prazer é meu, senhora.

Cláudia se inclina para Solange.

— **Ele é bonito.**

Solange cobre a boca com o punho e ri.

— Ela disse que você é bonito.

— Já gosto dela — sussurro alto o suficiente para todos ouvirem.

Rodrigo aperta minha mão.

— Desculpe por termos chegado mais cedo. Um dos meus colegas mencionou que ver as atrações turísticas de Washington neste fim de semana seria um pesadelo, então decidimos mudar nosso itinerário e ir para Nova York no sábado — diz ele, apontando para a esposa. — E ela achou que seria divertido fazer uma surpresa.

Ao meu lado, a mãe de Solange resmunga e fala baixinho com as irmãs.

— Aposto que ela queria era pegar a gente com a casa desarrumada. Hunf.

Alheio às suspeitas de Izabel, Rodrigo complementa:

— E obrigado por receberem a Ana e o Carlos enquanto estamos aqui. Agradecemos a hospitalidade.

Eu estremeço um pouco, então me recupero. *Cara de paisagem, Dean. Cara de paisagem.* Que papo é esse de Ana e Carlos ficarem com a gente? Eu me viro para Solange em busca de uma explicação, me esforçando ao máximo para não demonstrar o pânico que domina meu corpo.

— Só alguns dias, lembra? — comenta, aconchegando-se em mim e dando tapinhas no meu peito. — Porque temos dois quartos. — Ela baixa a voz a um sussurro quando se dirige a Cláudia e Rodrigo: — Ele anda sempre tão ocupado. Às vezes acho que ele mal registra as coisas que digo.

Ah, merda. Ela mencionou que os primos ficariam com ela e Brandon. Mas agora que estou vivendo a reprise do meu papel de namorado de mentira, eles vão dormir na *minha* casa. Vou precisar de cartões com minhas falas e um teleprompter para fazer isso direito.

— Nossa, verdade. Me desculpem. — Faço um gesto falso de esquecimento. — Tinha me esquecido, mas estamos felizes em receber vocês.

Ana dá uma piscadela atrevida para o marido antes de voltar o olhar para Solange e para mim.

— Vai ser bom dar um pouco de espaço para os meus pais. Estamos todos dividindo um quarto de hotel em Nova York, então um pouco de privacidade seria bom.

Carlos ergue as sobrancelhas para a esposa.

Ah, droga, eles com certeza estão planejando transar na minha casa. Infelizmente, minhas paredes são finas. E Solange e eu vamos ficar juntos no meu quarto. Só posso esperar que Ana e Carlos não façam muito barulho e que Solange tenha um sono pesado.

Solange bate no meu peito de novo.

— Ah! Caso você tenha se esquecido, nós vamos jantar na casa das tias na sexta à noite. — diz ela, se virando para Cláudia e Rodrigo. — Ainda vai rolar, certo?

— Não tem por que não — diz Rodrigo. — Partimos para Nova York no sábado de manhã.

— Ótimo — comento. — E não, querida, não me esqueci. — Levanto nossos dedos entrelaçados e beijo a mão dela. — Não perderia isso por nada no mundo.

Solange me dá um sorriso provocante. Droga, ela é boa nisso.

Cláudia dá um tapinha no braço de Solange.

— Se vocês dois estão morando juntos, isso significa que teremos um casamento em breve?

— Não — responde Solange com naturalidade. — Casamento não é para todo mundo. Além disso, um pedaço de papel não vai mudar o que sinto por Dean. Estamos apaixonados e comprometidos um com o outro. Isso é o suficiente para nós.

Se isso fosse verdade, Solange e eu poderíamos ser um casal de verdade. Mas ela está fingindo, e eu também. *Não se esqueça disso, Dean.* Olho para a mãe de Solange.

— Izabel, podemos pegar algumas caixas de Pilão? Não temos o suficiente para os convidados pelos próximos dias.

Izabel me olha com ternura.

— Claro — diz ela, pegando a minha mão. — Vem, filho. Vamos pegar algumas coisas e garantir que os convidados tenham uma boa estadia, sim?

Agora que parei para pensar, fingir um relacionamento com a família de Solange vai ser mil vezes mais fácil do que fingir um relacionamento com meus colegas. Eu só preciso ser charmoso, tratar Solange como uma rainha e manter qualquer pensamento inapropriado para mim.

Isso vai ser moleza.

Isso é zero moleza.

Até então, tínhamos feito um trabalho decente em fingir que namoramos, mas estamos estragando tudo — e feio.

Assim que entramos pela porta do meu condomínio, Solange parece ter ligado um modo até então desconhecido de apresentadora de *As casas mais extraordinárias do mundo*. O problema é que, com isso, é possível perceber que ela nunca viu minha casa, muito menos *morou* aqui.

— Nossa — comenta, arregalando os olhos, espantada. — Esses pisos são lindos. A madeira acinzentada *dá* um toque único.

Eu rio e olho para o teto.

— Solange, para de tentar arrancar elogios ao nosso piso. Tenho certeza de que a Ana e o Carlos estão tão cansados que não ligam para isso.

Solange se endireita e balança a cabeça para organizar as ideias.

— Claro, claro — diz ela, dando um sorriso sem-graça. — Foi mal por tagarelar sobre a *nossa* decoração. Que eu ajudei a escolher.

O casal deixa as malas perto da porta e os dois passeiam pela cozinha e sala de estar.

— É um ótimo apartamento — fala Carlos. — Espaçoso também.

— É, sim — digo com orgulho. — Eu morava em outro apartamento alguns andares abaixo, mas esse de dois quartos ficou disponível alguns anos atrás e aproveitei a oportunidade.

— *Nós* aproveitamos, querido — corrige Solange, com um sorriso forçado. — Tenho *quase* certeza de que eu encontrei o anúncio.

— Verdade, que cabeça a minha — digo, e faço um gesto como se minha cabeça estivesse cheia de informações. — É tanta coisa para lembrar.

— Sim, bem — comenta Ana com um bocejo. — Estamos bem cansados. Tudo bem se a gente for deitar mais cedo?

— Com certeza — responde Solange. — Vou me certificar de que o café esteja pronto de manhã. Dean sai bem cedinho...

Não, não saio.

— Então é bem provável que não o vejam até amanhã de noite.

— Tudo bem — fala Ana. — Algum de vocês pode nos mostrar nosso quarto?

Solange fica de pé num pulo.

— Claro!

Tudo bem, então.

Ela conduz Ana e Carlos pelo corredor e vira à esquerda, em direção ao *meu* quarto.

— Não precisa mostrar nosso quarto primeiro, Solange! — grito. — Podemos fazer o tour amanhã.

Apoio a cabeça no balcão e rio baixinho. Solange fica uma graça quando está confusa.

— Certo — grita ela, e vira para se encaminhar para o quarto de hóspedes. — É que é um quarto *tão* organizado. Fico empolgada para mostrar para as pessoas.

Meu celular vibra no bolso. Quando verifico as mensagens que recebi, vejo uma vinda de Max:

> **Max:** Já ficamos sabendo. Lina foi até a casa da Solange pegar algumas coisas. Vamos deixar as coisas dela na sua porta em cinco minutos. Se vira pra colocar pra dentro.
> **Eu:** Obrigado.
> **Max:** Seja prudente.
> **Eu:** Sempre sou.

Quando Solange volta, coloco o dedo indicador sobre os lábios e mostro a mensagem para ela.

— *Ótima* notícia — sussurra. — Mas por que ele mandou você "ser prudente"?

Eu dou de ombros.

— Acho que ele só está com medo de que você se aproveite da situação.

Ela inclina a cabeça e me encara.

—- É brincadeira — declaro, erguendo as mãos. — Ele acha que Lina vai ficar chateada se eu passar dos limites com você.

— Tenho 28 anos, não 12, e não é da conta deles — diz ela, alerta. — Não que eu esteja sugerindo que *quero* que algo aconteça. Só quero dizer que não é da conta deles se alguma coisa *acontecer*.

— Sim. Claro. Entendo o que você quer dizer.

Não quero falar mais nada. Ao menos não sobre ultrapassar certos limites. Em breve iremos para o meu quarto, onde passaremos a noite juntos, eu no chão, provavelmente, e não quero que ela se sinta mais desconfortável do que já está se sentindo.

— Suas coisas já devem estar lá fora.

Solange vai na ponta dos pés para o corredor e faz sinal de positivo, o que suponho ser minha deixa para arrastar sua mala para dentro. Uma vez feito isso, nos arrastamos até o quarto, onde ela começa a catalogar seus pertences.

— Lina é a *melhor* — exclama. — Sério, nada como ter primos que te entendem. Ela colocou até um livro. — Ela puxa duas peças de roupa cuidadosamente dobradas. — Se não tiver problema, eu adoraria tomar um banho.

— Solange, você não é uma hóspede. Você é minha… amiga. Pode fazer o que quiser aqui em casa.

A verdade é que eu a quero no meu quarto. Eu quero que ela use minhas coisas. Quero que ela não se considere minha convidada. Usar meu chuveiro é um passo nessa direção. O que parece ridículo, mas é verdade. Tudo isso por causa de um maldito banho. Qual é a porra do meu problema?

— Não vou demorar — declara, com a roupa e o nécessaire na mão.
— A regra são banhos de cinco minutos.

Ela fecha a porta e suspiro fundo. A noite vai ser longa.

Minutos depois, Solange sai do banheiro. Ela está vestindo um short felpudo e uma regata, e seu cabelo está preso em um coque alto. As bochechas estão úmidas e há algumas gotas na ponte de seu nariz. Puta merda, meu coração acelera ao pensar que estamos no mesmo ambiente sozinhos.

Respiro fundo e solto o ar lentamente. Solange surgiu em minha vida como uma forma de me testar. *Só pode* ser isso. Não há outra explicação racional. Desde que a conheci, tenho questionado metas que guiaram minhas decisões por anos. Se o meu trabalho é o certo para mim. Se tenho o tipo de rede de apoio que ajudaria a mim e minha eventual parceira a criar um filho. Se seria tão ruim fazer o tipo de promessa que manteria uma mulher como ela em minha vida. Isso é assustador, mas então eu me lembro: um plano só é bom quando consegue cobrir pequenos imprevistos. Não tem por que entrar em pânico e não tem por que virar meu mundo de cabeça para baixo. *Um dia depois do outro, Dean. Você consegue.*

— Precisa de alguma coisa? — pergunto enquanto pego meu pijama.

Ela massageia a nuca, um toque leve que chama minha atenção para suas clavículas e ombros. Quero descansar minha cabeça naquele espaço e dormir ali. *É, talvez você não consiga, Dean.*

— Tudo tranquilo — diz. — Vai tomar banho agora?

Eu engulo em seco e assinto. É o melhor que posso fazer.

— Então acho que vou até a cozinha dar uma olhada por lá. Você não vai estar por perto durante o dia para me guiar na direção certa quando eu me perder.

— É verdade.

Ela coloca o celular no carregador sem fio e sai do quarto.

Depois do banho, encontro Solange sentada na poltrona no canto do meu quarto, um livro de bolso no colo. Ela se endireita e morde o lábio. Droga, eu odeio esse climão entre nós.

— Posso dormir no chão, sem problemas — comento, apontando para a cama. — Mas tem bastante espaço para nós dois, e troquei os lençóis de manhã. Como você achar melhor. Sério. O mais importante é que você se sinta confortável.

Nós olhamos um para o outro por vários segundos, então Solange desliza sob o edredom sem dizer uma palavra. Eu me deito também.

— Você tem lençóis com elástico. E uma cabeceira. Incrível.

Ela enterra o rosto no meu travesseiro e respira fundo. Depois de alguns segundos, ela levanta a cabeça.

— E você usa amaciante?

— Bingo. Aquele de lavanda e baunilha da Downy. Max certa vez me acusou de dar roupa de cama com cheiro de perfume de mulher para ele. Fiquei ofendidíssimo.

Ela se deita de barriga para cima.

— O olfato dele não é nada sofisticado.

— Não é? Ele é um grosseirão.

Estamos deitados lado a lado, ambos olhando para o teto. É um final inesperado para nossa noite, mas, quando estou com Solange, inesperado é meu novo normal.

— Que fiasco, hein? — comenta.

Esse é o eufemismo da década.

— Não tenho um único dia de tédio quando estou com você. Quem sabe em 31 de fevereiro.

Ela ri.

— Fofo.

— Me explica por que estamos fazendo isso?

— O quê?

— Fingindo um relacionamento para os seus parentes.

Ela se vira de lado e eu faço o mesmo.

É um momento muito íntimo, mas ainda assim a sensação é boa. Não somos desconhecidos. Não mais. Compartilhei detalhes da minha vida que só algumas pessoas sabem. Se ela pergunta, eu respondo, sempre achando que poderia estar relacionado com o que precisamos fazer. Agora percebo que Solange sabe mais sobre mim do que a maioria das pessoas na minha vida.

E, claro, ela também compartilhou algumas coisas sobre si. E já sei pedir uma xícara de café do jeito que ela gosta. Mas eu quero saber tudo. Ou tudo que ela quiser me contar.

Ela inspira e depois expira lentamente.

— Não sei todos os detalhes, mas a minha mãe e tias sentem que a Cláudia as menospreza porque eram todas mães solo quando criaram os filhos.

— Isso me parece um motivo para admirá-las.

— Concordo. A tia Viviane e a tia Mariana não se importam muito, acho eu, mas esse é um ponto fraco da minha mãe. Antes da visita, Cláudia fez um comentário que insinuava que eu nunca ia sossegar. Minha mãe, aborrecida, mas também sentindo-se mesquinha, algo atípico, se gabou de um relacionamento meu que estava ficando *muito* sério.

— Ah, então é aqui que entra o Brandon.

— Aham.

— E por acaso a Cláudia tem razão no que diz? Você acha que nunca vai sossegar?

Ela levanta um pouco a cabeça e olha para mim.

— Eu vou sossegar algum dia. Onde e quando fizer sentido.

Eu não digo nada. Agora, tudo o que quero fazer é ouvir e apoiá-la. Depois de ficar em silêncio por um minuto, Solange diz:

— Minha mãe acha que evito tomar grandes decisões porque tenho medo de acabar me decepcionando. Ela não está tão errada assim, mas também não está totalmente certa. Só acho que preciso fazer escolhas inteligentes por causa dela. Para não cair nas mesmas armadilhas em que ela caiu.

— Está falando sobre o seu pai?

— Essa é a principal, sim. Mas são outras coisas também.

— Onde ele está agora?

— Não faço ideia — disserta. — Na última vez que conversamos, ele prometeu que viria à minha formatura do ensino médio e não apareceu. A pior parte é que minha mãe tentou me alertar para não confiar no meu pai. Ela não falou para não me conectar com ele, mas me alertou para não esperar muito. Ela estava certa. Eu estava errada. Lição aprendida.

— Ele nunca tentou entrar em contato com você depois de adulta?

Ela fecha os olhos.

— Nem uma vez.

A dor na minha garganta me impede de responder tão rápido quanto eu gostaria. É inconcebível para mim que uma pessoa não queira ter Solange em sua vida. Fazer parte do círculo dela é um prêmio que qualquer pessoa deveria querer ganhar.

— Você sente raiva dele? Ressentimento?

— Por mim, nem um pouco. Porque isso daria a entender que estou perdendo algo por ele não estar na minha vida. Ou que minha mãe não fez o suficiente, e não é bem assim. Minha mãe era minha mãe *e* meu pai. Ela compensou a ausência dele um milhão de vezes. Mas tenho raiva por causa dela. Ele não deveria ter colocado o fardo de um bebê nas costas dela se não ia ficar por perto.

— Tenho certeza de que sua mãe nunca pensou em você como um fardo — digo gentilmente. — É óbvio que vocês duas se amam demais.

— Ainda assim, não consigo deixar de pensar em como a vida dela poderia ter sido se não tivesse engravidado de mim — diz ela, dando de ombros. — Às vezes sentimos coisas que sabemos que não são racionais, mas sentimos mesmo assim

Gosto da honestidade dela. Fico grato por estar disposta a ser vulnerável comigo. Ela merece o mesmo.

— Não conheço meu pai. Nunca nem o vi... Ele e minha mãe tiveram um caso.

— Ele sabe que você existe?

— Minha mãe diz que sim.

Ela estende a mão e aperta meu braço.

— Então quem está perdendo é *ele*, Dean. Espero que você saiba disso. Você é um cara incrível, e quem não consegue apreciar isso não vale o seu tempo.

Uma parte de mim quer acreditar nela, mas não consigo deixar de me perguntar por que meu pai nunca me procurou. Por que não me considerou importante. Mas então, penso que se ele for parecido com os homens que minha mãe namorou quando eu era criança, talvez eu esteja melhor sem ele.

— Queria que você não estivesse prestes a ir embora. Vou sentir saudade de falar com você.

— Ah, mas eu vou estar a uma mensagem de texto ou ligação de distância. Além disso, você vai estar ocupado fazendo o que quer que os sócios façam.

Consigo imaginar. Eu como sócio da Olney. Trabalhando sem parar sete dias por semana. Abandonando meu trabalho voluntário porque não se alinha com as prioridades da empresa. Voltando para um apartamento vazio. Soa... fantástico.

Por um momento, finjo que estou vivendo uma vida diferente. Uma vida em que Solange e eu fazemos sentido. Uma vida em que eu volto para casa, para ela, todas as noites. Para esta cama.

— Posso te abraçar? — pergunto com a voz embargada. — *Só* abraçar.

— Então você gosta de dormir de conchinha — diz ela, com um tom divertido na voz.

— Sim, gosto mesmo.

Ela se vira.

— Me abrace.

Não hesito em moldar meu corpo contra o dela e puxá-la com força. A parte de trás de sua cabeça está apoiada em meu peito, alguns de seus cachos fazendo cócegas em meu pescoço. Respiro fundo, o perfume de seu banho recém-tomado enchendo minhas narinas. A partir desta noite, baunilha é o meu novo afrodisíaco.

— Melhor? — pergunta ela, aconchegando-se em meu abraço.

— Está perfeito — sussurro.

Ela enrijece em meus braços, mas logo começa a relaxar, como se soubesse que sua reação às minhas palavras revelaria demais.

Não espero que ela responda. Em vez disso, a solto por tempo o suficiente para desligar o abajur na mesa de cabeceira. Em segundos, ela está em meus braços de novo. Sua respiração está estável, então fecho os olhos e me deixo ficar maravilhado com o fato de Solange estar aqui.

Antes de cair no sono, sua voz enche o ar.

— Dean?

— Sim?

— Estou feliz por ter destruído o seu casamento.

Meu instinto é fixar essa declaração em um quadro e dissecá-la para fins educacionais. O que ela quer dizer exatamente? Ela está feliz por termos nos conhecido? Feliz que não me casei? Pedir para que ela explique o que quis dizer é exatamente o que *não* deveria fazer.

Mas Solange me surpreende e responde às perguntas que martelam na minha cabeça.

— Ainda bem que você não se casou com Ella. Ela não era a pessoa certa para você.

Não quero ser outro cara na vida dela que faz promessas que não pode cumprir. Declarações vazias são tão sem sentido para mim quanto para ela. Então eu me decido pela verdade. Sempre posso dar isso a ela.

— Também fico feliz por você ter destruído meu casamento. E...

— E o quê? — sussurra.

— E fico muito feliz por ter você na minha vida.

Espero que seja o suficiente. A julgar pela maneira como ela aperta minha mão, acho que sim.

Capítulo Vinte e Um

SOLANGE

Acordo momentaneamente desorientada, os primeiros raios de sol lançando um brilho dourado ao meu redor. Nossa, que gostoso. Ainda estou nos braços de Dean. Seria fácil me acostumar a estar aqui. Mas um barulho de batidas persistentes me tira do meu agradável estado de torpor.

— Dean — digo, tentando acordá-lo. — Tem alguém batendo na porta.

— Ninguém está batendo na porta — responde ele atrás de mim, a voz sem nenhum vestígio de sono.

— Então o que é isso… *ah*. Putz, há quanto tempo eles estão nessa?

— Não sei dizer. Está ficando cada vez mais alto, então pode ser que acabe logo?

Alto é pouco para descrever o que está acontecendo. Eles estão gritando. Como se fossem dois gladiadores se enfrentando em uma luta sexual. Pênis carregado. Peitos de fora. Uma luta até a (pequena) morte. A estranheza se aloja em meu peito e se prepara para ficar ali para sempre.

— Nossa, suas paredes são superfinas.

— Tinha minhas suspeitas, mas isso confirma.

— Será que seria bom colocar uma música? Talvez se levantar e mexer nas coisas para que eles saibam que estamos acordados?

— Boa ideia.

Ele rola para longe de mim e levanta da cama. É a primeira oportunidade verdadeira que tenho de analisar a aparência de Dean antes que ele se transforme em Clark Kent — com o cabelo bagunçado e tudo mais — e não posso deixar de dar uma espiada.

Bem, a vista é maravilhosa. Um verdadeiro banquete para meus olhos gulosos. Agora eu sei que o cabelo de Dean fica bagunçado durante a noite, e seus lábios já carnudos ficam ainda mais inchados durante o sono. Como se isso não bastasse, o short do pijama tem a coragem de ficar abaixo da cintura, e parece que ele está com uma ereção matinal, vespertina *e* noturna. Não é o tipo de informação que posso deixar de lado por segurança. Não, é o tipo de coisa de fazer o cérebro explodir.

Quando olho para cima para examinar seu rosto, ele está olhando para mim. Fui pega no flagra e não posso nem fingir.

— Desculpa.

Ele mordisca o lábio inferior.

— Não precisa pedir desculpa. Na verdade, gosto do jeito que você me olha.

Antes que eu possa virar essa afirmação do avesso e de cabeça para baixo, nossos convidados aumentam o volume mais uma vez, como se estivessem fornecendo a trilha do próximo sucesso da Anitta, cheio de batidas:

Não para, amor.

Isso! Isso! Isso!

Assim mesmo, isso.

— Você consegue entender o que eles estão dizendo? — pergunta Dean, seus olhos sonolentos brilhando de malícia. — Não tem como eles *não* saberem que conseguimos ouvir.

— Só algumas partes — digo, fazendo um gesto de mais ou menos. — Eles estão gostando, se isso ajuda.

Ele sorri enquanto se espreguiça, a bainha de sua camiseta levantando para que eu possa ver os pelos em sua barriga tonificada.

— É, não é preciso entender português para saber *disso*.

Quando ele abaixa os braços, sorrimos um para o outro como idiotas.

— Vou usar o banheiro, depois vou fazer um café. Alguma instrução específica para o preparo de sua bebida superespecial?

Eu pulo e me curvo para a frente — não porque queira me alongar, mas porque é uma forma eficaz de esconder meus mamilos matinais.

— Não precisa, Dean, você já está me fazendo um favor. Eu posso cuidar dos meus primos enquanto eles estão aqui. Faça o que você precisa fazer para ir trabalhar.

— Não tem pressa — diz ele com indiferença enquanto vasculha a cômoda. — Posso chegar quando quiser.

Eis uma frase que nunca pensei ouvi-lo dizer. Naturalmente, resisto à tentação de presumir que não esteja com pressa por minha causa.

— Você *só pode* ser um clone. O que fez com o verdadeiro Dean?

Ele ergue um dedo.

— Espera um pouco.

E desaparece no banheiro. Quando volta, de calça jeans e exibindo uma ereção só matinal e vespertina dessa vez, o cabelo está penteado.

— Todo seu — diz ele, apontando para o banheiro. — Vou fazer o café e falar com o escritório. — Ele me dá um tapinha no nariz. — E, se quer saber, não estou com pressa de sair porque quero passar mais tempo com você.

A vibração na minha barriga é fome. Eu sei disso. Mas então nós roçamos um no outro enquanto caminhamos em direções diferentes, e outra vibração passa por mim. Não consigo mais mentir para mim mesma. O peso da minha atração por Dean está ameaçando me quebrar. Ainda bem que meus primos estão aqui. Não há como dizer o que aconteceria sem eles para absorver o impacto.

Depois de me lavar e colocar um dos meus vestidos favoritos — uma camiseta bem maior que o meu tamanho —, me junto a Dean na cozinha.

Ele silenciosamente me entrega uma xícara fumegante de café e apoia os cotovelos na ilha da cozinha, esperando minha reação aos seus esforços.

Eu tomo um gole e solto um gemido.

— Nossa, está muito, muito bom. Estaria disposto a preencher a vaga de meu barista pessoal?

Ele dá uma piscadinha enquanto se endireita para mostrar toda a sua altura.

— Envio minha ficha de inscrição até o final do expediente de hoje.

Esse homem está flertando comigo? Estou lendo muito nessa piscadela? Por que isso importaria? O caminho mais seguro é ignorá-lo. Porque sexo bom é *sempre* bem-vindo, mas também quero conexão emocional, e Dean não está preparado para dar isso a *ninguém*. E, no entanto, para reiterar, sexo bom é *sempre* bem-vindo, e faz *muito* tempo que não faço.

Infelizmente, não consigo analisar melhor meus sentimentos porque Ana e Carlos, já arrumados e, ao que tudo indica, prontos para sair, entram na cozinha e se jogam nos bancos ao meu lado.

— **Mamãe** acabou de ligar — diz Ana. — Sua mãe vai fazer café da manhã para a gente antes de as **tias** abrirem a mercearia, e depois vamos passear. Quer ir com a gente?

Balanço a cabeça.

— Não posso. Preciso me preparar para o trabalho esta tarde.

Além do mais, a ideia de visitar todos os pontos turísticos de D.C. em uma quinta-feira de agosto é tão atraente quanto caminhar sobre brasas — e a sensação deve ser semelhante.

Dean coloca duas xícaras de café e uma bandeja com açúcar e creme na frente deles.

— Dormiram bem?

Ana e Carlos sorriem um para o outro enquanto preparam o café.

— Sim, obrigada — responde Ana. — Ei, posso perguntar há quanto tempo vocês dois moram aqui?

Estou cansada demais para fazer contas, então dou uma resposta vaga o suficiente para não nos causar problemas.

— Claro. Como companheiros de quarto, cerca de dois anos. Como casal não faz muito tempo.

— Ah, isso explica — comenta Ana.

— Ela acha que parece um apartamento em que só mora uma pessoa — acrescenta Carlos.

Engulo em seco. O apartamento *de fato* combina perfeitamente com a estética elegante e funcional de Dean.

— Como um apartamento de solteiro, você quer dizer?

— Sim, é isso — exclama Ana. — Até as pequenas coisas, como a cafeteira com espaço para só uma xícara.

— Bem, o Dean morava sozinho antes de mim, então algumas coisas ele comprou por conta própria. Mas a gente também não gosta de ter a bancada da cozinha muito cheia. Preferimos mais espaço.

Dean solta um pigarro. Ele está me provocando por causa da bancada que divido com Brandon? Bem, ele vai pagar por isso.

— Enfim, é um lugar maravilhoso — endossa Ana enquanto se levanta de seu banquinho. — É só uma coisa que notei. — Ela olha para o celular e depois se vira para Carlos. — **Eles estão esperando a gente lá embaixo.** Vamos?

Carlos se levanta e toma um último gole de café.

— Vamos.

Eles estão quase fora da porta antes de Ana se virar.

— Ah, vocês preferem deixar uma das chaves para nós? Assim não precisam ficar se preocupando em abrir a porta? Talvez a sua, Solange?

Engulo em seco.

— A minha?

— Se tiver problema, a gente pode ligar quando estiver chegando.

— Ah, não tem problema nenhum.

Eu vasculho meus bolsos como se um molho de chaves para a casa de Dean pudesse se materializar se eu desejasse bastante.

— Só não sei onde coloquei. Eu vivo perdendo tudo.

Dean vasculha dentro de uma gaveta perto da geladeira e tira um molho de chaves.

— Estão aqui, bobinha. Você colocou ali ontem à noite.

— Ah é — digo, soltando um pigarro e dando um tapa na testa. — Como eu pude esquecer? Enfim, divirtam-se!

— Tirem muitas fotos — acrescenta Dean, acenando como se estivesse em um concurso de beleza.

Quando a porta se fecha atrás deles, eu me jogo na bancada.

— Esse negócio de relacionamento de mentira é cansativo.

— Não sei — diz Dean dando de ombros. — Tenho achado divertido.

Olho para ele, boquiaberta.

— Sim, não tenho dúvidas de que você é um clone. Como pode não estar estressado com isso?

Estou prestes choramingar e quero me dar um tapa.

Ele arqueia uma sobrancelha e inclina a cabeça.

— Ah, estou estressado com isso, com certeza. Mas provavelmente não pelo mesmo motivo que você.

— Qual é o seu motivo, então?

— É difícil fingir ser seu namorado e não querer encostar em você o tempo todo. Para valer.

Meu Deus, sei bem do que ele está falando. Mas precisamos enfiar essa vontade lá no fundo em nossa psique, onde não pode nos fazer mal. Ele não está seguindo o roteiro. Maldito.

— Acho que o estresse está começando a me afetar.

Ele contorna a ilha e abre os braços, silenciosamente me persuadindo a abraçá-lo. Nesse momento, é a coisa que mais quero no mundo, então me levanto do banquinho e diminuo o espaço entre nós, meus braços deslizando em volta de sua cintura e minhas mãos pousando em suas costas. Com os pés no chão. É assim que me sinto quando estou nos braços de Dean. É como se ele estivesse firmando meu corpo *e* minha mente. Independentemente do que acontecer hoje, amanhã e assim por diante, sempre me lembrarei da perfeição de ser abraçada dessa forma. Não importa que a pessoa que está me abraçando seja Dean. Não importa que eu definitivamente não deveria estar gostando disso tanto quanto estou.

Ele me solta cedo demais. Mas eu não. Não, quero ficar aqui o máximo de tempo possível.

Dean afasta alguns fios encaracolados do meu rosto e eu olho para ele.

— Melhor agora? — pergunta, sua voz suave e reconfortante.

— Sim, obrigada. — Balanço a cabeça. — Você deve achar que sou uma bagunça. Você estaria disposto a apagar os últimos minutos de sua memória?

Ele balança a cabeça.

— Desculpe, não posso. Porque teria que esquecer a sensação de ter você em meus braços.

— Então por que você se afastou? — pergunto.

Ele estreita os olhos, como se estivesse avaliando se estou falando sério.

Estou, Dean. Estou mesmo.

Depois de um silêncio pesado, ele diz:

— Aquela noite... no hospital... você saiu correndo daquela escada como se sua vida dependesse disso. Imaginei que você tivesse decidido pisar no freio.

— Você está agindo de acordo com o que faço, então?

Ele se afasta e passa a mão pelo cabelo.

— Sempre. Não quero que haja mal-entendidos entre nós.

Não haverá nenhum — contanto que eu mantenha minhas expectativas sob controle. Sim, estou com medo de que Dean possa vir a ser meu pior erro, mas isso só aconteceria se eu pedisse mais do que ele está disposto a dar. Indo embora de D.C. ou não, seria tolice querer algo mais de Dean do que uma exploração dessa atração física entre nós — e não sou boba. Só preciso de uma promessa dele: que continuará sendo honesto comigo, aconteça o que acontecer.

— Se dermos esse passo, independente de quanto durar, preciso saber que você não vai vir de conversa fiada sobre o que sente.

Ele olha para mim, então cai na gargalhada.

— *Não* estava à espera disso.

Eu bato o pé, ainda que esteja com um sorriso enorme.

— Estou falando sério, Dean.

Ele fica sério.

— Ok, falando sério: não vou brincar com seu coração. Nunca. E vamos entrar nisso de olhos abertos. Aproveitando pelo que é. Combinado?

É isso. Vou aceitar.

— Combinado.

Suas narinas dilatam, e ele me prende no local com um olhar abrasador.

— Posso tocar em você?

— Sim.

Nós olhamos um para o outro, um momento de ansiosa indecisão da parte dele nos atrasando. Então, Dean me puxa para perto, as pontas de seus dedos deslizando sobre a minha mandíbula antes de inclinar meu queixo para cima para que nossas bocas possam se encontrar.

— Graças a Deus, porra.

Meu corpo inteiro estremece quando seus lábios tocam os meus. Nossas mãos se chocam ao se cruzarem, cada um de nós buscando explorar o outro, para encaixar nossos corpos de uma forma que evoque o máximo de prazer. Dean desliza as mãos para a minha bunda enquanto as minhas roçam sob a bainha de sua camiseta. Ele se encolhe, como se eu o tivesse queimado, e essa pequena reação desperta minha curiosidade.

O que vai acontecer se eu lamber os lábios dele? Recebo a resposta em segundos: ele geme, enchendo a sala com um tom baixo e melódico que torna sua fome palpável. E se eu esfregar meus seios contra o peito dele e criar fricção suficiente para fazer meus mamilos endurecerem? Ah, sim, isso provoca um sibilo, e a prova tão intensa de seu desejo faz o meu aumentar. Estou quente em todos os lugares, dolorida de tanta vontade, tonta com toda a excitação contida que agora cresce dentro de mim.

Ele abaixa a cabeça e enterra o rosto no meu pescoço, deixando uma trilha de beijos até me mordiscar de frustração. Então, em apenas alguns passos, nos leva de volta para a parede que separa a entrada da sala de estar, e a mudança de local aciona um interruptor em meu cérebro. Não estamos mais no *talvez a gente faça;* agora é o *com certeza vamos fazer...* e imediatamente.

— Só um segundo — diz Dean. — Preciso pegar uma camisinha.

— Corre — sussurro, minha voz tensa e urgente.

Ele se vai em um piscar de olhos e volta com a mesma rapidez, um olhar de intensa concentração em seu belo rosto enquanto se aproxima.

— Onde estávamos?

— Eu estava prestes a tocar você — digo.

— Deus, pode me tocar o quanto quiser.

Não hesito em aceitar sua oferta e também não sou sutil sobre minhas intenções. Abro o primeiro botão de sua calça jeans e puxo o zíper para baixo.

— Posso?

— Caralho, claro que pode.

Eu alcanço sua cueca boxer e passo minha mão em seu pau duro, sem deixar de olhá-lo nos olhos. A postura de Dean vacila, e ele fecha os olhos como se estivesse experimentando a própria definição de tortura e quisesse bloquear todo o resto do mundo.

De olhos ainda fechados, ele se abaixa e me beija, e eu aproveito para trocar de lugar e guiá-lo para que *ele* fique de costas contra a parede.

Quando paramos para respirar, ele olha para mim, os olhos sonolentos de luxúria.

— Você é tão gostoso — sussurro, acariciando sua ereção grossa com um aperto firme. — E tão duro. Posso sentir você pulsando na palma da mão. Mal posso esperar para ter você dentro de mim.

— Puta merda, Solange — rosna. — Desse jeito você vai me fazer gozar antes disso.

— Bem, isso não pode acontecer, não é?

— Não, não pode.

Suas mãos grandes viajam pelas laterais das minhas coxas, levando o tecido macio do meu vestido com elas, até que ele para em meus quadris e me massageia com ternura. Quanto mais rápido eu acaricio, porém, mais frenético seu toque fica. Segundos se passam antes que suas pernas comecem a falhar e ele deslize para o chão, usando a parede para amortecer a queda. Estou bem ali com ele, caindo desajeitadamente de joelhos, depois montando nele, uma calcinha frágil de renda e seu jeans sendo a única coisa entre nós.

Estendo a mão, a antecipação de estar sentada em seu pau quase insuportável.

— Camisinha.

Ele tira uma do bolso de trás e me dá, depois me ajuda a abaixar a calça dele, torcendo e virando o corpo para todos os lados enquanto nos esforçamos para libertá-lo. Puta merda, estamos quase lá. Um puxão rápido em sua cueca e finalmente poderei transar com ele. Quando enfim está livre e a camisinha já foi colocada, puxo minha calcinha para o lado com uma das mãos e pego seu pau com a outra, guiando-o para dentro de mim com muito menos delicadeza do que gostaria. Sua ereção pressiona meu canal como se tivesse sido projetada precisa e especificamente para o meu corpo.

— Dean, isso é… não acredito… preciso te sentir por inteiro.

Ele obedece com facilidade, estocando para dentro, então me congela no lugar com três palavras.

— Não. Se. Mexe.

É a ordem mais gostosa de todas, mas não tenho intenção de obedecer.

— Qual o problema? — pergunto, minha voz ofegante e insegura e quase inaudível para meus próprios ouvidos.

— Preciso de uma distração — diz ele. — Ou…

Eu alcanço a bainha do meu vestido e o puxo sobre minha cabeça. O sutiã sai em seguida.

Dean segura meus seios, seus dedos roçando os mamilos em círculos tão lentos que eu poderia enlouquecer.

— Isso funciona.

— Posso me mexer agora?

— Não — diz ele, severamente.

Sua resposta é registrada por toda parte e deixa minhas terminações nervosas em chamas como se ele tivesse acendido um fósforo.

— Você não está sendo...

Ele se inclina para a frente, fechando a boca sobre um mamilo e sugando com suavidade. E, assim, me esqueço totalmente do que ia dizer. Mas se Dean acredita que isso vai me impedir de cavalgar em seu pau, está gozando com a minha cara. E ainda não literalmente.

— Dean, eu preciso me mexer.

Ele se inclina para trás, sua boca ainda colada no meu seio, então se afasta lentamente, alongando meu mamilo para o dobro do tamanho normal antes de soltá-lo com um estalo suave dos lábios.

— Pode se mexer agora — sussurra. — Agradeço a paciência.

Seu sorriso é presunçoso quando diz isso, como se fosse um representante de atendimento ao cliente do Detran local e soubesse que estou à sua mercê. Mas ele vai se surpreender. Não quero que nada sobre esta manhã seja educado. Porque minha missão é simples — aliviar a atração que sinto por ele —, e o fracasso *não* é uma opção.

Capítulo Vinte e Dois

DEAN

Estou dentro de Solange e a sensação é *surreal*.

Ela balança em cima de mim, suas coxas batendo contra as minhas. Eu alterno entre acariciar e segurar sua bunda, contente em deixá-la guiar enquanto me deleito com a sensação sedosa do corpo dela apertando minha ereção.

— Isso, Dean, assim — incentiva ela, a voz rouca e carente enquanto seus lábios roçam minha têmpora. Com mais urgência, diz: — Continua assim.

É o mais próximo que já chegou de me implorar por qualquer coisa, e estou decidido a dar exatamente o que ela precisa.

Eu empurro para cima, encontrando-a toda vez que ela desce.

— Perfeito — elogia ela, os olhos castanhos quentes me prendendo com sua intensidade.

Ela cavalga de um jeito tão glorioso que quero trancar essa mulher aqui em casa para sempre. Mas isso não é tudo. Eu quero Solange. Seus sons. Seu toque. Tudo o que vem com *isso*.

Não consigo parar de tocá-la. Ela é forte e macia, e eu ficaria feliz em devotar todo o meu tempo a massageá-la, se ela permitisse.

Eu gostaria de poder fazer isso o dia todo. Mas não posso. Não mesmo. Para evitar meu orgasmo iminente, recorro a um velho e raramente necessário recurso: murmurar um poema que gravei na memória.

Ela se afasta, uma expressão de embriaguez sexual no rosto.

— Você está cantando?

Eu deixo escapar:

— Recitando.

— Por quê? — pergunta, com a voz divertida.

— Me ajuda a durar mais tempo.

Grunhir minhas respostas é tudo que posso fazer; quanto menos palavras, melhor.

— Quero ouvir — diz. — Eu cavalgo. Você rima.

— Mais tarde. Eu prometo. É só que... acho que é mais do que você precisa ouvir.

— Vou cobrar — avisa ela, desabando contra mim.

Agora nossos peitos estão pressionados um contra o outro e a cabeça dela está apoiada em meu ombro. O calor de sua pele, o cheiro de coco do xampu, uma combinação inebriante que aumenta o prazer de estar dentro dela.

A gente encaixa de um jeito bem justo, e ela sabe exatamente quando se contrair em torno de mim para deixar ainda mais apertado.

— Espera aí, eu só... porra, Solange.

Ela recua, os olhos tão pesados que estão quase fechados, então pega minha mão e a coloca entre as pernas.

— Preciso que você termine o que começou naquela escada.

A ideia de tocá-la ali e fazê-la gozar em minha mão faz meu coração disparar ainda mais. Sem hesitar, eu massageio seus lábios e depois a provoco, passando o dedo de leve sobre seu clitóris. Ela fica tensa e pede mais, desesperada, mas não quero que acabe ainda, então roço sua abertura, correndo um dedo sobre os pontos onde meu pau encontra seu centro.

Ela solta um longo gemido, e é como se o som vibrasse por mim.

— Você está deliciosamente molhada — digo, meus lábios vagando por seu pescoço e mandíbula. — Queria poder provar...

— Você pode... — diz ela, se contorcendo no meu colo. — Eu também quero.

— Temos muito tempo. Mas, por enquanto, eu só quero brincar um pouquinho mais. Não consegui fazer justiça da última vez.

Pressiono a ponta do meu polegar contra seu clitóris, observando-a de perto para avaliar sua reação.

Solange estremece.

— *Isso*, Dean. *Por favor*. Bem aí.

Esfrego para a frente e para trás, em seguida, traço um círculo sobre seu clitóris, repetindo a sequência porque ela parece estar gostando muito. Ela abre os lábios e seus gemidos ficam mais altos. E porra, ela está se contraindo com tanta força que vou explodir a qualquer momento.

Quanto mais rápido eu esfrego, mais ela cavalga. Até meus dedos dos pés estão recurvados, e estou suado e duro pra caralho. Respirar é opcional. De verdade. Somos apenas Solange, eu e essa sensação que quero saborear para sempre.

Fecho os olhos bem apertados, buscando a concentração necessária para levá-la ao orgasmo só usando os dedos. Os gemidos e suspiros ofegantes de Solange são todo o encorajamento que preciso. Mas então sinto suas mãos correndo pelo meu cabelo e perco o foco. Segundos depois, sou atingido por uma onda ainda mais forte de emoção quando ela se inclina e beija minha testa. Eu não tenho um nome para isso, nem quero ter. Ainda assim, posso ver por que uma experiência como essa levaria alguém a confessar o que sente, a fazer uma série de promessas que não pode cumprir. Mas não sou assim. Eu *nunca* fui assim.

— Dean, estou tão perto... — diz ela. — E quero tanto gozar.

Eu gemo. Sua honestidade neste momento é incrivelmente sexy. Quero que isso seja bom para ela. Quero superar as expectativas dela. Quero que a lembrança dessa manhã fique com ela amanhã e na semana seguinte.

— Se toca pra mim — peço. — Preciso das minhas mãos livres.

Ela mergulha a mão entre as pernas enquanto eu tiro as minhas. Então pego sua bunda e a movo para cima e para baixo no meu pau de novo e de novo. Meus braços estão queimando, mas não vou parar até que estejamos ambos destruídos.

— Isso, Dean. Assim. Ai, Deus... Por favor, por favor, *por favor* não para.

A base do meu pau está formigando, e meu orgasmo está tão próximo que posso praticamente sentir o gosto.

— Puta merda, Solange. O que você quer?

— Preciso que você faça exatamente o que está fazendo — diz ela, os seios pressionados um contra o outro enquanto continua a se acariciar.

— Estou *quase* lá.

Junto toda a energia que ainda resta em meu corpo e estoco sem dó. Estou com tudo. Imparável. Minha única tarefa na vida é fazer essa mulher gozar.

Ela grita meu nome.

— Dean! Isso!

Então, com os olhos bem fechados, ela estremece sem parar, as coxas tremendo com a força do orgasmo. E, puta merda, segundos depois disso gozo com tanta força que minha visão fica turva e minha cabeça gira. Atordoado, apenas repito o nome dela.

— Solange... Solange.

Ela ri ao se recuperar do orgasmo.

— É, preciso admitir que você estava certo.

— Como assim? — pergunto enquanto me esforço para estabilizar minha respiração.

— Você sempre se preocupa com prazer nas horas certas.

Eu coloco a mão em volta do pescoço dela e gentilmente a puxo para um beijo carinhoso, que termina com meus dentes raspando em sua mandíbula.

— Boatos de que posso ser ainda mais empenhado em uma cama de verdade.

Ela balança as sobrancelhas.

— Que tal você me deixar julgar isso?

— Anda, Chapman. Não vai achando que eu esqueci.

Solange está enrolada em mim como o cobertor mais macio e decadente de todos os tempos, e ela traça círculos preguiçosos em meu peito.

— Esqueceu o quê?

Sim, estou fingindo que não sei do que ela está falando. Revelar isso pode mudar sua percepção de mim. E acredito firmemente que certas coisas não devem ser compartilhadas.

— Você prometeu — reclama ela, fazendo um beicinho adorável.

A culpa disso é minha, que me deixei levar pelo calor do momento. A presença de Solange consome tudo, então é difícil pensar em qualquer outra coisa quando ela está por perto; quando ela está focada em você, então, essa tarefa é duplamente difícil. Merda, eu passaria a escritura da minha casa para o nome dela se ela me pressionasse.

— Por favor, Dean — pede, com os olhos brilhando. — Seja o que for, será o nosso segredinho.

Isso me afeta. Me afeta *pra valer*. A ideia de compartilhar segredos além dos necessários para manter nosso relacionamento de mentira é muito tentadora para resistir. Posso nunca superar isso, mas vale a pena apenas por esse motivo. E, já que ela pediu com tanta doçura, eu limpo minha garganta e obedeço:

Eu amo minha xaninha
De pelo tão quentinho
Ela me dá amor
Se eu faço tudo direitinho
Não puxo o rabo dela
Nem vou lhe assustar
E assim xaninha e eu
Vamos juntos a brincar

— Ai, meu Deus — diz Solange, rindo e com os olhos brilhando em falso espanto —, você quem compôs?

— Não, é uma canção de ninar chamada "Eu amo minha xaninha". Descobri por acaso na faculdade, durante uma noite de estudos na biblioteca. Escrita no século XVII, creio eu, de autor desconhecido, e teve um efeito profundo em meu desenvolvimento sexual.

— Você sabe que xaninha é uma gata, não sabe? — diz, rindo.

— Não tenho tanta certeza, mas não importa. Essa canção de ninar me ajudou a estabelecer um relacionamento positivo com xaninhas. Me ensinou a tratá-las com o cuidado e o respeito que merecem.

— Bem, como alguém que pôde usufruir recentemente desse relacionamento positivo, eu aprovo.

Estou ansioso para que ela usufrua ainda mais, mas não quero ultrapassar meus limites. Talvez ela não esteja interessada em repetir. Talvez fosse para acontecer uma vez e pronto, sem bis. Solange e eu sabemos que não temos futuro juntos, então o que vem a seguir?

— Você está pensando demais — diz ela, batendo de leve no meu peito. — Transamos. Uma transa *muito,* muito boa, mas, no fim das contas, não precisa significar nada além disso. Pare de tentar descobrir onde me encaixo em seu plano de vida. Eu não me encaixo. E não tem problema.

Eu me endireito, a postura dela se ajustando comigo, e busco uma resposta decente.

— Ah sim, eu sei disso, com certeza. Eu só queria ter certeza de que nada mudou.

— Nada mudou, é? — diz, arrumando o lençol para cobrir seu corpo. — Se por "nada mudou" você quer dizer que a atração que sentimos um pelo outro estava fadada a sair do controle, mas nossas raízes continuam sendo a de uma amizade, então sim, nada mudou. Esse não é o começo da nossa história de amor. Nós dois sabemos disso.

— É claro.

Ela espia atrás de mim.

— Não está na hora de você ir para o escritório?

— Eu estava pensando em trabalhar de casa hoje. Talvez passar um pouco mais de tempo com você antes de você sair para a aula esta tarde. Se quiser, é claro.

Ela engole em seco, depois sorri.

— Eu quero. Com uma condição.

— Qualquer coisa.

— Gostaria que você demonstrasse de novo o quanto ama a sua xaninha.

Porra, sim. Com todo o prazer.

Eu deslizo na cama e me deito de bruços, ajustando meu corpo para acomodar a ereção que inevitavelmente se seguiu ao tentador pedido de Solange.

— Larga esse lençol e me deixa deitar entre suas coxas, então.

Sua respiração falha e seus olhos ficam nublados. Lentamente, ela puxa o lençol para baixo, me provocando enquanto revela os seios — primeiro a parte de cima, depois os mamilos marrons e duros, depois a maciez da parte de baixo. Finalmente, ela tira o lençol do caminho, o corpo nu esparramado em minha cama como se tivesse sido colocada nesta terra para realizar meus sonhos mais íntimos. Minha barriga se contrai com a antecipação de colocar a boca entre suas pernas e chupá-la. Estou tão excitado que não consigo me impedir de esfregar o pau no colchão para ter um pouco de fricção.

— Abre para mim, Solange. *Por favor.*

Ela fecha os olhos. Como se estivesse absorvendo o desespero mal contido em minha voz. Então ela abre as pernas, dobrando os joelhos e apoiando os calcanhares na cama para se apoiar.

Respiro Solange. *Sim.* Essa luxúria delirante faz sentido para mim. Atração. Feromônios. A dose de dopamina que acompanha o tesão. É biologia pura e simples. Meu único trabalho aqui é deixá-la louca. Não vou parar até fazê-la gozar com a minha língua. Não preciso me preocupar com mais nada. Como ela mesma apontou, com razão, este não é o começo da nossa história de amor. Somos apenas duas pessoas transando.

E o melhor de tudo é que estamos de acordo quanto a isso.

Capítulo Vinte e Três

SOLANGE

Na quinta-feira à tarde, chego mais cedo na Academia Vitória, não por ter o costume de ser pontual, mas por precisar de um lugar calmo para pensar. Um lugar calmo para analisar direito o tempo que passei com Dean. Longe de seu olhar penetrante. Longe do sorriso presunçoso de Brandon (nada mais justo, porque cheguei em casa exalando o brilho de quem acabou de transar, o que deixou bem explícita a natureza das minhas atividades daquela manhã).

Ocupo minha mesa e observo as fileiras de cadeiras vazias. Cada aula é uma nova oportunidade para se conectar com alguém. Para dar a dose de confiança necessária para mirar nas estrelas. Para relembrar que a vida nos dá uma série de oportunidades, e que cabe a nós decidir em quais vale a pena investir.

Faz sentido, então, que eu siga meu próprio conselho e aceite o óbvio: não vale a pena investir em Dean. Droga, eu *sei* disso. E, ainda assim, estou imaginando um cenário em que um homem com quem não tenho compatibilidade alguma se torna justamente a pessoa de que preciso.

Alguém que não se deixa guiar pelo desejo único de obter sucesso profissional.

Alguém cuja abordagem para relacionamentos não seja igual a de uma entrevista de emprego.

Alguém que queira amar sua parceira de corpo e alma, apenas pela conexão profunda que sentem e nada além.

Alguém que não seja tão focado em se agarrar às metas de vida e que possa apreciar a liberdade de explorar todas as suas opções até encontrar a certa.

Dean não é nem um pouco assim, e também não está interessado em se tornar essa pessoa. Então, preciso permitir que ele seja do jeito que é. O problema é que é mais fácil falar do que fazer.

Desencanar, então? Bem difícil porque o cara se infiltrou em todos os cantos da minha psique e, por mais que eu tente, não consigo tirá-lo de mim. E o que é pior, estou de TPM, o que me deixa ainda mais mal-humorada. E, como se não bastasse tudo isso, agora preciso fazer uma cara feliz e ensinar aos meus alunos como nosso governo funciona na teoria quando eles sabem muito bem como funciona na prática. É melhor chamar esta aula de Introdução aos Contos de Fadas em vez de Introdução à Educação Cívica.

O som de passos arrastados me tira de minhas reflexões. É hora de desligar a parte do meu cérebro que só pensa em Dean e me concentrar na aula. Depois que todos estão acomodados, olho para a mesa em que Layla costuma se sentar, que hoje está vazia. Eu não deveria ter favoritos, mas confesso que gosto muito dela. Ela quer ser paralegal em um escritório de direito. Eu até a coloquei em contato com Lina, que trabalhava com isso antes de se tornar organizadora de casamentos, para que Layla pudesse ter uma perspectiva verdadeira sobre a profissão dos seus sonhos.

— Alguém viu a Layla?

A maioria dos alunos dá de ombros.

Isso é atípico dela. Ela é pontual. E muito responsável. Sempre manda um e-mail quando vai se atrasar para a aula. Nunca faltou a uma aula sequer. Olho para a frente e vejo que os alunos me olham com expectativa.

— Desculpa, pessoal. Abram na página 146 do livro, por favor. Hoje vamos falar sobre capitalismo. Mas antes, quero começar com uma pergunta: alguém sabe me dizer o que Biggie quis dizer quando falou "Mo money mo problems", ou seja, mais dinheiro, mais problemas?

Depois da aula, vejo meus e-mails no computador, ainda distraída pela ausência de Layla. E como é de se esperar, há uma nova mensagem dela na caixa de entrada. *Essa é a minha garota.* Está escrito:

Olá, srta. Pereira:

Desculpa por ter faltado à aula hoje. Queria contar pessoalmente, mas acho que não conseguirei ir aí tão cedo. Surgiu uma oportunidade de emprego e precisava aceitar. Infelizmente, isso quer dizer que não vou mais conseguir frequentar as aulas. Somos só minha mãe e eu, então não tenho muita escolha. Espero que entenda.

Obrigada por tornar a escola divertida de novo. Se você tivesse sido minha professora no ensino médio, é bem provável que eu tivesse me formado.

Com carinho,
Layla

Eu encaro as palavras por um ou dois minutos até de fato absorvê-las. Não há nada de chocante nessa notícia, mas o caráter definitivo e casual me destrói por algum motivo. Sua explicação é perfeitamente razoável: um emprego, sobretudo na atual conjuntura do país, não é pouca coisa. Mas eu me precipitei e imaginei ver Layla se formando no supletivo, frequentando a faculdade comunitária, estudando para se tornar paralegal. Na minha cabeça, eu seria sua mentora, mesmo que decidisse não aceitar um cargo permanente na Academia Vitória. E, de repente, o cenário que imaginei está desfeito. É um lembrete bem oportuno de que, com frequência, relacionamentos podem ser unilaterais. Deixar alguém entrar na sua vida não garante que a outra pessoa também vai deixar você entrar na dela.

— Estou pronto para a aula, srta. Pereira.

Eu me assusto com o som da voz profunda de Dean. Está cheia de humor — e combina com o sorriso discreto que exibe enquanto se apoia no batente da porta. Seu paletó desabotoado me permite ver os músculos fortes marcados na camisa.

— O que você está fazendo aqui? — pergunto, ignorando a tentativa de flerte.

Seu sorriso desaparece, substituído por um olhar de preocupação.

— Pensei que a gente podia ir juntos para casa. Chegar ao mesmo tempo. Achei que seria estranho ficar sozinho com seus primos e não queria que você tivesse que se virar se eles pedissem algo e você não conseguisse encontrar.

Eu deveria estar grata por ele antecipar essas soluções, mas estou começando a me cansar desses rodeios. Mas, como Dean não tem culpa alguma disso, dou um sorriso e me levanto devagar.

— Boa ideia.

Ele entra na sala, então fecha a porta atrás dele.

— Ei, o que houve?

Como Dean é meu amigo, nem penso em mentir para ele.

— Recebi uma notícia inesperada hoje. Sobre uma das minhas alunas mais promissoras. Isso me desanimou um pouco.

— Está tudo bem?

— Acho que sim, mas ela não vai mais frequentar as aulas. Por um bom motivo, sei disso. Acho que acabei me apegando sem perceber.

— Isso mostra que você é uma boa professora. Você se importa.

Dean estica a mão. Quando eu a seguro, ele me puxa para a frente, direto para seus braços. Nenhum de nós diz nada. Não sei se algo precisa ser dito, de todo modo. Ele está me consolando. Sendo solidário. Isso é exatamente o que preciso agora, e de alguma forma Dean sabe.

— Vamos nessa? Pronta para ir pra casa? — pergunta ele, sua respiração batendo em minha orelha.

— Claro, pronta para ir para a sua casa.

Casa. A casa dele. Há uma diferença. E não importa o quão reconfortante seja estar em seus braços, não posso perder de vista esse fato.

DEAN

Minha ideia maravilhosa de chegarmos juntos em casa não serviu para nada; Ana e Carlos não estão lá, e Ana mandou uma mensagem para avisar que não devem chegar tão cedo.

— Tem mais alguma coisa te incomodando? — pergunto.

Depois de alimentar Solange com o prato que é minha marca registrada como solteiro, espaguete e salada, estou de pé ao lado dela no balcão da cozinha enquanto secamos o último dos pratos. Ela parece esgotada, a alegria tão habitual em seus olhos visivelmente ausente. Não posso deixar de me perguntar se fiz algo que a chateou.

Ela suspira, então se senta no banquinho.

— Nunca achei que teria que te explicar isso, mas estou prestes a ficar menstruada, o que significa que vou ficar meio ranzinza pelos próximos dias. Não é nada divertido. Minhas cólicas são horríveis e duram dias, e costumam drenar todo meu humor. São pontuais como um relógio, infelizmente. Posso pegar o estimulador elétrico com a Natália se você quiser entender o nível.

— Hum, não, obrigado. — Nada vai me fazer colocar aquele treco de novo voluntariamente. — É seguro ficar por perto com você assim?

Ela estreita os olhos.

Merda. Eu tô ferrado. Dou alguns passos para trás por precaução.

— Uma dica pra você levar pra vida, amigão — avisa. — Tem certos assuntos sobre os quais você não pode falar. Não sem consequências negativas. E só pessoas que menstruam podem falar da mudança de atitude que vem junto com isso. Não fui eu quem criou as regras. É assim que funciona.

— Posso aceitar essas regras — digo rapidamente. — Permissão para mudar de assunto, então?

— Esperto. Permissão concedida.

Faço ela se levantar do banco, me sento no lugar dela e a puxo para meu colo, para ficarmos frente a frente.

— Bom, quero saber alguma coisa sobre você que não estava no dossiê. Algo que as pessoas julgariam surpreendente. E tem que ser bom. — Mexo as sobrancelhas. — Pontos extras se for comprometedor.

Ela apoia o ombro no meu e pensa um pouco na minha pergunta, depois estufa o peito como se estivesse fazendo cara de corajosa e superando o desconforto.

— Ok, posso contar uma coisa. Eu faço desfiles de moda de uma pessoa só no meu apartamento. E não estou falando de experimentar roupas na frente do espelho. Não, é um evento. Maquiagem. Luzes. Penteados diferentes. Brandon faz o papel de mestre de cerimônias.

É fácil imaginá-los fazendo isso juntos. Quer dizer, Brandon parece ser perfeito para animar as pessoas.

— Aposto que ele é ótimo nisso.

— É mesmo.

Analiso o rosto dela e vejo seus olhos ganharem vida de novo. Solange claramente adora fazer isso. Mas então ela faz uma careta, e eu gostaria que houvesse algo que eu pudesse fazer para ajudá-la a se sentir melhor.

— Quer fazer um desfile aqui? — pergunto.

De onde diabo surgiu essa ideia?

— Não tenho roupas aqui — diz Solange com uma risada. — Queria que... — sua voz enfraquece de repente. — Ah, mas você tem, não é? É isso que você estava sugerindo? Que você seria o modelo e eu narraria?

— Sendo sincero, acabei de pensar nisso, então não faço a mínima ideia do que estava sugerindo. De vez em quando, minha boca age por conta própria, sem consultar meu cérebro. Mas sim, a gente pode fazer isso se você quiser.

— Eu quero! — Ela pula do meu colo, oscila um pouco e apoia uma das mãos na bancada. — Uau. Rápido demais.

Estou ao lado dela em segundos.

— Vem, senta no sofá e relaxa. Pode deixar que eu organizo tudo.

Ela se apoia em mim e me deixa guiá-la pela sala, aceitando minha ajuda como se isso acontecesse com frequência.

Depois que Solange toma um Tylenol e está segura e envolta em um edredom, com um copo de água ao alcance, volto para o meu quarto e coloco algumas roupas na cama. Espero que essas brincadeiras melhorem o humor de Solange. Independentemente disso, vou poder ver como é fazer parte de seu círculo íntimo.

Depois de definir a ordem da passarela, entro novamente na área de estar, afasto a mesa de centro e reposiciono a luminária de chão para atuar como um holofote.

— Você está levando isso a sério — diz Solange, sorrindo.

— Sou sempre muito profissional. — Saio sem dizer mais nada. Então, quando a primeira roupa para o desfile está em ordem, desfilo pelo corredor. — Pronta ou não, lá vou eu.

— Espera — grita Solange. — Preciso de um microfone!

— Use o controle!

— Deve servir. Bom, estou pronta.

Percorro o corredor, diminuindo o passo quando chego à entrada da sala de estar.

Com um sorriso largo, Solange se senta em cima das pernas e ergue o controle remoto na frente da boca.

— A seguir, temos o modelo mais aclamado da noite, Dean Chapman. Ele veste um terno caro de um estilista que não consigo distinguir...

— Tom Ford — falo.

— Tá bom, então — continua ela. — Ele veste um Tom Ford que deve custar alguns meses de aluguel, mas como já o vi com ele duas vezes desde que nos conhecemos, não vou fazer comentários maldosos sobre seus excessos. Ainda.

— Foco, mulher — exclamo, revirando os olhos. — Nesse ritmo, nunca vamos chegar na parte boa.

— Bom, bom. É um terno de três peças azul-escuro que ressalta o estilo clássico de Dean.

Dou uma piscada, me viro e ergo o blazer.

— Esquece isso — acrescenta Solange. — O terno ressalta que ele tem uma bunda linda.

— Melhor assim — brinco, antes de voltar para o quarto.

O plano é colocar roupas cada vez mais casuais e terminar com o mais importante de todos: minha bela bunda *pelada* — se a Solange topar. E se *isso* não for distração o suficiente para que ela não se sinta mal, nada mais será.

Quando saio, a expressão de Solange se transforma, com um desejo inconfundível. Ela abre um pouco a boca e respira com dificuldade.

— Nenhum comentário? — pergunto.

Ela balança a cabeça.

— Ah. Claro. O modelo exibido por Chapman é irreverente e simples. O melhor da roupa casual masculina. A calça de moletom cinza logo abaixo da cintura deixa à mostra seu provocante caminho da felicidade. Correção: caminho do puro êxtase.

Mexo os quadris de um lado para o outro, virando devagar.

— Notou mais alguma coisa?

Ela olha para minha virilha.

— A beleza desse conjunto está no fato de que, aparentemente, roupas de baixo são opcionais. Chapman deve estar sem cueca ou então está com uma baguete enfiada nas calças.

Esse comentário me faz tropeçar.

— Sim — acrescenta ela. — Com certeza ele está sem cueca.

Ergo um dedo no ar.

— Espera aí. Tenho mais uma roupa para mostrar.

— Chapman.

Eu me viro.

— Sim?

— Espero que você esteja com ainda menos roupas na próxima rodada.

— Transmissão de pensamentos, Solange — digo, fazendo biquinho. — Transmissão de pensamentos.

Ela joga um travesseiro na minha direção.

— Então anda logo, homem.

Um minuto depois, volto vestindo… nada. Seguro a calça de moletom na frente do corpo só para o caso de ter havido um desentendimento.

Solange gesticula para mim.

— Largue isso, Chapman.

Obedeço de prontidão.

Ela grita e gira o punho no ar.

— Issoooo. Agora sim.

Meu plano é me virar devagar para que ela possa apreciar a visão da minha bela bunda, mas a campainha toca e eu fico parado no lugar.

Solange fica em pé e pula na minha direção.

— Quem poderia ser? — sussurra.

— Não sei — respondo num sussurro.

Do lado de fora, uma voz diz:

— Dean, Solange, somos nós. Ana e o Carlos. A gente ia usar a chave, mas ouvimos um… grito… e a gente só queria ter certeza de que podia entrar.

Não, não estamos transando, mas eu *estou* pelado.

Solange, sem qualquer consideração pela minha dignidade ou segurança, me gira, dá um tapa na minha bunda e me empurra pelo corredor.

— Fica ainda melhor quando balança — sussurra.

— Nossa, eu vou fazer você pagar por isso — sussurro de volta antes de sumir de vista.

Pode ter certeza. É uma pena que tenham nos interrompido, mas já estou imaginando como será a revanche.

Meia hora depois, Solange e eu estamos deitados na cama. Ela está lendo e eu estou revisando minhas anotações para uma audiência em um dos meus casos voluntários. Mas não consigo assimilar nada porque não consigo parar de pensar na mulher ao meu lado. Eu posso facilmente nos imaginar assim todas as noites. Mesmo quando Ana e Carlos não estiverem mais aqui. Mas isso é ridículo, certo? Solange e eu já concordamos que não é assim que vai acontecer.

Após um período de silêncio confortável, ela apoia o livro no colo.

— O que você está lendo aí?

— Tenho uma audiência na terça de um caso de proprietário contra inquilino. Estou preparando uma repergunta.

— É quando você interroga a testemunha da parte contrária?

— Isso. Dessa vez é o proprietário.

Solange se vira de lado, se acomoda no cobertor e apoia a mão no meu peito.

— Você pode me contar sobre o que é o caso?

Por alguns instantes, tudo que consigo fazer é encará-la. Ela me olha, os olhos escuros alertas e curiosos, a boca entreaberta enquanto espera minha resposta. Solange é encantadora. E está interessada no meu trabalho. E eu estou interessado nela. E puta merda, minha pulsação está acelerada e meu cérebro está confuso.

— Dean? — fala.

Esfrego as têmporas e respiro fundo para me acalmar.

— Desculpa, viajei aqui. Então, é um caso típico. O proprietário diz que deu o aviso prévio de que meu cliente tinha quebrado o contrato e que entregou o aviso para o filho adolescente do cliente. O que é impossível, porque o menino estava em treinamento para o novo emprego nessa época.

— Caramba. O cara mentiu na cara dura. A audiência é aberta ao público?

— Acho que sim. Por quê?

— Tudo bem se eu contar aos meus alunos? É que eu vivo pensando em formas de deixar as aulas mais interessantes. Talvez ver você em ação possa ajudar. Ou seria muito constrangimento para você?

Estou emocionado, na verdade. Solange nunca me viu no tribunal, mas tem tanta fé em mim que presume que não vai ser um desastre.

— Eu não me importaria nem um pouco. Eu mando as informações da audiência. Posso até conversar com eles se me encontrarem depois. Desde que prometam não roncar no tribunal.

Ela ri.

— Obrigada por ser tão legal quanto a isso. Quer dizer, não tenho certeza se eles vão, mas gostaria de mostrar que existe essa opção. Seria uma atividade extra.

— Eu tenho certeza de que vão gostar. As pessoas sempre percebem quando alguém está se esforçando por elas. Seus alunos têm sorte de ter você.

— Se não fosse eu, seria outra pessoa. Com o currículo certo, qualquer pessoa poderia fazer o que faço de olhos fechados.

Parece ridículo sequer pensar que esta mulher poderia ser facilmente substituída por outra pessoa. Mas Solange quer acreditar nisso. Ou talvez ela *precise* acreditar nisso. Porque isso vai facilitar as coisas quando ela tiver que sair da academia no fim do verão.

— Bem, eu aposto que seus alunos não concordariam com isso. Eles vão sentir sua falta, Solange.

Merda, eu também vou. E, neste momento, percebo outra coisa: eu quero essa mulher na minha vida. Para sempre. Como amiga, é claro, mas o ponto se mantém. Gostaria de ser parte do círculo dela; quero que ela me ajude a construir o meu. Sinto um aperto no peito e tenho dificuldade em respirar. Que droga, qual é a porra do meu problema hoje? Talvez eu só precise de uma boa noite de sono.

Desligo o abajur na mesa de cabeceira e nos acomodamos para dormir.

— Quer que eu faça carinho na sua barriga? — pergunto. — Isso ajudaria?

— Você é um fofo. Ajudaria, sim.

— Fique de lado, então.

Há um farfalhar de lençóis quando ela se posiciona. Quando Solange enfim fica parada, me posiciono atrás dela, passo meu braço por cima de sua cintura e coloco a mão em sua barriga. Esfrego em círculos, esperando que a sensação a distraia.

— Tá bom assim?

— Uhum — sussurra ela.

Um minuto depois, ela cobre minha mão com a dela e enfia nossos dedos entrelaçados dentro das calças de seu pijama.

— Mas é aqui que eu preciso dela — diz, passando minha mão pela parte de baixo de sua barriga.

Eu recuo, com medo de ter uma ereção e de que ela pense que estou fazendo isso por mim. Isto é para ela. Só para ela.

Está tão quieto que posso ouvir cada respiração dela, cada suspiro satisfeito. Mas então o inconfundível som de gemidos enche o quarto, e eu puxo minha mão para fora da calça dela como se tivesse me queimado.

— Meu Deus, é como se a gente estivesse no quarto com eles.

Ela se vira para mim e espia por baixo do travesseiro.

— Eu sei.

— Acho que sei como fazer eles pararem — digo.

— Ah, é? Como?

— Bom, se eles ouvirem *a gente,* talvez percebam que as paredes são finas.

Ela franze a testa.

— Boa tentativa, cara, mas não. *Não* vou fazer sexo com você só para que eles possam ouvir.

— Não precisa. Eu posso fingir que nem a Sally.

Ela joga a cabeça para trás e se apoia nos cotovelos.

— Quem?

— Você sabe. Harry. Sally. Quando ela fingiu um orgasmo.

— Ah, meu Deus — diz ela, olhando para o teto. — Eu *preciso* ouvir isso.

— Você não vai ficar com vergonha?

Ela me olha inexpressiva.

— Parece até que não me conhece.

Certo. Solange não é do tipo que se envergonha com facilidade — ou que se envergonha no geral. Eu me sento e arrumo os travesseiros atrás de mim, então começo a gemer.

— Ah, *isso,* Solange, assim.

Ela balança a cabeça.

— Se a gente estivesse mesmo transando, você faria *muito* mais barulho do que isso.

É verdade. Estreito os olhos para ela e penso em como ela dominou meu corpo hoje de manhã. Canalizando a energia que senti quando ela montou em mim mais cedo, tento de novo.

— Isso, isso, *porra,* assim.

— Bem melhor — diz ela, com uma expressão convencida.

— Que foi, amor? É grande demais pra você?

Ela arregala os olhos e range os dentes.

— Grande demais, minha bunda — resmunga.

— Não se preocupa, meu bem — exclamo, arfando pesado a cada palavra. — Não é. Grande demais. Pra caber na sua bunda.

— Credo. Tá parecendo o William Shatner. — Ela me dá um soco no ombro. — E de todo modo, *não* foi isso que eu quis dizer.

— Ah, desculpa — digo, com um sorriso tímido. — Não ouvi a vírgula.

Ela parece gargalhar por dentro, a boca aberta e o peito subindo e descendo com esforço para não rir alto.

— Putaquepariuuuuu… — grito, batendo minhas mãos no colchão.

Depois de mais alguns palavrões, pergunto:

— Você está tentando me ofender?

— Não, por que a pergunta? — sussurra.

— A gente está fingindo que está transando, e você ainda não abriu a boca.

— Ah, certo. — Ela rola de joelhos, agarra a cabeceira da cama e começa a sacudi-la como se fosse uma cerca.

— Sim, sim, sim! Ai papai, isso.

— Papai, é?

— Aceita, Chapman — diz, então grita —, ahhh, isso, aí. Sim. Isso. Caralho. Assim. Aí.

— Caramba, sou melhor nas suas fantasias do que na vida real.
— Verdade, verdade.

Jogo Solange na cama e faço cócegas nela até as lágrimas rolarem por seu rosto. Por fim, eu a ajudo a se sentar enquanto procuro por sons vindos de nossos convidados. Está tudo quieto de novo, então presumo que Ana e Carlos entenderam o recado... ou acabaram.

Solange e eu comemoramos com um "bate aqui" e dou um beijo em sua testa. Não me lembro de ter agido desse jeito bobo com qualquer outra namorada no passado. *Não* que Solange seja minha namorada. Ela é minha amiga. Uma amiga com quem transo. Uma amiga com quem me divirto. E não posso me esquecer que ela vai embora da cidade sabe-se lá para onde em algumas semanas. Mas meu cérebro teima em ignorar essa parte.

Ela faz uma grande cena ao reorganizar os travesseiros e o edredom do jeito que gosta, monopolizando tudo, então se deita de costas e solta um suspiro satisfeito.

— Agora vamos poder dormir. E pense nisso: tudo o que nos resta é jantar com a família amanhã à noite, e então você estará livre de mim.

Acho que isso deveria ser uma boa notícia. Minha barriga se revira quando percebo que não é.

Capítulo Vinte e Quatro

SOLANGE

Após um delicioso jantar estilo buffet, cortesia das tias, a família está sentada em volta da mesa de jantar, bebendo cafezinho e comendo o famoso pudim da tia Mariana.

Nossa prima Cláudia ergue o prato à altura do nariz e cheira a sobremesa antes de provar.

— Você serve pudim na mercearia?

— Não — diz tia Mariana, radiante. — Até pensamos em servir, mas só faço para as crianças. É meu presente para elas.

Por "crianças" ela quer dizer Lina, Rey, Natália e eu, e nunca tinha percebido até agora que o pudim não está no cardápio porque ela não quer dividir com mais ninguém. Sinto uma dor no peito ao pensar em todas as formas diferentes com que as tias demonstraram seu amor por nós ao longo dos anos.

— É uma boa decisão — alfineta Cláudia. — É bom para comer em casa, mas talvez não seja a coisa certa para vender.

Meu Deus, essa mulher precisa aprender boas maneiras. Se fizer mais um comentário crítico esta noite, vou colocar uma focinheira nela. Não é nem que ela falou algo específico para nos deixar boquiabertos. Não, ela está fazendo algo que abomino: distribuindo insultos pouco a pouco. Relaxo a musculatura do rosto e, com uma expressão neutra, olho do outro lado da mesa, para Lina. Ela também está com uma expressão neutra, a cabeça inclinada enquanto retribui meu olhar.

Você está ouvindo isso?, pergunto com os olhos.

Lina balança a cabeça de leve, como se avisasse para desencanar. Ela sabe que as **tias** não gostariam de começar uma briga, então não quer se meter. Natália, a pessoa mais propensa a criar confusão, está em casa, descansando. **Tia** Viviane, a segunda pessoa mais propensa a criar confusão, está passando a noite lá para ajudar os novos papais. E como resultado, cá estou eu, sozinha em minha irritação.

Enquanto isso, Max e Rey parecem não se cansar do pudim; Max está curvado sobre o prato como se estivesse se alimentando de um cocho, e Rey está lambendo a calda de caramelo de sua colher.

— Isso é *tão* bom — diz Max para tia Mariana. — Comeria isso todos os dias.

— Obrigada, filho — responde ela cheia de orgulho. — Fico feliz que tenha gostado.

Ao meu lado, Dean aperta minha mão, então se inclina para sussurrar ao meu ouvido.

— Já está quase acabando. Você está se saindo muito bem.

Essas poucas palavras dizem tanto. Ele percebeu as patadas ocasionais de Cláudia e sabe que estou tentando não causar uma cena. Não consigo me lembrar de nenhum outro namorado tão sintonizado comigo, e Dean está só fingindo. Eu aperto a mão dele de volta.

— Vindo de você...

Infelizmente, nossa breve interação chama a atenção de Cláudia, e ela vira o corpo em nossa direção.

— Me diga, Solange, como vocês dois se conheceram?

Ah, merda. Dean e eu nunca nos preocupamos em elaborar uma história. Temos que ter cuidado agora.

— A gente se conheceu em um casamento.

Dean ri.

— Parece que faz tanto tempo.

Olho para ele com carinho.

— Parece que foi ontem.

Cláudia assente.

— E vocês estão morando juntos, mas não querem se casar. E filhos? Vocês têm planos?

Quero rebater com minhas próprias perguntas: *por que você se importa? Desde quando isso é da sua conta?* Mas reprimo a vontade de criar confusão.

— Até onde sei, se casar não é pré-requisito para ter filhos.

As sobrancelhas dela se unem.

— Mas você não acha melhor se casar antes de ter filhos? — pergunta ela, e olha para Ana e Carlos. — Como eles pensam em fazer.

Isso parece armado. Como se ela estivesse se preparando para insultar minha mãe de uma forma indireta. Dean apoia um braço em minha cadeira, provavelmente para me lembrar que ele está aqui — ou para me segurar se eu de repente pular sobre a mesa.

Dou de ombros.

— Confesso que não pensei muito nisso. Só tenho 28 anos. Não acho que seja necessário casar para ter filhos, ou que seja necessário ter um parceiro para criar os filhos.

Ela arregala os olhos.

— Mas a sua mãe não *escolheu* ser mãe solo, sabe. Até ela sabe que uma criança precisa da mãe *e* do pai.

Rodrigo olha carrancudo para a esposa.

— Cláudia, não fala mais sobre isso.

Abençoado seja este homem; deveria ganhar uma medalha por tentar fazê-la calar a boca. Mas já é tarde; cansei de ver essa mulher provocar minha mãe. Respiro pelo nariz e faço a contagem regressiva na minha cabeça. *Cinco, quatro, três...*

Dean limpa a garganta.

— Desculpem a intromissão, mas também fui criado por uma mãe solo, então *já* pensei bastante a respeito. Da forma que vejo, um bebê precisa de alguém que cuide dele. Alguém que o alimente. Que forneça um lugar seguro para que possa descansar. Alguém que o encoraje a sonhar. Mas acima de tudo, um bebê precisa de amor. E todos os tipos de famílias podem criar uma criança. — Dean gesticula bastante ao falar. — Quer dizer, é só olhar a nossa volta. Existem famílias de diferentes formatos e tamanhos. Aquelas nas quais você nasce; aquelas que você encontra em determinado momento da vida. Elas podem ter um dos pais, ou os dois, ou um monte de gente que ajuda, como as **tias** fizeram. Podem ter duas mães ou dois pais, dois avós, o que quer que funcione. Mas ser mãe solo? Isso sim é um desafio enorme. Nunca dei crédito suficiente à minha mãe por fazer isso sozinha, e deveria ter dado. E essas mulheres aqui? Fico encantado em ver tudo o que fizeram. Vieram do Brasil para um lugar desconhecido, criaram os filhos juntas. Educaram todos para se tornarem essas pessoas maravilhosas. Construíram um negócio próspero. Você poderia se imaginar fazendo isso? Consegue imaginar a força e a dedicação que tiveram que ter para realizar essas coisas? Então, sim, já que Solange é filha de Izabel, não duvido nem por um minuto que toda essa força e dedicação vão ser mais do que naturais para ela também. Solange vai ficar bem, independentemente do tipo de família que ela decidir ter.

Cláudia aperta os lábios, um aceno de cabeça como única indicação de que está comovida com o que Dean disse.

Dou uma espiada na minha mãe. Ela parece um daqueles personagens de desenhos animados com corações pulsando, dobrando de tamanho e saltando dos olhos. Bem, Dean pode contar com um suprimento vitalício de comida grátis do Rio de Trigueiro depois desse monólogo.

Ana bate as mãos na mesa.

— Isso foi *tão* lindo. — Ela olha para mim. — Fico feliz por você, prima. Encontrou um ótimo namorado.

— Encontrou, não é? — diz Lina, o olhar curioso alternando entre Dean e eu.

— O *melhor* — acrescenta Max, rindo.

Minhas orelhas estão ardendo e meu rosto *deve* estar vermelho. Vou hiperventilar? Sim, acho que vou. Eu pisco para conter as lágrimas. Dean não defendeu só a mim. Ele defendeu *minha mãe*. Meu coração está disparado no peito, pedindo por uma direção: *é esse o cara, certo? É ele que a gente quer, não é? Por favor, me diga que ele é o homem certo.* Mas Dean não quer se apaixonar, então preciso avisar meu coração que não passa de um alarme falso. E meu Deus, seria *tão* fácil ser a pessoa que ele quer. Dizer que ele não precisa me amar. Que estar com ele é o suficiente. Mas sei que isso seria um erro. Eu sinto no fundo do meu ser.

Precisando desesperadamente de ar e espaço, fico de pé.

— Bem, a gente tem que ir agora. Nós temos... coisas a fazer.

— Aposto que sim — murmura Lina.

— Lugares para ir, *pessoas para fazer* — cantarola Rey com um sorriso.

Dean se levanta também.

— Sim, é verdade. Sempre trabalhando, sabe como é. Hum, tia Izabel, você acha que a gente pode pegar um pouco de comida para levar? A picanha principalmente?

Sério? Pedir comida para levar a uma cinquentona brasileira é o mesmo que perguntar se a Terra é redonda. A resposta é sim. Sempre sim. Ele está tentando cair nas graças da minha família? Não tem vergonha nenhuma?

— É claro, filho — diz minha mãe, levantando-se da cadeira. Ela estica a mão. — Vem, pode levar tudo que você quiser.

Ana surge ao meu lado.

— Ei, nós vamos ficar um pouquinho mais, tá? Rey disse que pode nos levar até sua casa depois. E já que vamos embora para Nova York amanhã cedo, é melhor você me dar um abraço agora.

Eu a puxo para um abraço apertado. A mãe dela pode ser um saco, mas Ana tem um bom coração — e, por acaso, é bastante barulhenta na hora do sexo. Gosto muito da energia dela.

— Se cuida, prima.

— Da próxima vez, vamos deixar a mãe em casa — sussurra ela.

— Assim espero — sussurro de volta.

Depois que Dean e eu nos despedimos de todos (Cláudia recebe apenas um aceno sem vontade), saímos da casa da minha família e entramos no meu carro. Dean está tão apertado no banco do passageiro que seus joelhos quase tocam seu queixo, mas ele é gentil o suficiente para não reclamar, provavelmente porque há duas sacolas cheias de comida no banco de trás.

— Você está bem? — pergunta.

— Aham, mas isso foi muito cansativo.

— Foi mesmo, mas *nós conseguimos,* Solange — diz, os olhos brilhando de empolgação. — Convencemos todo mundo de que namoramos e ninguém desconfiou de nada.

Ergo o punho em uma fraca comemoração.

— Uhu.

Ele revira os olhos.

— Não vou deixar você estragar minha *vibe,* ok? Foi um feito e tanto e a gente devia celebrar.

— Claro, claro — digo. — O que você tem em mente?

— Me deixa fazer um jantar para você amanhã. Pode ser na minha casa. Assistir a um filme. Passar a noite juntos. Tanto faz.

Como colocar nosso relacionamento na perspectiva adequada parece crucial para minha autopreservação, dou um sorriso atrevido.

— E transar também?

Ele me examina com um olhar sexy que me eletriza da cabeça aos pés.

— Se você quiser…

É a última das coisas que quero, mas não sinto vergonha em dizer que, ainda assim, quero.

— Sim.

O celular de Dean vibra e ele faz uma careta com a interrupção.

— Hum — diz, com uma risada alguns segundos depois.

— O que houve? — pergunto.

— É uma mensagem da minha mãe. Uma foto dela com o novo namorado. Montanhas ao fundo. Ela está indo conhecer os filhos dele. Depois eu te mostro.

— Conhecer a família. Isso é importante.

Dando de ombros, ele diz:

— Talvez. — Ele dá um longo suspiro, então estende a mão e aperta meu ombro. — Seja como for, acabou nosso fingimento. Amanhã de manhã estaremos em casa, livres.

Bem, não, isso não é exatamente verdade. *Ele* vai estar em casa e livre. Já eu? Considerando que estou começando a me apaixonar por esse homem, ainda estou diante da grande probabilidade de ter o coração partido.

Lina me liga quando estou a caminho da casa de Dean, no sábado à noite. Como conseguir uma vaga para estacionar é sempre uma dificuldade tanto no bairro dele quanto no meu, escolhi ir de Uber.

Atendo no primeiro toque.

— Ei, só um segundo, estou entrando no carro. — Jogo minha mala no banco de trás, cumprimento o motorista e confirmo o endereço de Dean. Depois de me instalar, volto para Lina. — E aí, mulher? Diga lá.

— Não vem com essa de "e aí". Estou tentando falar com você o dia todo.

— Por quê? O que aconteceu?

Ela estala a língua.

— Sério, Solange? Você vai vir com essa pra cima de mim?

Ela está certa. Não adianta ser evasiva com Lina. Ela vai me perseguir até conseguir as respostas que está procurando.

— Em minha defesa, eu estava mesmo ocupada. Ajudei Dean a arrumar a casa dele depois que Ana e Carlos foram embora hoje de manhã, e depois saí com Brandon. Mas, hm, estou voltando para a casa do Dean agora.

Quando ela não responde imediatamente, eu a provoco.

— Qual é o problema? Max comeu sua língua?

— Heh. Estou processando a informação, tá? Porque achei que isso de namoro de mentira tinha acabado ontem de noite.

— Tecnicamente acabou.

Lina solta um pigarro.

— Então…

— Então vamos só passar um tempo juntos.

— Hmm, um casinho de verão antes de ir embora da cidade. Não vejo mal nisso.

Queria que fosse simples assim. De verdade. Mas se um caso de verão é tudo que posso esperar de Dean, que outra escolha tenho se não aproveitar do jeito que é?

— Mas tem um detalhe. Pode ser que eu não vá embora.

A voz de Lina sobe várias oitavas.

— O quê?!? Quando você decidiu isso?

— Calma, eu ainda não decidi nada, mas a escola me fez uma oferta e estou pensando a respeito.

— Nossa, Solange. Parabéns! Eu estou tão feliz por você!

— Calma, Lina. Estou cogitando a vaga de Ohio também. E não quero que nada nem ninguém me pressione nesse sentido.

Isso se aplica a Dean também. Não posso deixar o que sinto por ele me guiar na direção errada quando se trata da minha carreira. Se vou fazer essa escolha, preciso fazê-la de forma independente, livre de qualquer influência e sem me importar com o que eu *queria* que acontecesse entre nós caso decida ficar, sobretudo quando todos os sinais me dizem que esse desejo jamais irá se realizar.

— Sim, eu entendo — diz ela, a voz ficando mais suave. — Mas se quiser falar disso, pode contar comigo.

— Eu sei.

— E vejo você amanhã no jantar de domingo na casa da Natália e do Paulo?

— Não perderia por nada neste mundo.

— Excelente. Agora, antes de desligar, minha mente curiosa quer saber: isso entre você e o Dean é só um casinho mesmo?

— Sim, tem que ser. Nossos objetivos são muito diferentes.

— Então, mulher, monta nesse homem e não sai nem se um guindaste tentar te tirar. Porque, pelo amor de Deus, que gato.

— É o que estou tentando fazer, **mulher**. Tchau!

Dean abre a porta do apartamento e arregala os olhos.

— Uau.

Era essa a reação que eu esperava. Querendo desfrutar um pouco de sua apreciação, eu me viro para que ele possa ver o vestido preto justo que estou usando de todos os ângulos.

— Uau, uau, uau — diz ele enquanto se afasta para me deixar entrar.

— Você pode pegar aquilo para mim? — pergunto, toda fofa, apontando para a mala que trouxe e que ainda está no corredor.

Dean resmunga ao erguê-la.

— Você está se mudando para cá? O que diabo tem aqui?

Eu conto nos dedos a lista das guloseimas lá dentro.

— Bala de ursinho, chips de batata, ingredientes para fazer **caipirinha**, para várias doses, na verdade, calças de moletom e meias fofas para mais tarde. Sabe como é, o essencial para assistir filmes.

— Então tem uma ordem certa para a noite?

Pisco para ele.

— Na verdade, não. Estou pronta para o que for.

Ele olha para suas próprias roupas.

— Desculpa por não estar com roupas adequadas para a ocasião.

Ele está vestindo uma camiseta acinzentada e shorts de moletom pretos que estão baixos, marcando seus quadris. Essa roupa é tão atraente quanto os ternos de três peças que ele usa para trabalhar todos os dias, talvez até mais, porque permite espiar por trás da cortina de perfeição atrás da qual ele tanto gosta de se esconder. Em vez de dizer tudo isso, relaxo com uma expressão sensual.

— O mais importante é que estamos com roupas que permitem fácil acesso.

— Certo — diz, com a cabeça inclinada como se não tivesse certeza das minhas intenções.

Sendo sincera, também não sei quais são as minhas intenções. Em minha mente, estou cantando *é só mais uma história de verããããão.* Mas estou sendo ridícula. Não preciso de um transplante de personalidade para manter as coisas casuais entre nós. Eu só preciso me lembrar de não me apaixonar por ele.

Dean deixa minha mala ao lado da mesa de entrada e pega minha mão, me puxando para a sala de estar.

— Fiz lasanha. E uma salada. Tem vinho também. — Ele me segura pela cintura e me puxa para perto, abaixando um pouco para poder me olhar nos olhos. — Quero alimentar você e ouvir essa sua voz linda falando qualquer coisa. E daí em diante, a escolha é toda sua.

— Parece uma noite perfeita — digo.

Ouvimos um bip, então Dean contorna o balcão, colocando uma luva de forno enquanto corre para o fogão.

— Chegou na hora certa. Está com fome?

— Depende — digo enquanto me aproximo e espio o prato que ele está tirando do forno.

— De?

— Se você espera que eu vá comer direto da bancada que nem naquela *trend* que vi outro dia. O TikTok é um inferno.

Ele me empurra para fora do caminho.

— Achei que você me conhecesse melhor a essa altura. Só por causa disso, não vou deixar você repetir.

Conversamos durante o jantar (delicioso, graças ao cozinheiro) e limpamos a cozinha (meticulosamente, também graças ao cozinheiro), e então eu o convoco para ajudar a espremer os limões para as caipirinhas. *Muitos* limões. Dean se entrega de corpo e alma à tarefa, o que me permite analisar o corpo dele com cuidado. Estou particularmente atraída pela maneira com que os músculos tensos de seus antebraços marcam sua pele ao usar o espremedor. Me sinto tentada a ficar entregando frutas cítricas para ele a noite toda.

— Por que só eu estou trabalhando? — pergunta Dean, bufando.

— A acidez tende a irritar minha pele.

— Sério?

— Não.

Ele para de espremer os limões e me encara.

Dou um sorriso provocador e estendo a mão.

— Minha vez.

Nós trocamos. Em vez de sentar no balcão como eu fiz, Dean permanece atrás de mim, a centímetros de tocar minhas costas, como uma parede de calor que dificulta a concentração no trabalho relativamente simples diante de mim.

— Você vai ficar aí assistindo?

Ele desliza um dedo sob a alça fina que caiu do meu ombro e lentamente a coloca de volta no lugar.

— A intenção é essa.

— Bom, então, faça alguma coisa de útil e levante meu vestido.

Ele faz um som — um gemido profundo que termina em um silvo suave —, então o ar frio beija minha pele enquanto ele agarra o tecido e o desliza para cima, seus dedos quentes roçando a parte de trás das minhas coxas.

— Porra.

— Que foi?

Eu pergunto inocente, ciente de que ele acabou de descobrir que não estou de calcinha.

— Nada, nada. Tudo certo.

Ele se aproxima, os braços prendendo meu corpo enquanto suas mãos apoiam no balcão, então ele empurra para a frente, seu peito largo e a linha rígida de sua ereção me prendendo no lugar. Sua respiração paira sobre minha orelha.

— Acho que os limões podem esperar.

— Esperar pelo quê?

É um jogo, claro. Sei exatamente o que ele vai dizer: os limões podem esperar até a gente transar — ou qualquer outra coisa nesse sentido. E eu não poderia concordar mais. Mas quando ele finalmente fala, Dean diz:

— Eu fazer amor com você como se minha próxima respiração dependesse disso. Porque sendo sincero, Solange, eu realmente acho que depende.

— Você está respirando nesse momento — digo, num tom brincalhão, embora sua declaração tenha aumentado minha luxúria ao máximo e feito tudo dentro de mim se derreter.

Ele esfrega o pau na minha bunda.

— Por pouco.

Puta que pariu. Esse homem sempre é perigoso. Mas, neste exato momento? Com seu desejo por mim em um pico febril? O cara é simplesmente letal. Eu assinaria qualquer tipo de contrato com letrinhas miúdas para mantê-lo nesse estado alterado.

— Vamos lá para o quarto, então.

Tento puxar Dean na direção certa, mas ele resiste.

— O que houve? — pergunto.

Ele abre a boca, depois a fecha, as narinas dilatando um pouco enquanto respira pelo nariz.

— Dean, fala logo o que você quer falar. Sou grandinha. Eu dou conta.

Ele agarra a bainha do meu vestido e me puxa um passo para trás.

— Quero que você mantenha isso acima da cintura e vá andando na minha frente. Você faria isso por mim?

Em resposta, eu levanto a saia do meu vestido até a cintura e caminho em direção ao quarto dele, dando uma olhadinha para ele por cima do ombro.

— Satisfeito?

— Pronto pra ficar bem mais… — diz, sua voz cheia de diversão. Para garantir, ele dá aquela mordiscada no lábio inferior.

Deus do céu. Eu vou acabar com esse homem hoje. Fazer isso me trará de volta à razão. Todas as outras coisas — ficar juntos, assistir filmes juntos, comer juntos — são secundárias em relação ao sexo. Tem que ser assim.

Quando chegamos no quarto, Dean se senta na cama e me puxa entre as pernas dele. Ele passa os dedos pelas minhas clavículas e os desliza sob as alças do meu vestido.

— Elas ficaram caindo a noite toda. Tem sido uma distração. — Ele encontra meu olhar, seus olhos brilhando com a necessidade. — Posso?

— Pode — digo, a voz pouco acima de um sussurro.

Ele puxa as alças para baixo, e o corpete do vestido cai na minha cintura.

— Porra, Solange. Você é linda. É como se eu estivesse vendo você pela primeira vez.

Ele resmunga sua aprovação, então se inclina para frente e roça seus lábios contra minha barriga, acariciando meus seios tão levemente que me pressiono em seu toque, ansiando por mais.

— Dean, por favor — imploro.

É um pedido vago, claro, mas ele precisa saber que estou morrendo aqui.

— Por favor o quê? — pergunta ele, sua voz firme e autoritária.

Sinto os pelos dos braços se arrepiarem. Dean *gosta* de ser mandão no quarto. Essa informação a respeito dele é muito excitante. Ainda assim, não posso deixá-lo pensar que vou facilitar.

— Podemos acelerar?

— Sem problemas. Saia desse vestido.

Eu deslizo o tecido até meus tornozelos e o chuto.

— Pronto.

Agora estou nua e excitada, e esse homem maravilhoso fica me encarando.

Devagar — devagar demais para o meu gosto — ele se levanta da cama e tira a própria roupa em três movimentos ágeis. Em vez de me tocar, ele se senta e começa a se tocar, como se não tivesse nenhuma preocupação no mundo ou uma mulher pelada e pronta à sua frente.

— Isso se chama gratificação atrasada — diz ele. — Você provavelmente já se deparou com o termo em suas viagens.

Eu me recuso a responder. Quanto mais eu me envolver, mais ele vai prolongar isso.

— Está vendo o que você faz comigo? — comenta ele, batendo uma bem na minha frente. — Isso só porque te pedi para levantar o vestido. Isso aqui é culpa sua. Foi você.

Não posso deixar de olhar para a mão enorme dele acariciando o pau. A maneira como ele desliza os dedos até a base, passa a mão em suas bolas e aperta a ereção enquanto sobe de volta até a cabeça... Nossa, quero isso na minha boca.

— Posso provar?

Ele fecha os olhos com força e abre as pernas.

— Porra, sim.

Eu caio de joelhos e apoio a mão em sua coxa.

— Espera — pede ele, abrindo os olhos e tirando a piranha que prende meu cabelo. — Quero sentir seu cabelo roçando em meu corpo.

Quando meus cachos caem em meus ombros, eu o coloco na boca.

— Solange... — diz ele, puxando o ar. — Isso, querida, assim.

Lambo todo seu comprimento e deslizo minha língua na cabeça. Dean pega uma parte do edredom e a segura como se isso fosse ajudá-lo a manter os pés no chão. Com a outra mão, ele empurra meu cabelo para o lado, para garantir que consegue ver meus movimentos.

Eu também quero ver ele sentindo prazer, então registro suas feições e observo que, cada vez que aplico um pouquinho de pressão na base, ele aperta a mandíbula e se encolhe.

Ele acaricia minha bochecha e me observa com uma intensidade que me faz querer colocar ainda mais em minha boca, chupar com ainda mais força.

— Porra, Solange, sua boca deslizando no meu pau é a visão mais incrível que já tive na vida.

Essas palavras viajam para o meu centro e se acomodam lá, uma pulsação constante que me faz contorcer de frustração.

Dean percebe.

— Você precisa da minha língua também, não é? — diz ele, e dá um tapinha na cama. — Suba aqui.

Eu o solto e subo na cama.

— Fica de quatro, por favor — diz enquanto se levanta.

Paro na posição e espero, mas não por muito tempo. Logo, Dean está massageando minha bunda, e não muito depois disso, ele gentilmente empurra meu torso para baixo para que meu rosto fique apoiado na cama. Quando ele me lambe por trás, quase vejo estrelas.

— Meu Deus, meu Deus…

Outras palavras se seguem, mas não estou fazendo nenhum sentido. Meus músculos se contraem, como se isso fosse me ajudar a isolar e aumentar as sensações entre minhas coxas. Ele tira a boca, e eu choramingo em um protesto suave.

— Não se preocupa — diz. — Ainda não acabei.

Até onde sei, ele poderia enterrar o rosto entre minhas pernas por toda a eternidade e não seria suficiente.

— Agora vira pra mim, Solange.

Eu me viro.

— Agora sobe e deita ali. — Ele me instrui.

Faço o que ele diz. Dean então se deita na cama e coloca seu rosto contra minhas coxas.

— Você está tão inchada, tão bonita aqui embaixo. — Ele roça meu clitóris com o polegar. — Olha que delícia… Deliciosamente inchado. E mal posso esperar para lamber você aqui.

Estou ondulando na cama agora, tentando descaradamente aproximar a boca dele do meu núcleo.

— Por favor, Dean.

— Você quer meus dedos? — pergunta.

— Eu quero seus dedos. Sua boca. Sua língua. Eu quero tudo. *Por favor.*

O que se segue é uma confusão de sensações que é ao mesmo tempo vertiginosa e desorientadora. As mãos e a boca de Dean parecem estar em toda parte — acariciando, chupando, tocando. Meu cérebro não consegue processar tudo o que ele está fazendo, mas meu corpo registra o prazer muito bem. A certa altura, ele levanta a cabeça.

— Me fala quando estiver quase lá.

— Estou quase lá desde que a gente começou — digo.

Depois de colocar uma camisinha, ele rasteja até a cama e me puxa para ficar de lado, posicionando-se atrás de mim.

— Posso te foder assim?

— Dean, você pode me foder do jeito que quiser — digo, estendendo a mão para trás para acariciar sua mandíbula.

Em resposta, ele agarra meu quadril e se pressiona atrás de mim até se guiar para dentro devagar. Estamos tão perto que posso sentir seu calor, inalar nossos aromas misturados e ouvir sua respiração irregular.

— Isso… assim, isso… — vou dizendo enquanto ele me penetra. — Nossa, que delícia, meu Deus.

— Você gosta de me sentir preenchendo você, não gosta? — sussurra na minha orelha.

— Ah, sim, gosto…

— Vamos ver se eu me mexendo dentro de você é ainda melhor. — Com esse aviso, ele pressiona o peito em minhas costas, eliminando todo o espaço entre nós, como se os orgasmos de nossas vidas dependessem disso. — Solange, aperta meu pau. Cada centímetro dele. É seu enquanto você quiser.

Essa declaração soa quase como uma promessa. Quase. Mas sei que não devo acreditar. Porque não quero só o pau dele. Também quero o coração. Eu aperto minha bunda contra ele em frustração, encontrando-o no meio do caminho, até que ele passa o braço em volta da minha cintura e coloca dois dedos em cima do meu clitóris.

— Você quer isso? — pergunta no meu ouvido. — Você precisa disso?

— Sim, ai Deus, sim.

Ele me fode e me acaricia ao mesmo tempo, e eu não sei o que é em cima e o que é embaixo, ou se vou parar de querer reivindicar Dean como meu. Minutos depois, nos reunimos, nossos corpos congelando e estremecendo enquanto gritamos, gozando juntos. Uma vez que minha respiração volta ao normal, eu me viro para encará-lo, e ele me fixa com um olhar questionador.

— O quê? — pergunto.

— Isso foi melhor que a média, certo? — diz, ofegante. — Me diz que não é coisa da minha cabeça.

— Não é.

Na verdade, é tão longe disso que é até desconcertante. Não me lembro da última vez que um homem me perguntou o que eu queria na cama — e me deu com tanta vontade. Dean não presumiu que tinha as respostas; em vez disso, ele fez as perguntas. E compartilhou o que precisava para o próprio prazer também.

— Ok, bom. Nesse caso, acho que devemos fazer de novo. Quando você estiver pronta. Afinal, a prática leva à perfeição.

Eu sei que ele está brincando, mas sinto meus olhos pesados e fico impressionada com o quão perto da perfeição isso foi. Pior, sou forçada a enfrentar a verdade sem escapatória: o meu plano era abalar o mundo dele; em vez disso, Dean está constantemente virando o meu de cabeça para baixo.

Capítulo Vinte e Cinco

DEAN

Solange deita a cabeça no meu peito, puxa o edredom até a altura do queixo e dá um suspiro satisfeito. Estou vendo minha nova lembrança favorita se materializar diante dos meus olhos. Em busca de uma imagem completa, acaricio o cabelo dela e brinco com um de seus cachos. É, isso é perfeito. Viciante, na verdade.

Pela primeira vez na vida, estou pensando na possibilidade de namorar por namorar. Sem planos. Sem um objetivo final também. Quem diabo eu me tornei?

Eu sou o cara que planeja tudo. Estou atrás de garantir a estabilidade com a qual passei a vida inteira sonhando, e acabei de sair de um relacionamento que deveria terminar em um compromisso duradouro. Mas talvez eu devesse parar de seguir o fluxo e fazer uma pequena pausa. Continuar focado na carreira. Retomar essa lista de tarefas tão intrincada um pouco mais tarde. Enquanto isso, posso passar um tempo com Solange em regime de exclusividade — pelo tempo que ela quiser. Eu até viajaria para Ohio para vê-la se ela quisesse. Considerando como estaremos ocupados, talvez um relacionamento à distância seja a solução. Mas será que ela iria querer isso?

Solange resmunga enquanto se aconchega ainda mais em mim.

— Você está fazendo de novo. Para com isso.

— Para com isso o quê?

— Pensar demais. Nove em cada dez médicos não recomendam fazer isso.

É essa a sensação de ter alguém que te conhece bem o suficiente para saber o que se passa na sua cabeça? Eu gosto. Muito.

— Você está certa. Precisamos fazer alguma coisa. Que tal ver o filme?

Ela sai dos meus braços e se apoia nos cotovelos.

— Que filme você tinha em mente?

— *Harry e Sally: Feitos um para o outro*. — Dou de ombros. — É meio que nosso lance.

— *Nosso* lance? — pergunta, seus lábios se projetando como se não acreditasse na frase. — Nós temos "*lances*" agora?

— Aham — digo, encostando o dedo o nariz dela. — É tipo uma piada interna nossa. Ou deveria ser. Algo que é só entre a gente.

Ela balança a cabeça e faz uma careta fingida.

— Não sei, Dean. Você está bem? Porque isso soa um pouco romântico.

Soa mesmo, não? E aposto que ela não gosta de sinais conflitantes.

— Bom, você e o Brandon têm os "lances" de vocês, não têm? — digo, fazendo aspas com os dedos. — E vocês dois são amigos.

Ela engole em seco.

— Temos e somos.

— A ideia é a mesma aqui.

— Ceeeerto — diz, balançando a cabeça. — Você está totalmente certo. Entendi.

— Então tá bom — respondo, me endireitando. — Vamos mudar a festa para a sala, que tem *home theater* e TV de alta resolução. Vamos.

— Já volto — diz Solange.

Após dar um beijo suave na minha boca, ela se levanta da cama e sai pelada do quarto. Volta menos de um minuto depois, a mala em uma das mãos.

— Está bem mais leve agora que não tem bebida o suficiente para servir uma festa inteira.

Um monte de coisas acontece em uma velocidade surpreendente: ela corre para o banheiro; surge em uma camiseta curta e moletom; senta na cama para vestir as meias; junta o cabelo em um coque bagunçado, então se levanta. É uma cena vertiginosa.

Eu saio de debaixo do edredom.

— Você é tipo um furacão.

— E você é lento demais. Te espero lá embaixo. Vou terminar as caipirinhas.

Minutos depois, entro na sala de estar e paro enquanto observo Solange levar dois copos para a mesa de centro. Eu observo sua expressão carinhosa, sua presença vibrante, a maneira com que se acomoda no meu sofá na expectativa de assistir a um filme que, provavelmente, já viu cem vezes.

Assim que me acomodo ao lado dela, ela coloca um cobertor sobre nossas pernas, aperta play no controle remoto e se aconchega ao meu lado.

Tento ignorar como o momento reflete o que sempre imaginei para uma noite normal de sábado. A sensação de pertencimento. Pertencer a alguém, mais especificamente. Durante anos, era apenas uma noção distante. Mas agora a estou vivenciando de verdade, e é muito melhor do que qualquer coisa que eu poderia ter imaginado. Porque é a Solange.

Ok, então descobri que sou um mentiroso. Eu não quero só assistir a um filme com ela. Não quero que tenhamos "lances". E não quero namorar casualmente com ela. Quero que ela faça parte da minha vida. O único problema é que não sei como podemos fazer isso funcionar, sobretudo porque não tenho certeza se algum de nós tem a capacidade de dar o que o outro precisa.

Então me contento em assistir ao filme — porque permanecer neste lugar feliz é mais fácil do que tentar entender essa merda toda.

— A voz do Billy Crystal é muito irritante — digo enquanto como os chips que Solange trouxe.

Ela me entrega a embalagem.

— Pode comer, já estou cheia.

— Mas a Meg Ryan é uma graça.

— Hmmm.

— O cabelo do Harry é muito bagunçado. Era essa a moda dos anos setenta?

— De acordo com as fotos que já vi, sim.

— Eles vão dirigir dezesseis horas juntos? É a receita para o desastre. — Coloco o pacote de chips de lado e esfrego as mãos. — Ah, é essa a cena do restaurante? Isso vai ser bom.

— Não, é só mais tarde. Na época da faculdade. Quando eles já estão mais velhos.

— Ah, estou vendo que passar vergonha em restaurantes é normal nesse filme, então.

Solange pega o controle remoto, pausa o filme e me bate com o travesseiro em questão de segundos.

— Você não consegue assistir ao filme em silêncio? Não parou de falar desde quando apertei play.

Eu pego o travesseiro e dou um sorriso tímido.

— Desculpa, é que… Gosto de ter você por perto e estou tentando falar tudo que posso, como se nosso tempo fosse limitado.

Seus olhos se suavizam.

— Mas não é. Vou passar a noite aqui, lembra? E ainda estarei aqui quando você acordar.

— Eu quis dizer que você vai embora da cidade em breve.

Ela me encara enquanto brinca com o controle remoto.

— Ah. Bom, então pode continuar a tagarelar.

— Não, você está certa. Estou sendo um chato. Vou calar a boca pra gente aproveitar o filme.

Infelizmente, meu celular toca quando estávamos prontos para dar play de novo e, quando olho para a tela, vejo que a ligação vem do sistema de comunicação interna do condomínio.

— Alô?

— Dean, sou eu, sua mãe. Pode abrir a porta para mim, filho?

Sinto minha barriga se contrair. Melissa Chapman não costuma fazer visitas-surpresa. Ela deveria estar do outro lado do país. Num motor home. Com Harvey. Eu olho para Solange, que está congelada no lugar, então coloco a mão em sua coxa.

— Ei, mãe. Você está sozinha?

Minha mãe demora para responder. Suspeito que minha escolha de palavras não esteja ajudando. Por fim, ela diz:

— Sim, estou.

— Espera aí. O número do apartamento é 206.

— Eu sei — diz ela com uma risada. — Eu te mando cartões de Natal, não é?

Ela manda mesmo. Às vezes, um cartão e alguns telefonemas são todo o nosso contato durante um ano inteiro. Suspiro, digito os números para destrancar a porta da frente e me levanto lentamente do sofá.

Solange faz o mesmo.

— Podemos assistir *Harry e Sally* outro dia. — Ela acena com o polegar atrás dela. — Vou arrumar minhas coisas. Talvez seja melhor eu ir embora.

Segundos atrás, eu não conseguia conter minha empolgação em passar um tempo com Solange. Agora, é como se a chegada da minha mãe tivesse esgotado toda minha energia. Puxo Solange para mim.

— Vamos ver o que vai acontecer. Entender qual é o problema. Até onde sei, ela pode ter passado para entregar uma lembrancinha de viagem.

Solange bate no meu peito.

— Mas vou arrumar minhas coisas mesmo assim, por precaução. E deixar vocês conversarem durante alguns minutos. Enquanto isso — ela pisca para mim —, vou ver o que você guarda no armário de remédios.

Eu a observo sair da sala, então me preparo para o que quer que tenha trazido minha mãe até D.C. Enquanto espero, vejo as notificações do meu celular e encontro uma mensagem recente de Max entre elas.

> Seu safado. Lina já me contou tudo. Não sei se isso é o certo, mas apoio você. Meu conselho? Convença a Solange a aceitar a proposta e ficar na cidade. Se preocupe com o resto depois.

Proposta? Ficar? Do que diabo Max está falando? Só levo alguns instantes para entender o que a mensagem quer dizer: a Academia Vitória deve ter oferecido uma posição permanente para Solange. E ela não me contou.

Sinto a decepção tomar conta de mim, um peso que me prende no lugar. Ou ela não queria que eu soubesse do trabalho, ou já decidiu recusá-lo. Nenhuma das opções sugere que ela esteja tão entregue quanto eu. Que esteja se perguntando se conseguiríamos fazer isto dar certo. Imaginando algo a mais. E claro, não é como se tivéssemos feito promessas um ao outro, mas somos amigos, certo? Considerando tudo o que Solange já compartilhou comigo, o fato de nunca ter mencionado a possibilidade de ficar em D.C. diz muito.

Em vez de admitir que não sabia da oferta, mando uma mensagem com joinhas para Max e coloco meu celular no balcão da cozinha. Segundos depois, Melissa Chapman está à minha porta.

Apesar da alegria que ouvi na voz de minha mãe quando ela estava lá embaixo, os olhos avermelhados, o nariz escorrendo e as manchas rosadas no queixo e nas bochechas contam uma história diferente.

— Está tudo bem? — pergunto enquanto me afasto para deixá-la entrar, meu olhar passando por ela e para o corredor para confirmar que veio sozinha.

— Tudo bem — responde, arrastando a mala de rodinhas atrás de si.

— Você precisa de algo? Uma bebida? O banheiro?

Ela se repete, desta vez mais alto:

— Estou bem.

— Então, o que aconteceu?

Ela deixa a mala em um canto e se vira, os ombros caídos em derrota.

— Harvey e eu brigamos. O plano era dirigir até Massachusetts para conhecer os filhos dele antes de voltarmos para Delaware.

— E…? — digo, olhando para os sapatos dela. Não consigo evitar.

Ela revira os olhos e tira os sapatos enquanto explica.

— E ficou óbvio que ele nunca contou de mim para os filhos. Eu fiquei com raiva. Ele, confuso. E quando gritei que era óbvio que ele deveria mencionar a mulher com quem iria morar para seus filhos, ele hesitou. Aparentemente, morar comigo não estava nos planos. Aí a coisa toda foi ladeira abaixo e eu pedi para ele me levar até a estação de trem mais próxima, e agora estou aqui.

— Por que você não pegou um trem para casa em Delaware?

Ela engole em seco antes de responder.

— Porque eu não renovei meu contrato de aluguel.

— Porque você pensou que iria morar com Harvey.

— Sim.

Não sei como ela aguenta. Cada novo homem que entra em sua vida é "o certo". Ela fica toda empolgada e confusa, então, quando eles inevitavelmente a decepcionam, é como se estivesse começando do zero de novo. Quando criança, eu assisti a isso acontecer de novo e de novo. Ainda assim, parte de mim secretamente esperava que Harvey fosse diferente.

— Você pode ficar aqui, claro. Pelo tempo que precisar. E vou te ajudar a encontrar um lugar para morar.

— Obrigada.

Ela abre a boca, depois fecha.

— O quê?

Ela suspira e dá de ombros.

— Achei que ele fosse minha alma gêmea. Eu realmente achei que ele era a pessoa certa.

Meu Deus. Eu odeio tanto isso. Minha mãe não é uma má pessoa, sabe? Ela não merece se decepcionar com todos os homens com quem namora. Mas é sempre bom lembrar que ela zombou de mim quando eu disse que não se deveria confiar no tal calorzinho no peito. Talvez ela finalmente esteja pronta para aceitar que tenho razão. Diminuo a distância entre nós e a envolvo em um abraço.

— Sinto muito que não deu certo.

— Ele era tão merda quanto os outros. Bom de cama, admito.

— Eu não precisava dessa informação, obrigado. — Olhando ao nosso redor, acrescento: — Vou colocar suas coisas no quarto de hóspedes.

Minha mãe leva um momento para inspecionar meu apartamento. Ela arregala os olhos quando vê as caipirinhas que Solange fez.

— Ah, droga. Interrompi alguma coisa?

— Tem uma amiga aqui — digo, minha boca ficando seca de repente. — Ela queria nos dar privacidade.

Minha mãe me dá um sorriso sarcástico.

— Nossa, você é rápido, hein?

— Não é bem assim — sussurro.

— Como é, então? — responde em um sussurro.

Eu cerro os dentes e olho para ela.

— Não vamos ter essa conversa agora, mãe.

Por pelo menos dois motivos. Primeiro, Solange está no meu quarto e não parece certo falar dela dessa maneira. Dois, não tenho a menor ideia do que poderia dizer. Faz um mês desde que essa mulher destruiu meu casamento. Se eu insinuasse que Solange e eu somos só amigos com benefícios, minha mãe faria uma enxurrada de perguntas. Não sou uma pessoa impulsiva. Dizer a minha mãe que sinto alguma coisa — *sinto alguma coisa de verdade* — por uma pessoa que conheci no mês passado levantaria todos os tipos de bandeiras vermelhas em sua mente. Ela sabe que não é assim que costumo agir. É ela quem faz isso, e não teria como sermos mais diferentes nesse ponto.

Merda. Essa comparação com a minha mãe coloca o que está acontecendo com Solange em outra perspectiva, e fico aliviado. Agora que parei para pensar, o que diabo estou fazendo? Eu não sou assim. Não mesmo. Mas cá estou eu, seguindo o manual de Melissa Chapman, e esse é o sinal mais claro de que me desviei do caminho.

Ela ergue as mãos.

— Tudo bem, tudo bem. Posso tomar um banho pelo menos? Tenho sete horas de germes de trens de alta velocidade no meu corpo.

Antes que eu possa responder, o clique da porta do meu quarto chama minha atenção e Solange entra na sala, a mala pendurada no ombro.

— Oi — diz para minha mãe. — Eu sou a Solange, amiga de Dean. Eu já estava indo embora.

Minha mãe dá um passo à frente e, enquanto elas apertam as mãos, diz:

— Ora, ora. Eu nunca esqueceria esse rosto. Foi você quem fez o estrago e tanto no casamento, né? De todo modo, é um prazer finalmente conhecer você, querida.

Solange engole em seco.

— Digo o mesmo. — Ela olha para mim, depois cutuca minha barriga. — Me acompanha até o elevador?

Tenho certeza de que pareço um daqueles bonequinhos cabeçudos enquanto me viro.

— Claro.

Estou com dificuldades para processar tudo que está passando pelo meu cérebro: o tempo idílico que passei com Solange mais cedo; as implicações da visita inesperada da minha mãe; a revelação sobre o trabalho de Solange. Merda, não sei nem o que fazer com as mãos. Meu instinto é apoiar uma delas nas costas de Solange, mas o olhar atento da minha mãe me leva a enfiá-las nos bolsos da bermuda.

Eu me viro para minha mãe.

— Fica à vontade. Os lençóis são novos. As toalhas estão no armário.

Ela murmura "Obrigada", então eu fecho a porta atrás de mim.

Andamos em silêncio até o elevador. Quando chegamos, Solange aperta o botão para chamá-lo, se vira para mim e apoia uma mão na minha barriga.

— Está tudo bem? Com sua mãe, quero dizer.

— Não muito — digo, esfregando minha nuca. — Ela terminou com o namorado. O período que se segue nunca é bom.

— Posso ajudar de alguma forma?

Não fico surpreso com a pergunta dela. Porque embora Solange viva e respire sarcasmo e cinismo, ela também é uma pessoa generosa demais.

— Não, acho que não. Resumo da ópera: ela abriu mão do apartamento em que morava, e agora preciso ajudar a encontrar outro lugar.

— Ela vai ficar bem?

— Só o tempo vai dizer. Já faz um tempo desde a última vez que estive por perto para presenciar o fim de um relacionamento dela. — Dou de ombros. — Veremos. Mas só um aviso: isso significa que provavelmente não estarei muito disponível. Entre o trabalho e a presença da minha mãe aqui, não vou ter muito tempo livre.

Ela franze a testa e se afasta de mim; é como assistir a um gato de rua curvar as costas no modo defensivo.

— Não me lembro de ter perguntado sobre a sua disponibilidade.

— Você não perguntou — digo, balançando a cabeça. — Mas também não quero que você pense que estou te dando um perdido. São só… as circunstâncias.

Sinto meu peito apertar. O que diabo estou dizendo? Preciso de um momento para respirar e descobrir que porra é essa que estou fazendo, mas Solange me olha como se estivesse me vendo sob um novo prisma — e não é nada bom. Eu continuo, apesar de saber que não deveria.

— Você me pediu para não vir de conversa fiada, lembra? Então não vou. A verdade é que acho que estava preso na ilha da fantasia e, assim que minha mãe apareceu, percebi que era hora de acabar com isso.

— Eu realmente não estou entendendo — diz ela, franzindo o nariz.

E como poderia? Não estou conseguindo me explicar — e é bem provável que a esteja irritando. Eu fecho e abro as mãos ao lado do corpo e tento de novo.

— Acho que essa história de namoro de mentira mexeu com a minha cabeça. Comecei a imaginar que poderíamos funcionar de verdade, ser um casal de verdade. Mas hoje me lembrei por que isso não seria uma boa ideia. Eu preciso dessa sensação de segurança. Normalidade. Ordem. É isso que tenho buscado a minha vida inteira. Eu tenho um plano…

— E eu não me encaixo nele — conclui ela, carrancuda. — Entendi. — Ela acena a mão em desdém, como se já estivesse cansada desta conversa. E de mim também. — Você já planejou cada um dos dias que te restam nesta Terra. Como ouso interferir nisso, não é?

— Ah, para com isso, Solange. Você nem *quer* se encaixar no meu plano de vida.

— O que te dá tanta certeza disso? — pergunta ela, com o rosto inclinado enquanto me fulmina com aqueles malditos olhos profundos.

— Bem, se você achasse que tinha uma possibilidade de futuro para nós, teria sido sincera comigo. Você pode mesmo afirmar que foi sincera?

— Nossa, mas quem é você? O Charada? — indaga enquanto cruza os braços. — É óbvio que você tem algo em mente. Fala logo.

— Tudo bem — digo rispidamente, os músculos do meu maxilar tensos. — Por que você não me contou que recebeu uma oferta da Academia Vitória?

Ela ri, sarcástica, então começa a andar de um lado para outro no corredor, e é como se eu estivesse vendo uma bola de neve ganhar força e velocidade na descida da montanha.

— Porque ainda não decidi o que quero fazer e preciso fazer isso sozinha. E sim, é claro: eu *não* quero que você tenha peso algum nessa escolha. Porque isso seria um erro, não é? Você se recusa a se apaixonar e eu me recuso a ficar com alguém que não me ama. Você não foi feito para romances, lembra?

— E você pode me culpar por isso? — digo, apontando para a minha porta. — Solange, se não fosse por mim, ela estaria dormindo na rua porque pensou que ele era "o cara certo". Olha, eu sei por experiência própria o quanto os relacionamentos podem ser voláteis. Um dia você está apaixonado, no dia seguinte já não está. Criamos expectativas e, quando elas não são atendidas, a gente fica mal. Fica na merda. Como eu poderia *não* querer passar por isso?

Ela me segura pelos pulsos, como se quisesse colocar algum juízo em mim.

— Porque, se não for assim, você só está existindo. É isso que você quer? Passar a vida fisicamente presente, mas emocionalmente ausente?

Quando não respondo com a rapidez que ela gostaria, ela continua falando:

— Bom, isso é uma desculpa, Dean, e é pura preguiça. Você quer todas as vantagens de estar num relacionamento sério, mas não quer arregaçar as mangas e fazer o trabalho duro para merecer isso.

— Essa é a questão desde o começo: nosso conceito de dedicação a um relacionamento é bem diferente. — Dou um suspiro profundo. — Olha, não estou tentando esconder os fatos. Quando Ella e eu nos separamos, eu fiquei bem. Consegui me recuperar sem problema algum. Só que sei que não seria assim com você, e isso me apavora. — Minha visão embaça. Porra, isso é difícil. — Eu vou viver morrendo de medo que você vá embora. Porque você não se prende a nada nem ninguém. Não estou dizendo que isso é errado, você tem mais é que sair mundo afora e explorar suas opções mesmo, mas não é assim que funciona para mim. E sei que você quer mais. Na real, sou o primeiro a admitir que você *merece* mais. Você merece *o mundo.* Infelizmente, eu não posso te dar isso. Nós não combinamos do jeito que deveríamos.

Uma lágrima escorre por sua bochecha e parece que alguém me jogou no chão.

— Não chora — digo.

Ela dá um passo à frente e descansa a testa no meu peito.

— Tarde demais.

Eu passo as mãos para cima e para baixo em suas costas enquanto ficamos juntos em silêncio.

Com a cabeça ainda baixa, ela finalmente diz:

— Não estou chateada por achar que você está errado. Estou chateada por saber que você está certo. Sei que ainda estou me descobrindo, não tenho problemas com isso, mas eu já tenho certeza de que preciso de alguém que se entregue de corpo e alma. E talvez isso não vá acontecer. Ao menos não agora. — Ela enxuga os olhos. — Mas e agora? Acabou? Você não quer nem que a gente seja amigos?

Seguro a mão dela e a acaricio com meu polegar.

— Não foi isso que eu disse. Quero que a gente chegue num ponto em que ambos se sintam confortáveis na vida um do outro. Onde quer que você esteja.

Ela dá um riso em meio a um soluço e depois me dá um soco na barriga.

— Vou cobrar isso de você, imbecil.

Eu a envolvo em um abraço e pressiono a boca em sua testa. Tudo entre nós é tão incrivelmente civilizado. Me faz pensar se estamos tornando nossas diferenças maiores do que precisam ser. Mas não há espaço para indecisão. Solange e eu somos peças de um quebra-cabeça que não se encaixam de modo algum; tentar nos forçar a ficar juntos só vai nos frustrar.

O elevador chega e Solange entra nele, seu olhar sem vida o tempo todo no meu. Ainda estamos de mãos dadas, nenhum de nós realmente pronto para desistir. Depois de um longo momento, ela respira fundo e se afasta. Então as portas se fecham e ela vai embora.

Uma parte de mim quer descer as escadas correndo, detê-la no saguão e beijá-la sem parar. Mas Solange não é a pessoa certa para mim; fingir o contrário só vai levar ao tipo de dor de cabeça que minha mãe está sentindo neste exato momento. Em alguns dias, vou procurá-la. Para me certificar de que ela saiba que quero muito que a gente continue amigos. Qualquer outra coisa seria impraticável — por mais que eu deseje o contrário.

Capítulo Vinte e Seis

SOLANGE

Natália atende a porta, com um Sebastian dorminhoco enrolado em um cobertor e aninhado em seus braços.

— Finalmente, hein?! — grita.

Aponto para o bebê.

— Shhhhh. Assim você vai acordar ele.

— Não me manda calar a boca, vaca. — Virando-se, ela acrescenta: — Tenho um trabalho muito importante agora.

Eu entro na casa.

— Sim, eu sei, mas como falar mais alto vai interferir nisso?

Ela me olha como quem diz "dã".

— Essa criança precisa se acostumar com a mãe falando alto. Então, estou começando desde cedo. Todos os guias dos papais dizem que se a casa for silenciosa demais, o bebê vai reagir a qualquer barulhinho e…

— E obviamente isso não vai acontecer aqui — murmuro.

— Sorte sua que estou curiosa para saber o que tem aí — diz ela, apontando para a sacola de compras. — Se não, eu ia mandar você embora, para voltar só quando aprendesse a respeitar os mais velhos.

Ah, sim. O sermão sobre "respeitar os mais velhos". Para Natália, nossos dois anos de diferença significam que eu poderia ser filha dela. É ridículo, mas já aprendi a aceitar. Assim como a idade dos cachorros é calculada diferente, a dos primos também. Também aprendi que o melhor é ignorar. Além disso, hoje tenho uma coisinha muito mais importante monopolizando minha atenção: o pequeno pacotinho nos braços da minha prima.

Enquanto olho para Sebastian, quase posso sentir meu coração aumentando de tamanho para acomodar todo o amor para esse novo membro da família.

— Ele é lindo, Natália. Você e o Paulo estão de parabéns, e que ele seja sempre feliz, com muita saúde e segurança.

— Obrigada, Sol — diz Natália, radiante ao olhar para o filho. — Paulo e eu ainda estamos nos beliscando para entender que é real.

Um coro de risadas surge da cozinha.

— A gangue está toda presente, hein?

— Sim — diz Natália. — Já limparam a casa, lavaram a roupa, organizaram o berçário de Sebastian e fizeram comida o suficiente para sobrevivermos ao apocalipse. O jantar deve ficar pronto em breve. — Ela se inclina para a frente e abaixa a voz para um sussurro: — Tia Viviane até comprou camisinhas. Para depois, diz ela. Mas eu juro, o único pinto que eu vou ver por um bom tempo é o de Sebastian, quando estiver dando banho ou trocando a fralda dele.

— Tem alguma coisa que poderia entrar na categoria de excesso de informação na sua cabeça?

— Quer dizer, tipo o fato de Paulo e eu usarmos plugues anais com frequência para apimentar as coisas?

Meu Deus.

— É. Tipo isso.

— Não — diz ela, cheia de si.

Balanço a cabeça e a guio pelo corredor.

— Anda, quero te mostrar tudo o que comprei.

Quando entramos na sala de estar, uma cacofonia de vozes nos cumprimenta. Lina e Jaslene estão preparando a comida na cozinha, minha mãe e tias estão descansando no sofá e Rey está sentado em uma poltrona, os olhos fixos na televisão.

Natália nem me deixa dar os presentes — vale-massagem para os adultos, roupas ridiculamente adoráveis para Sebastian e uma máquina de ruído branco para o quarto dele. Ela só pega a sacola e vai subindo as escadas, explicando (aos gritos) por cima do ombro que precisa colocar Sebastian para dormir.

Atravesso a sala, vou até minha mãe e dou um beijo em sua testa.

— Oi, mãe.

— Oi, filha — diz ela, sem parar de conversar com as irmãs.

Dou um beijo em tia Mariana e tia Viviane e então contorno a bancada da cozinha para me juntar à Lina e Jaslene.

— Aí está você — diz Lina, uma tábua de cebolas e tomates picados na bancada à sua frente. Ela enxuga os olhos com um lencinho, e então pega a faca. — A gente estava se perguntando se você viria hoje. Sua mãe comentou que você não foi na jardinagem.

— Não estava muito no clima — respondo e dou de ombros. — Ainda cansada desse negócio de namoro de mentira com Dean. Mas agora acabou, finalmente.

— E isso quer dizer muitas coisas, pelo que soube — comenta Lina, estreitando os olhos. — Quer contar o que aconteceu?

Faz sentido que Lina já saiba que Dean e eu não estamos mais nos vendo. Dean conta tudo para Max, e Max conta tudo para Lina. Juntos, os três teriam material para fornecer para os tabloides de fofoca por um ano. Não quero falar de Dean, então ignoro o comentário da Lina e foco na comida que estão preparando.

— O que é isso que vocês estão fazendo?

— *Picadillo* — responde Jaslene. — A Lina literalmente implorou pela minha receita de empanadas, e não queria que ela continuasse passando vergonha, então cedi. O recheio já está quase pronto.

Eu me aproximo para absorver o aroma.

— Nossa, o cheiro é delicioso.

Jaslene pega uma colher do escorredor de pratos, mergulha no *picadillo* e me oferece. Abro a boca, mas, antes que eu consiga provar, Lina abaixa a mão estendida de Jaslene.

Olho nos olhos da minha prima.

— Que foi?

— Vou repetir a pergunta: quer contar o que aconteceu?

Jaslene abaixa a colher e bate palmas.

— Ah, pode começar o *bochinche*.

— Não, não, não — digo, balançando a cabeça. — Não quero fofocar sobre algo que deve permanecer entre mim e ele. Tudo o que vou dizer é que ultrapassamos namoro de mentira, mas decidimos que não daríamos certo como um casal.

Natália surge ao pé da escada, a alguns metros de distância.

— Calma aí. Você e Dean pararam de fingir e se pegaram de verdade? Por que só fiquei sabendo disso agora?

Até agora, minha mãe e minhas tias estavam entretidas em sua conversa, aparentemente alheias ao que Lina, Jaslene e eu falávamos. Mas a boca grande de Natália as alerta de que há uma discussão mais interessante acontecendo. Sei disso porque suas vozes ficam mais baixas — para que possam conversar entre si *e* nos ouvir ao mesmo tempo. Mães latinas têm uma audição sobre-humana, capaz de detectar fofocas e crianças se comportando mal a grandes distâncias e que atravessa paredes de concreto.

Não é de se surpreender que logo todas estejam por perto. Tia Viviane se aproxima e finge estar procurando alguma coisa. Tia Mariana se oferece para abrir a massa para as empanadas. Minha mãe localiza os lenços de limpeza e se concentra em tirar as migalhas da bancada.

— Eu não vou falar disso com vocês, gente — digo, incapaz de controlar a exasperação em minha voz.

As **tias** se entreolham e então, como se fossem uma espécie de versão brasileira dos Vingadores, se reúnem na sala e fazem sinal para que eu me junte a elas. Vai começar o interrogatório. É bem provável que seja uma intervenção.

Meu olhar salta entre minha mãe e suas irmãs.

— Você não parece feliz, **filha** — diz tia Viviane. — Vamos ter que descer a porrada no Dean?

Sinto um calor no coração ao ver que ela se importa. De verdade. Eu não poderia pedir uma rede de apoio melhor do que essas mulheres. Adicione meus primos, que aprenderam o mantra "**família primeiro**" com as irmãs, e fui abençoada com todo o apoio que qualquer pessoa poderia precisar.

— Não há necessidade de infligir dano corporal — respondo.

Tia Mariana anda de um lado para o outro na frente do sofá enquanto me analisa, com a cabeça inclinada e os lábios franzidos. Não é difícil adivinhar de onde Lina tira suas habilidades de detetive.

— Então o que está acontecendo?

Eu gostaria de ter uma resposta sucinta, de preferência uma que resumisse o que aconteceu entre nós em poucas palavras e encerrasse esta conversa. Mas Dean e eu somos muito mais que uma ou duas sentenças, e essas mulheres são implacáveis.

— Levaria uma eternidade para explicar, mas o resumo é que nós não combinamos. Estou à procura de amor. Dean não está. Ele quer alguém que se encaixe nessa vida perfeitamente organizada que ele tem, e eu não me encaixo. É simples assim.

— Nada é tão simples assim — diz tia Viviane. — Emoções são complicadas, querida. A gente nem sempre pode escolher como se sente em relação a alguém. Às vezes, o coração decide por você.

Eu retribuo o olhar firme dela.

— Eu sei disso, tia. Mas às vezes o coração não sabe o que é melhor, e é nosso trabalho guiá-lo para a direção certa. Escolher dar tudo de si para alguém não é pouca coisa. Precisa ser a pessoa certa. Se não, o desastre é certo.

Minha mãe suspira.

— Sabe qual é o seu problema?

— Eu não sabia que tinha um problema — digo baixinho.

— Pois saiba que tem — responde ela, sem rodeios. — Solange, você está com medo de tomar a decisão errada porque acha que vai mudar o rumo da sua vida. Mas, filha, pense bem: *não* tomar decisões pode mudar a sua vida também. — Ela abre espaço entre tia Viviane e eu e pega minha mão. — Não estou falando sobre qual sapato você vai usar. Ou o que você vai comer no café da manhã. Estou falando do que importa: o que você quer fazer com os dons que tem, com quem quer passar o tempo, onde quer fincar suas raízes. Você me disse outro dia que não quer acordar um dia e descobrir que está presa. — Minha mãe aperta minha mão. — Lamento informar, mas...

Sei aonde ela quer chegar, e ela está certa:

— Mas já estou andando em círculos, né?

Ela assente.

— Seu pai mudou a minha vida, sim. Mas não da forma que você pensa. Filha, ele me deu você, que é a coisa mais *distante* de um erro que eu sou capaz de imaginar. Não estou travada, presa ou qualquer outra coisa nesse sentido. Estou feliz com as escolhas que fiz. E você? Poderia dizer o mesmo?

Tudo o que posso dizer é que estou cansada de tratar cada oportunidade ou pessoa como uma possível armadilha.

— Vou te contar outra coisa — continua ela. — A Floricultura Castelo em Rockville tem aulas de design de flores no outono. — Pisca para mim. — Estou pensando em fazer.

Sinto meu coração se encher só de pensar que minha mãe vai fazer algo que seja só para si mesma. Fico com lágrimas nos olhos. Levanto nossas mãos entrelaçadas e dou um beijo na dela.

— Você é incrível, e eu sou muito abençoada por ser sua filha.

Minha mãe se levanta e me dá um leve tapa no nariz.

— Sim, eu sei, estou abalando, como vocês jovens dizem.

— Ninguém diz isso — acrescenta Rey, permanecendo imóvel na poltrona, mas claramente escutando.

Nós o ignoramos. É nosso superpoder compartilhado.

— Ok, chega disso — declara **tia** Mariana enquanto ela caminha para a cozinha. — Enquanto você pensa na sua vida, vou fritar as empanadas. Quem vai ajudar?

Tia Viviane dá um tapinha nas coxas e se levanta.

— Eu.

A agitação da atividade é reconfortante. Quando estão todas ocupadas, ninguém presta atenção em mim. Prefiro assim, porque não tenho nenhuma resposta. Só sentimentos. Muitos sentimentos e todos muito confusos.

Enquanto Jaslene e as **tias** trabalham na cozinha, Natália e Rey põem a mesa. Estou prestes a me juntar a eles, mas Lina bloqueia meu caminho.

— Você quer ouvir o que eu acho? — pergunta ela.

— Tenho certeza de que você vai falar mesmo se eu não quiser.

Ela me empurra de brincadeira.

— Bem, espertinha, *eu* acho que você está acostumada a trabalhar sozinha. — Ela gesticula à nossa volta. — Mas olha ao seu redor, prima. Todas as pessoas presentes nesta sala te ajudariam a levantar se você caísse. Então se arrisca, cara. Cometa erros, aprenda com seus erros. Eu fiz isso e estou ótima.

Eu recuo.

— Estamos falando do Dean ou da Academia Vitória?

— Pode ser dos dois — diz, dando de ombros. — Mas vou dizer o seguinte: toda a sua família está aqui e te ama. Você tem ideias que gostaria de implementar na Vitória, tem alunos que contam com você. Qual é o dilema?

Embora meu instinto seja refutar suas observações, não digo nada enquanto a observo se afastar. Na minha mente, autopreservação significa evitar cometer os tipos de erros que podem partir seu coração. Mas minha mãe e Lina estão certas: ter tanto medo de errar me levou a construir uma vida sem significado nas partes que mais importam.

Rey se aproxima e faz sinal para que eu me junte a ele no sofá. Ai meu Deus, o que é agora?

Sempre considerei Rey como um irmão mais velho, um papel que ele assumiu ao longo dos anos à medida que sua autoconfiança crescia, mas às vezes ele tenta elevar esse papel ao status de figura paterna, e aí é pura vergonha alheia. Estou rezando mentalmente para que não seja um desses momentos.

— Não pude deixar de ouvir — diz ele.

— Não me diga que você também tem conselhos — murmuro.

— Não, eu só estava pensando se você estaria disposta a me dar o telefone de Dean — diz Rey, balançando as sobrancelhas. — Ele parece mais promissor do que um outro cara branco qualquer. Já que você não está interessada nele dessa forma, pensei que...

— Cala a boca, Rey — digo categoricamente.

Ele sorri para mim.

— Nossa, sempre tão egoísta com seus peguetes.

Sinto vontade de jogar Rey no chão e fazer ele chorar, mas, com o físico que tem, ele poderia acabar com qualquer um, e é bem provável que eu me machuque se tentar fazer isso.

— Um pouco mais de respeito. Dean *não* é um peguete.

— Dá para perceber pelo jeito que você retorce as mãos — diz Rey, sua expressão presunçosa e cheia de cumplicidade. — Como um dos poetas mais prolíficos de nosso tempo, Lin-Manuel Miranda, escreveu certa vez: "*Foder* é fácil, meu jovem, *amar* é que é difícil".

Eu inflo as bochechas. Devo reivindicar esta pessoa como parente?

— Ele nunca escreveu isso.

— Escreveu sim.

Estico o braço e aperto a mão de Rey.

— Você é maluco, e eu te amo por isso, mas é melhor deixar a Lina e as **tias** darem conselhos. Por favor.

Além disso, elas já me deram muita coisa para pensar. Agora só preciso descobrir como seguir em frente.

Capítulo Vinte e Sete

DEAN

Após um longo almoço para estabelecer contato com um potencial cliente, volto para a Olney & Henderson e encontro Michael sentado na cadeira para visitantes em meu escritório.

— Ah, pode entrar, fique à vontade — reclamo enquanto contorno minha mesa para me sentar. Estou mal-humorado e não faço ideia do porquê.

— Não seja ingrato. Trago notícias.

Meu olhar se foca nele; os novos e-mails na minha caixa de entrada podem esperar.

— Boas notícias?

— Notícias promissoras. Sobre Kimberly Bailey.

Eu estava com a pulga atrás da orelha me perguntando se ela ia aceitar a oferta que fizemos. "Promissor" não dá a entender que ela aceitou.

— O que você pode me contar?

— Basicamente, ela está indecisa entre dois escritórios: nós e o Gibson Connolly. Ela fez algumas perguntas para a gente, sobre remuneração a longo prazo e o caminho para se tornar sócia, e foi franca ao dizer que está fazendo as mesmas perguntas ao GC. Portanto, estamos ambos em espera, mas ainda na disputa.

— Você tem razão. Isso *é* promissor.

— E não é tudo. Seu nome surgiu na conversa, e no bom sentido. E visto que Henderson tem sido seu maior difamador, ouso dizer que seus esforços para atrair Bailey funcionaram a seu favor. Henderson até ressaltou que você assumiu essa responsabilidade mesmo com o recente revés em sua vida pessoal.

É assim que eles enxergam o meu término com Ella? Suponho que no panorama geral, tecnicamente seja a verdade, mas, se não fosse por isso, eu nunca teria passado tanto tempo com Solange. Eu dificilmente consideraria isso um revés.

— Eles mencionaram Peter?

— Mencionaram. Henderson gosta dele. É tudo que posso dizer.

O que significa que ele não está me contando tudo. E isso é justo. Fico feliz por Michael estar disposto a compartilhar tanto e, acima de tudo, aliviado. Minha mãe não compartilha muito sobre suas finanças pessoais, mas sei que professores de ensino médio não costumam ganhar bem, e encontrar e mobiliar um apartamento novo vai exigir um dinheiro que ela não deve ter. O aumento que viria com a sociedade me permitiria dar tudo o que ela precisa.

— Então, em outras palavras, manter a cabeça baixa, conseguir um ou dois clientes novos e fazer ainda mais trabalhos para clientes que pagam.

— O aluno virou o mestre. — Michael sorri e se levanta da cadeira. — Aguenta firme aí. Volto se tiver novidades sobre Kimberly Bailey.

— Obrigado, cara.

Depois que Michael sai, eu fecho os olhos e aproveito este raro momento para me acostumar com a ideia de que a sociedade está ao meu alcance. É uma conquista, com certeza, mas não consigo deixar de pensar que o último mês embotou seu brilho. Eu deveria estar orgulhoso de mim mesmo. Deveria estar ansioso pelo que vem a seguir. Mais clientes. Mais casos. Mais responsabilidades. Só que, para ser sincero, estou pensando no efeito prático disso e nada mais. A sociedade não vai mudar minha vida; vai mantê-la estável.

Volto minha atenção para os e-mails que aguardam na minha caixa de entrada. Quanto mais cedo terminar o que tenho para fazer hoje, mais cedo posso voltar para casa, para minha mãe. Sei que, se ela ficar sozinha por muito tempo, vai ficar mal. Pelo menos posso mantê-la ocupada quando estou lá. Ontem devoramos as sobras do jantar com Cláudia e família, fizemos tours virtuais por apartamentos e nos atualizamos de nossas vidas. Ela não mencionou Harvey nenhuma vez; eu pensei em Solange só metade do tempo em que estava acordado. Nos mantermos ocupados é uma ajuda para nós dois, ao que tudo indica.

Meu celular vibra. Como se eu a tivesse invocado, o nome de Solange aparece na tela.

> **Solange**: ei. desculpa incomodar, mas acho que deixei minha pílula no seu banheiro
> **Eu:** pílula?
> **Solange**: anticoncepcional
> **Solange**: não tomei ontem e preciso pegar urgente
> **Eu**: entendi. quer passar lá e pegar hoje à noite?
> **Solange:** não posso. vou dar aula. posso pegar agora? ainda tô com a chave.
> **Eu:** minha mãe está lá. Tudo bem?
> **Solange:** claro. aproveito e deixo as chaves com ela.
> **Eu:** beleza. vou avisar que você vai.
> **Solange:** chego em 15 min. obrigada.

Jogo o celular na mesa e ele bate na quina. Essa interação entre nós, como se não significássemos nada um para o outro, foi provavelmente o momento menos genuíno de todo nosso relacionamento, incluindo o período em que fingimos estar em um relacionamento. Meu namoro com Solange era de mentira, mas de alguma forma estou passando por um maldito término mesmo assim. E porra, sinto uma dor no peito sempre que penso nela. *Isso não é nada bom.*

Eu me levanto abruptamente e pego o celular.

Minha mãe atende no segundo toque.

— Alô?

— Ei, sou eu. Só queria avisar que Solange vai passar aí para pegar um negócio dela. Vai chegar em breve.

— Solange? — pergunta, com um toque de humor na voz.

Está fazendo de propósito, e eu não tenho paciência para isso.

— A mulher que você conheceu no sábado à noite.

— Ah sim, a mulher que destruiu seu casamento. Ela é tão bonita.

Mal posso conter o rosnado na minha garganta.

— Vê se não enche o saco dela, tá, mãe? Deixa ela entrar e sair rápido. Sem fazer um milhão de perguntas.

— Claro.

— Obrigado.

— Vou fazer só mil.

Então ela desliga.

Meu instinto me diz que isso não vai acabar bem; a gigantesca pilha de arquivos em minha mesa e uma reunião de equipe às três horas me dizem que não há nada que eu possa fazer a respeito disso.

SOLANGE

Muito bem, Solange. Você lidou com essas mensagens que nem uma campeã.

Quando começo a caminhada do meu apartamento até o de Dean, comemoro comigo mesma por conseguir me conter. Não adianta negar: me distanciar dele não vai ser fácil. Mesmo agora, quero estar perto dele. Falar com ele. Beijá-lo. Mas Dean não é a pessoa certa para mim e não quer que eu seja a pessoa certa para ele. Eu sabia disso desde o início. Mas me deixei distrair pela nossa química, pela disposição que ele tem para se mostrar vulnerável e pela maneira como desempenhamos o papel de namorados, com tanta habilidade que a coisa começou a parecer real.

Eu sei que fui uma boba. Dean nunca foi nada além de uma diversão. É bem provável que eu tenha sido isso para ele também. Entre mortos e feridos, tudo certo, certo?

Errado, Solange. Você não consegue nem convencer a si mesma.

Espero que a viagem com Brandon me tire dessa *bad*.

Percorro com dificuldade o curto caminho que leva ao prédio de Dean, então endireito meus ombros antes de abrir a porta externa. Ao chegar no átrio do tamanho de uma caixa, tiro as chaves da bolsa, destranco o portão de segurança de ferro forjado e vou direto para o elevador.

Chego no apartamento de Dean, respiro fundo e toco a campainha. Se tiver sorte, a mãe dele não vai querer jogar conversa fora e poderei entrar e sair rapidinho.

Melissa Chapman abre a porta com gestos teatrais. Ela é uma mulher atraente. A semelhança entre ela e Dean é impressionante: os mesmos olhos cor de mel, o mesmo cabelo loiro-escuro, o dela num corte na altura dos ombros. Vestida com um jeans mais largo e uma blusa de linho cor de creme, ela poderia facilmente passar pela irmã mais velha dele.

— Solange, entre, entre.

— Desculpe incomodar, sra. Ch…

— Por favor, me chame de Melissa.

— Certo — digo, entrando. — Desculpe incomodar, Melissa. Só preciso pegar uma coisa que deixei aqui no outro dia. É rapidinho e já vou embora.

— Não está incomodando. Faça o que você precisa fazer.

Eu mantenho a cabeça baixa, caminho até o quarto de Dean e encontro a caixinha floral em que guardo minhas pílulas anticoncepcionais ao lado de seu porta-escovas de dentes. O banheiro está impecável. Zero surpresa. Eu me demoro um pouco examinando o quarto de Dean. A cama está feita, cada uma das persianas está fechada até a metade, e os chinelos de casa de Dean estão alinhados juntos no único canto vazio. Uma pequena pilha de arquivos repousa sobre a mesa de cabeceira; por cima, uma tigela de balas de hortelã serve como peso de papel. O diabinho em minha cabeça sussurra em meu ouvido, me encorajando a deixar seu santuário imaculado todo bagunçado, mas ignoro a sugestão. Esse lugar tem a essência de Dean, e não quero alterar nada. Já chega disso. Está na hora de cair fora.

Quando volto para a sala, Melissa pega o controle remoto e desliga a televisão.

— Bem, já peguei o que precisava. — Eu tilinto as chaves na minha mão. — Vou deixar isso aqui na bancada, ok?

Não sei por quê, mas mantenho minhas mãos visíveis e vou lentamente até a cozinha, como se um movimento em falso desencadeasse uma série de eventos para os quais não estou preparada, então coloco as chaves perto da cafeteira de Dean.

Melissa me observa, seus lábios curvados em um meio-sorriso.

— Solange, por favor, não vá embora ainda. Já faz certo tempo desde que tive a oportunidade de conhecer qualquer um dos amigos de Dean. — Ela aponta para a poltrona de frente para o sofá. — Senta comigo um pouco?

Droga. E lá vamos nós. Sento devagar na poltrona, então olho para ela e espero.

— Como ele está? — pergunta ela. — De verdade, quer dizer. Ele diz que está bem, mas faz só um mês desde a data do casamento. Tinha esperança de que você soubesse.

— Ele parece — dou de ombros — bem?

O que mais poderia dizer? Dean e eu não conversamos muito sobre o casamento e Ella. Só sobre todo o resto. E ríamos muito. E nos fazíamos gozar até perder os sentidos. E borramos totalmente a linha entre ficção e realidade, coisa que nós dois dissemos que jamais faríamos.

Ela me estuda com curiosidade.

— A propósito, como vocês se conheceram mesmo?

Meu peito murcha como um suflê que deu errado. Não faço ideia se Melissa gostava da noiva de Dean. Será que vai ficar com raiva quando souber que Dean e eu não nos conhecíamos quando interrompi o casamento dele? Será que isso importa? Ela é a mãe do Dean; é claro que importa.

— Hum, eu invadi o casamento dele.

Seus olhos se arregalam e ela se inclina para a frente.

— Espera, vocês se conheceram *naquele* dia?

Ok, bom. Ela não parece chateada. Na verdade, parece achar graça da revelação, e eu me apaixono um pouco por ela nesse momento. Endireito-me na poltrona.

— Aham.

— Muito bem, minha querida. — A expressão dela fica sóbria. — Ele está… superando Ella?

— Para ser sincera, acho que não havia muito o que superar. Parecia que eles tinham se convencido de que um casamento por conveniência moderno fazia sentido. Eu suspeito que, olhando em retrospecto, os dois estejam aliviados por não terem seguido em frente.

Ou Ella está. Não tenho tanta certeza sobre Dean.

Ela dá um longo suspiro e diz:

— Isso tudo é culpa minha.

— Culpa sua o quê? — pergunto, franzindo a testa.

— Culpa minha ele ter tanto medo de se apaixonar — responde, mexendo no fiapo inexistente em suas mangas.

— Me desculpe, Melissa, mas duvido que seja verdade. Todo mundo é moldado pelas próprias experiências, mas a forma como reagimos depende, em parte, de nós.

— Então vamos dizer que eu o expus às experiências que o levaram a desconfiar do amor. Melhor assim?

Estou dividida. Parte de mim está louca para obter qualquer visão extra sobre o funcionamento da mente de Dean. Outra parte acha que talvez eu não deva dissecar a visão de mundo de Dean mais do que já fiz. Acabo cedendo, o que não surpreende ninguém.

— Me explica, por que você pensa assim?

— Os avós de Dean pararam de se comunicar comigo logo depois que ele nasceu. O *porquê* não é importante. A essa altura, o pai dele já havia nos abandonado, então, depois do desentendimento com meus pais, eu estava completamente sozinha no mundo. Sozinha com 25 anos. Com uma criança pequena. Tentei encontrar a estabilidade que faltava nos meus relacionamentos com outros homens, coisa que eu faço até hoje. Mas a verdade é que meus relacionamentos nunca foram saudáveis e acabei me virando do avesso para não ficar sozinha de novo. — Ela faz uma careta enquanto pensa no que irá dizer a seguir. — Dean sentiu o impacto disso. Com a idade vem o entendimento, sabe como é. Nos mudávamos com frequência para que eu pudesse ficar perto do namorado mais recente, o que significava que Dean não tinha um lugar que pudesse chamar de lar. Quando um relacionamento terminava, quase sempre era a gente que se mudava.

Agora entendo por que Dean se dedica tanto em trabalhar com clientes que tenham problemas com o senhorio. Tem muito a ver com essa necessidade de segurança, algo que ele vem buscando a vida inteira.

— Dean ouvia as promessas que esses homens faziam — continua Melissa. — E estava lá para juntar os cacos quando um relacionamento dava errado. Em algum momento, acho que ele começou a pensar que essas promessas não faziam sentido. Ou ele não queria se virar do avesso por causa do amor que nem eu. E acho que isso tudo, esse trauma, é mais complicado do que Dean imagina. No fim das contas, Dean não acredita que alguém vá colocá-lo em primeiro lugar, porque eu mesma não fiz isso. Então ele estruturou sua vida para garantir que ninguém jamais ocupe esse papel. Se Dean cuidar dele mesmo, ele ficará bem. Ou é o que ele acha.

Então, quando não mencionei a oferta de emprego, só ressaltei o que ele acredita: que as pessoas não o consideram uma prioridade. Mas ninguém vai priorizar Dean se ele não estiver disposto a retribuir. Se ele não estiver disposto a arriscar que sua vida nem sempre corra de acordo com seu grande plano. *Esse* é o dilema.

Melissa olha para longe, depois estica as pernas à sua frente e coloca as mãos entre as coxas.

— Ele já te disse que queria ser nadador?

— Disse sim.

Ela assente com cumplicidade.

— Quando Dean tinha 14 ou 15 anos, não me lembro exatamente, ele fez o teste para entrar para a equipe de natação da escola. Chegou em casa todo animado, mas nesse dia eu também cheguei em casa animada. Eu estava namorando um cara que conheci em uma conferência de trabalho e ele tinha acabado de nos convidar para morar com ele.

Sinto um peso no coração. Posso imaginar um Dean jovem entrando pela porta, seus olhos brilhantes dançando de excitação.

— Deixa eu adivinhar, o cara morava em outro lugar.

Melissa assente.

— Pensilvânia. E morávamos em Delaware na época. Eu não entendia o esforço que Dean tinha feito para entrar no time. Ele fez tudo sozinho. Então, quando nos mudamos para a Pensilvânia, ele estava mal-humorado. Temperamental. Mais do que o normal. Achei que era só por causa da dificuldade de estar se adaptando a um novo lugar, uma nova escola, o que também era verdade. Mas o fato é que ele estava lidando com a perda de um de seus sonhos de infância. Claro, pode ser que ele não tivesse de fato se tornado nadador, mas o que quero dizer é que minhas escolhas o impediram de sequer tentar.

Se Dean estivesse aqui, eu o envolveria em um abraço. Por quanto tempo ele quisesse. Somos muito parecidos, na verdade. Ambos queremos nos certificar de que só coisas boas vão acontecer nas nossas vidas. Mas não é assim que funciona. Nem de longe.

— Por que você está me contando tudo isso, Melissa?

Ela se inclina para a frente e pega minha mão.

— Porque eu vi a cara dele quando você saiu no sábado. E tenho observado a expressão dele sempre que mencionamos você. Ele se fecha. Mas há *alguma coisa* em seus olhos. Ele se importa com você, Solange, talvez o suficiente para se permitir se apaixonar. Mas ele está com medo de não entrar na sua vida da mesma maneira que gostaria que você entrasse na dele.

Eu não estou gostando dessa conversa. Nem um pouco. Está me dando esperança. Fazendo com que eu queira coisas que pensei que estavam fora de alcance. E a mãe de Dean está contradizendo as declarações que o próprio filho fez apenas dois dias atrás. Eu me levanto muito rapidamente.

— Agradeço a conversa, Melissa. De verdade. Dean é um cara maravilhoso. Não tenho dúvidas disso. Mas há um monte de variáveis nessa equação, e acho que Dean e eu chegamos ao limite de até onde nosso relacionamento pode ir. Obrigada por conversar comigo.

Ela abaixa a cabeça e funga.

— O que foi? — pergunto, alarmada com a mudança abrupta em seu comportamento.

Ela soluça em sua resposta.

— É que... eu odeio ficar aqui... sozinha. E Dean vai demorar para chegar em casa. — Ela gesticula em minha direção. — Não se preocupe com isso, querida. Isso é tudo culpa minha.

Ah, caramba. Ela soa tão trágica que fico hesitante em deixá-la assim. Mas o que devo fazer? Não consigo entender essa aversão a ficar sozinha; grande parte do tempo, não quero nem falar com minha própria família.

Ah.

É isso.

Ela precisa conhecer as **tias**.

Se alguém pode mostrar à mãe de Dean que não há vergonha em ficar sozinha, são elas.

— Ei, Melissa, minha mãe e minhas tias têm uma pequena mercearia e café brasileiro em Wheaton. É uma bela caminhada, mas acho que valeria a pena. Topa ir até lá comigo?

Ela ergue a cabeça e enxuga as lágrimas.

— Foi lá que Dean conseguiu toda aquela comida deliciosa que comemos ontem?

— Não, aquilo era uma refeição caseira. Elas só vendem pães e salgadinhos na mercearia. Mas é tudo muito gostoso.

— Bem, nesse caso, eu adoraria!

Envio uma mensagem a Dean para informá-lo dos meus planos.

Eu: Estou indo com a sua mãe lá no Rio de Trigueiro. ela está entediada.

Dean: é sério isso?

Eu: não, não, é brincadeira

Dean: legal. é muito bom, na verdade. Algumas horas extras no trabalho viriam a calhar. obrigado.

Eu: de boa

Dean: promete que vocês não vão se meter em problemas?

Eu: não faço promessas que não posso cumprir. tchau.

Eu: psiu. não é libertador se livrar de todas aquelas pontuações?

Dean: na verdade não, mas estou tentando

Essa sim foi uma boa interação. Talvez não estejamos condenados a cortar relações, no fim das contas. Enfio o celular na bolsa transversal e coloco os sapatos de novo quando chego na porta.

— Pronta?

— Claro! Ansiosíssima! — diz Melissa.

O curioso é que não há sinal das lágrimas que ela derramou literalmente um minuto atrás. Tanto faz. As **tias** vão saber o que fazer com ela.

Capítulo Vinte e Oito

SOLANGE

—Melissa, esta é minha mãe, Izabel, e as duas irmãs dela, Viviane e Mariana. **Mãe. Tias.** Esta é Melissa, a mãe do Dean. Ela veio de Delaware e está visitando a cidade.

Minha mãe e tias arregalam os olhos e assentem em compreensão.

— Prazer em conhecê-las — diz Melissa alegremente. Ela examina os corredores do Rio de Trigueiro e acrescenta: — Nossa, esse lugar é maravilhoso. Aconchegante e charmoso. E está um cheiro *tão* bom aqui.

— Quer experimentar alguma coisa? — pergunta **tia Mariana**, como sempre assumindo o papel de anfitriã. — Um **cafezinho** para começar, talvez?

— Seria ótimo — diz Melissa.

Estou feliz por tê-la trazido aqui. Ficar trancada no apartamento de Dean o dia todo não devia ser bom para o humor dela. Ela precisa estar perto de outras pessoas. Se divertindo. Esquecendo o fulaninho lá.

Depois que Melissa e **tia Mariana** se afastam juntas em direção ao balcão, **tia Viviane** me leva para a pequena seção de cafés no lado esquerdo da mercearia.

Um homem solitário está sentado em uma mesa assistindo futebol, os olhos fechando e se arregalando em uma tentativa de se manter acordado.

Tia Viviane chuta a cadeira dele.

— Vai pra casa. Isso aqui não é um hotel.

O homem se levanta e sai cambaleando pela porta,

— Ok — diz **tia Viviane**, seus lábios mal se movendo para que Melissa não possa ouvir. — O que está acontecendo? Por que ela está aqui?

— Seja legal, tá? — respondo. — Ela acabou de terminar com o namorado. Estou tentando animá-la.

Minha mãe se aproxima e entra na conversa.

— E o que a gente precisa fazer?

Eu dou de ombros.

— Não sei dizer, na verdade. Achei que ela gostaria de estar com vocês três. Mulheres solteiras. Donas dos próprios destinos. Prosperando. Vivendo bem.

— *Sem* transar — diz tia Viviane, com os lábios torcidos de desgosto.

Minha mãe cobre o rosto com as mãos.

— Viviane, você precisa ser tão vulgar?

— Sim — diz tia Viviane sem maiores explicações.

— Tudo bem, mãe. Eu *sei* o que é sexo.

Ela arfa, mas também está disfarçando um sorriso.

Tia Viviane ergue uma sobrancelha.

— Você e Dean estão juntos de novo, então?

— Não, nada disso — digo, balançando a cabeça.

Minha mãe inclina a cabeça.

— Então por que você está sendo babá da mãe dele?

Caramba, essas mulheres são implacáveis. Ignoro a pergunta.

— Olha, só estou pedindo que vocês sejam vocês mesmas e deem um pouquinho de atenção a ela. Podem fazer isso?

Tia Viviane empina o nariz antes de responder.

— Acho que posso.

— Eu também — acrescenta minha mãe.

Dou um suspiro que soa como uma mistura igual de alívio e exasperação.

— *Obrigada.*

Elas voltam para o balcão e se juntam à mãe de Dean e à tia Mariana. Melissa pega o celular e exibe a tela, fazendo com que todas as quatro mulheres se aproximem. Se eu tivesse que adivinhar, diria que está compartilhando fotos de sua viagem. Será que Lina, Natália, Rey e eu seremos assim algum dia? Uma geração de filhos de brasileiros mantendo esse lugar depois que as tias se forem? Não, não quero nem pensar nisso. Ao menos não ainda. Felizmente, o sino acima da porta toca, e volto minha atenção para os nossos recém-chegados. Não tão felizmente, eu os reconheço no mesmo instante.

— Molly e Peter, que surpresa! — digo, tentando não parecer perturbada e com dificuldade para ignorar o nó na minha garganta. *Merda, merda, merda. Por quê, por quê, por quê?*

Molly sorri.

— Oi, Solange. Estamos em um raro dia de folga conjunta e decidimos fazer dele um miniencontro. — Ela aponta o polegar para Peter, com uma expressão sedutora e brincalhona. — Esse aqui não conseguia parar de falar dos salgadinhos que comemos aquele dia que viemos aqui. Pensamos em comprar alguns para levar.

— Ah, que ótimo. Bom, pode deixar que cuido disso pra vocês! — Meu corpo enlouqueceu e não para de se mexer de um lado para o outro. Para um observador externo, provavelmente pareço o membro menos talentoso de uma banda de R&B dos anos 1950. — Querem se sentar enquanto monto uma caixa para viagem?

Peter inclina a cabeça e balança as sobrancelhas.

— Não, não. Olhar a vitrine faz parte da experiência, né? — Ele esfrega as mãos em antecipação bem-humorada. — Além disso, não sei os nomes, mas reconheço os meus preferidos.

Atrás de nós, as tias e a mãe de Dean estão rindo como se fossem velhas amigas sentadas em uma varanda fofocando dos vizinhos. Suspeito que nem tenham notado a chegada de Molly e Peter, já que estão debruçadas sobre o telefone de Melissa, presumivelmente olhando as fotos na tela.

— Bem, por que vocês não pegam uma bebida enquanto eu lavo as mãos e me acomodo atrás do balcão? — digo.

Se Molly e Peter estiverem distraídos, pode ser que tenha tempo suficiente para avisar Melissa e as tias. Por sorte, Molly e Peter se voltam na direção da geladeira. Mas então, Melissa e as tias começam a andar por um corredor, e sou forçada a correr para os fundos para lavar as mãos. Com o coração batendo forte, volto em segundos e puxo as pinças do suporte.

— Já estou pronta para atender — chamo Peter e Molly. Eles se apressam e Peter se abaixa para analisar melhor a seleção.

— O que é aquele ali? — pergunta, apontando para a vitrine.

— Bolinho de bacalhau. São croquetes de bacalhau salgado. Quer um? Que tal uma dúzia? Pode deixar!

Ainda curvado, Peter bate na tampa da vitrine.

— Ei, ei, ei. Não tão rápido, Solange. Deixa eu escolher primeiro. Hum. E aquele?

Eu me agacho para ver para qual **salgadinho** ele está apontando.

— Isso é…

— Aaahhh, esses são deliciosos — diz Melissa atrás de Molly. — Meu filho ama esses aí. Recomendo demais! Na verdade, adoraria levar alguns pra Dean, se você puder colocar numa caixa.

Peter se levanta, com um grande sorriso no rosto.

— Oi! Você não é a mãe do Dean Chapman, é? Sou colega dele.

— Nossa, que legal — diz a mãe de Dean. — É um prazer conhecer você.

Não. *Não* é um prazer conhecê-lo, Melissa. Ele é um homem terrível e nada bom.

— Hum, Peter, que tal eu pegar dois de cada e colocar na caixa?

Pego uma caixa e coloco duas **coxinhas de frango** dentro.

Ele inclina a cabeça para a frente e para trás.

— Uh, acho que é coisa demais, mas quero provar um daqueles. — Ele se volta para Melissa. — Então, sobre o casamento. Que loucura, hein? Mas devo supor que você ficou feliz com o resultado, não?

Melissa gesticula em torno da cabeça como se lembrar daquele dia fosse demais para ela.

— Dá para imaginar? Uma estranha destruindo seu casamento? E que acaba se mostrando uma querida?

Ela se aproxima, como se estivesse falando apenas com Peter, mas suas próximas palavras são claramente destinadas para que eu as ouça também.

— Cá entre nós, ainda espero que Dean e Solange fiquem juntos. Isso não seria o *máximo*?

O olhar de Peter encontra o meu, e ele estreita seus olhos redondos.

— De fato, seria.

Estou afundando em areia movediça. Sem ninguém por perto que possa me tirar da confusão que este momento causará na vida de Dean. Peter pode estar impressionado com a comida da minha família, mas ele é um idiota vingativo por natureza, e agora tem informações suficientes para sabotar a carreira de Dean. Estou prestes a me deitar no chão da mercearia, enrolada em posição fetal, mas devo a Dean tentar consertar isso. Talvez eu ainda possa sinalizar para Melissa que Peter é uma ameaça.

— Melissa, esse é o Peter. Ele e Dean não são *próximos* nem nada. E esta é a esposa dele, Molly.

Peter ignora as apresentações. Ele é uma cobra pronta para atacar.

— Então a Solange e o Dean não estão namorando, é? — pergunta Peter, rindo, como se ele e Melissa fossem velhos amigos conversando.

— Bem, eu não diria isso — diz Melissa, sorrindo. — Mas eles não começaram dessa forma, e estou adorando a ideia de que o relacionamento deles possa se transformar em algo mais.

— Certo, certo — diz Peter, assentindo com a cabeça.

Com a pele vermelha e a expressão tensa, Molly alterna seu olhar entre Peter e eu.

O marido bate com os nós dos dedos no balcão da vitrine.

— Pensando bem, Solange, vá em frente e coloque dois de cada. Acho que em breve teremos motivos para celebrar. Molly — diz ele por cima do ombro —, precisamos ir embora. Tenho algumas mensagens para enviar depois disso.

— Me desculpe — diz Molly baixinho, uma mão pressionada no pescoço enquanto olha para mim com simpatia.

Meu estômago está se desfazendo e meu coração bate como se estivesse sendo impulsionado pela força de mil bateristas.

— Está tudo bem — digo, minha voz quase um sussurro.

Antes que eu possa fugir, Melissa coloca a mão no meu antebraço.

— Está tudo bem?

— Não, na verdade não. Preciso falar com seu filho.

DEAN

Enquanto Priya, uma associada júnior, atualiza a equipe sobre o status de sua revisão de documentos, tento imaginar o que está acontecendo no

Rio de Trigueiro. A imagem que se materializa, em que Solange oferece à minha mãe café fresco e pão quentinho, me faz sorrir.

Henderson, o único sócio presente, pigarreia e olho para ele. Certo. Não é permitido ser feliz aqui. Que palhaçada.

— Tudo bem, obrigado pelo seu trabalho duro, Priya — diz Henderson. — E você, Dean? Qual a situação com as entrevistas de testemunhas?

Começo a esboçar o cronograma, focando as pessoas com depoimentos potencialmente críticos. Um minuto depois que começo meu relatório, no entanto, Henderson se curva e começa a digitar com urgência, seus dedos voando pela tela do celular. A certa altura, ele levanta a cabeça, me olha fixamente com uma expressão vidrada, e, em seguida, abaixa o queixo para poder continuar digitando a mensagem, ou e-mail, ou seja lá o que for. Desconcertado pelo comportamento tão focado e nada característico de Henderson, começo a balbuciar; ele é o advogado mais desinteressado que conheço, mas é óbvio que sua atenção foi capturada por *sabe-se lá o quê*.

— Tudo certo? — pergunto.

Ele se levanta num pulo.

— Na verdade, vamos terminar mais cedo e nos reunir outra hora. Aconteceu uma coisa.

— Claro, sem problemas — digo.

Priya e eu o observamos ir embora, depois damos de ombros um para o outro.

— Você foi muito bem — comento.

— Obrigada — responde ela, relaxando os ombros agora que Henderson se foi. — Estou feliz por você estar no time. — Ela se apressa para arrumar seus papéis. — Tem sido útil ter alguém que não me ataca quando faço perguntas.

Eu me lembro dessa sensação. Navegar pelo dia a dia de um escritório de advocacia pode ser como enfrentar um desafio de Jogos Vorazes sem equipamento de proteção, sem habilidades especiais e sem armas. Se eu puder tornar a experiência melhor para aqueles que vierem depois de mim, talvez juntos possamos, aos poucos, mudar a cultura da empresa.

— É para isso que estou aqui — digo, caminhando até a porta da sala de conferências. — Pode me usar como escudo a qualquer instante.

Quando volto ao meu escritório, vejo uma série de mensagens de Solange que chegaram durante a reunião da equipe. A última me pede para ligar para ela o mais rápido possível, então é exatamente isso que faço.

— Nossa, graças a Deus — diz ela com a voz rouca.

— Você está bem? — pergunto, meu coração acelerando com a possibilidade de ela estar com problemas.

— Sim, sim.

— Minha mãe está bem?

— Sim, ela está bem também. Isso é…

— Solange, *respira*. Seja o que for, vai ficar tudo bem.

— Foi o Peter e a Molly. Bem, Peter, na verdade. Ele esteve aqui. No Rio de Trigueiro.

— Ceeeeerto.

— Eles conheceram sua mãe e, de alguma forma, descobriram que não somos de fato um casal. Não sei. Ele perguntou a ela sobre o casamento. Disse que era uma loucura. E tudo degringolou a partir daí. Confusão total.

— Então Peter sabe que era tudo mentira?

— Sabe — ela engasga. — Eu sinto *muito, muito mesmo*.

Minha visão fica turva e não consigo parar de piscar. Porra. Isso é um pesadelo. Sou capaz de apostar minha vida que era com Peter que Henderson estava trocando mensagens durante a reunião.

— Não é culpa sua, Solange.

— Mesmo assim. — Ela dá um suspiro pesado. — Vou levar sua mãe para sua casa e ir para a minha. Qualquer coisa me liga.

Eu gostaria de poder tranquilizá-la, mas estou muito atordoado e confuso para ser persuasivo no momento. Além disso, Henderson acabou de aparecer na porta do meu escritório, então não posso dizer nada de útil de qualquer maneira.

— Obrigada por me avisar — digo a Solange. — Pode deixar que eu cuido disso.

Henderson entende isso como uma deixa para entrar e fechar a porta. Com uma expressão presunçosa, ele se senta em uma das minhas cadeiras de visitantes.

— Como você já deve saber, recebi uma mensagem perturbadora de Peter esta tarde. Apesar de achar que não há qualquer explicação que me impeça de questionar seu discernimento, pensei em te dar uma chance de se justificar antes de falar com os sócios.

Sua atitude condescendente me suga a energia para bater de frente com ele. Eu estou… cansado. Quer dizer, cansado de verdade, esgotado. Este homem nunca quis que eu fosse bem-sucedido aqui. Eu não trago clientes o suficiente. Passo muito tempo fazendo voluntariado. Não sou cruel o bastante. E, o pior de tudo: alguns dos nossos clientes preferem lidar comigo do que com ele. Quando ele estava prestes a engolir esse recalque e votar para que eu fosse promovido, Peter deu o presente que ele sempre desejou: uma desculpa válida para me demitir. Então, estou de saco cheio.

— Vamos parar de palhaçada, Henderson. Alguma explicação minha vai fazer a diferença?

— Preciso saber que meus colegas de trabalho são confiáveis. A honestidade é a força vital do nosso ofício, como você sabe. Então, na minha opinião, a resposta é um não definitivo.

Sua resposta roteirizada não me surpreende, mas ainda assim é como um soco no peito. Oito malditos anos. Jogados fora. Numa questão de minutos. Se eu achasse que tinha força suficiente para levantar minha maldita mesa, eu a jogaria do outro lado da sala.

— Bem, então faça o que você precisa fazer.

Ele se levanta.

— Com prazer, Dean. Com muito prazer. — Antes de sair, ele dá o tiro mortal: — Quer saber o que é mais engraçado? Todas as suas artimanhas não deram em nada. Kimberly Bailey rejeitou nossa oferta esta tarde. Vou dar uma última pressionada, só para ter certeza de que ela não recusou por causa de algo que você fez, mas, seja como for, o cenário não é nada bom para você, garoto.

Henderson fecha a porta atrás dele, o clique da fechadura me lembrando que ele é o porteiro da empresa, um poder que adora exercer sempre que pode.

Eu cambaleio para trás e desabo na minha cadeira. Meu coração está acelerado e as pontas das minhas orelhas ardem. Suponho que deveria ter implorado por misericórdia. Em vez disso, deixei minha frustração me dominar. Coloco as mãos nos joelhos e inspiro devagar, em uma tentativa desesperada de me acalmar. Mas não adianta. Merda, merda, merda. Acho que consegui forçar a minha demissão com essa conversa fiada.

Mas que porra eu vou fazer agora?

Capítulo Vinte e Nove

DEAN

— Fui demitido — digo, minha voz soando frágil e fraca.

Solange me puxa para dentro de seu apartamento e me envolve em seu abraço caloroso no mesmo instante.

— Ah, Dean. Eu sinto muito.

Pode ser que meu mundo tenha virado hoje, mas estar nos braços de Solange faz com que eu me sinta mais firme. Não havia dúvidas de que eu viria até ela. Respeito a opinião dela. Valorizo sua perspectiva. Ela sabe que venho buscando ser sócio há anos e entende o quanto isso é devastador.

Solange recua e segura meus ombros, seu olhar preocupado vagando pelo meu rosto.

— O que aconteceu? Me conta.

— Henderson aproveitou a situação e agiu na mesma hora — digo, minha voz quase um sussurro. — Tecnicamente, eu me demiti e eles disseram que aceitar minha demissão era o mínimo que podiam fazer para me agradecer pelos meus oito anos de serviço.

— Malditos — diz ela, carrancuda. — Eles estavam atrás de um motivo para fazer isso.

— Você está certa, sei disso. E, infelizmente, entreguei minha carreira de mão beijada.

Ela fecha os olhos com força, como se estivesse tentando não chorar.

— Nossa, que merda. Nada disso teria acontecido se não fosse por mim. Fui eu quem levei sua mãe na mercearia e tudo deu errado a partir daí.

Coloco a mão em seu queixo e o levanto com delicadeza.

— Olha para mim, Solange.

Ela obedece, seus olhos brilhando.

— Isso não é sua culpa — continuo. — Tudo o que aconteceu é cem por cento culpa minha. *Eu* escolhi mentir para a empresa. *Eu* te convenci a mentir comigo. Agora preciso aceitar as consequências dos meus atos. Fim da história.

Ela assente discretamente.

— Mesmo assim, me sinto péssima com isso.

— Porque você se importa. E não sabe o quanto sou grato por isso.

Nos mudamos para o sofá e nos sentamos lado a lado, nossas coxas pressionadas juntas. Ela acaricia meu cabelo e eu me inclino na direção dela, buscando desesperadamente seu toque para me acalmar. Ainda estou agitado, porém, e duvido que esse sentimento vá embora tão cedo. Como tudo deu errado tão de repente? Ou é assim que vai acontecer sempre? Será que não vi os sinais? Ou escolhi ignorar?

Suspiro fundo e abaixo a cabeça.

— Sabe, estou me perguntando se a perspectiva da sociedade sequer existiu. Pode ser que fossem me promover em algum momento, mas não acho que de fato queriam isso. Eu não trazia clientes o suficiente. Gastava tempo demais com trabalho voluntário. Não consegui nem conquistar Kimberly Bailey. — Eu me afasto e olho nos olhos de Solange. — Acho que as evidências estavam aí, mas me recusei a acreditar.

— Bem, eles não te merecem — diz ela, irritada. — E um dia, vão se arrepender de ter perdido você.

Meu coração se aquece. Se tem alguma coisa de bom neste dia de merda, é perceber que Solange e eu vamos ficar bem.

— O que você vai fazer agora? — pergunta ela.

— Preciso descobrir o que fazer com os trabalhos voluntários. Não quero abandonar meus clientes, mas vai saber se a empresa vai me ajudar na transição? Quanto ao dinheiro, economizei o suficiente para cobrir minhas despesas por um ano. Ser um planejador tem suas vantagens.

Mas, ainda assim, preciso encontrar um emprego. Ajudar minha mãe a conseguir um novo apartamento. Descobrir o que diabo vou fazer da minha vida agora que ser sócio da Olney & Henderson não é mais uma opção.

Solange pega minha mão.

— Sabe, acho que o fato de sua primeira preocupação ser seu trabalho voluntário é um grande sinal. Minha mãe uma vez me disse que as coisas que mais valorizamos são as que temos mais medo de perder. Tenha isso em mente quando for decidir o que fazer a seguir.

Fico grato pelo comentário dela e levarei isso em consideração quando estiver pensando sem parar na minha vida nos próximos dias. Mas, agora, quero ouvir sobre ela.

— Mas me fala o que está acontecendo com você. Você já decidiu o que fazer sobre Ohio? Ou sobre sua oferta aqui?

Ela assente.

— Acho que sim e, ironicamente, sua demissão é o que está me dando o empurrão final. Você trabalhou tanto por tanto tempo e ainda não conseguiu a recompensa que estava perseguindo. Enquanto eu estou diante da oportunidade de usar meu coração e meus talentos em um lugar que já demonstrou que me valoriza. Além disso, aceitando a proposta eu ficarei perto da família e continuo fazendo parte da comunidade que me apoiou desde sempre. Estou meio brava comigo mesma por ter demorado tanto para deixar de ser teimosa. — Ela estuda meu rosto. — Acho que não devia ter dito nada disso em voz alta. Não é o melhor momento.

— Tá doida? — digo, inclinando a cabeça. — Quando a vida me dá limões, você faz uma caipirinha para você. Faz parte do seu estilo.

Com o rosto contorcido em uma careta brincalhona, ela finge enfiar uma adaga no coração.

— Mas sério — digo, apertando a mão dela —, quero que você seja feliz. E, se essa decisão te deixar feliz, estarei cem por cento ao seu lado.

— Obrigada — diz ela, com uma expressão séria. — Mas chega de falar de mim. Me faz um favor e se concentre em você hoje, tá?

Respiro fundo e expiro lentamente.

— Sim, eu preciso avisar minha mãe sobre o está acontecendo. Ela parecia bastante perturbada ao telefone.

— Pega leve com ela, Dean. Ela ficou tão mal quanto eu com tudo isso.

— Ela deve achar que a culpa é dela, mas não tenho a menor intenção de colocar esse peso nela. Prefiro encontrar uma maneira de nos apoiarmos. Minha infância pode não ter sido perfeita, mas ela sempre esteve ao meu lado quando precisei. Acho que é hora de deixar o passado para trás e construir um relacionamento com ela baseado no presente.

— Fico feliz que você pense assim.

Solange me acompanha até a porta de seu apartamento e me puxa para outro abraço.

— Você vai ficar bem — diz ela, baixinho. — Sei disso. Agora vá fazer o que você precisa fazer.

— Obrigado por me ouvir — digo, acariciando sua bochecha.

Fechando os olhos, ela se entrega ao meu toque por um momento, então dá um passo para trás e abre a porta.

— Estou aqui para você, Dean. Sempre. — Ela aponta para trás de si. — Nada do que rolou vai interferir na nossa amizade.

— Isso significa muito para mim, Solange. Provavelmente mais do que você um dia poderá imaginar.

Enquanto ando pelo corredor, não consigo afastar a sensação de que estou indo na direção errada. De que deveria ir na direção de Solange, não para longe dela. Mas sigo em frente de qualquer maneira. Eu fiz minhas escolhas. Agora, preciso viver com elas.

SOLANGE

Vou seguir uma página do manual do Dean e bolar meu próprio plano para me "desprender". Um dos primeiros passos é me encontrar com minha ex-aluna, Layla.

Não muito tempo atrás, me convenci de que a saída de Layla era mais uma prova de que seria um erro me comprometer com a Vitória; agora percebo que estava usando isso como desculpa para evitar tomar decisões importante sobre meu futuro. Não mais. Layla é importante para mim e, se vou fincar raízes aqui em D.C., não consigo pensar em uma pessoa melhor para fazer parte da minha nova comunidade.

Observo Layla caminhando pela calçada; ela está vestindo uma blusa creme e calça preta.

— Uau. Olha só você, que elegante.

Ela se senta na cadeira à minha frente.

— No fim das contas, seu guarda-roupa foi bastante útil.

Nos encontramos em um café ao ar livre perto de seu novo emprego como recepcionista de uma pequena empresa de contabilidade em Georgetown. Ela está em seu intervalo de almoço, então não temos muito tempo. O garçom anota rápido nossos pedidos e vai atender outra mesa (de clientes exigentes).

— Coitado — digo.

— Eu não conseguiria fazer isso — diz Layla, balançando a cabeça. — Seria demitida na primeira semana.

— Eu seria demitida no primeiro dia.

Ela ri, apertando os olhos contra os raios do sol.

— Então, por que você queria me encontrar?

Eu torço minhas mãos no colo. Estou exagerando e, se não falar logo, ela vai se sentir desconfortável. *Desembucha, Solange.*

— A turma está com saudade.

— Ah, eu também estou com saudade — responde, sorrindo. — Até do cabeça-dura do Darius.

— Vou passar o recado — digo entre risos. — Então, escute, sei que você precisa desse emprego, e tem meu apoio total nisso, mas queria que a gente não perdesse o contato. Ficaria feliz em ser sua tutora para o supletivo fora da escola, para dar conselhos sobre carreira e ser seu apoio quando você tiver algum problema. — Gesticulo com as mãos. — O que achar melhor. O que me diz?

Ela mordisca o lábio inferior enquanto me estuda.

— E a Vitória? Você ainda vai trabalhar lá?

Não aceitei formalmente a oferta, mas pretendo fazê-lo no final da tarde.

— Sim — digo. — Vou ficar na Vitória por enquanto. É novidade, então não conte para ninguém ainda.

— Que bom que você vai ficar, srta. P. E adoraria que você fosse minha mentora, sim. Toda ajuda é bem-vinda.

Dou uma piscadela brincalhona.

— Bem, agora você vai ter a minha.

O garçom chega com nossas entradas — salmão para mim e uma salada para Layla — e nós comemos. Depois de algumas mordidas, Layla toma um gole de água e pigarreia.

— Ser minha mentora significa que posso fazer perguntas pessoais?

— Você sempre pode perguntar, mas me reservo o direito de não responder. Depende da pergunta.

— Sei lá o que isso quer dizer — murmura.

— Vá em frente, pergunta — digo, contendo um sorriso.

— Aquele cara que veio aquele dia na aula. O advogado. Qual é a dele?

Ela não tem tempo suficiente para esta história. Além disso, eu não compartilharia muito sobre Dean de qualquer maneira.

— O nome dele é Dean, e ele é só um amigo.

É a melhor resposta que posso dar a ela, mas não soa bem aos meus ouvidos. Acho que ainda estou me acostumando com a ideia de rotular nosso relacionamento dessa forma.

Mas vou chegar lá. Aos poucos. Com certeza. Algum dia.

— Que pena — diz Layla.

Arregalo os olhos.

— *Comporte-se,* srta. Young.

Ela ri e levanta as mãos.

— Ele é uma graça. Só quis dizer isso.

Ele é muito mais do que isso, mas sim, ela tem razão. Mas pensar em Dean não faz parte do meu plano para me desprender.

— Quando você gostaria de começar as aulas particulares?

— Quando você quiser — diz ela. — Que tal neste fim de semana?

— Ahh, desculpa. Esse final de semana eu não posso. Vou para Las Vegas comemorar o aniversário do meu colega de apartamento.

Layla abaixa os ombros e inclina a cabeça, me olhando com certo ar de dúvida.

— Você vai ser uma mentora mequetrefe?

— O quê? — digo, sorrindo. — Não. Eu tenho planos, só isso. Estarei à sua disposição em qualquer outro fim de semana.

Ela me dá um sorriso cheio de dentes.

— Estou brincando. Sei que você não vai me decepcionar.

Ela está certa. Não vou.

É bom não estar mais tão confusa.

Capítulo Trinta

DEAN

Acordo com alguém jogando água no meu rosto e pulo do sofá como se tivesse ouvido sons de um intruso. Estou pronto para expulsar a pessoa — até perceber que essa pessoa é Max.

— Você é tão lento — diz, rindo.

— E você é um maníaco esquisito — retruco enquanto massageio meu peito e avalio o ambiente ao meu redor. O sol está se pondo e minha casa parece um lixo. — Como diabo você entrou aqui?

— O sr. Donatelli do 307 abriu o portão para mim. Ele já nos viu juntos o suficiente para saber para onde eu ia.

— Isso não explica como você entrou no meu apartamento.

Ele me espreita com um olhar ameaçador.

— A sua maldita porta estava aberta. Você quer me dizer o que está acontecendo, pelo amor de Deus?

Recuo e dou uma resposta honesta.

— Eu nem sei dizer.

Já se passaram alguns dias desde que fiquei oficialmente desempregado. Alguns dias sem saber como colocar meu plano de vida de volta nos trilhos. Alguns dias desejando, sobretudo, que Solange estivesse aqui. O lado bom é que minha mãe está se acomodando em um novo apartamento em Delaware.

Enquanto observo Max vasculhar minha geladeira, percebo que ele está usando roupas esportivas, o que significa que devo ter perdido nosso jogo de basquete.

— Merda. Me desculpa por não ter ido.

Ele ignora minhas desculpas e se afasta da geladeira com uma cerveja gelada na mão.

— Imaginei que devia ter acontecido alguma coisa quando não consegui falar com você. Seu celular está no modo avião?

Assinto e me jogo no sofá.

— Sim, para todo mundo menos minha mãe.

— Isso é sério, então.

Eu franzo a testa, sem saber ao que ele está se referindo.

— Isso?

— Essa coisa com a Solange.

— Não é *disso* que se trata.

Max me olha como se duvidasse e se acomoda na poltrona de frente para o sofá.

— Cara, você não apareceu no basquete. Você colocou o celular no modo silencioso, dormiu com a porta de casa destrancada, seu cabelo parece estar em pé por pura eletricidade estática, está com a barba por fazer e tem pipoca velha na mesinha de centro. — Ele se vira para o filme em pausa na tela da televisão. — E você está assistindo *Harry e Sally*. Ou seja, não basta assistir a uma comédia romântica, você está agindo feito o protagonista de uma. Essa atitude parece dizer estou-apaixonado-por-Solange. Estou certo?

Não posso argumentar contra fatos.

— Sim, você está certo.

Max ergue as mãos.

— Não vim aqui para dizer que eu avisei.

— Que bom.

— Vim aqui para cantar isso. — E fiel ao que diz, ele canta as malditas palavras como uma criança de 4 anos: — Eu *avisei*. Eu *avisei*. La-la-la-la-la. Eu *avisei*.

Não posso deixar de rir. Conheço meu melhor amigo. Ele só está agindo como um tolo porque quer que eu saia dessa *bad*. E eu deveria, mas não é fácil. Não posso apagar tudo o que vivi com Solange num piscar de olhos. Além disso, estou apavorado. Não tenho nem ao menos a segurança do meu trabalho na qual me apoiar.

— Sim, você me avisou, e eu tinha minhas próprias ressalvas. Em vez de ouvir meus instintos, me convenci de que a gente fazia sentido juntos. Eu estava me enganando.

— Deixa eu te perguntar uma coisa — diz Max. — Você preferiria que as últimas semanas nunca tivessem acontecido?

Eu não preciso nem pensar a respeito. A resposta é não. Sem sombra de dúvidas, honestamente, inequivocamente não. Balanço a cabeça.

— Eu faria tudo de novo em um piscar de olhos, se pudesse. Menos a parte de ser demitido.

— Foi uma pergunta retórica. Só quero desanuviar sua mente um pouco. E deixa eu perguntar outra coisa: quando você descobriu que tinha sido demitido, quem foi a primeira pessoa a saber?

Dou um suspiro.

— Solange. — Max quer atribuir algum significado a esse fato, mas há uma explicação razoável. — Ela tentou me ajudar a conseguir uma promoção. Pensei que seria justo contar para ela que não deu certo.

Max balança a cabeça como se estivesse decepcionado comigo.

— Se é nisso que você quer acreditar, tudo bem. Mas você nunca vai ficar bem até descobrir *por que* estava correndo atrás dessa sociedade como se sua vida dependesse disso. Alerta: não depende.

— Max, ser advogado é tudo que sei fazer, tá? Minha carreira sempre foi sólida. É o que me permite comprar roupas. Comida. Colocar um teto sobre minha cabeça. Me dá a porra de um propósito.

— Dean, o trabalho não é uma personalidade. Também não é uma vida. De alguma forma, você precisa descobrir como construir uma vida para si mesmo que *inclua* seu trabalho, mas também dê espaço para as pessoas e coisas que te fazem feliz.

Tudo isso parece ótimo no papel, mas a realidade não é tão fácil ou positiva.

— Então o que você sugere? Que eu corra atrás de alguém que não quer ficar parada? Alguém que não sabe o que vai querer na próxima semana, muito menos no próximo ano? Se eu me permitir amar Solange e um belo dia ela acordar e decidir que fui apenas uma fase em sua vida, a culpa vai ser minha. Sabendo o que sei sobre ela, não faz sentido me expor desse jeito. Não, Solange foi um desvio do caminho e, sendo sincero, acho que ela prefere que seja assim.

— Mas esse é o problema com os desvios: às vezes, eles se tornam o destino principal.

Ergo a cabeça e olho para ele de soslaio.

— O que diabo isso quer dizer, Yoda?

Max junta as mãos e faz uma reverência.

— Quando você descobrir, terá alcançado seu verdadeiro propósito.

— Pode ir parando com essa merda. — Eu jogo um travesseiro nele para garantir. — Preciso começar a cobrar favores dos colegas da faculdade de direito.

Droga, eu também preciso pegar meus pertences pessoais na empresa... com um segurança no meu encalço, tenho certeza.

— A grande questão é que você não pode mudar o que aconteceu. Você só pode seguir em frente. É hora de juntar seus trapos e descobrir seus próximos passos, cara. — Ele examina meu rosto e minha roupa. — Você precisa tomar banho e fazer a barba. Passa um pente e um pouco de gel nesse cabelo, porque eu nunca te vi assim e estou preocupado que o que quer que esteja acontecendo no topo da sua cabeça seja permanente. — Ele aponta para a tela da televisão. — E para de assistir a todos esses malditos filmes. Do jeito que você está, vai ficar deprimido. Mas preciso admitir que *Meu eterno talvez* é hilário.

— Tem razão — digo, sentando-me e rodando os ombros meio anestesiados de tanto sofá. — Vou fazer tudo isso... amanhã. Mas, por enquanto, vou continuar a ver essas pessoas sem noção alguma se apaixonando.

Max abaixa a cabeça e suspira. Sim, sou uma decepção. E eu não me importo.

Ele pega o celular e toca na tela em alta velocidade. O aparelho vibra algumas vezes enquanto ele envia mensagens de texto para alguém, Lina presumivelmente, então ele o coloca na mesa lateral.

— Ok, sou todo seu.

— Como é?

Ele resmunga.

— Dean, eu reconheço um pedido de ajuda quando vejo. Vou ficar aqui e assistir a comédias românticas com você. É óbvio que você precisa tirar a Solange da cabeça, e eu sou a pessoa certa para o trabalho.

— Mas eu não pedi...

— Você vai me agradecer depois — diz ele, pulando do sofá, abrindo e fechando vários armários da cozinha. — Uma maratona de filmes é a distração perfeita. — Ele volta com um saco fechado de chips de batata debaixo do braço. — Isso vai funcionar. Eu posso dormir com minhas roupas de ginástica.

— Que conveniente — murmuro baixinho.

— Como é? — pergunta enquanto abre o pacote de salgadinhos.

— Nada.

— Então, o que vamos assistir primeiro?

Ele está determinado a ficar e eu estou determinado a não ser ingrato.

— Eu estava pensando em *Harry e Sally*. Solange e eu nunca chegamos a terminar, mas uma vez nós...

Sorrio ao lembrar do dia em que fingimos fazer sexo quando Ana e Carlos estavam visitando.

Max me bate no rosto com um travesseiro.

— Resposta errada. Vamos assistir *Meu eterno talvez*. Não conte para a Lina, mas Ali Wong é minha crush entre as celebridades.

— Eu nem sei quem é essa — digo com sinceridade.

— Ah, até o fim desse filme você vai saber. Incrível. Inteligente. Rabugenta. Me lembra Lina.

— Ou podemos assistir a algum filme que você não tenha visto...

— Não tem problema — diz Max, acomodando-se no sofá. — Eu não me importo.

Pego o controle remoto e coloco o filme na fila. Estou disposto a fazer o que for preciso para abafar os pensamentos que dominariam meu cérebro se ele não estivesse aqui. Assim que os créditos de abertura aparecem, dou um tapinha no braço de Max.

— Obrigado por isso.

— Sem problemas. Você faria o mesmo por mim.

— Na verdade, não faria.

Ele sorri para mim.

— Vai à merda e assiste à porcaria do filme.

Sim, é um excelente conselho. Posso lidar com o resto da minha vida caótica amanhã.

Sexta-feira de manhã, saio do elevador segurando uma única e triste caixa com os poucos pertences pessoais que guardei na Olney & Henderson. Entrego meu crachá de funcionário ao segurança do prédio, Harold, um cara branco de meia-idade com bisnagas no lugar dos bíceps. Nos últimos oito anos, Harold costumava ser a primeira pessoa que via pela manhã, um rosto amigável em meio à agitação, como um repórter de bairro que sempre me dizia o que esperar quando subia as escadas.

"Henderson está puto da vida hoje."

"Olney chegou atrasada e derramou café na blusa."

"Deve ter alguma reunião de sócios hoje de manhã. A gangue acabou de subir."

Agora consigo ver que ele cuidou de mim, à sua maneira discreta e propensa a fofocas.

— Se cuida, Dezão — diz, as rugas nos cantos externos dos olhos se aprofundando enquanto ele abre um sorriso largo. — Não vai ser a mesma coisa sem você aqui todos os malditos dias.

Coloco a caixa na mesa da recepção e o puxo para um abraço.

— Faça com que eles organizem uma festa de despedida pra você, tá?

Harold ri enquanto se afasta.

— Eles são muito egoístas. Todo mundo sabe disso. — Ele sussurra ao se despedir: — E você é bom demais pra esse lugar, cara.

Eu gostaria de acreditar nisso, mas não sei mais distinguir o certo e o errado.

— Dean? — pergunta uma voz atrás de mim.

Eu me viro para ver Kimberly Bailey a alguns metros de distância.

— Kimberly. O que você está fazendo aqui?

Ela torce as mãos enquanto fala, com uma expressão tensa no rosto.

— Eu esperava encontrar você, mas vim ver Olney e Henderson.

Não sei dizer o que ela ainda tem para falar com eles, considerando que recusou a oferta da empresa. Esse fato, em conjunto com a mentira que contei para os sócios sobre namorar Solange, foi o que me fez deixar este prédio pela última vez.

Ela aponta para um banco à esquerda dos elevadores.

— Podemos conversar um minuto?

— Vai lá, eu cuido da sua caixa — diz Harold.

Assim que nos sentamos, Kimberly respira fundo para se acalmar.

— Então, vou ser direta e dizer: Nia e eu somos melhores amigas.

Não estou nada surpreso. Elas estão em completa sincronia e é evidente para qualquer um que as veja que se valorizam como pessoas em primeiro lugar.

— Alguns dos relacionamentos românticos mais bem-sucedidos são baseados em amizade.

Kimberly brinca com a fina aliança de platina em sua mão esquerda.

— Não, o que quero dizer é que somos melhores amigas — ela se vira para encontrar meu olhar — e nada mais.

Ah.

Ah.

O quê?

— Quer dizer que...

Kimberly suspira pesado. Se continuar deslizando aquele anel para cima e para baixo em seu dedo, vai se machucar.

— Nia e eu fingimos nosso relacionamento e, depois de pesquisar um pouco, Peter enfim admitiu que você foi demitido por fazer basicamente a mesma coisa. Então eu sabia que tinha que esclarecer as coisas, primeiro com os sócios e depois com você.

Não consigo imaginar que Kimberly e Nia não sejam um casal. O carinho em seus olhos. A química intensa. A facilidade com que se tocavam. Era tudo fingimento?

— Mas por que você sentiu a necessidade de mentir?

— É verdade que Nia está analisando os programas de residência artística aqui na região. Somos colegas de quarto. Nos conhecemos na faculdade. Moramos juntas desde então. E quando percebi que ela estava saindo de Atlanta, entrei em pânico. Queria deitar e chorar. Eu simplesmente — ela abaixa a cabeça, os ombros caídos — não consigo imaginar minha vida sem ela. Foi nesse momento, quando ela me disse que não seríamos mais colegas de quarto, que ficou claro que nosso relacionamento não era platônico. Para mim, ao menos. Então decidi que me mudaria para cá para ficar com ela.

Em dias normais, eu já teria chegado à conclusão sozinho, mas estou emocionalmente esgotado e meu cérebro não está funcionando com força total.

— Então por que vocês fingiram?

— Ah, Dean. Você sabe como é. Tente explicar por que alguém que é associada há oito anos vai deixar a única empresa em que trabalhou para se mudar para outra cidade. As pessoas presumem que você não vai se tornar sócio e foi demitido de um jeito mais educado. Nia virou um motivo válido.

— Mas ela concordou em fingir o relacionamento, certo? Então ela deve ter entendido por que você fez isso.

— Eu não contei para ela. Em vez disso, afirmei que não estava feliz com minha situação atual. Disse que esta seria a oportunidade perfeita para nós duas tentarmos algo novo.

— Kimberly — digo, inclinando-me mais perto e olhando nos olhos dela. — Você precisa dizer a verdade para ela.

Ela balança a cabeça.

— Acho que não posso. E se ela não sentir o mesmo? E se, ao fazer isso, nosso relacionamento mudar para sempre? E se a gente se distanciar? Prefiro ter Nia em minha vida de alguma forma do que de forma nenhuma. Não consigo nem imaginar não passar mais tempo com ela, não estar com ela quando chego em casa do trabalho, não compartilhar minhas esperanças e meus sonhos com ela.

Meu coração bate com tanta rapidez que quase me faz curvar. O que Kimberly está descrevendo, o que parece muito com amor, é exatamente como me sinto em relação a Solange. E eu estava pronto para desistir porque estou com medo de não ser tão importante para ela quanto ela é para mim, ou de ela fugir para algum lugar e eu ficar pior quando ela se for. É a razão pela qual agi como um idiota quando descobri que ela estava pensando em deixar a cidade, apesar de ter recebido uma oferta para ficar aqui.

Mas agora eu entendo: esse sentimento que venho perseguindo há mais de uma década — um sentimento de exatidão, de pertencimento, de estar seguro de quem sou — não será alcançado sem Solange em minha vida. E porra, eu disse o exato oposto para ela. Eu disse que ela merecia tudo, mas que eu não poderia ser a pessoa que lhe daria isso.

Pego a mão de Kimberly.

— Nós precisamos dizer a elas como nos sentimos.

— *Nós?* — pergunta com cautela.

— Sim, nós. Você precisa correr esse risco com Nia, e eu preciso correr esse risco com Solange. Nós dois podemos estar perdendo a única pessoa neste mundo que foi feita para a gente. Não porque faz sentido no papel, ou em nossas cabeças — coloco a mão sobre o coração e bato nele algumas vezes —, mas porque faz sentido aqui.

— Não sei se estou pronta para isso — diz ela, com os olhos brilhando. — Pode dar tudo muito errado muito rápido.

— Promete que vai ao menos pensar nisso?

Ela assente.

— Tudo bem, eu vou.

— Mais uma coisa.

Ela ergue a cabeça, claramente ainda pensando em seu próprio dilema.

— O quê?

— Se você precisa falar com a Olney e o Henderson para ficar em paz, vá em frente, mas não precisa se for só por mim. Eu não preciso de uma segunda chance. Não, na verdade, não *quero* uma segunda chance. Vou encontrar outra maneira de alcançar meus objetivos.

— Pensei que se tornar sócio *fosse* seu objetivo de vida.

Sim, também pensei. Mas pelos motivos errados.

— Não é assim. Não é um objetivo de vida. É um objetivo na carreira. Tem uma diferença. Agora estou pronto para construir o futuro que desejo, e a Olney & Henderson não vai fazer parte disso.

Kimberly se levanta do banco e eu a sigo.

— Sabe, acho que estávamos destinados a nos conhecer — declara ela, o sorriso discreto ficando maior.

— Eu também. E estou falando sério.

— Posso acompanhar você até lá fora? — pergunta.

— Claro.

De repente, aquela caixa que Harold está segurando para mim não parece mais tão triste. Vou até a mesa, trocamos um último soquinho de mão e pego a caixa que agora representa um novo começo. Kimberly mantém a porta aberta, e eu respiro fundo, inspirando o ar mais limpo de toda minha vida.

Do lado de fora, um homem negro em um elegante terno de três peças está encostado em um SUV cinza-ardósia; ele olha para a frente, vê Kimberly e sorri. Eu já o vi antes, quando ele defendeu um caso perante o tribunal federal de Washington, D.C., tentando restaurar o passe de imprensa de um repórter. Ele foi brilhante e o tribunal decidiu a favor do repórter.

— É o seu pai, não é? — sussurro.

Ela ri.

— Não fique tão apavorado. Ele é só um cara normal. Vem, vou te apresentar.

Kimberly caminha até o pai e o acerta no ombro.

— Ei, depois explico, mas não vou subir.

Não consigo ver seus olhos por trás dos aviadores que está usando, mas o resto de sua expressão se torna sombria.

— Tem certeza?

— Tenho — confirma, balançando a cabeça como se as palavras aumentassem sua determinação. — Mas queria que você conhecesse alguém. — Ela se vira para mim e estende a mão com um floreio. — Pai, esse é Dean Chapman, o advogado que mencionei. Dean, conheça meu pai, Larry Bailey.

— Prazer em conhecê-lo, senhor. Você é uma lenda na comunidade jurídica.

Ele dobra o jornal ao meio e o enfia embaixo do braço antes de aceitar minha mão estendida.

— Pena que não sou uma lenda para a minha própria filha.

— Como é? — pergunto.

Ele revira os olhos.

— Ela não quer saber da Baxter Media, e isso me parte o coração.

— Eu teria que ser masoquista para trabalhar com você — brinca ela, com um sorriso. — É um sonoro não. — Então ela inclina a cabeça como se tivesse uma ideia em mente. — Mas eu sei de fontes seguras que há um advogado incrível em Washigton que é habilidoso no trabalho com a mídia e ferrenho defensor do serviço voluntário. Parece alguém que você poderia considerar para a sua equipe — diz ela, piscando para mim. — Só uma ideia.

O olhar de Larry Bailey vai de Kimberly para mim para a caixa aos meus pés na calçada. Então, ele franze os lábios como se a sugestão não fosse totalmente absurda.

— Apesar da sua situação atual, uma recomendação da minha filha tem muito peso. Ela quase não faz isso. E considerando o que minha filha fez, eu seria a última pessoa a dizer que mentir sobre um relacionamento é motivo para descartar alguém. — Ele puxa o jornal de debaixo do braço e bate na coxa. — Me envie seu currículo. Vamos conversar.

Então ele contorna o SUV e sobe no banco do motorista.

— Se cuide, Dean — diz Kimberly, com a mão na maçaneta da porta do carona. — Quem sabe a gente não se vê em breve.

— Coisas mais improváveis aconteceram — declaro. — A maioria delas no último mês.

Ela ergue dois dedos em saudação antes de entrar no SUV, então abaixa a janela para se despedir.

— Boa sorte com a Solange. Espero que você tenha a resposta que espera.

— Eu também, Kimberly. Eu também. E boa sorte com a Nia — digo a ela. — Espero que receba a resposta que merece.

Enquanto isso, estou descartando mentalmente meu antigo plano de vida porque Solange é meu novo plano. Assim que eu acertar tudo com ela, o restante vai se encaixar. Ou não. O fato é que, se estou destinado a dar passos em falso, prefiro fazê-lo com Solange ao meu lado. Então, assim que ela voltar de Las Vegas, vou dizer como me sinto e implorar outra chance.

Capítulo Trinta e Um

SOLANGE

— Somos uma vergonha — digo a Brandon enquanto me aconchego no edredom em nosso quarto duplo no Mirage. — Devíamos estar no cassino jogando caça-níqueis ou algo assim. Até fui ao banco e consegui dois pacotes de moedas.

Brandon dá risada.

— E o que você acha que vai fazer com dois pacotes de moedas?

— Gastar dentro das minhas possibilidades, é isso que vou fazer.

— Mais um minutinho e a gente desce — diz ele. — Precisamos beber primeiro.

Assobiando, ele abre a mala — e revela várias garrafas grandes de vodca e uísque e uma variedade alucinante de licores tamanho viagem.

De queixo caído, salto da cama e espio dentro de sua mala.

— Puta merda, então é por isso que você precisava despachar bagagem.

— Exatamente — diz ele, com um sorriso satisfeito. — Não vou beber licor aguado no meu trigésimo aniversário.

— Você trouxe copinhos descartáveis vermelhos também — digo, minha voz subindo uma oitava.

Brandon veio preparado. Bartender é sua vocação parcial; é de se imaginar que ele não confiaria nas bebidas de outra pessoa para alcançar seu tão esperado porre de aniversário.

Transferimos o álcool de sua mala para o topo da mesa executiva, que Brandon puxou para o centro do quarto. Ele fica atrás de seu balcão de bar improvisado como se estivesse pronto para fazer mágica.

— Algum pedido?

— Surpreenda-me.

E é isso que ele faz. Tomo um gole da bebida que ele me preparou e engasgo.

— Meu Deus. Isso é álcool puro?

Ele coloca a mão sobre o peito e abaixa o queixo.

— Assim você me machuca.

— Fico bêbada fácil, meu amigo. Minha incapacidade de lidar com bebidas alcoólicas não tem nada a ver com as suas habilidades.

— Em todo caso, vamos brindar ao dia em que nasci, e você vai beber como se fosse gostoso e delicioso e você quisesse tomar isso para sempre.

Eu concordo.

— Entendi. — Então levanto meu copo de plástico vermelho no ar. — Um brinde ao Brandon. Você é um dos homens mais doces, gentis, engraçados e talentosos que conheço.

— Um dos?

— Sim, conheço outros. Muitos deles, na verdade, então não é como se você fosse especial. Não me interrompa de novo. — Respiro fundo e retomo meu brinde. — Você, meu amigo, merece tudo de bom, e sei que sua luz só vai aumentar nos próximos anos. Saúde.

— E um brinde ao seu novo emprego. Arrumar outra pessoa para morar comigo seria um pesadelo.

Brindamos com nossos copos de plástico, então ele bebe todo o conteúdo e bate no peito.

Eu sigo o exemplo e, desta vez, o álcool desce suavemente, a queimação se instalando em minha barriga como um abraço caloroso.

— Mais um!

Depois de alguns drinques, Brandon e eu mudamos a festa para nossas respectivas camas. Estamos deitados de lado, de frente um para o outro, com trinta centímetros de espaço entre nós. Apesar da distância, posso sentir o cheiro de álcool em seu hálito daqui. Ele está no estágio de embriaguez em que sente pena de si mesmo.

— Eu sou pura confusão, Solange — comenta. — Ainda correndo atrás de sonhos que deveria ter deixado de lado anos atrás. Que pessoa em sã consciência quer namorar um ator esforçado que trabalha como bartender? Talvez eu encontre um namorado ou namorada quando tiver a vida nos trilhos. Mas, enquanto isso, tenho que me contentar com encontros ocasionais ou ficadas.

— Você merece mais do que se contentar, querido — digo.

— Assim como meu futuro parceiro ou parceira merece o meu melhor — rebate ele. — E ainda não cheguei lá.

Então ele ri.

— O quê? — pergunto.

— Lembra quando a gente brincava que, se não tivéssemos encontrado "a pessoa certa" quando eu fizesse 30 anos, íamos nos casar?

Parece que me lembro de uma ou duas conversas bêbadas nesse sentido, com certeza. Ele está sugerindo o que eu acho que está sugerindo? Se for, as coisas vão ficar muito estranhas entre nós.

Ele muda para se deitar de costas.

— Mesmo que eu ainda quisesse fazer algo assim, e *definitivamente* não estou dizendo que quero, não conseguiríamos.

— E por que não? — pergunto, na defensiva sem nenhum motivo.

— Porque você já achou uma pessoa, mamacita.

Balanço as pernas para fora da cama e me sento. Será que Brandon está certo? Meu cérebro repassa minhas experiências com Dean nas últimas semanas. Eu quero mais desses dias. Mais de seus beijos. Quero estar perto dele mais vezes. Provocando-o. Falando com ele. Fazendo tudo *com* ele. É um cálculo simples: prefiro entregar meu amor a Dean e aceitar a *probabilidade* de que ele seja uma das melhores coisas que já aconteceram comigo do que me proteger da *possibilidade* de que ele seja meu maior erro.

— Ai, meu Deus, acho que estou apaixonada por ele, Brandon. — Eu abano meu rosto, então apoio a cabeça entre as coxas. — E acho que vou hiperventilar.

— Bem, aposto todas as minhas economias que Dean sente o mesmo.

— Uau, dois dólares? — digo, ainda curvada. — *Essa* sim é uma aposta de alto risco.

Ele joga um travesseiro em mim, mas eu desvio.

— Mas é sério — diz Brandon enquanto se senta. — Ele precisa saber que vai perder uma coisa boa se não se recompor logo.

Eu fico em pé.

— Você tem toda razão!

Brandon fica de joelhos no colchão.

— Você é uma mulher fantástica, e qualquer pessoa teria sorte em ter você!

— É isso aí! — digo, andando entre as camas.

— E lembre-se, aconteça o que acontecer, Solange, você sempre tem a mim.

— Você é craque em animar as pessoas — digo, jogando meus braços ao redor dos seus ombros. — Mas vai dar algum trabalho convencer Dean.

Brandon cai de costas de novo, seus olhos se estreitando em malícia.

— Isso pode ser arranjado.

Não tenho certeza do que ele tem em mente, mas quando abro a boca para pedir que explique melhor, perco a linha de pensamento.

— Eu deveria ligar para o Dean! — digo, puxando mechas individuais do meu cabelo e olhando para elas.

Talvez seja a hora de fazer luzes. Ou uma progressiva brasileira. Ah, e depilação brasileira também. Ou a cirurgia do bumbum brasileiro. Não, calma aí...

— Isso é o álcool falando.

— Sim. Está me deixando com mais coragem do que eu teria normalmente. Aceita.

Ele acena para eu me afastar, como se estivesse me dando permissão para fazer papel de idiota.

— Fique à vontade. Mas podemos descer primeiro? Quero tirar algumas fotos no cassino e depois andar um pouco pela cidade. Topa?

— Por você? Claro!

— Legal. Só não se esqueça de contar para Dean tudo o que acabamos de conversar. Ele também precisa saber.

DEAN

*M*eu celular toca, me tirando do meu estupor. Deixando de lado a comida chinesa que estou comendo na cama, direto da embalagem, eu me inclino para a mesa de cabeceira e olho para a tela.

Solange.

O aparelho está em minhas mãos em segundos, e eu me sento enquanto atendo, reajustando o travesseiro atrás de mim.

— Ei, tudo bem?

Estamos separados por três horas e já passa das seis da tarde aqui. Mas hoje em dia, o tempo é inútil para mim. Estou neste limbo mental onde me preparar para dormir antes do pôr do sol é perfeitamente apropriado.

A primeira coisa que ouço é música. Música muito alta. Em seguida, algo se arrastando.

— Solange, você está aí? — pergunto.

— Ei, Dean, desculpe incomodar, mas estou em Las Vegas e só queria dizer oi.

Sua fala é lenta — não arrastada —, o que significa que ela deve estar um pouco bêbada.

— Oi para você também. O que está acontecendo?

— Bem, é o seguinte. Andei pensando no que você disse da última vez que a gente se viu.

Merda. Não quero ter essa conversa por telefone. Tenho coisas a dizer, garantias a dar. Não vão ter o mesmo efeito se fizermos isso agora.

— Não se preocupe com isso. Eu disse muitas coisas naquele dia, e nem todas são verdade. Podemos conversar sobre isso quando você voltar de Las Vegas, se quiser.

— Tá bom, mas queria te dizer que sou uma mulher incrível, e você está perdendo uma coisa boa. E qualquer pessoa teria sorte de me ter como parceira. — Ela abaixa a voz e fala com alguém do outro lado da linha. — O quê? — diz ela para a pessoa. — Ah, sim. Eu vou dizer isso a ele também. — Então, para mim, ela complementa: — Mas quer saber? Vai ficar tudo bem. Eu sempre terei o Brandon.

Eu passo a mão pelo cabelo. Ela não está falando coisa com coisa, e não tem nada que eu possa fazer a respeito. Quero dizer tudo o que penso, mas preciso estar na presença dela, olhar nos olhos dela, abraçá-la.

— Quando posso te ver? Posso te encontrar no aeroporto quando você voltar?

Ela ri, mas o riso desaparece como se fosse muito cansativo fazer qualquer outra coisa.

— Aquele aeroporto é uma confusão. — Ela boceja. — Estou exausta.

— Solange, onde você está?

— No bar — diz ela. — Brandon está… por aí. E você, onde você está?

— Na minha cama, que é onde você deveria estar. Quer dizer, se está exausta, *você* deveria estar na *sua* cama de hotel.

— Não posso. Brandon tem planos para nós. Ele está com um humor estranho e introspectivo.

Se a campainha incessante serve de guia, ela está em um cassino. E se eu fosse Brandon, não sairia do lado dela nem por um segundo.

— Solange, me faz um favor? Me dá um alô quando estiver no seu quarto, ok? Promete?

— Pode deixar — responde ela. — Tchau, Dean. Não deixe os penso e vejos da cama te morderem.

— Percevejos, Solange. Você quer dizer percevejos.

— Sim. Isso.

Eu ouço um clique, e a música tocando no fundo cessa.

O que diabo está acontecendo lá? Eu puxo o travesseiro atrás de mim e sufoco meu rosto com ele. Preciso tirar um maldito cochilo.

O zumbido insistente do meu celular me força a acordar. Estico a mão e agarro o objeto ofensivo pela segunda vez.

— Alô?

— Dean, sou eu.

É Max, e sua voz está tensa.

— Tudo certo?

— Você tem visto o Instagram ultimamente? — pergunta.

À primeira vista, parece uma pergunta aleatória, mas a agitação em sua voz sugere que há um motivo para isso.

— Instagram? Não, não nos últimos dias — digo com um bocejo. — Não costumo acessar muito. Que horas são?

— Pouco depois das dezenove. Por que diabo você já está dormindo?

— Não pergunte.

— Tanto faz. Vou te enviar uma foto. Me ligue de volta assim que a vir.

A foto chega em uma mensagem. Meu olhar percorre tudo: a imagem, o nome de usuário, a mensagem que a acompanha. A foto mostra a fachada de um prédio cinza-aço com uma placa indicando que ali fica o Cartório de Licenças de Casamento. O nome de usuário é @BrandonTheThespian, e a mensagem diz: "Indo para a capela e vamos nos casar… de manhã".

Afasto as cobertas, pulo da cama e ligo para Max.

— Que merda é essa? É alguma piada?

Ele suspira.

— Não tenho certeza. Lina acabou de me mostrar e disse que Solange não atende o celular.

Eu nunca roo as unhas, mas é o que estou fazendo agora. Isso não pode estar acontecendo. De jeito nenhum. Coloco a mão no pescoço e ando depressa pelo apartamento enquanto tento entender o que está acontecendo. Brandon uma vez me avisou que Solange estava a um relacionamento ruim de nunca mais namorar e aceitar se casar com ele. Solange está pensando *mesmo* em fazer isso? É por isso que ela disse que sempre terá Brandon?

— O que a gente vai fazer?

— *A gente*? — pergunta Max, rindo. — Não, não, meu amigo. A pergunta é o que *você* vai fazer. Estou aqui só para dar apoio moral. Vocês dois precisam resolver isso entre si.

— Preciso impedir esse casamento — digo, com o coração martelando no peito.

— Sim, você precisa impedir esse casamento.

— Porque eu quero ficar com Solange, e ela precisa saber disso antes que faça algo que não pode ser facilmente desfeito.

— Puta merda — diz Lina ao fundo.

— Lina está escutando? — pergunto para Max.

— Ela está grudada no meu corpo feito um coala. Não posso evitar.

Sorrio com a imagem que ele descreveu.

— Diga a ela que Solange está virando minha vida de cabeça para baixo da pior maneira, e eu amo cada minuto disso.

— Posso garantir que ela ouviu. Minha linda ranzinza está com um sorriso enorme.

— Ok — digo, correndo pelo apartamento para reunir todos os pertences que precisarei para a viagem. — Vou desligar. Tenho um voo para pegar assim… antes do amanhecer, acredito eu.

— Uau. Agora sei que você está mesmo apaixonado.

Eu paro.

— Como assim?

— Porque você está indo para o aeroporto de D.C. no fim de semana por conta própria. Não suporto aquele aeroporto, vai ser um pesadelo.

— Ela vale a pena.

— Que bom que você pensa assim. Continuaremos tentando contato com Solange e vou monitorar o Instagram deles em busca de pistas da localização. Se você chegar antes, dê notícias, ok?

— Pode deixar.

— Boa sorte, cara.

Eu pretendia convidar Solange para jantar e dizer o que sinto. Deveria saber que isso seria comum demais para a srta. Pereira. Agora serei eu a destruir o casamento de Solange. Quer dizer, isso se conseguir encontrá-la e se não for tarde demais.

Capítulo Trinta e Dois

DEAN

No início da manhã de sábado, atravesso a cabine do avião com os olhos turvos e suspiro aliviado. *Consegui*. Felizmente, o avião não está cheio. Estou no corredor, e meu companheiro de assento, um cara branco de peito largo com coxas enormes, está no assento do meio.

— Isso é promissor — digo, apontando para os tripulantes que se preparam para a decolagem. — Parece que vamos conseguir nos acomodar.

Ele olha para o assento da janela e para mim.

— Não. Eu prefiro sentar no meio.

Então ele inclina a cabeça para trás e cobre o rosto com o boné de beisebol vermelho do Nationals.

Que babaca.

Eu limpo meu assento e a mesa da bandeja, então me preparo para a viagem. Enquanto um dos comissários de bordo me entrega fones de ouvido, ligo para Max.

— Ei, alguma novidade? Lina falou com ela?

— Não, ela ainda não está respondendo, mas Brandon marcou a Capela de Matrimônios Oasis com uma legenda que dizia "planos para esta manhã". Não postou nada depois.

— Isso serve. Vou do aeroporto direto para lá. — Uma agitação perto da cabine chama a minha atenção. — Tenho que ir. Falo com você quando pousar. Devemos chegar logo depois das oito e meia da manhã, horário local.

— Que bom. Duvido que marquem um casamento para antes das nove. Se cuida.

Enfio o celular no bolso e tento ver melhor o que está acontecendo lá na frente. Rezo mentalmente aos deuses dos céus amigos: *Por favor, por favor, por favor, não façam nada para atrasar este voo.*

— Mariana, *anda* logo — diz uma voz rouca.

E quando o próximo grupo de passageiros do embarque aparece na entrada da cabine, vejo tia Viviane avançando devagar pelo corredor, com tia Mariana e a mãe de Solange, Izabel, vindo logo atrás.

Que merda é essa?

Izabel me vê primeiro.

— Dean! Aí está você, filho!

— Izabel. Mariana. Viviane. Nossa, que surpresa.

— Ouvimos falar de Brandon e Solange — diz Izabel enquanto me entrega sua bolsa. — E se eu precisar estar lá para enfiar juízo na cabeça da minha filha, então é o que farei. Você pode guardar isso para mim?

— Claro.

Acabo guardando as malas das três mulheres.

Viviane olha para a passagem dela.

— Ah, eu estou na mesma fila que você, Dean.

O cara do Nationals resmunga e se levanta, deixando-a passar, ainda que sua expressão séria deixe claro que ele esperava que o assento da janela permanecesse vazio. Tão estranho. Mariana se senta na fileira atrás do cara do Nationals, e Izabel se senta no corredor bem na minha frente. Estou basicamente cercado por três irmãs e um cara que acha que tem um pau grande demais para fechar as pernas.

— Quer trocar com ela? — pergunto para ele, apontando para a tia Viviane.

— Não, tô de boa.

As narinas da tia Viviane dilatam e ela olha para ele. Ah, ela está puta da vida. A qualquer momento, o cara do Nationals vai se arrepender de sua decisão.

Quando estamos no ar, tia Viviane começa a revirar a mala e tira uma refeição completa. Ela entrega um item embrulhado em papel-alumínio para tia Mariana e depois pede que eu passe outro embrulhado em papel-filme para Izabel. Tia Viviane também não se preocupa em limitar seus movimentos. Em vez disso, está usando toda a sua amplitude, o braço esfregando no rosto do cara do Nationals e quase acertando seu nariz enquanto prolonga o processo de distribuição da comida de propósito. Bem feito pra ele.

Sinto o cheiro de alho e meu estômago ronca.

— Isso é um sanduíche?

— Sim — diz tia Viviane, sorrindo para mim pela primeira vez. — Quer um?

— Será quem tem um aí sobrando?

— Eu sempre trago a mais.

— E eu jamais recusaria.

Tia Viviane faz uma grande cena ao entregar meu sanduíche, avisando que está quente e coberto de manteiga e pode pingar. Tia Mariana puxa o encosto do banco do cara do Nationals enquanto se acomoda. Incapaz de resistir a entrar na brincadeira, passo lenços umedecidos e desinfetante para as mãos para a tia Viviane. Como esperado, o cara do Nationals resmunga, se endireita em seu assento e aperta o botão de chamada. A comissária de bordo desliza até nossa fileira em segundos.

— Como posso ajudar, senhor?

Ele tira o boné e olha feio para tia Viviane e para mim.

— Então, é que eu sou um cara grande. Queria saber se seria possível pegar uma fileira menos congestionada em algum lugar para que eu possa me acomodar.

Ela lhe dá um sorriso compreensivo.

— Só temos a última fileira, perto do banheiro.

— Aceito — diz ele enquanto arruma sua bandeja.

Tento esconder meu sorriso, mas então vejo a expressão perversa de tia Viviane e decido não me incomodar. Depois que o cara do Nationals junta seus pertences, deslizo para o corredor para deixá-lo sair, então aceno enquanto ele se arrasta para a parte de trás do avião.

— Ok — diz Izabel, virando-se para mim como se expulsar o cara do Nationals fosse apenas a primeira das tarefas do dia. — Então qual é o plano?

Para um homem que prefere estar preparado até mesmo para o menor dos empecilhos, fico envergonhado por não ter nenhuma boa ideia. O que vou dizer a Solange? Será que ela vai se importar em saber que quero muito ter um relacionamento com ela? Porque até poucos dias atrás eu estava bastante convencido de que nunca seria capaz de amá-la do jeito que ela merece ser amada. Será que ela vai acreditar que eu mudei de ideia?

Minha cabeça vai explodir.

Eu mordo o pão e gemo em gratidão. Posso não saber como dizer a alguém que a amo, mas sei muito bem como comer um delicioso sanduíche de fraldinha.

— Dean — Izabel se irrita. — Você pode falar e comer ao mesmo tempo, não?

— Sim, sim. Estou só organizando meus pensamentos. Quer dizer, por mais maluco que isso possa parecer, estou apaixonado pela sua filha. Vou começar com isso e só falar do coração.

Seu olhar suaviza.

— Ok — diz, assentindo com a cabeça. — Agora estamos chegando a algum lugar.

Resta saber se vou chegar a algum lugar com Solange.

Com a barriga cheia e após uma soneca de quatro horas e meia, meu humor melhorou drasticamente. Não muito depois que acordo, pousamos em Nevada, e me levanto do meu assento assim que o avião para no portão.

Eu faço uma careta para um homem que está correndo pelo corredor e se recusa a esperar sua vez, então ajudo as tias a pegar as malas nos compartimentos superiores. Depois de uma parada no banheiro, as tias e eu seguimos as placas de transporte terrestre.

— Gente, tem caça-níqueis no aeroporto? — pergunta tia Mariana retoricamente. — Quem achou que isso seria uma boa ideia?

Na área para transportes terrestres, localizo o endereço da Capela de Matrimônios Oasis. De acordo com o Google, fica na Vegas Strip e deve ser apenas uma curta viagem de táxi. Uma vez que estamos todos acomodados no táxi, tento minha sorte ligando para Solange. Para minha surpresa, alguém atende após o primeiro toque.

— Ei, Dean — sussurra Brandon. — Não podemos conversar agora. Ligamos de volta em meia hora ou mais.

— Brandon...

Ele desliga antes que eu possa dizer outra palavra. Eu rosno de frustração, então lembro que não estou sozinho.

— Desculpem por isso, pessoal. Eu estou estressado.

Izabel dá um tapinha no meu antebraço.

— Está tudo bem, Dean. A gente entende.

— Como vocês podem estar tão tranquilas? — digo, apoiando meu pescoço. — Você não está preocupada que Solange esteja cometendo o maior erro da vida dela?

Ela dá de ombros.

— Tenho fé que tudo vai dar certo no final. **Deus sempre encontra um caminho.**

Tia Mariana se inclina para traduzir para mim o que Izabel disse.

— E vai saber? — continua a mãe de Solange. — Talvez Brandon e Solange sejam feitos um para o outro. Eu só preciso ver isso com meus próprios olhos.

É, não. Eu não preciso ver merda nenhuma com meus próprios olhos. Se Solange está destinada a ficar com alguém, com certeza sou eu. Encontro o olhar curioso do motorista pelo retrovisor.

— Escuta, a gente precisa chegar na Capela de Matrimônios Oasis o mais rápido possível. Você consegue fazer isso acontecer?

— Farei o possível — diz. — Vai a um casamento?

— Sim — confirmo, balançando a cabeça. — Mas, com alguma sorte, vamos interrompê-lo.

O motorista sorri e pisa no acelerador. Preparo o pagamento e uma boa gorjeta e passo o resto da viagem fazendo exercícios de respiração profunda para tentar me acalmar. Minha experiência simulando um parto não foi em vão.

Vinte minutos depois, ainda não estou calmo, mas estou pronto para o show de qualquer maneira. Assim que o táxi para, corro para o porta-malas e descarrego as malas de todos. Depois de examinar o complexo, dou um suspiro áspero. Esperava uma capelinha branca, como as que vi em inúmeros filmes. Em vez disso, o que recebo é um labirinto de pequenos prédios cinza e azuis e jardins imaculadamente cuidados no meio de uma cidade de concreto brilhante. Por sorte, um dos prédios está marcado com uma placa ENTRADA AQUI. Eu aponto em sua direção.

— Lá.

Izabel coloca a mão no meu braço.

— Vai indo na frente, Dean. Não tenho certeza se seria bom aparecermos todos juntos. Nós vamos depois. Boa sorte!

— Obrigado — digo, saindo correndo. — Vou precisar.

Um minuto depois, abro as portas duplas e corro até a recepção. Lá, uma mulher com um sorriso amigável e uma peruca azul dança em seu assento como saudação.

— Aaah, vai casar hoje, lindo? — pergunta ela, com um forte sotaque sulista.

Embora eu esteja com falta de ar, consigo formular uma resposta.

— Não. Estou aqui para... uh... testemunhar um casamento, e acho que vou me atrasar.

— Só tem um casamento nos livros esta manhã. No final do corredor e à direita. Talvez você consiga pegar os últimos segundos. Aproveite.

— Você pode cuidar da minha mala? — pergunto, ofegante.

— Claro, doçura, coloque aqui mesmo — diz, apontando para a área atrás dela.

Eu largo a sacola sem me importar com o conteúdo dela e corro pelo corredor como se eu fosse um recebedor fazendo sua última aparição no Super Bowl. Quando chego às portas da capela, abro-as e corro para dentro.

SOLANGE

— Então, Brandon, satisfez sua curiosidade?

O casamento foi lindo, mas estou cansada, e Brandon nos arrastou até aqui antes que pudéssemos tomar café da manhã. Agora que os recém-casados estão voltando para o corredor, eu me jogo no banco e estico minhas panturrilhas. Os drinques que ele prepara são fortes, então, mesmo depois de uma boa noite de sono, minha cabeça está enevoada e superssensível a tudo.

— Sim, sim, obrigado por me agradar — diz ele. — Finalmente posso dizer que testemunhei um casamento em Las Vegas. Mais um item da minha lista de desejos.

— Você é muito esquisito — digo, batendo em seu ombro.

Brandon estuda a tela do celular. O que me faz lembrar de algo.

— Não me deixe esquecer de olhar os achados e perdidos do hotel. Eu tenho certeza de que estava com meu celular quando estávamos sentados no bar. Fico perdida sem ele. Com sorte, alguém achou e deixou lá.

— Com sorte — diz Brandon enquanto digita. De repente, ele se levanta e agarra minha mão. — Vamos, vou pedir ao oficiante que tire uma foto nossa para a posteridade.

Não me oponho, mas me arrasto até o altar porque estou muito cansada.

— Ok, vocês dois — diz o oficiante. — Uma foto rápida surgindo. Sorriam no três.

Brandon e eu ficamos um ao lado do outro e sorrimos para a câmera. Antes que o oficiante comece a contagem, Brandon se vira para mim e entrelaça nossos dedos.

— Um, dois...

De repente, as portas da capela se abrem e Dean entra.

— Solange! Solange, não faz isso!

Eu suspiro, e meu coração bate forte no peito. O que ele está fazendo aqui?

— Dean, eu não...

— Deixa ele falar, Solange — comenta Brandon, com os olhos brilhando. — Não tem por que não ouvir o que ele tem a dizer.

Sendo sincera, eu queria um balde de pipocas. Essa cena? Fascinante. Fico tentada a me lançar nos braços de Dean, mas resisto ao impulso, em parte porque não sei exatamente por que ele está aqui. Ainda assim, algo me diz que ele não teria cruzado o país para reiterar que nunca seríamos um casal.

Então eu apenas olho para ele e espero. Deus, esse homem é um colírio para meus olhos apaixonados. Seu cabelo está lindamente bagunçado, e o jeans desbotado cai perfeitamente em seus quadris. Meu instinto não é olhar para ele e dizer *meu, meu, meu*. Tudo o que posso pensar é: *Querido, eu sou sua, sua, sua.*

Dean caminha devagar pelo corredor e para a um passo de mim. Ele olha para Brandon, sua expressão sombria.

— Desculpe interromper, mas preciso dizer uma coisa.

Brandon gesticula como se estivesse dando a palavra a Dean.

— Vá em frente. Eu quero que ela tenha certeza do que faz.

Dean retorna seu olhar para mim, com as mãos fechadas em punhos ao lado do corpo.

— Durante anos, eu me agarrei a uma visão sobre o amor que se resumia a pensar que ele não vale a pena. Nunca duvidei que ele existisse ou que as pessoas o experimentassem de verdade, mas, da minha parte, sempre considerei isso uma fraqueza. Uma que me deixaria vulnerável e inseguro. *Preciso de estabilidade*, dizia a mim mesmo. E entregar meu coração a alguém faria de mim um fraco, seria o mesmo que deixar meu futuro aos caprichos de alguém e só poderia terminar em decepção. Então, me concentrei em conseguir todas as formas de estabilidade em que podia pensar: um emprego bem remunerado, uma casa, uma parceira com as mesmas ambições que as minhas. E eu estava bem com isso.

Dou um passo em sua direção, um vislumbre de esperança me impulsionando para frente.

— Até?

Ele respira fundo e expira lentamente.

— Até conhecer você.

Ah, meu Deus. Estou tonta e me sinto leve, e talvez nunca mais volte à Terra. Então é *essa* a sensação de estar eufórica.

Dean ainda não acabou.

— Uma vez tentei explicar para você como imaginei meu futuro, mas agora eu vejo que isso estava tão distante do que realmente quero e preciso que chega a ser ridículo. — Ele ri, depois passa a mão pelo cabelo. — Solange, neste exato momento, não faço ideia de quando vou arrumar outro emprego, se vou conseguir pagar a hipoteca por muito mais tempo, ou se algum dia vou me casar e ter filhos. Mas, sabe do que mais? Eu não estou apavorado. E por quê? Porque, se houver *alguma* chance de você fazer parte da minha vida, posso lidar com todas as outras incógnitas, mesmo que isso signifique que não possamos estar no mesmo lugar agora.

Ele se aproxima, suas mãos abrindo e fechando ao lado do corpo.

— E não se trata de ciúmes ou de querer o que não posso ter ou coisa parecida. É só que, ao longo desse tempo desde que nos conhecemos, tive vislumbres de como seria ser seu. Eu tive um gostinho de como seria ser aquele que ama você. E parece uma honra. Como se talvez eu não te merecesse. Mas eu quero tentar ganhar um espaço no seu coração. — Ele engasga um pouco antes de continuar. — Eu quero muito tentar. Esses sentimentos que você inspirou em mim me fazem sentir imprudente, impulsivo e desorientado da melhor maneira. E me desculpe por ter dito uma vez que não poderia te amar. Porque isso não é verdade. Eu já te amo.

Eu inclino a cabeça e sorrio para ele.

— É aquele maldito calorzinho gostoso, não é?

Sua boca treme, e então ele abre um sorriso largo, a afeição brilhando em seus olhos.

— Sim, maldito seja, *sim*. — Ele se endireita e olha para Brandon como se tivesse acabado de se lembrar de que meu amigo ainda está aqui. — Sinto muito por isso, mas Solange e eu temos coisas a resolver.

— Eu nunca estive na jogada — diz Brandon. — Não se preocupe.

As sobrancelhas de Dean se juntam.

— Mas... vocês não vão se casar?

Brandon balança a cabeça.

— Não. Isso foi só um plano para trazer você aqui. — Ele enfia a mão no bolso, tira meu celular *perdido* e o joga na minha direção. — Eu também tive uma ajudinha.

Como se ouvissem um comando, minha mãe e tias se arrastam para a frente da capela. Tia Viviane está enxugando os olhos com um lenço.

— Mãe, tias, o que vocês estão fazendo aqui?

— Estávamos dando um empurrãozinho no Dean — declara tia Viviane. — E enviando atualizações para Brandon para que ele soubesse o momento em que chegaríamos.

— Diabólicos — digo. — Vocês todos.

Dean balança a cabeça maravilhado.

— Com certeza.

— Espere aí — digo a Brandon e minha família. — Vocês poderiam nos dar licença? Dean e eu precisamos de um minuto. — Dou os braços a ele e o levo para uma alcova no lado direito da capela. Segurando as mãos dele, reúno coragem para fazer algumas promessas. — Você não tem ideia do quanto significa para mim que você tenha vindo até aqui e lutado por nós. Porque eu também estou preparada para fazer isso. Por muito tempo, resisti a me comprometer com qualquer coisa, alegando que estava sendo cuidadosa, nunca me superestimando, evitando dar passos que poderiam ser erros e mudar minha vida para sempre. Eu estava presa, Dean. Mas agora percebo que, ao nunca escolher nada, escolhi não viver a vida que mereço. — Depois de respirar fundo para me fortalecer, continuo: — Então hoje eu escolho você, Dean. Você. Não espero que seja fácil. Espero fogos de artifício. E momentos fofos. E um sexo alucinante. E conversas de fazer puxar os cabelos quando esquecemos o jeito certo de falar. Mas quero tudo isso. Cada momento, seja ele confuso, carinhoso, enlouquecedor, sublime. Eu só quero isso com você.

Ele me puxa para perto e me envolve em seus braços. Se eu pudesse, ficaria neste momento para sempre. Mas, cedo demais, ouvimos várias pessoas pigarrearem, exigindo nossa atenção.

— Está tudo bem aí? — pergunta tia Viviane. — Há um espetáculo ao meio-dia que a gente quer ver.

Eu recuo minha cabeça ligeiramente.

— Um espetáculo? Qual deles?

Tia Mariana murmura sua resposta; minha mãe abaixa a cabeça e cobre o rosto.

Eu coloco a mão em forma de concha na orelha.

— O quê? Não consigo ouvir.

Tia Viviane dá um passo à frente, com o queixo erguido como se estivesse desafiando alguém a contrariá-la.

— *Magic Mike* ao vivo.

Dean ri pelo nariz. Eu apenas balanço a cabeça.

— Vão indo — digo a elas. — Nos encontraremos no hotel mais tarde.

— Vamos, senhoras. — Brandon coloca o braço em volta da tia Viviane e desfila pelo corredor. — Vou garantir que vocês cheguem a tempo.

Minutos depois, Dean e eu enfim estamos sozinhos.

— Agora preciso perguntar uma coisa — diz ele, com a boca curvada em um sorriso que me enche da mais pura alegria.

— O quê?

Ele segura minhas mãos e aperta.

— Você, Solange Pereira, me aceita como seu legítimo namorado e promete ser fiel, na saúde e na doença, nos momentos bons e ruins, desde que nós dois compartilhemos uma conta da Netflix?

Engulo a risada e assinto.

— Acrescente a Apple TV+ e negócio fechado.

— Feito.

Fico na ponta dos pés e o puxo para perto. Então nos beijamos. E é mágico. O começo de algo especial. Um momento que só poderia acontecer entre nós.

Epílogo

Um ano depois...

SOLANGE

Dean se abaixa e dá um beijo suave na minha nuca.

— Amor, não podemos nos atrasar.

— Eu sei — digo, meus dedos voando pelo teclado enquanto me preparo para um bate-papo virtual com Layla. — Só um minutinho e podemos ir.

Ele suspira.

— Vou acreditar quando acontecer.

Dean tem razão. Layla e eu costumamos a perder a noção do tempo durante nossas ligações semanais. Quando começo meu vídeo, Layla já está na sala de reuniões e aceno loucamente para a câmera.

— Me conta tudo. Como foi? Você estava nervosa? Que tipo de perguntas eles fizeram? Quando eles vão dar uma resposta?

— Calma, Solange — brinca aos risos. — Assim eu não vou conseguir lembrar o que devo dizer a você.

— Tem razão — digo, fazendo uma careta de desculpas. — Vamos tentar de novo. Como foi?

Layla já se formou no supletivo. Ontem, foi entrevistada para um programa-piloto que pagaria para ela acompanhar uma paralegal. Ela está se dedicando para isso, e eu também.

Ela me conta, explicando que espera uma resposta do programa até o final da próxima semana.

Eu bato palmas com alegria.

— Uhuuul! Por favor, não espere até nossa ligação de sábado de manhã para me contar as novidades, ok? Me mande uma mensagem assim que souber.

— Pode deixar — diz ela, com os olhos brilhantes e esperançosos. — Obrigada por me contar sobre a oportunidade. E por sempre me apoiar tanto.

— Claro, Layla. É um grande prazer.

E estou falando sério. Meu papel como mentora dela. Minha função na Academia Vitória. Essas são responsabilidades que não assumo levianamente e me sinto muito honrada por poder orientar esses jovens que merecem tanto. Nem sempre é fácil, mas, mesmo quando surgem empecilhos, nunca questiono minha decisão de alinhar meu futuro com o deles.

Com o canto do olho, acompanho os movimentos de Dean na cozinha. Ele está vestido com um terno cinza de três peças e seu cabelo ainda está molhado do banho que tomou minutos atrás. Resmungando para si mesmo, ele vasculha os armários.

— Está em cima da lava-louças — digo a ele antes de voltar minha atenção para Layla. Para ela, eu digo: — Está bem, querida, preciso ir. O casamento deve começar em uma hora.

Layla me faz um sinal de positivo, depois me manda um beijo. Eu imito sua despedida e fecho o Zoom. Assim que o faço, Dean pressiona o botão liga/desliga do liquidificador portátil que dei a ele no último Natal, e seu zumbido horrível enche a sala.

Espero que ele termine antes de falar.

— O que você está...

O ruído recomeça e depois para.

— O que você está fazendo...

Novamente com o barulho. É óbvio que está fazendo de propósito. Eu olho para cima e estreito meus olhos para ele.

— Meu Deus, você é uma criança?

— Estou feliz — explica ele, e me dá um sorriso tão grande que tenho vontade de arrastá-lo para o quarto.

Por alguns segundos, contemplo uma rapidinha. Algo em meus olhos deve denunciar meus pensamentos, porque ele coloca o liquidificador na mesa e se inclina contra o balcão, como se soubesse que devo me juntar a ele.

Ele tem razão.

Enquanto me esgueiro pelo cômodo, vou registrando cada detalhe de sua aparência, prestando atenção especial na curva perversa de seu sorriso e na maneira como o corte de seu colete complementa seu corpo esguio.

Este homem é meu parceiro. Alguém me belisca.

O calorzinho gostoso ao qual ele era tão avesso quando nos conhecemos? É uma constante na minha vida hoje em dia. Ele faz com que eu me sinta assim o tempo todo. Eu o faço se sentir assim.

— Estou fazendo vitaminas para levarmos — diz, com expressão cautelosa enquanto me aproximo.

— Estou vendo — digo, invadindo seu espaço pessoal.

Incapaz de resistir, coloco meu polegar no canto de sua boca e passo por seus lábios.

Ele geme, seus olhos cor de mel brilhando com calor e promessa.

— Solange, assim a gente vai se atrasar. E você vai bagunçar meu cabelo.

Estendo a mão para tocar seus fios cuidadosamente arrumados, mas ele dá um tapa na minha mão.

— Não — protesta, com a voz trêmula. — Levei uma eternidade para fazer com que ele se comportasse.

Eu não posso deixar de bufar.

— Ok, você venceu. Por agora. Mas quando chegarmos em casa à noite...

Ele semicerra as pálpebras e me puxa para perto.

— Já falei o quanto fico feliz em ouvir você chamar de sua casa?

Fingindo pensar em sua pergunta, bato no queixo e estudo o teto.

— Só todos os dias desde que me mudei.

Faz três meses. Oficialmente, pelo menos. Durante os nove meses anteriores a isso, passamos quase todas as noites juntos, na casa dele ou na minha. Mas Vegas não mudou apenas a nós. Também teve impacto em Brandon. Quando ele voltou para D.C., decidiu que enfim era hora de se mudar para Nova York e se concentrar na carreira de ator. Dean e eu o inspiramos, disse ele. Ele até assinou com Julian Hart, um agente que se destacou em Hollywood. Estou torcendo muito para que meu amigo agarre seus sonhos e voe alto. E talvez um dia ele encontre uma pessoa especial também.

Então, com Brandon fora, eu precisava de outro colega de quarto — ou outro lugar para morar. Dean ofereceu ambos. E confesso que estou muito feliz por ele ter feito isso. Não somos perfeitos e nem precisamos ser. Porque somos nós. Um casal perfeitamente imperfeito descobrindo uma vida a dois. Tudo real. Sem fingimento algum.

— Pronta para sair? — pergunta Dean, com os braços estendidos enquanto segura nossas vitaminas.

Dou um beijo nele. Doce. Suave.

— Com você? Sempre.

DEAN

Chegamos ao Hotel Cartwright faltando apenas vinte minutos, e dois recepcionistas vestidos com elegância nos guiam imediatamente para os jardins.

— É estranho estar aqui? — pergunta Solange, apertando minha mão.

— De jeito nenhum. Parece que faz um milhão de anos.

Na verdade, é catártico de certa forma. Eu nunca deveria ter me casado com Ella neste lugar, ou em qualquer outro lugar. E é muito especial enfim voltar aqui com a mulher que amo ao meu lado.

Antes que possamos conseguir assentos, Jaslene marcha pelo corredor, com a cabeça abaixada enquanto fala no microfone conectado ao fone de ouvido.

Quando ela chega até nós, aponta para Solange.

— Olha só, eu conheço seu histórico, ok? Nem pense em abrir a boca durante esta cerimônia.

Solange revira os olhos.

— Ha-ha. Não vou dar um pio, juro.

— Ótimo — fala, apontando dois dedos para os olhos dela, depois para os de Solange. — *Eu estou de olho em tudo* — ela murmura.

— Você se superou — digo a Jaslene, interrompendo a brincadeira. — E deveria estar orgulhosa.

— Concordo — acrescenta Solange. — Lina também ficaria.

— Falando nisso — pergunta Jaslene —, teve notícias dela?

Solange balança a cabeça, mas ela está pulando na ponta dos pés, e seus olhos estão dançando de excitação.

— Nada ainda.

Lina e Max estão na Fazenda Surrey Lane para um retiro de casal neste fim de semana. Lina espera que os exercícios os unam ainda mais; Max planeja pedi-la em casamento em um campo de tulipas nos arredores da fazenda. Ele prometeu que um fotógrafo capturaria tudo. Eu olho para o relógio.

— Deve ser a qualquer momento.

Jaslene balança os ombros.

— Ok, eu preciso ter certeza de que os trens estão funcionando no horário. Até depois da cerimônia.

Solange e eu continuamos pelo corredor até chegarmos a Larry Bailey, agora meu chefe.

Ele se levanta no mesmo instante.

— Que bom ver você, Dean. Obrigado por ter vindo.

— Eu não perderia isso por nada no mundo, senhor.

— Filho, quando você vai começar a me chamar de Larry?

Dou um sorriso tímido.

— Nunca?

Ele ri, depois olha em volta.

— Vocês dois deveriam ter lugares de honra, considerando que foram vocês que ajudaram essa união.

Solange zomba da ideia.

— De forma alguma. Kimberly e Nia estavam apaixonadas antes de nos conhecermos. Elas só não sabiam disso ainda.

Ela pode estar certa, mas a própria Kimberly admite que, quando Solange contou a ela sobre minha tentativa de destruir o casamento que nunca aconteceu, ela também criou coragem para confessar seus sentimentos a Nia. Agora estamos a momentos de vê-las caminhar rumo ao altar e jurar amor eterno uma à outra.

O sr. Bailey sorri.

— Pode ser que você esteja certa, Solange. De qualquer forma, conversaremos mais durante a recepção. — Ele aponta para mim. — A propósito, li sua proposta sobre o programa de voluntariado e estou totalmente de acordo.

Minha proposta, que enviei a ele ontem mesmo, recomendava que cada um dos advogados do departamento jurídico fizesse um número mínimo de horas voluntárias além de suas funções regulares e que o departamento como um todo se comprometesse a lidar com um caso voluntário de alto impacto por ano. Estou chocado e emocionado por ele ter lido tão rápido e querer prosseguir.

— Ah, que ótima notícia, senhor.

— Bem, devo esclarecer. Estou dentro, desde que você me chame de Larry.

— Então isso é uma ótima notícia, Larry.

— Outra coisa — diz ele, levantando o dedo indicador no ar. — Temos uma equipe da Olney & Henderson chegando na próxima semana. Sam Henderson e Peter Barnum. Eles querem fazer uma proposta para ser nosso escritório de advocacia externo. Pretendo ser chamado de repente, então precisarei de alguém para me substituir e conduzir a reunião. — Ele torce os lábios para o lado, sua expressão astuta e conspiratória. — Você pode lhes dizer que decidimos seguir uma direção diferente. Se quiser, é claro.

Eu deveria ser mais maduro e recusar educadamente a oportunidade — mas não vou. Afinal, sou humano. Espelhando o sorriso de Larry, abaixo a cabeça.

— Estarei lá.

Solange me puxa pela gravata.

— Tudo bem, vocês dois. Chega de negócios. Estamos em um casamento, pelo amor de Deus.

Solange e eu encontramos nossos lugares e, minutos depois, um quinteto começa a tocar jazz. Os convidados se levantam e encaram Kimberly e Nia, que estão de mãos dadas na entrada dos jardins, Kimberly em um terninho branco e Nia em um longo vestido branco esvoaçante.

As mulheres se encaram e dá para ver todo amor em suas expressões. Sei bem como é essa sensação. Meu Deus, sei mesmo. Nunca imaginei que saberia, mas aqui estamos. Talvez sentindo que estou emocionado, Solange me abraça, com os olhos brilhando. Desvio o olhar dela, querendo respeitar o dia especial de Kimberly e Nia, mas caramba, é difícil não absorver toda a beleza de Solange. Mais de um ano atrás, esta mulher, a quem eu amo mais do que as palavras são capazes de explicar, invadiu meu casamento, depois fingiu ser minha namorada. E olha só aonde chegamos.

Max uma vez me disse que o desvio às vezes se torna o destino principal. Ele tem razão. Solange e eu fizemos um desvio e agora chegamos juntos a esse lugar. O lugar onde somos mais felizes, o lugar onde estamos mais contentes e seguros: nos braços um do outro.

Não há nada de falso nisso.

Terceiro passo revisado: ~~encontrar uma parceira que combine comigo e formar um *power couple*~~ encontrar o amor da minha vida.

Status: Feito.

Agradecimentos

Ora, ora. Então aqui estamos, nos encontramos novamente, página de Agradecimentos. Sua desgraçada impiedosa.

Brincadeira.

Porque impiedosa mesmo foi a tarefa de compor o manuscrito que acabou por se tornar este livro.

Gente, acreditem: escrever este livro mexeu muito comigo. A experiência não me fortaleceu. Nem me inspirou a alcançar novos patamares em minha carreira. Não, ela me deixou amarga. E sendo sincera, ainda estou um pouco irritada com isso.

De novo, é brincadeira, tá?

Ou será que não?

Mas falando sério, este livro é para vocês, meus adoráveis leitores. Como muitos de vocês sabem, seu antecessor, *O pior padrinho da noiva*, foi lançado um mês antes do nosso mundo ser mudado para sempre pela pandemia global de Covid-19. Desde então, recebi inúmeras mensagens de leitores nos Estados Unidos e no exterior me dizendo que o livro os ajudou em um momento difícil. Essas mensagens me estimularam e serviram como um poderoso lembrete de que minhas histórias, embora engraçadas e sedutoras e, sim, um pouco picantes, *podem* fazer a diferença na vida das pessoas.

Ainda que ninguém possa prever como será o mundo quando este livro for lançado, meu desejo de como ele será recebido não mudará: espero que dê a você uma trégua muito necessária de quaisquer desafios que esteja enfrentando.

Ah, mais uma coisa: espero que ele te faça rir. Isso é o mínimo que esse danado deveria fazer, certo?

Ok, agora preciso expressar minha mais profunda gratidão às pessoas que me ajudaram a colocá-lo em suas mãos.

Para meu marido: você sempre foi meu maior líder de torcida e, cara, eu precisei de muita torcida desta vez. Obrigada por me apoiar e por me amar incondicionalmente. Nenhum herói fictício jamais se compara a você.

Para minhas filhas: vocês são as garotas mais doces e espirituosas que conheço. Ainda me belisco de vez em quando ao pensar nas alegrias que ser a mãe de vocês me traz. Obrigada por verificarem como estou, por me trazerem café e me encorajarem sempre que precisei de um impulso extra. Amo vocês mais.

Para minha mãe: Você sempre foi suficiente e muito mais. Obrigada por tudo. **Eu te amo muito.**

Para minha querida amiga Tracey Livesay: obrigada por me animar; fico honrada em fazer o mesmo por você. Eu literalmente não poderia ter terminado este livro sem você. Seus conselhos edificantes e dicas úteis me deram o empurrão de que eu precisava. Imagine nosso GIF favorito de *A cor púrpura* aqui.

Para Sarah Younger: suas habilidades como agente são inigualáveis e seu apoio é inestimável. Obrigada por apaziguar os meus medos, silenciar as dúvidas e continuar acreditando em mim e nas minhas histórias. Fico feliz por estarmos juntas nessa jornada chamada carreira literária.

Para Nicole Fischer: até este livro, acho que não tinha *de fato* entendido o equilíbrio cuidadoso que você deve desempenhar em seu papel de editora de livros. De alguma forma, você conseguiu me guiar na direção certa sem sufocar minhas ideias ou minha voz. Sou muito grata por suas percepções e experiência (e pelos HAHAHAHA nas margens).

Às minhas leitoras-beta (Susan Scott Shelley, Soni Wolf e Ana Coqui): cada uma de vocês traz uma perspectiva diferente, e aprecio muito todas elas. Não tenho como agradecer o suficiente por suas críticas gentis e honestas e por me ajudarem a contar uma história melhor do que eu faria sozinha.

Às amigas escritoras, novas e antigas, que ofereceram feedbacks valiosos (Adriana Herrera, Sabrina Sol, Gabriela Graciosa Guedes e Olivia

Dade): sou muito grata por tirarem um tempo para ler partes deste livro e acalmar meus nervos. *Besos*, **beijos** e *kisses*, mulherada!

Para Kristin Dwyer, da LEO PR: obrigada por embarcar nessa montanha-russa comigo. Você é uma profissional completa e fico feliz em dizer que sua postura é contagiante. Para Daniela Escobar da LEO PR: também estou muito feliz em ter você na equipe.

Às minhas compatriotas da Romancelandia, especialmente ao meu grupo de 4 Chicas (Alexis Daria, Priscilla Oliveras e Sabrina Sol), minha equipe #BatSignal (Michele Arris, Nina Crespo, Priscilla Oliveras, Tif Marcelo e Tracey Livesay) e minhas amigas #LatinxRom (Adriana Herrera, Alexis Daria, Angelina M. Lopez, Diana Muñoz Stewart, Liana De La Rosa, Lydia San Andres, Natalie Caña, Priscilla Oliveras, Sabrina Sol e Zoraida Córdova): tenho muita sorte de estar cercada por pessoas tão inteligentes, talentosas e atenciosas. Obrigada por me ouvirem e me inspirarem a ser a melhor versão de mim mesma.

Para Victoria Colotta da VMC Art & Design: você é uma alma doce e talentosa. Obrigada por me permitir sair do Canva.

E, finalmente, a todas as pessoas maravilhosas da Avon/HarperCollins que defenderam e continuam a defender meus livros: obrigada por me ajudarem a compartilhar minhas histórias. Agradecimentos especiais a Nathan Burton por ilustrar outra capa divertida e sedutora e à equipe de produção por fazer sua mágica.

É isso.

Até a próxima, página de Agradecimentos.

Você ainda é uma desgraçada impiedosa.

Este livro foi impresso pela Vozes, em 2023, para a Harlequin.
A fonte do miolo é Garamond Pro. O papel do miolo é
avena 70g/m² e o da capa é cartão 250g/m².